영적대통령

옥성호 장편소설

"너가 분명히 그랬지? 바로 이 자리에서 1년 반 전에 분명히 약속했었지? 나를, 이 김건축이를 영적 대통령으로 만들어주겠다고 윤야성 너가 분명히 맹세했었지? 너가 해야지. 너 밖에 없어, 안그래?"

영적 대통령

1. 2016. 10. 10. 김건축 목사 집무실 1.

"그래, 여기 제출한 업무 비전란의 내용을 조금 더 상세하게 설명할 수 있을까?"

윤야성이 제출한 서류를 한참 동안이나 살펴보던 김건축 목사가 마침내 입을 열었다. 윤야성이 김 목사의 집무실에 들어온 후 처음 듣는 김 목사의 목소리였다.

'역시….'

윤야성은 마음속으로부터 우러나오는 감탄을 누르기가 힘들었다.

'큰 목사는 아무나 하는게 아니야. 우리 나라에만 이삼십만 명의 목사가 있다고 하지만 지금 내 앞에 있는 이런 목사님은 채 열 명이 안될거야. 목소리의 울림 자체가 차원이 다르잖아?'

살아계신 하나님의 말씀은 실로 이 정도의 목소리를 통해 전해져야 그 뜻이 제대로 전달되지 목에 성대가 달렸다고 '아무 목소리'나 하나님의 말씀을 전해서는 안된다는 생각이 윤야성에게 절로 들었다. 윤야성은, 아니 교회에서는 윤야성 집사로 불리는 그는 마침내 김건축 목사 비서실장의 마지막 관문인 최종 면접을 보고 있었다. 김건축 목사의 비서실장을 뽑는다는 공식적인 공지가 전혀 없었음에도 불구하고 무려 스무 명이 넘는 사람들이 이런 저런 경로를 통해 지원했다. 그 중에는 판사 출신도 있다고 했다.

'세상에….얼마나 김건축 목사가 대단하면 판사를 하던 사람이 변호사 개업 대신 비서실장을 하겠다고 하다니….그만큼 하나님의 일이 세상 일보다, 세상 일이 아무리 대단하게 보이더라도…..더 가치있는 일이라는 소리가 아니겠어? 당연하지, 하나님 나라에서 받는 면류관의 색깔 자체가 달라질텐데 말이야….'

사실상 김건축 목사 정도의 사람이면 비서실장을 뽑는 경우 지인의 추천을 통해 뽑는 것이 일반적이다. 그럼에도 불구하고 그 누구로부터도 개인적인 추천을 받지 않은 윤야성이 추천 받은 생생한 경력의 두 명과 더불어 최종 비서실장 후보 세 명 중의 한 명이 된 것은 그만큼 윤야성이 가진 그 무언가가 그 누구보다 동물적 직감을 중시하는 김건축 목사의 '촉'을 건드렸음을 의미했다. 김건축 목사는 겉으로 보기에는 온화한 듯한 미소를 띠고 있었지만 그의 눈빛만은 마치 사나운 사자를 사냥하는 마사이족의 눈과 같이 날카롭게 빛나고 있었다. 김건축 목사 뒤로 포효하는 사자의 사진이 담긴 커다란 액자가 걸려 있었다. 그 액자는 김건축 목사의 집무실에 들어오는 순간부터 윤야성의 시선을 가장 먼저 사로잡았다. 그러나 그 액자 속에서 포효하는 사자조차 윤야성에게는 지금 자신을 뚫어보는 김건축 목사의 안광에 비교하면 오히려 온순한 강아지의 눈빛처럼 느껴질 정도였다. 잠시 액자 속 사자에게 시선을 돌렸던 윤야성은 여전히 자신에게서 눈을 떼지 않는 김건축 목사의 눈빛에 주눅이 들어 순간적으로 소리없이 마른 침을 삼켜야만 했다.

"네, 목사님, 저는 평소에 한국 개신교의 가장 큰 약점이 리더쉽의 부재라고 생각해 왔습니다. 사실상 이단이나 다름없는 저 카톨릭에게도 우리 개신교가 밀리는 이유가 쟤네들과 같이 단일화된 확실한 리더쉽이 우리에게는 없기 때문이거든요."

자기도 모르게 카톨릭을 '쟤네들'이라고 부른 윤야성은 순간 흠칫했지만 김건축 목사는 전혀 개의치 않는 듯 도리어 연신 고개를 끄덕였다. 자신의 앞에 놓인 차를 마시면서도 그의 눈만은 여전히 뚫어질 듯 윤야성을 쏘아보고 있었다. 김건축 목사의 입술을 적시는 차를 보면서 순간적으로 윤야성은 김 목사가 마시는 차가 무슨 차일지 궁금해졌다. 그 차에서 풍겨나오는 향은 윤야성이 지금까지 단 한 번도 맡아보지 못한 것이었다. 한약에서나 나는 약재향과 케모마일과 같은 차에서 풍겨나는 세련된 향이 기막히게 조화되어 있었다. 조금 전 김 목사의 비서가 두 잔의 차를 들고 들어왔었다. 자신 앞에 놓인 차는 맛을 보자마자 무엇인지 바로 알 수 있었다. 흔히 어느 회사에서나 종이컵에 넣은 후 우려내 마시는 일회용 '동서 녹차'였다. 마치 지금 김건축 목사와 윤야성이라는 인간, 이 두 인생의 차이를 전혀 차원이 다른 두 가지의 차가 극명하게 보여주고 있는 것인지도 몰랐다. 현재 윤야성의 인생이 일회용 동서녹차 수준이라면 김건축 목사의 인생은 신비로운 향으로 가득찬 바로 '저 이름 모를 차'와 같다. 윤야성은 바로 앞에서 풍겨오는 김건축 목사가 마시는 차의 향에 잠시 취했던 정신을 가다듬으며 다시 말을 이었다.

"우리 개신교는 너무도 많은 교단으로 나눠져 통일성 있는 단일 리더쉽을 가실 수 없는 근본적인 한계가 있습니다. 물론 이것을 한계로 볼 것이냐 아니면 개신교의 장점으로 볼 것인가는 보는 관점에 따라서 달라질 수 있다고 생각합니다. 하지만 그 관점과 관계없이 우리가 비록 시스템적으로는 통일된 리더쉽을 가질 수 없다고 하더라도 실질적인 면에서만은 우리에게도, 우리 개신교에게도 카톨릭의 교황과 같은 어떤 대표 리더쉽이 필요하다고 봅니다. 이렇게 말하면 어떨지 몰라도.....개신교의 교황이 필요하다는 것입니다. 카톨릭의 교황과 같이 오만하게 자신의 말이 성경의 권위와 동등하다는 식의 이단적 논리를 펴는 리더쉽이 아니라 하나님 앞에서 겸손하고 하나님의 말씀을 제대로 전하는 청지기와 같이 섬기는 리더쉽, 그러나 필요할 때는 그 누구보다 강하게 개신교 전체를 하나로 묶는 그런 대표 리더쉽. 저는 그 역할은 지금 한국교회에 김건축 목사님 한 분 외에는 할 사람이 없다고 봅니다. 목사님....”

잠시 윤야성은 말을 끊고 김건축 목사를 바라보았다. 조금 전까지 띠고있던 김 목사 얼굴의 온화한 미소는 어느새 사라졌다. 김건축 목사는 마시던 찻잔을 앞에 내려놓았다. 김 건축 목사의 얼굴 뒤에 걸려있는 포효하는 사자의 사진과 김건축 목사의 얼굴이 다시 한번 윤야성의 시야에서 묘하게 오버랩되었다.

“목사님, 제가 이제 막 마흔 줄을 넘었습니다. 인생의 후반전이 이미 시작되었습니다. 저도 남자고 남자로서 인생을 한 번 사는데 뭔가 하나, 제 자식들이 저를 생각할 때 자랑스럽게 생각할 뭔가 의미있고 큰 거 하나 제 인생을 통해 남기고 싶습니다. 기도하는 중에 하나님께서 제게 말씀하셨습니다. 너의 인생 전부를 김건축 목사에게 바쳐라, 그것이 나를 사랑하는 길이다. 목사님, 저는 하나님의 이 음성을 믿습니다. 목사님을....지금 위기에 빠진 개신교를 살리는 개신교의 교황, 개신교의 대통령으로 만드는 데에 저의 모든 것을 쏟고 싶습니다. 그것이 바로 저의 비젼입니다.”

윤야성은 순간적으로 입술이 바짝 바짝 말랐다. 앞에 놓인 동서 녹차를 마셨다. 다행히....동서 녹차가 담긴 잔은 종이컵이 아니라 하얀 도자기 잔이었다.

"그러니까...."

김건축 목사는 혼자말인지 아니면 윤야성에게 하는 말인지 모를 정도로 속삭이듯이 말했다.

"지금 우리에게 필요한 것은 바로 '영적 대통령' 이다....이 말이지?"

윤야성은 의식적으로 김건축 목사의 시선을 피하지 않으며 크게 고개를 끄덕였다.

"윤 집사의 이름처럼 그 취지는 아주 야성에 차있군. 윤 집사, 아주 드물게 예민한 영적 감각을 가지고 있구먼. 하지만 말이야....문제는 '어떻게' 그 꿈을 이루는가이지. 꿈 꾸는 것은 쉬워. 누구나 할 수 있어. 중요한 것은 실행이야. 어떻게 달성하는가의 문제야.

여기에 대해서 혹시 생각해둔 것이 있나?"

윤야성은 이제 거의 차갑게 식어버린 동서 녹차를 한 모금 더 마신 후 입을 열었다.

"목사님, 왜 기독교 책은 5천 권만 팔려도 베스트셀러라고 하는줄 아시지 않습니까? 일반 서적에서는 최소한 10만 권은 팔려야 베스트셀러라는 소리를 듣지 않습니까? 왜냐하면 그만큼 개신교의 시장이 좁다는 말입니다. 개신교가 전혀 교회 밖 일반 사회를 품어내지 못했기 때문입니다. 하지만 지금 불교나 카톨릭 같은 경우 유명한 책들은 그 종교를 뛰어넘어 일반 사회에서도 베스트셀러가 되고 있습니다. 바로 그게 진정한 영향력이고 저는 리더쉽이라고 봅니다. 바로 여기에 다른 목사님들과는 차원이 다른 김건축 목사님만의 강점이 있습니다. 제가 생각할 때 목사님은 개신교 최초로 기독교 시장을 뛰어 넘어 영어 참고서를 통해 일반 사회에 영적 충격을 던지신 분입니다. 그렇기에 이미 탄탄하게 기초가 다져진 목사님의 이 사회적 인지도에 영적이고 복음적인 리더쉽을 더할 수만 있다면 목사님이야 말로 지금까지 그 수많은 유명한 목사님들 중 그 누구도 이루지 못한 개신교의 영적 대통령과 같은 영향력을 끼칠 수 있다고 생각합니다. 따라서....저의 계획, 아니 전략은 이미 구축된 목사님의 대

사회적 이미지와 인지도 위에 영적이고 복음적인 메시지를 더하는 것입니다. 저는 이미 그 목표를 위한 구체적인 실행 계획들을 가지고 있습니다. 만약에 제가 목사님을 모시는 영광을 하나님께서 허락하신다면 그 때 그 계획들을 구체적으로 말씀드리고 싶습니다."

윤야성은 돌이킬 수 없는 승부수를 던졌다.

사실 이 자리에서 김건축 목사가 '그 구체적 실행 계획들'을 자세히 설명하라고 하는 경우 윤야성이 꺼낼 수 있는 내용들은 사실상 거의 없었다. 있어봐야 아주 초보적이고 애매모호하며 조악하기 이를 데 없었다. 그럼에도 불구하고 윤야성은 마치 아주 치밀한 실행 계획들을 이미 갖추고 있는 듯 큰 소리를 쳤다. 윤야성의 판단은 단순하고 명확했다.

'김건축 목사님과 같은 사자를 잡으려면 사자 수준의 담력을, 사자의 심장을 가져야해....'

윤야성의 머리는 끊임없이 김건축 목사를 감동시킬 냉철한 사자의 심장을 되뇌었지만 정작 그의 심장은 바짝 바짝 피가 마르는 윤야성의 육체 구석구석까지 새로운 피를 펌프질하느라 점점 더 뜨거워져갔다. 사실 윤야성에게 이번 일자리는 그의 인생이 걸린 절대 절명의 문제였다. 지금 윤야성이 일하고 있는

'기독교 문화 연구소'는 재정난으로 인해 지난 몇 달 간 직원들에게 아예 월급을 주지 못하고 있었다. 그나마 다행이라면 윤야성의 아이들이 아직 어려서 자녀교육에 큰 돈이 들어가는 상황은 아니었다. 하지만 두 달 전부터 평생 밖에서 사회생활을 해본 적이 없는 윤야성의 아내, 정진아는 가로수, 교차로 또는 벼룩시장 등의 무가지를 들고와 구인난 광고를 뒤져야 하는 상황까지 봉착했다. 대단한 부모를 가진 것도 아니고 그렇다고 목돈이 든 통장도 없는 보통의 가장들처럼 윤야성에게 갑자기 끊어진 월급은 말 그대로 '일상의 종말'을 의미했다. 그러던 중 윤야성은 자신이 20년 째 다니는 서초교회에서 새로운 비서실장을 뽑는다는 말을 알고 지내는 한 집사를 통해서 우연히 들었다.

"글쎄 말이야....이번에 우리 담임목사님 비서실장을 뽑는데 전직 판사가 원서를 넣었다고 하네. 내가 그 말을 듣고 얼마나 놀랐는지 말이야. 우리 목사님 대단한 줄은 알았지만 정말 그 정도인줄은 몰랐어."

윤야성은 무심한 듯 하지만 조심스럽게 물었다.

"비서실장 채용이 공개 모집인가 보죠?"

윤야성의 질문에 그 집사는 말도 안된다는 듯 대답했다.

"이 사람이 지금 무슨 소리를 하는거야? 당연히 공개채용이 아니라 이런 저런 인맥을 통해서 추천받겠지. 뻔한거 아니겠어? 그런데 추천받은 사람들 중의 한 명이 판사 출신이래. 그 사람이 보낸 이력서를 본 사무실 직원이 놀라서 이 사람 저 사람한테 얘기한게 결국 내 귀에까지 들어온거지."

'아~' 하는 마음으로 윤야성은 고개를 끄덕이면서도 이상하게 마음 한 구석에 교회 강단에서 두 손을 들어 힘차게 설교하는 김건축 목사의 모습이 사라지지 않았다. 왠지....뭐라고 도저히 설명할 수 없지만....사실 약 5년 전 김건축 목사가 서초교회에 부임하고 첫 설교를 했을 때 윤야성은 자신과 김건축 목사 사이에 보이지 않는 어떤 무엇으로 연결된 듯한 느낌을 강하게 받았었다. 그 첫 설교에서 김건축 목사는 '영적 야성'을 강조했다. '영적 야성'이라는 단어가 김건축 목사의 입에서 나오던 순간 윤야성이 느낀 그 짜릿함, 마치 온 몸에 소름이 돋는 것과 같은 느낌을 윤야성은 결코 잊을 수 없었다.

김건축 목사의 비서실장 선발에 대한 소식을 듣는 순간 윤야성은 오래 전 느꼈던 그 짜릿한 전율이 거대한 운명의 수레바퀴가 되어 자기 앞으로 굴러오는 것만 같았다. 물론 이 세상 그 누구도 자신을 김건축 목사에게 추천하지 않겠지만 만약 자신에게 김건축 목사와 일대 일로 만나는 시간만 주어진다면 윤야성은 자기 속의 그 어떤 운명적 확신을 김건축 목사에게도 전해줄 자신이 있었다.

'그래, 오래 전 그날 내가 김 목사님을 보는 순간 그 느낌은 다 이유가 있어서야. 바로, 바로....이 날을 위해서였던 거야. 나와 김 목사님은 어쩌면 태초 전부터 서로 강한 무엇인가로 서로 연결되어 있었음이 틀림없어.'

윤야성은 비서실장 선발에 대한 소식을 들은 날 밤 기독교 문화 연구소 사무실에 혼자 늦게까지 남아 이력서와 함께 자기 소개서를 작성했다. 먼저 이력서에는 '기독교 문화 연구소 기획 실장'이라는 자신의 현재 직함과 함께 그 동안 일했던 업무의 성과들을 중심으로 서술했다. 자기소개서의 첫 번째 서류로 윤야성은 신앙 고백서를 그리고 두 번째 서류로 자신이 비서실장이 되는 순간 김건축 목사를 통해 이루고 싶은 '업무 비전'을 썼다. 어차피 정해진 양식이 있는 것도 아니고 알아서 만들어 제출하면 되는 것이다. 물론......윤야성이 만든 서류를 사무실에서 아예 받지 않을 수도 있다. 받더라도 그냥 쓰레기통으로 바로 들어갈 수도 있다. 하지만 그는 그것이야말로 하늘에 맡길 일이라고 생각했다. 다음 날 아침 출근길에 윤야성은 서초교회에 들려 어리둥절하는 사무실 직원에게 서류 봉투를 전하고 아무 말 없이 나왔다. 서류 봉투에는 '김건축 목사님 비서실장 후보자 서류'라고 썼다. 윤야성은 자신의 서류를 김건축 목사가 읽기만을 주문을 외우듯 기도할 뿐이었다. 그리고 그가 상상했던대로, 꿈꿨던대로 지금 그는 김건축 목사와 함께 이렇게 앉아 있다.

"기독교 문화 연구소..... 여기 요즘 많이 어렵지 않나?"

김건축 목사가 윤야성의 이력서를 들고 잠시 보더니 말했다. 윤야성은 가늘게 한숨을 쉬었다. 다행히 '영적 대통령'에 대한 질문이 더 이어지지 않고 끝났기 때문이었다.

"네, 목사님도 잘 아시겠지만 상황이 쉽지 않습니다. 사실 솔직히 말씀 드려 지난 몇 달간 직원들 급여도 제대로 나오지 않았으니까요. 하지만 다행히 저희 가족은 하나님께서 돌봐주셔서 별 경제적 문제가 없습니다. 제가 어려운 상황에서도 사례를 받지 않으면서도 연구소 일을 계속 할 수 있는 이유입니다. 그리고 조만간 성상화 된다고 소장님께서 말씀하셨습니다."

김건축 목사는 아까와는 분명 달라진 눈빛으로 조금은 무심하게 고개를 끄덕였다.

"그래, 윤 집사와 같은 마음으로 신앙 생활하고 일하는 것이 바로 야성이지, 영적 야성 말이야. 내가 평소에 설교에서도 누누이 강조하잖아? 우리 신앙인, 우리 크리스찬은 무슨 일을 만나면 좀 팍하고 치고 나가는 영적 야성이 있어야 한다고 말이야. 참, 윤 집사, 이름은 누가 지으셨지? 아버님께서?…. 응, 부친께서 이름 하나 정말로 잘 지으셨네. 혹시 부친이 목사님이셨나? 아니셨다고….그럼 장로님?"

오래 전에 죽은 윤야성의 아버지는 평생 '교회 문턱'에도 간 적이 없는 사람이었다. 하지만 이 순간 윤야성은 그렇게 말할 수 없었다.

"네, 조그만 시골교회 장로님이셨습니다."

김건축 목사는 너무도 당연하다는 듯 고개를 끄덕였다.

"역시….그럴 줄 알았지. 이게 영적인 어떤 감각이 없는 사람에게서는 결코 나올 수 없는 이름이거든. 어떻게 윤 장로님께서는 건강하시고?"

윤야성은 직감적으로 지금이 또 하나의 포인트가 될 수 있음을 느꼈다. 그는 가슴 속 깊이 잠자고 있는 감정을 억지로 끌어올리며 조금은 탁한 목소리로 떨리는 듯 대답했다.

"기도원에서 40일 금식 기도를 하시던 중에 하나님의 부르심을 받으셨습니다. 금식 기도 38일 째였습니다. 금식기도 종료를 딱 이틀 남기고 그만…."

윤야성의 목소리가 심하게 흔들리며 갈라졌다. 앞에 놓인 크리넥스를 한 장 꺼내 눈가를 훔쳤다. 그런 윤야성을 바라보는 김건축 목사의 눈빛이 순간 흔들렸다.

"제가 대학교 때였는데요. 그 때까지 하나님을 믿지 않으시던 제 친할아버지의 구원을 놓고 아버지께서는 40일 금식기도를 시작하셨습니다. 자신의 남은 인생 모든 생명의 진액을 할아버지 구원에 쏟겠다고 하시면서. 그런데...겨우 이틀을 남기시고...."

윤야성에게는 지옥과도 같았던 그의 아버지는 윤야성이 방위로 근무하던 즈음 급성 간경화로 사망했다. 40년이 넘게 하루도 빠지지 않고 마시던 술이 원인이었다. 윤야성은 아버지가 죽었을 때 단 한 방울의 눈물도 흘리지 않았다. 눈물은 커녕 얼마나 기뻐했는지 모른다. 윤야성의 친할아버지는 윤야성이 태어나서 본 적도 없었다. 사진으로조차도 본 적이 없었다. 아니, 윤야성은 할아버지의 이름조차 몰랐다. 윤야성의 친할아버지는 윤야성의 아버지가 어릴 때 돌아가셨기 때문이다.

"하지만 목사님, 그 기도의 결과 할아버지는 마침내 하나님께 돌아와 남은 여생을 주님의 자녀로 사시다가 편안히 눈을 감으셨습니다. 돌아가시던 그 순간 제 할아버지 얼굴에 퍼진 그

평화로운 표정을 저는 지금도 잊을 수가 없습니다. 제 아버지의 죽음...아니, 목사님 제가 이렇게 표현해도 될지 모르겠지만...제 아버지의 '순교'는 결국 할아버지 외에도 저의 친척들 중 예수님을 믿지 않던 여러 명을 모두 하나님께로 돌아오게 하는 기폭제가 되었습니다. 비록, 비록 40일 금식기도를 불과 이틀 남기고 하나님의 부름을 받으셨지만 그 순교는 결코 헛되지 않았습니다. 하지만 지금도 제가 신앙이 영 약해서 그런지 아버지가 얼마나 힘드셨을까를 생각하면....홀로 그 금식 기도원에서 앙상하게 말라 돌아가시던 그 순간 얼마나 힘드셨을까를 생각하면 마음이 너무 아파서....죄송합니다. 목사님."

윤야성은 테이블 위에 놓인 크리넥스를 또 한 장 꺼내 한 번 더 눈가의 눈물을 훔쳤다. 김건축 목사는 예상치 못한 윤야성의 스토리에 가슴이 먹먹한 듯 잠시 아무 말도 하지 않았다. 마침내 김건축 목사가 입을 열었다.

"윤 집사, 정말로...부친께서는 영적 야성을 가지신 장로님 다운 죽음....아니, 순교를 하셨군. 야성적 순교야, 야성적 순교...그 결과 이렇게 윤 집사같은 사람을 내가 오늘 이렇게 만난건지도 몰라."

잠시 혼자 뭔가를 생각하던 김 목사가 천천히 자리에서 일어났다. 몸을 돌려 자신의 뒤에 걸려있는 포효하는 사자의 사진을 한참 바라보던 김 목사가 여전히 윤야성에게는 등을 돌린채 입을 열었다.

"윤 집사, 나는 어떤 직감, 아니 직감이 아니라 하나님께서 주시는 음성에 평생 망설이지 않고 즉각적으로 순종하면서 살아왔어. 단 한 번도 하나님께서 내게 음성을 주실 때 하나님 앞에서 '하나님, 잠시만 생각 좀 하겠습니다…고민 좀 하겠습니다.' 이런 식의 말을 한 적이 없어. 그냥 무조건 1초도 망설이지 않고 하나님께 순종했어. '알겠습니다, 하나님, 바로 시행하겠습니다.' 라고 말이야. 그렇게 살아왔어. 내 인생에는 영적 망설임이라는게 존재하지 않아. 그런 내게 지금 이 순간 하나님께서 강력하게 당신의 음성을 들려주시고 있어. 이건 정말 너무도, 너무도 강력한 음성이야."

김건축 목사는 몸을 돌렸다. 자신 앞에 서 있는 김건축 목사를 보며 윤야성은 순간적으로 일어서야 할지 아니면 계속 앉아 있어야 할지 판단할 수 없었다. 김건축 목사는 마치 자신의 영적 더듬이를 더 높이 올려 하나님의 음성이 전해지는 채널에 좀 더 세밀하게 주파수를 맞추듯 눈을 감고 이리저리 고개를 흔들었다. 몇 분이 더 흘렀을까? 김건축 목사가 마침내 눈을 뜨고 윤야성을 보았다.

"윤 집사, 자네도 알겠지만 얼마 전까지 안상해 비서실장이 정말로 헌신적으로 나와 교회를 섬겼어. 그런데 그 친구가 그만 몸이 많이 상해서 결국 사임할 수 밖에 없었어. 사실 자네도 알다시피 우리 서초교회가 한국교회 전체를 대표한다고 해도 과언이 아니잖아? 그러니 그 영적 전투의 선두에 선 나를 보좌하기 위해서 얼마나 많은 에너지가 들겠나? 안상해 비서실장이 정말로 지난 5년 간 꾀 한 번 안부리고 나를 섬겼어. 정말 성실한 친구였어. 그런데 그만 그렇게 상해 버려가지고....그래서 한 가지 우리 윤 집사한테 확인하고 싶어. 윤 집사, 자네는 안 상하고 나랑 정말로 끝까지 갈 수 있겠어? 정말로 상하지 않고 끝까지 쭈욱 나랑 같이 갈 수 있겠어?"

윤야성은 순간 자신의 도박이 성공했음을 느꼈다. 온 몸에 저려오는 짜릿한 전율을 느끼며 그는 자리에서 일어났다.

"목사님, 왜 제 아버지께서 저의 이름을 야성이라고 지어주셨는지 오늘에야 알겠습니다. 야성은 상하지 않습니다. 야성은 차라리 부서져 사라질지언정 상하거나 녹슬지 않습니다. 제 아버지가 기도로 지어주신 제 이름의 진짜 가치를 목사님께 보여드릴 자신 있습니다."

김 목사는 흐뭇하게 고개를 끄덕였다.

"그래, 역시....하나님께서 내게 너무도 강력하게 지금 말씀하시네. 영적 순교를 한 우리 윤 장로님의 기도를 당신께서 들으셨다고. 그 기도에는 단지 가족의 구원 뿐 아니라 자네, 윤 집사의 미래를 위한 기도까지 들어있었다고 하나님께서 지금 내게 말씀하시네. 그 기도를 오늘날 당신께서 이 서초교회를 통해, 나 김건축 목사를 통해 이루시겠다고 하나님께서 분명히 말씀하시고 있어. 윤야성 집사, 우리 정말 야성에 차서 한번 같이 뛰어보자고!!!"

김건축 목사가 윤야성에게 손을 내밀었다. 윤야성은 두 손으로 김 목사의 손을 잡고 깊이 고개를 숙였다. 윤야성의 인생 2막이 장엄하게 시작될 것만 같은 순간이었다.

2. 2016. 10. 김철골 집사의 운전기사 취임

한 때 정지만 원로목사의 벼락과 같은 신문 성명서를 통해 흔들거렸던 서초교회는 정지만 목사가 사망하고 3년이 흐르면서 차츰차츰 안정을 찾아갔다. 유진선 장로를 중심으로 서초교회의 개혁을 촉구하는 목소리는 여전히 존재했지만 그 목소리는 귀를 기울이는 사람들에게조차 희미하게 들릴 수준으로 전락했다. 한 때 대필 의혹이 있었던 김건축 목사의 영어 참고서, '글로벌 마인드로 정복하는 영어회화' 도 다시금 판매에 탄력이 붙기 시작했고 서초교회가 야심차게 진행한 영어 타운 역시 착공을 눈 앞에 두고 있었다. 누가 보아도 안정기에 접어든 서초교회 속에 예상치 못한 긴장감을 불어넣은 사람은 다름아닌 김건축 목사였다. 김 목사는 그 누구도 예상하지 못했던 인물, 김 목사가 거의 분신으로 여기던 운전기사를 어느 날 전격적으로 해고했다. 김 목사 운전기사의 해고는 서초교회에서 일하는 그 누구라도 불시에 닥칠 수 있는 인적 쇄신에서 예외가 될 수 없음을 웅변적으로 말하는 대사건이었다. 김건축 목사가 서초교회에 부임했을 때 가장 신경쓴 인사는 딱 두 명이었다. 비서실장과 운전기사. 평소 김 목사는 이렇게 말하곤 했다.

"부목사와 장로는 얼마든지 빌릴 수 있어도 비서와 운전기사는 못 빌리는 법이야."

김 목사는 서초교회 부임 직후 6개월 사이에 무려 5명의 운전기사를 바꿨다. 그만큼 운전기사는 그가 심혈을 기울인 인사였다. 장진 집사가 마침내 6번 째로 운전대를 잡기 시작했고 그는 그 날 이후 무려 5년이 넘게 그 누구에게도 그 운전대를 넘겨줄 기미를 보이지 않았다. 외부 활동이 워낙 많은 김 목사는 그만큼 차에서 보내는 시간이 많았다. 김 목사가 정말 중요한 전화는 결코 사무실에서 하지 않고 장진 집사가 운전하는 차 안에서만 한다는 사실은 이미 공공연한 비밀이었다. 그렇기에 장진 집사야말로 그 어떤 누구도 알 수 없는 '고급 정보'를 한 손에 가지고 있는 실세 중의 실세였다. 부목사들 조차 장진 집사가 다가오면 자신도 모르게 고개를 숙이는 정도였다. 부목사들 중에서 '충신 중의 충신'으로 꼽히는 주충성 목사조차 장진 집사에게는 함부로 말을 놓지 못했다. 사실상 비서실장이었던 안상해보다 더 큰 영향력을 김 목사에게 줄 수 있다던 장진 집사였다. 안상해 비서실장은 결국 건강상의 이유로 그만두었지만 김 목사의 운전기사로 막강한 권력을 구가하던 장진 집사는 건강에 아무런 문제가 없었다. 그런 장진 집사의 해고는 한 마디로 서초교회에 불어닥친 쓰나미와 같은 충격이었다. 물론 장진 집사의 해고를 놓고 다음과 같은 분석을 내어놓는 부목사도 있었다.

"결국 우리가 그 동안 착각한 거였어. 김 목사님께서 알려진 대로 차에서 중요한 대화를 하신게 아니라는거지. 정말로 그랬다면 장진 집사를 그렇게 내치지는 못하셨을거야. 다른 말로 하면 사실 장진 집사가 알고 있는 고급 정보는 거의 없었다고 보는게 맞지. 우리가 그동안 뭔가를 크게 착각하고 있었던 거야."

그러나 그런 분석에 대한 반론 역시 적지 않았다.

"무슨 소리야? 그 찌질이 장세기 목사의 영전을 미리 점친게 누군데? 장진 집사야. 장진 집사가 나보고 그랬었어. 앞으로 장 목사가 뜰거 같으니까 미리 줄을 대놓으라고. 난 그 때만 해도 한 귀로 듣고 한 귀로 흘렸어. 그런데 세상에....장세기가 그렇게 뜰 줄 누가 알았나? 난 장진이 실세였다고 봐. 결국 우리 김 목사님이 무서운 사람이라는 거지. 그 누구도 100% 안심하면 안된다는 걸 보여주는거야. 뭐, 이런 말 하기는 뭐하지만....주충성도 언제 날아갈지 모르는게 냉혹한 우리의 현실이 아닐까? 어쨌든 뭐, 나 같은 조무래기 목사는 그냥 고개 팍 숙이고 시키는 일이나 정신차리고 해야겠지."

장진 집사의 해고와 함께 과연 누가 안상해의 뒤를 이어 새로운 비서실장이 될지에 대해서는 의견들이 분분했다. 비서실장에 지원한 사람들 중에 믿음 좋은 것으로 유명한 전직 판사가 있다는 것은 이미 공공연하게 알려진 비밀이었다. 법조계에 엄청난 인맥을 가진 전직 판사를 비서실장으로 두는 것에 대한 장단점을 놓고 부교역자들간에 이런 저런 토론들이 벌어졌다. 비록 전직판사 비서실장이 주는 가장 큰 단점인 '비교적 고령'에도 불구하고 그 점을 상쇄하고도 남는 장점이 훨씬 많다는 것이 중론이었다. 게다가 김건축 목사의 카리스마는 사실상 나이에 전혀 구애받지 않는 수준이라는 사실에 대부분의 사람들이 고개를 끄덕이고 있었다. 그런 상황을 고려할 때 아마도 교계에 엄청난 파장을 몰고올 전직 판사가 김건축 목사의 새로운 비서실장이 될 것이라는 데에 사람들의 예상이 거의 일치하고 있었다. 윤야성을 비롯해 몇 명의 무명(?)이 인터뷰까지 했지만 그들은 거의 아무런 주목을 받지 못했다.

비서실장의 인선이 채 마무리되지 않은 시점에서 운전기사가 먼저 결정되었다. 주인공은 김건축 목사의 막내 동생인 김철골 집사였다. 아들만 무려 다섯명인 김건축 목사는 그 중에서도 장남이었다. 언젠가 김건축 목사는 한 외부 모임에서 이런 말을 했었다.

"하나님께서 정말로 우리 가족을 특별하게 생각하시는 것 같습니다. 그렇지 않다면 어떻게 한 가족에 이렇게 아들만 다섯을 연속으로 주셨겠습니까? 확률상 그래도 딸이 하나 정도는 나올 수 있지 않습니까? 저는 하나님께서 우리 부친께 아들만 이렇게 다섯을 주시는 것을 보고 구약의 야곱이 생각났습니다. 야곱에게 무려 아들이 12명이 아니었습니까? 생각해 보십시오. 야곱이라고 딸내미 하나 낳고 싶지 않았을까요? 그런데도 왜 하나님께서, 우리의 좋으신 하나님께서 야곱에게 아들만 12명을 주셨을까요? 바로 거기에 깊은 영적 비밀이 있습니다. 우리가 그 뜻을 제대로 알 수 없어도 일단 아들을 연속해서 주시는 경우 거기에는 하나님의 축복이 숨겨져 있다....이런 차원으로 말씀드릴 수 있겠습니다. 저도 아들만 셋입니다. 허허허~~"

그 모임 중에 있었던 한 노신학자가 그 때 이렇게 말한 것으로 알려졌다.

"김 목사님, 구약에서 특별한 경우가 아니면 딸은 카운트 하지 않습니다. 무슨 말인가 하면....야곱의 자식이 아들만 12명이라고 성경이 말하는게 반드시 야곱에게 딸이 없었다는 의미가 아니라는 것입니다. 야곱의 딸이 12명 아니 12명보다 더 많았을 수도 있어요. 무엇보다....저는 당연히 김건축 목사님이 잠시 착각하셨다고 생각하는데요. (그 노신학자는 이 부분에서 잠시 말을 멈추고 깊은 한숨을 쉬었다.) 야곱의 딸 디나가 성경에 분명히 나오지 않습니까? 그것도 아주 비중있게 말입니다. 창세기 34장을 보면...."

아무튼 야곱에게 딸이 몇 명인가 있었는가의 문제는 신학적 난제(?)로 남겨놓자. 그리고 그 날 그 노신학자의 지적을 김건축 목사가 어떻게 대답했는지는 전혀 외부로 알려지지 않았다. 하지만 여전히 김건축 목사에게 중요한 사실은 하나님이 아들만 주시는 경우 그 집은 특별한 복을 받은 집이다...라는 확신은 조금도 달라지지 않았다는 사실이다.

하니님의 **특별한 복을 받은** 김건축 목사의 형제들은 김건축 목사가 서초교회에 부임한 이후 하나 둘씩 교회와 관련된 업종으로 직업을 바꾸기 시작했다. 마침내 교회 밖에 남아 있던 마지막 동생인 막내 김철골 집사가 전속 기사의 직함으로 김건축 목사의 핵심 그룹에 조인한 것이었다. 김철골 집사는 김건축 목사의 동생답게 비록 기사였지만 취임(?) 후 행보부터가 사뭇 달랐다. 김철골 집사에게는 교회 부속 건물내에서도 가장 전망 좋은 사무실이 주어졌다. 이 세상에 사무실이 있는 운전기사가 있다는 말은 어디서도 들은 적이 없었던 사람들은 그 소식에 다 아연실색할 수 밖에 없었다. 그게 전부가 아니었다. 김철골 집사는 사무실 인테리어를 최고급으로 바꾸고 여직원 두 명을 신규 채용했다. 도대체 그 여직원들이 김철골 집사 사무실에서 무슨 일을 하기 위해 뽑혔는지는 아무도 몰랐다. 혹자는 서초교회가 이제부터 '대리운전' 서비스를 시작하는 것이 아니냐는 뼈 있는 농담을 할 정도였다. 하지만 그 두 명의 여직원은 하루 종일 책을 읽고 뭔가를 메모하면서 바쁘게 시간을 보냈다. 몇몇 직원들이 새로 뽑힌 직원들에게 무슨 일을 하는지 물어보았지만 그 두 명의 여직원은 그냥 웃으며 한결같이 이렇게만 대답했다.

"다 주님의 일을 할 뿐이죠, 뭐."

김철골 집사 역시 주변의 시선과 관계없이 자신이 맡은 운전기사로서 역할에만 충실했다. 그러나 아무리 바빠도 김철골 집사는 반드시 하루에 한 두 번은 사무실에 들러 직원들을 챙겼다.

3. 2016. 10. 10. ~ 10. 20. 윤야성의 집 1.

　월요일 인터뷰 후 당장이라도 출근하리라 기대했던 윤야성은 인터뷰를 하고 이틀이 지난 수요일에도 아무런 연락이 없자 그 누구에게도 하소연할 수 없는 초조함에 온 몸의 피가 마르는 고통의 시간을 보냈다. 목요일이 되자 윤야성은 마침내 스스로의 판단 자체를 의심하는 지경에까지 이르렀다.

　'이거 혹시 내가 잠시 무슨 착각에 빠졌던 것이 아닐까? 뭔가를 너무 간절하게 원하다보니까 나의 뇌가 아예 미쳐버려서 상상을 현실로 바꿔버린 것은 아닐까?'

　김건축 목사와 인터뷰를 하고 돌아온 월요일 저녁 윤야성은 아내와 이제 중학생이 된 아들과 초등학생 딸을 데리고 평소에 애들이 그토록 먹고 싶어하던 스테이크를 먹으러 나갔다. 정신없이 고기를 써는 아이들을 보면서 윤야성은 말했다.

　"아빠가 이제 우리나라에서 제일 훌륭한 목사님이랑 같이 일하게 됐어. 앞으로 아빠가 너희들 스테이크 많이 사줄게. 그러니까 더 열심히 공부해야 한다. 아빠가 앞으로 정말로 많이 바빠질거야. 아마 외국도 자주 가야해서 너희들 아빠 자주 못볼지도 모른다. 정말 어쩌면 아빠는 비행기에서 보내는 시간이 더 많을지도 몰라. 그럴수록 너희들 엄마 말씀 더 잘 들어야해. 알았지?"

고기를 썰던 아들이 말했다.

"그럼 아빠 이제 돈 많이 벌어요? 우리집 부자돼요?"

윤야성은 아들의 머리를 툭 치면서 말했다.

"그래, 이제 아빠 돈 많이 번다. 그게 그렇게 중요하나?"

윤야성과 그의 아내 정진아는 서로를 바라보며 웃었다.

"여보, 그럼 언제부터 출근이에요?"

윤야성은 그 때 당당하게 대답했다.

"당연히 내일부터 당장 나가지. 비서실장이 없이 김건축 목사님이 하루라도 일을 하실 수가 있겠어? 얼마나 바쁘고 정신없는 자리인데 그 자리가...."

윤야성은 그 때만 해도 다음날 정도면 연락이 오고 즉시 출근하리라 생각했었다. 그랬기에....그는 인터뷰를 마치고 서초교회를 나서는 즉시 '기독교 문화 연구소'에 전화를 걸어 소장에게 사의를 표했다. 그리고 호기있게 덧붙였다.

"월급 그 동안 못 받은 거 그냥 다 하나님께 헌금했다고 생각하겠습니다. 소장님, 그 동안 감사했습니다."

연구소 소장은 미안해 하면서도 윤야성의 태도에 적잖이 감정이 상한게 분명했다.

"윤 팀장, 내가 정말 이런 말할 자격은 없지만 그래도 이건 좀 아니지 않는가? 얼마나 대단한 곳에 취업을 했는지는 몰라도 후임자를 구할 수 있게 하다 못해 며칠이라도 시간을 줘야 하는 거 아니야? 함께 일한게 거의 10년이 다 되어가는데 이건 정말로 너무하는군."

윤야성은 '소장인 너는 니 일을 제대로 못하면서 나한테는 100% 책임을 요구하는거야? 그런 마인드로 사니까 니가 하는 연구소라는게 언제나 그 모양 그 꼴이지.' 라는 말이 목구멍까지 올라왔지만 참았다.

"죄송합니다. 소장님, 상황이 그렇게 되었습니다. 하지만 연구소를 위해 하루도 기도를 쉬지 않겠습니다. 그리고 정말로 제가 그 동안 할 수 있는만큼은 했습니다. 소장님도 지난 몇 달간 제가 월급없이 어떻게 살았는지 아시지 않습니까? 어쨌든 죄송합니다."

원죄가 있는 소장은 윤야성의 차가운 대답에 아무말도 할 수 없었다.

인터뷰 다음 날 화요일 아침, 정진아는 전날 급하게 드라이한 양복을 입고 당당하게 출근하는 윤야성을 뒤에서 가만히 끌어안고 말했다.

"잘해, 여보... 난 당신 너무 자랑스러워."

그렇게 매일 아침 말끔하게 다림질한 양복을 입고 윤야성은 유령출근을 하고 있었다. 매일 저녁 퇴근한 윤야성에게 오늘은 무슨 일을 했는지 궁금해 묻고 또 묻는 정진아에게 윤야성이 만들어내는 말의 밑천도 점점 그 바닥을 드러내고 있었다. 윤야성은 정말 말 그대로 뼈와 살이 타는 것과 같은 초조함에 하루 종일 물을 마시고 또 마셨다. 하루에도 몇 번이고 서초교회 사무실로 전화를 걸어 '제가 이번에 비서실장으로 뽑힌 윤야성 집사입니다. 언제부터 출근하면 될까요? 어디로 출근해야 하나요?'라고 묻고 싶은 충동을 참고 또 참았다. 사실상 인사부서의 직원들도 엄밀히 말하면 앞으로 윤야성의 부하 직원이라고 해도 과언이 아니지 않는가? 시작도 하기 전에 그렇게 고개를 숙이고 비굴하게 들어갈 수는 없었다. 죽어도 '가오'만은 세워야 한다고 윤야성 속의 그 무엇인가가 그에게 강하게 명령하고 있었다. 무엇보다 윤야성을 괴롭히는 것은 시간이 흐를수록 김건축 목사와의 인터뷰가 꿈이 아니었는지를 도저히 확신할 수 없다는 사실이었다. 윤야성은 몇 번이고 서초교회 근처를 어슬렁거리다가 교회에서 멀지 않은 교보서점에 꼭 한 번은 들려 '뇌'에 대한 책을, 특히 '뇌의 착각'과 관련된 책들을 읽곤 했다.

김건축 목사와의 인터뷰 후 무려 5일간 유령출근을 하던 윤야성은 마침내 첫 일요일을 맞았다. 평소보다 훨씬 더 흥분한 모습으로 교회갈 준비를 하던 정진아가 윤야성에게 말했다.

"교회에서 사람들이 이제 내가 김건축 목사님 비서실장 사모님인거 다 알텐데....좀 부담스럽다. 옷도 좀 신경써서 입어야 할 거 같고...."

윤야성은 자기도 모르게 입술을 깨물었다.

"여보, 사실은 말이야. 김건축 목사님께서 나한테 꼭 당부, 아니 그 분이 부탁이라는 단어를 쓰셨어. 사실은 당신한테 전해달라고 하신 말씀이 있어. 내기 미리 얘기했어야 했는데 깜박했어."

의아해하는 정진아에게 윤야성이 말했다.

"비서실장이라는 자리가 사람들이 워낙 주목하고 또 이상한 사람들이 김건축 목사님한테 줄을 대서 뭔가 할 수 있는 그런 자리라고 생각하거든. 그래서 그런지....저번 비서실장도 가족들은 다 다른 교회를 다녔다고 하더라고. 당신 이해할 수 있지? 대통령이 되면 제일 먼저 문제가 되는게 대통령 가족들한테 막 달라붙고 하는 그런 사람들이잖아? 그거랑 비슷해. 그래서 김건축 목사님이 정말로 당신한테는 미안하지만 교회를 위해서 당분간만...당분간만 다른 교회를 좀 다녀달라고 특별히 부탁하시더라고. 가능하면 교회 관련한 사람들하고는 전화도 하지 않았으면 좋겠다고 하시면서. 결국 교회를 위해서, 하나님의 나라를 위해서 희생해 달라고...당신한테 꼭 정중하게 부탁해 보라고 하셨어."

정진아는 적이 실망하는 얼굴이었다. 말은 안했지만 며칠 전부터 정진아는 일요일이 오기만을 기다리고 있었다. 심플한 스타일을 돋보이게 하는 푸른빛이 도는 헬무트 랭Helmut Lang 검정 페플럼 원피스를 주중에도 몇 번이고 입어보곤 했던 정진아였다. 그녀가 가장 아끼는 옷이었다. 원피스를 다시 옷장에 걸며 정진아가 적지않게 실망한 목소리로 말했다.

"어쩔 수 없지....여보...목사님께 꼭 말씀드려줘. 목사님을 위해서 또 교회를 위해서 그 정도의 희생은 나한테 희생도 아니라고 말이야. 하지만 나는 그런 청탁같은 거 절대로 받지 않는 사람이란 것도 꼭 좀 말씀드려줘. 여보, 내가 20년 가까이 다니던 교회를 하루 아침에 어떻게 옮겨? 당분간은 몰라도....애들도 친구들 다 거기 있는데. 그러니까 목사님께 윤야성 비서실장 부인은 절대로 그런 사람 아니라고, 목사님의 걱정을 이해하지만 난 잘 할 수 있다고 꼭 전해줘."

정진아의 시선을 피하며 윤야성은 고개를 끄덕였다.

서초교회는 일요일에 총 5번의 예배가 진행되었다. 1부 예배에 참석한 윤야성은 설교 강대상에 선 김건축 목사가 가장 잘 보이는 본당 1층 중앙의 앞자리에 앉았다. 당연히 강대상에 선 김건축 목사의 눈에도 윤야성이 가장 잘 보일 수 밖에 없었다. 그 날 윤야성은 1부부터 5부까지 움직이지 않고 그 자리에 앉아서 예배를 드렸다. 그 누구보다 뜨겁게 두 팔을 올리며 '할렐루야'를 외쳐댔다. 분명 김건축 목사가 설교 중에 몇 번 윤야성을 보았다고 윤야성은 확신했다. 윤야성을 본 김건축 목사의 눈빛에는 아무린 변화가 없었지만 김 목사가 윤야성을 본 것만은 분명했다. 참으로 신기하게도 5번이나 같은 설교를 들었는데도 윤야성의 머리 속에 설교의 내용은 조금도 남아있지 않았다. 오로지 자신을 몇 번 바라본 김건축 목사의 그 무심한 시선만이 머리에 남아있었다. 조금도 흔들리지 않았던 김건축 목사의 눈빛, 도대체 그 시선은 무엇을 의미하는가? 윤야성은 더욱 더 미칠 거 같았다. 행여나 김건축 목사의 그 변함없는 눈빛이 '당신 누구세요? 도대체 누군데 같은 자리에 5번이나 계속해서 앉아계세요?'를 의미하는 것은 아닌지 윤야성은 견딜 수 없었다. 아무리 스스로에게 긍정적인 최면을 걸려고 해도 가장 최악의 시나리오만이 윤야성의 머리 속에서 맴돌았다.

    윤야성은 무작정 거리를 걷기 시작했다. 교회는 일요일이 가장 바쁜 날이다. 그 누구보다 일요일이 바빠야 할 김건축 목사의 비서실장인 자신이 일요일에 일찍 집에 들어갈 수는 없었다. 어느새 거리에 어둠이 내려앉았다. 윤야성은 자신도 모르게 자기의 머리를 주먹으로 때리며 거리를 걷고 있었다. 대부분의 사람들은 그런 윤야성을 애초에 멀찌감치 피해서 걸어갔다. 그러나 20대 후반으로 보이는 술에 취한 건달 차림의 서너명은 노골적으로 윤야성을 향해 손가락질을 하며 피식 피식 웃어댔다. 심지어 그 중의 한 남자는 아예 윤야성을 흉내내 자기 머리를 치면서 윤야성으로부터 한 두 발자국 떨어져 따라오기까지 했다. 그 모습을 본 그 남자의 일행은 배를 잡고 웃어댔다. 그러나 윤야성의 눈에는 아무것도 보이지 않고 아무것도 들리지 않았다. 5,60미터를 윤야성을 흉내내며 따라가던 남자는 아무런 대응이 없는 윤야성에게 지쳤는지 마침내 윤야성을 향해 뭔가 욕지거리를 내뱉으며 발걸음을 돌려 일행에게로 돌아갔다. 멀쑥한 양복을 입은 채 자신의 머리를 때리며 걷는 윤야성을 길가는 사람들은 이상하다는 듯이 쳐다보며 피해갔다.

  또 다시 윤야성에게 지옥과도 같은 새로운 한 주가 시작되었다. 오지 않는 연락을 기다리는 천년같이 긴 하루가 그렇게 한없이 느리게 흐르기 시작했다. 한 주간의 중반을 넘어가는 수요일 저녁이 되자 윤야성은 마침내 거의 포기단계에 이르렀다. 하루에도 수십 번씩 행여나 부재중 전화 또는 메시지가 있을까 싶어 보고 또 보던 핸드폰조차도 더 이상 보지 않게 되었다. 정진아가 매일 아침 신경써서 주름 하나 없이 다림질해준 양복을 입고 '거리로' 출근하는 이 짓을 자신이 얼마나 더 할 수 있을지 스스로도 알 수 없었다. 이 유령출근 끝에 도대체 무엇이 자신을 기다리고 있을지도 생각할 수 없었다. 아니, 무엇이 있을지 두려웠다. 윤야성은 태어나서 처음으로 사람들이 왜 자살하는지 그 이유를 똑똑하게 알 수 있었다. 태어나 단 한 번도 신앙을 가진 그의 머리에 떠오른 적이 없는 단어가 '자살'이었다. 죽을 용기가 있으면 그 용기로 살아보란 말이야....라는 사람들의 충고가 얼마나 허망하고 팔자좋은 소리인지 윤야성은 비로소 똑똑하게 느낄 수 있었다. 죽을 용기보다 살 용기가 적어서 자살하는게 아니었다. 인간이 스스로의 생명을 거두는 이유는 수치감 때문이었다. 숨은 쉬지만 더 이상 인간으로서의 자신을 버틸 수 없도록 만드는 수치감 때문이었다.

목요일 아침이 되었다. 주름 하나 없이 다려진 양복을 입고 또 다시 거리로 출근하려는 윤야성에게 정진아가 뛰어왔다. 윤야성이 막 현관문을 열고 밖으로 나서려는 순간이었다.

"여보, 목사님이 언제 전화하실지 모르는데 핸드폰을 놓고 가면 어떻게? 그런데 여기 문자 하나 왔는데?"

처음 보는 번호였다. 순간 윤야성의 가슴이 무섭게 고동치기 시작했다. 천천히 떨리는 손을 억제하며 문자를 열었다. 문자를 보는 순간 윤야성의 두 다리는 더 이상 윤야성의 몸뚱아리를 받치지 못하고 무너지고 말았다. 마치 순간적으로 속에 들었던 모든 내용물이 빠져나간 포대자루처럼 윤야성은 현관에 그대로 주저앉으며 눈물을 쏟기 시작했다. 깜짝 놀란 정진아가 윤야성을 향해 소리쳤다.

"여보, 여보 왜 그래? 당신 왜그래? 도대체 무슨 문자가 왔는데 그래?"

윤야성은 꺼억 꺼억 울음을 참으려 안간힘 쳤지만 속에서부터 터져 올라오는 용암과도 같은 뜨거운 감정을 도저히 억누를 수가 없었다. 한참동안 아무 말도 못하고 현관에 주저앉아 울기만 하는 윤야성을 바라보는 정진아의 눈에서도 어느새 눈물이 흐르기 시작했다. 마침내 윤야성이 핸드폰을 힘없이 흔들며 더듬더듬 말하기 시작했다.

"이제는 날 보고 아예 죽으라는 거야? 하루종일 자기 곁에만 있으라고 하면서...점심도 다른 사람이랑 먹지말고 자기하고만 먹어야 한다고 하면서....그것도 모자라서 이제는 아예 이렇게 핫라인까지 만들어서 자기랑 얘기하자는 거야? 집에 와서도 자기 생각만 하라는거야? 날 보고 어쩌라고, 도대체 날 보고 더 이상 어떻게 하라고. 도대체 날보고 어디까지 하라고? 지금도 힘들어 죽겠는데 날 보고 왜 이렇게까지 하라고 하는지....흐흐흑."

영문을 모른채 정진아는 태어나 처음 보는 윤야성의 우는 모습에 낭황을 넘어 두려움까지 느꼈다. 지기 아버지가 죽었을 때에도 눈물 한 방울 흘리지 않던 윤야성이었다. 정진아도 마침내 소리까지 내며 울기 시작했다. 그런 정진아를 앞에 두고도 윤야성은 여전히 현관 앞에 쭈그린채 꺼이꺼이 눈물을 쏟고 있을 뿐이었다. 마침내 정진아는 윤야성을 부여잡고 마구 흔들며 말했다.

"여보, 왜 그래? 도대체 무슨 문자인데 그래? 왜 그래? 당신 왜 그렇게 울어? 나 무섭단 말이야....당신 왜 그래....당신 이런 사람 아니잖아...흐흐흑."

윤야성은 몸을 돌려 놀라서 우는 정진아를 끌어안았다. 몇 분이나 그렇게 두 사람이 현관 앞에 쪼그리고 서로를 끌어안은채 함께 울었을까? 마침내 감정을 추스린 윤야성이 핸드폰을 정진아에게 건넸다. 눈물이 앞을 가려 정진아는 윤야성이 건넨 핸드폰을 손에 들고도 한참동안 글자를 읽을 수 없었다. 여전히 훌쩍거리는 정진아의 눈에 핸드폰 속 문자가 조금은 흔들리며 마침내 그 내용을 드러냈다.

"윤 실장, 앞으로 좋은 아이디어가 있으면 아래의 이메일로 보내. 이 이메일은 오로지 나와 윤 실장만 보는 비공식 이메일이야. 말하자면 이게 우리 둘 사이의 **핫라인**인 셈이지. 앞으로 멋진 사역 기대하네! 내 이메일은 다음과 같네. kingofchurch@hotmail.com."

문자를 읽은 정진아가 조금은 어이가 없다는 듯 중얼거렸다.

"앞으로 멋진 사역? 지금도 새벽부터 나가서 밤 늦게까지 이렇게 열심히 하는데....그럼 지금까지 내 남편이 일한건 멋지지 않다는거야?"

 억울하다는 듯 정진아는 다시 서럽게 울기 시작했다. 그런 정진아를 윤야성이 다정하면서도 뜨겁게 끌어안았다. 김건축 목사의 문자가 윤야성에게 도착한 후 채 몇 시간 지나지 않아 또 하나의 문자가 윤야성의 핸드폰에 도착했다.

 "윤야성 집사님, 안녕하십니까? 저는 서초교회 행정을 총 책임지는 박내장 사무처장입니다. 하나님의 나라 건설을 위해 함께 사역하게 된 것을 감사하고 영광스럽게 생각합니다. 내일부터 출근하시라는 김 목사님의 지시가 있었습니다. 아침 8시 30분까지 교회 본당 건물 2층 비서실로 출근하시면 됩니다. 내일 출근하실 때 주민등록 등본 한 통하고 통장 사본을 사무처 직원에게 제출해 주시면 감사하겠습니다."

4. 2016. 10. 21. 서초교회

진짜 출근한 윤야성이 서초교회에 도착한 시간은 아침 7시 30분이었다. 비록 출근 시간이 8시 30분이었지만 윤야성은 생각했다. 평소 새벽 기도를 그 무엇보다 중시하는 김건축 목사의 스타일로 봐서 그는 분명 새벽 예배를 마친 직후인 7시 전에 이미 출근해 있으리라고. 그러나 사무실이 위치한 교회 본당건물 2층은 아예 불이 꺼져 있었다. 밖으로 나와있는 층계로 올라가서 문을 열었지만 바깥으로 난 사무실 출입문은 아예 단단하게 안으로부터 잠겨 있었다. 아무도 출근한 사람이 없음이 분명했다. 이 시간 서초교회에서 근무하는 사람은 오로지 단 한 명, 교회정문 경비실에서 졸고있는 경비 한 명뿐이었다. 윤야성은 왔던 길을 돌아가 교회정문의 경비실 창문을 두드렸다.

"저기, 집사님....아직 아무도 출근 안했나요?"

윤야성이 교회정문을 지키는 졸고있는 경비집사를 지나 교회마당 한참 안쪽에 위치한 본당건물로 유유히 들어가는 모습조차 모르고 있던 경비는 깜짝 놀라며 대답했다.

"당신 뭐야? 직원들이야 다 9시가 되어야 출근하지 누가 이 시간에 출근해? 그런데 당신 뭐야? 누군데 그렇게 혼자 막 맘대로 본당쪽으로 들어가고 그러는거야?"

윤야성은 자신을 김건축 목사의 새로운 비서실장, 윤야성 집사라고 소개했다. 오늘이 첫 출근이란 말도 덧붙였다.

"아, 안상해 실장 후임이구먼. 안 실장 참 안됐어. 그렇게 고생하더니 몸이 그냥 완전히 상해버려 가지고. 젊은 나이에....안 실장이 초기에 너무 고생을 했어. 윤 실장...윤 실장 맞지요? 윤 실장도 우리 서초교회 오래 다녔으면 기억하겠지만 김 목사님 오시고 초창기에 좀 빡셌잖아요? 거의 매일 새벽에 무슨 집회하고 또 수염 기르고 난리가 아니었잖아요? 또 목사들은 되지도 않는 영어로 회의한다고 그 때 몸이랑 정신이랑 상한 사람들이 꽤 돼요. 지금 내가 이름은 말할 수 없지만 그 때 그 영어 회의인지 그거 때문에 정신이 상해서 아직까지 우울증 약 먹는 목사들이 있다니까. 내가 확실히 아는 사람만도 여러 명 돼요. 그 정도로 당시가 좀 힘들었어. 아무튼 그러다보니 당시 안상해 실장은 교회가 아니라 아예 김 목사님 집으로 출근했거든. 당시만 해도 새벽 4시 좀 넘으면 김 목사님이 나오시곤 했으니까 그 시간 맞춰서 안 실장이 목사님 댁으로 출근했지. 생각해봐요, 그 게 말이 되는 시간이야? 그러다보니까 안 실장은 아예 김 목사 님 집 근처 모텔에서 주로 자고 그랬다고 하더라고….그러니까 몸이 안 상하겠어? 몸이 배겨날 재간이 있겠어요? 매일 편의 점 음식 사 먹으면서 모텔에서 자고…그게 사람 사는게 아니지. 그 때 상한 몸을 제 때 치료만 했다면 젊었으니까 괜찮았을텐 데. 그 몸을 몇 년 계속 끌고 가다보니까 결국은 그냥…..”

경비는 오래 전 당시를 회상하듯 먼 곳 어딘가를 바라보며 혀를 찼다. 잠시 후 경비는 분명 돋보기가 분명한 검정 뿔테 안 경을 콧잔등 아래로 내리며 뿔테 안경 너머 조금은 충혈된 눈으 로 윤야성을 자세히 살폈다.

"그래도 그렇게 힘든 시절은 이제 지났으니까 우리 윤 실장 은 좀 괜찮을거야. 아무튼 우리 김 목사님 다른 건 몰라도 체력 하나는 하늘이 준 체력이야. 몸 잘 챙겨요..평소에. 아직 젊다고 방심하지 말고 말이야.”

지난 20년이 가까운 시간동안 매 주 일요일 교회에 올 때마 다 정문 경비실에 앉아 있었던 낯익은 경비였다. 그러나 그 경 비가 이렇게 '유창하게' 말을 할 수 있는 사람인지, 그 경비의 머리 속에 이렇게 다양한 교회의 역사와 이야기들이 담겨있는지 윤야성은 그 날 처음 알았다. 윤야성은 경비에게 그럼 안상해 전 비서실장은 지금 어떻게 지내냐고 묻고 싶었지만 참았다. 어차피 시간이 지나면 자연스럽게 알게 될 일이었다. 경비에게 감사하다고 인사하고 윤야성은 교회 근처의 한 카페를 찾았다. 일요일 예배를 보고 나서 몇 번 간적 있는 익숙한 장소였다. 카페에 들어가기 전 핸드폰을 꺼내 시간을 보았다. 아직도 족히 한 시간은 더 있어야 8시 30분이 된다. 그리고 경비의 말을 근거로 할 때 8시 30분이라고 100% 사무실이 열린다는 보장도 없어 보였다. 윤야성은 가볍게 한숨을 쉬었다. 너무 흥분해 아침을 먹지 않았어도 만족해하던 위장이 갑자기 윤야성에게 신호를 보내기 시작했다. 어느 대형 교회나 그렇듯이 서초교회 근처도 식당으로 넘쳐났다. 그 중에 상당수는 아침 식사 장사를 하고 있었다. 생각을 바꿔 식당으로 발걸음을 옮겼다. 서초교회에서 약 100미터 정도 떨어진 양평 해장국 집에 들어갔다. 식당은 예상 외로 손님들로 붐볐다. 대부분이 20대 후반 또는 30대 초반의 남자들인 이들은 하나같이 해장국과 함께 소주를 마시고 있었다. 이들에게 지금은 아침이 아니라 퇴근하는 저녁임이 분명했다. 서초교회 주변은 넘쳐나는 식당 만큼이나 밤새 영업하는 유흥업소들도 넘쳤다. 지난 10일간 맘 편하게 잠을 못자서 그런지 식사를 마치자 윤야성은 아침 시간에 전혀 어울리지 않는 몸 전체에 퍼지는 노곤함을 느꼈다. 정신을 차리기 위해서라도 카페인이 필요했다. 양평 해장국을 나와 근처 카페에서 엑스트라 샷을 넣은 진한 아메리카노를 한 잔 테이크 아웃해 마시면서 천천히 교회를 향해 걸었다. 다시 핸드폰 시계를 보았다. 최대한 시간을 보내기 위해 천천히 식사를 해서 그런지 시간은 어느새 8시 15분을 가리키고 있었다. 윤야성은 서초교회 쪽이 아닌 반대 방향으로 커피를 마시며 천천히 걷기 시작했다. 동네 전체를 한 바퀴 돌면 8시 35분 정도가 될 거 같았다. 거리는 점점 출근하는 사람들로 조금씩 분주해지고 있었다. 10월 하순의 아침 날씨는 생각보다 싸늘했다. 윤야성의 손에 쥐어진 아메리카노의 온기가 점점 사라질수록 거리는 출근하는 사람들이 내뿜는 활기로 더 생기가 넘쳐났다. 윤야성이 예상했던 시간에 맞춰 교회 근처에 다다랐을 때 교회 앞 거리는 한 시간 전과는 비교도 할 수 없이 많은 사람들이 오가고 있었다. 윤야성은 빈 아메리카노 종이잔을 교회정문 경비실 옆 휴지통에 버렸다. 윤야성을 알아본 경비가 이제 직원이 출근했으니까 사무실로 들어가라는 몸짓을 했다. 윤야성은 정문을 지나 교회 본당건물까지 마당을 가로질러 천천히 걸어갔다. 멀리 본당건물 2층 사무실에 흐릿한 불 하나가 들어와 있는 것 같았다. 본당건물에 도착한 윤야성은 천천히 2층으로 걸어올라갔다. 1층에서 2층까지의 층계는 총 17개였다.

5. 2016. 10. 21. 김건축 목사 비서실 1.

 이미 김 목사와의 면접 때에 들어왔던 서초교회 본당건물 2층 사무실은 그리 낯설지 않았다. 사무실 안내 데스크를 지나 안쪽으로 들어가면 긴 복도가 나왔다. 그 복도를 따라 양쪽으로 큰 사무실들이 있고 그 사무실 안에는 팀장급 목사 또는 직원을 위한 별도의 방이 있었다. 각 부서의 실무 직원들은 팀장실 앞에 위치한 파티션으로 구분된 자리에서 근무했다. 복도 끝에는 복도 양편에 있던 사무실들의 출입문과는 차원이 다른 육중한 나무로 만든 출입문이 있었다. 그 문을 열면 김건축 목사의 비서실, 응접실 그리고 김 목사의 집무실 입구가 펼쳐졌다. 응접실 중앙에는 한 눈에 보아도 세련되게 길이 든 가죽 소파가 놓여져 있었다. 소파 왼쪽에는 최소 150권이 넘는 김건축 목사의 베스트셀러 '글로벌 마인드로 정복하는 영어회화' 가 에펠탑의 모양으로 쌓여져 고급스런 유리상자 속에 진열되어 있었다. 만약에 아무런 선입관이 없는 누군가가 이 공간에 들어온다면 그 사람은 100% 이 곳을 아주 유명한 영어학원의 원장실이라고 착각할 것이 뻔했다. 응접실의 벽은 각종 언론매체에 소개된 김건축 목사의 인터뷰 기사 등을 확대 프린트한 액자들로 차고 넘쳤다. 응접실 왼쪽에는 유리로 만든 문이 있었고 그 유리문 너머로 김건축 목사 비서실이 있었다. 응접실 정면에는 자작 나무로 만든 또 하나의 웅장한 문이 있는데 윤야성은 11일 전 바로 그 문을 통해 김건축 목사의 집무실로 들어갔었다. 김건축 목사의 집무실을 지키는 자작나무 출입문은 너무도 두껍고 웅장해서 집무실 안에서 누군가 비명을 질러도 밖으로 새어나오지 않을 것 같았다.

윤야성이 2층 사무실 문을 열고 들어가자 안내 데스크에서 일하는 여직원이 책상을 닦다 말고 의아한 듯 윤야성을 바라보았다. 마치, '무슨 일로 이렇게 이른 시간에 오셨나요?'라고 묻는 듯이. "저는 윤야성이라고 하는데요...."라는 대답에 그 직원은 순간적으로 얼굴 표정을 바꾸며 윤야성을 복도 끝 김긴축 목사의 응접실로 인도했다.

"실장님, 아직 아무도 출근을 안했어요. 금방 다들 올거에요. 여기 조금만 앉아계세요."

윤야성은 에펠탑 모양으로 쌓은 '글로벌 마인드로 정복하는 영어회화'를 담은 유리 상자 옆의 소파에 앉아 저쪽 유리문 너머의 비서실을 보았다. 세 개의 책상이 있었다. 아마도 가장 안쪽의 책상이 자신의 자리일 것이다. 책상 위에 아무것도 없는 것으로 봐서 거의 틀림없었다. 비서실장은 비록 실장이지만 다른 실장들과는 달리 별도의 방이 제공되지 않을 수도 있다. 그건 얼마든지 이해할 수 있었다. 그리고 유리문 바로 옆의 한 책상은 분명 김건축 목사의 부임 시점부터 김 목사와 함께 일한 여비서, 정주현의 자리일 것이다. 그 책상 위에는 여직원 책상 위에서만 볼 수 있는 작은 탁상거울과 그 앞에는 샤넬 넘버 5, 오드퍼퓸 향수가 놓여있었다. 윤야성이 향수에 대해서는 잘 모르지만 정진아가 한 두 번 갖고 싶다고 말한 적이 있었던 바로 그 향수였다. 이제 막 마흔줄에 들어선 정주현은 아직 미혼이었다. 김 목사의 개인통장까지 관리한다는 전혀 확인되지 않은 소문이 있을 정도로 김 목사에게 없어서는 안되는 사람으로 알려져 있었다. 사실 김건축 목사가 '비서실장과 운전기사'가 자신의 핵심이라고 말로는 떠들지 몰라도 그 말을 곧이 곧대로 들을 수 없는 이유가 바로 정주현이라는 인물 때문이라는 주장이 있을 정도였다. 정주현은 정기적으로 피부과에서 관리를 받고 조금이라도 몸에 이상이 있으면 며칠이고 쉴 수 있다고 했다. 과거 비서실장인 안상해에게는 상상도 할 수 없는 일이었다. 만약 안상해에게 그렇게 자신을 관리할 여유가 있었다면 그는 애초에 상하지 않았을지도 모른다. 직급서열상 정주현이 안상해의 부하 직원이었지만 사실 정주현은 김건축 목사와 다이렉트로 일했었고 안상해의 지시를 받지 않았던 것으로 알려져 있었다.

 윤야성은 주인도 없는 정주현의 책상을 가만히 노려보았다. 어쩌면 윤야성의 미래는 김건축 목사가 아닌 정주현과의 관계를 어떻게 정립하는가에 달렸을지도 모른다는 윤야성만의 직감이 그를 자극했기 때문이었다. 비서실에 있는 나머지 한 개의 책상은 누가 쓰는 것인지 윤야성은 알 길이 없었다. 그 책상 위에는 두꺼운 영어 원서가 몇 권 무심하게 올려져 있을 뿐이었다. 어쩌면 윤야성이 모르는 또 한 명의 비서가 있는지도 몰랐다. 벽에 달린 시계가 어느새 8시 45분을 향하고 있었다. 은근히 윤야성의 가슴 속에서 뭐라 설명할 수 없는 불쾌감이 솟아오르기 시작했다. 분명 다른 사람은 몰라도 정주현은 자신의 '상사'인 윤야성이 오늘 첫 출근하는 사실을 알고 있었을 것이다. 그리고 정해진 출근 시간은 분명 8시 30분이다. 부하 직원이라면 단 5분이라도 먼저 와서 첫 출근하는 상사를 기다리는 것이 예의가 아닌가? 윤야성은 갑자기 목이 말랐다. 비서실 옆으로 조그마한 탕비실이 보였다. 혹시 생수라도 있을까 싶어 자리에서 일어나는 순간 문을 열고 정주현이 들어왔다.

"윤야성 실장님이시죠? 안녕하세요. 저는 담임목사님 비서 정주현이라고 해요. 저번에 인터뷰 때 뵈었는데 그 때 제대로 인사를 못 드렸어요."

단발 생머리에 엷지만 세심하게 신경쓴 듯한 화장을 한 많아야 30대 중반 정도로 보이는 여자가 윤야성을 향해 고개를 든채 눈으로만 인사했다. 김건축 목사와 면접하던 날 윤야성 자신이 너무 긴장했었음이 분명했다. 분명 차를 들고 들어왔었을 정주현의 존재를 그는 전혀 기억할 수 없었다.

"아, 네, 주현 자매. 반갑습니다. 앞으로 잘 부탁합니다."

최대한 표정을 수습하며 손을 내미는 윤야성의 마음을 알 턱이 없는 정주현은 그의 손을 가볍게 잡으며 또박또박 말했다.

"얼마 전까지 계시던 실장님 성함이 안상해였어요. 이름이 안상해라서 절대로 우리 안 실장님은 상할리 없다고 생각했는데 건강이 너무 많이 상해서 결국 그만두셨어요. 이미 알고 계시죠? 그런데 혹시 윤 실장님도 이름만 야성이고 사실은 야성이 전혀 없는 샌님같은 분은 아니겠죠? 우리 김 목사님이 이름에 너무 약해서서...호호호."

윤야성은 순간 두 가지 때문에 놀랐다. 첫 번째는 어쨌든지 자신의 상사와의 첫 인사에서 그 상사의 이름을 가지고 농을 거는 정주현의 건방짐에 그리고 더 놀란 것은 다른 사람도 아닌 김건축 목사를 농담의 대상으로 삼았다는 사실 때문이었다. 표정을 어떻게 관리해야 할지 순간 난감했지만 윤야성은 딱 필요한 만큼만의 웃음을 띠고 고개를 끄덕였다. 윤야성이 비서실 사무실을 바라보며 말했다.

"저기 안쪽이 내 자리인가요? 그럼 저기 중간의 책상은 누구 거지요?"

윤야성의 질문에 정주현은 그 쪽을 보지도 않고 대답했다.

"네, 저기는 알렉스 리 목사님 자리에요. 가끔씩 영어 관련해서 담임목사님 보좌할 일이 있으면 저 자리를 쓰세요. 사실 보기에 따라서 외국 업무 담당 비서라고 볼 수도 있지만 엄밀한 의미로 알렉스 리 목사님은 우리 비서실은 아니고요. 뭐, 실장님도 아시겠지만 김 목사님이 영어 관련해서 누구의 도움을 받으실 필요는 없잖아요?"

이렇게 말하며 정주현은 마치 윤야성에게 보라는 듯 바로 옆에 쌓여진 김건축 저, '글로벌 마인드로 정복하는 영어회화'가 에펠탑 모양으로 쌓여진 유리 상자로 시선을 옮겼다. '글로벌 마인드로 정복하는 영어회화'로 쌓여진 에펠탑을 바라보는 정주현의 눈에는 꾸미지 않은 어떤 자랑스러움마저 서려 있었다.

"하지만 김 목사님의 위치 정도가 되면 일부러라도 우리 말을 하고 통역을 쓰는 일이 생기더라고요. 차차 실장님께서 알아 가시겠지만 저희 비서실은 크게 보면 이번에 김 목사님 기사로 함께 일하게 된 김 목사님의 '친동생님' 되시는 김철골 집사님과 저 그리고 실장님, 이렇게 세 명이라고 보시면 되요. 비록 김철골 집사님이 여기 비서실 사무실에서 근무하시지는 않지만요."

'뭐, 친동생님??'

윤야성은 조금은 어이가 없었다. 하지만 이 서초교회 내에서 김건축 목사의 친인척이 갖는 위상을 정주현을 통해 제대로 깨닫는 느낌이었다. 김건축 목사의 친인척이기만 하다면 그가 운전을 하던지 아니면 화장실 청소를 하던지 서초교회 내에서 큰 소리치며 사는 데에 전혀 문제될 것이 없었다. 윤야성은 고개를 끄덕이고 천천히 자신의 자리에 가서 주변을 훑어보았다.

'그래, 바로 이 자리에서 앞으로 나의 인생이 결정난다는거지?'

윤야성은 지그시 입술을 깨물었다. 은근한 경시가 깔린 정주현의 말투를 봐서도 어쩌면 '비서실장'이라는 자신의 위치는 밖에서 사람들이 생각하는 것만큼 대단한 것이 아닐 수도 있다는 동물적 경고 사인을 윤야성은 느낄 수 있었다. 게다가....그의 전임인 안상해의 경우만 봐도 모텔에서 숙식을 하며 김 목사를 보좌했다는 사실이 보기에 따라서 대단히 감동적으로 보일 수도 있지만 또 동시에 그와 정 반대의 경우로도 얼마든지 해석할 수 있지 않은가? 피곤하다고 병원에 누워서 영양제를 맞고 있는 정주현의 모습과 모텔에서 컵라면을 먹고 있는 안상해의 대조적인 모습이 순간적으로 그의 머리를 스쳐갔다. 윤야성은 다시 입술을 깨물었다. 그리고 자기 바로 앞에서 컴퓨터를 켜고 있는 정주현의 뒤통수를 지그시 노려보았다.

'두고보자....'

9시 30분 정도가 되자 김건축 목사가 출근했다. 김 목사가 사무실에 들어오기 직전에 박내장 사무처장이 5분 후 김 목사가 교회에 도착하니 교회마당으로 나오라고 윤야성에게 연락했다. 주요 팀장급 교역자들과 실장급 직원들은 교회마당에 나가 김 목사가 사무실에 출근할 때 고개를 숙이고 맞아야 한다고 했다. 그리고 그는 덧붙였다.

"앞으로 이게 윤 실장님 일이에요. 목사님 스케줄이 항상 유동적이기 때문에 우리한테 그 때 그 때 알려주셔야 우리가 목사님 출근하실 때 실수를 안해요. 이번 주까지는 내가 맡을테니까 다음 주부터 윤 실장님이 맡아서 해주세요. 솔직히 안상해 실장 그만두고 지난 한 달간 내가 많이 힘들었어요. 이제야 모든 게 정상으로 돌아오게 돼서 얼마나 감사한지 모르겠네요."

윤야성은 박내장 사무처장을 따라 엉거주춤 사무실 밖으로 나갔다. 이미 몇 명의 실장급 직원들과 윤야성이 집사 시절부터 익히 얼굴을 알고 있는 서초교회를 대표하는 기라성과 같은 교역자들이 마당에 질서있게 도열해 있었다.

    마홍위 전무목사

    고자서 부장목사

    주충성 과장목사

    이정석 과장목사

    장세기 목사

    알렉스 리 목사

    하정호 강도사

그 중 장세기 목사는 김건축 목사가 막 부임했을 즈음 야심차게 진행한 영어 교역자 회의에서 상상을 초월하는 에피소드를 만들어낸 사람으로 그가 일으킨 어처구니 없는 소동은 윤야성과 같은 일반 집사들에게까지 널리 알려져 있었다. 그러던 그가 어떤 이유에서인지 몰라도 급작스럽게 서초교회 내에서 위상이 격상되었고 지금 저렇게 마홍휘, 고자서, 그리고 주충성 목사 등과 나름 어깨를 나란히 할 수 있게 되었다고 했다. 양쪽으로 나눠진 줄에서 한 줄은 목사 또는 전도사가 서 있었고 나머지 한 줄에는 윤야성과 같은 직원들이 도열했다. 처음보는 얼굴의 윤야성이 실장급 직원들이 선 줄의 가장 끝에 서자 반대편 줄의 목사들이 윤야성을 힐끗 힐끗 보기 시작했다. 말은 하지 않았지만, '저 사람이 안상해 후임이야? 저 친구가 판사를 제치고 이번에 발탁된거지? 그 정도로 저 친구가 대단한가? 그런데 저 친구는 상하지 않을까?' 라는 그들의 음성이 윤야성의 귀에 들리는 것만 같았다.

마침내 김건축 목사를 태운 검정 에쿠우스 승용차가 교회 정문을 지나 미끄러지듯 본당건물 앞으로 들어왔다. 오로지 김건축 목사의 승용차만이 교회 미당으로 들어올 수 있었다. 에쿠우스 승용차 앞 양쪽에는 조그마한 깃발이 펄럭이고 있었다. 마치 대통령의 의전차량에 달린 깃발처럼 보였다. 오른쪽 깃발에는 **'글로벌 미션'**이라는 검정 글자가 영어로 쓰여져 있었고 왼쪽 깃발에는 **'기쁨'**이라는 두 글자가 푸른색 한글로 쓰여져 있었다. 운전 기사인 김철골 집사가 재빨리 운전석에서 나와 김 목사의 차문을 열었다. 김 목사가 천천히 차에서 나왔다. 김철골 집사가 키는 김건축 목사보다 많이 작았지만 얼굴에는 누가 봐도 피를 나눈 형제들만이 갖는 유사함이 있었다. 비록 친형이지만 운전 기사로서 김건축 목사를 모시는 그의 자세는 깍듯했다. 차에서 내린 김 목사에게 서류 가방을 건네받은 김철골 집사는 김 목사의 다섯 걸음 뒤에서 약간 고개까지 숙인채 걸었다. 그런 그의 모습은 윤야성의 눈에 사극 드라마에서나 등장하는 인물, 왕의 뒤에서 고개를 숙이고 따라 걷는 내시를 연상케하기에 충분했다. 그러나 김 목사를 향해 고개를 숙이는 사람은 비단 김철골 집사만이 아니었다. 교회 마당에 두 줄로 선 목사와 직원들 모두 깊숙이 고개를 숙이고 김 목사를 맞았다. 너무도 당연하다는 듯 그들 사이를 미소를 띄운채 당당하게 걷던 김 목사가 순간 걸음을 멈췄다.

"어, 윤야성 실장, 오늘부터 출근이구먼! 지금 바로 내 방으로 들어와."

김건축 목사는 윤야성의 어깨를 툭하고 치며 사무실로 올라갔다. 김건축 목사의 손이 자신의 몸에 닿는 순간 윤야성은 마치 감전이라도 된 듯 전해오는 찌릿함에 온 몸에 힘을 줘야만했다. 무엇보다 김건축 목사가 서초교회 내의 기라성과 같은 사람들 사이에서 자신의 이름을 불러주는 순간 윤야성의 가슴은 마치 사춘기 시절 짝사랑하던 여학생의 편지에 온 가슴이 붉게 불타오르던 그 때로 되돌아간 것만 같았다. 사무실로 들어가는 윤야성에게 몇 명이 다가와 반갑게 인사를 건넸다. 잠시 후 여전히 쿵꽝거리는 가슴을 억누르고 김건축 목사의 집무실에 들어간 윤야성에게 김건축은 짧고도 굵은 메시지를 전했다.

"윤 실장, 앞으로 기대가 커. 내가 보낸 메시지 봤지? 내가 메시지 같은 건 원래 안보내는데 정말로 윤 실장에게는 아무래도 내가 뭔가 끌리는게 있다고, 알았어? 메일로 멋진 기획안 하나 올려봐. 내가 윤 실장을 왜 선택했는지 알지? 하나님의 나라와 우리 서초교회 그리고 나를 위한 멋진 기획안 하나 올려봐. 나 수발드는 왠만한 일은 정주현이나 김철골이가 다 하니까 그건 너무 걱정하지 않아도 돼. 정말로 비서실장은 나, 김건축 목사의 브레인이다....라는 생각으로 한번 일을 해봐. 저번 비서실장한테는 그 부분에서 조금 아쉬웠어. 그 친구 정말로 너무 성실한데 문제는 머리를 어디다 맡겨놓고 무조건 몸으로만 때우려고 했단 말이야. 미국에서 공부까지 했다는 사람이. 그러니까 그냥 상해버렸지. 완전 돌쇠였다니까, 안 실장은. 잘 기억해. 윤 실장에게 내가 바라는 건 전략이야....돌쇠같은 뚝심 그런거 말고 스마트한 전략을 기대한다고. 한국교회와 우리 서초교회 그리고 나 김건축 목사를 위한 전략.... 한번 멋지게 해보자고."

6. 2016. 10. ~ 11. 윤야성의 리서치

출근 첫 날 김건축 목사와의 짧고도 굵은 '독대' 이후 보름이 흘렀다. 그 사이 윤야성은 김철골 집사에게 부탁해 김 목사의 출근 시간을 매일 아침 미리 통보받을 수 있는 시스템을 만들었다. 그리고 그 시간에 맞춰 단체 카카오톡을 실장급 교역자와 직원들에게 보내 김 목사 아침 출근을 맞도록 했다. 그 일 외에 윤야성은 보름간의 시간을 서초교회 내의 여러 상황들을 파악하는 데에만 전적으로 투자했다. 윤야성은 정지만 1대 목사가 서초교회를 담임할 때부터 서초교회에 출석했다. 그리고 그는 어떻게 보면 다이나믹하고 또 어떻게 보면 혼란스러웠던 김건축 목사의 2대 담임목사 부임 시기를 평범한 집사로서 보냈다. 윤야성이 나름의 리서치를 하면서 느낀 가장 큰 사실은 교역자들 사이에 보이지 않는 갈등의 골이 존재한다는 점이었다. 그것은 그가 단순한 집사였을 때에는 전혀 알 수 없었던 모습이었다. 그리고 그런 갈등은 교역자들을 넘어 서초교회를 다니는 대다수에 해당하는 '군중 교인'이 아닌 소수의 '핵심 교인'들 사이에도 존재함을 알았다. 그 갈등의 원인은 다름 아닌 마치 물과 기름처럼 달라진 정지만 원로목사 시절의 서초교회와 김건축 목사 시절의 서초교회의 차이 때문이었다. 비록 한 지붕 밑에 살고 있지만 그들은 각기 다른 곳을 쳐다보고 있었다. 숫자는 많지 않지만 정지만 원로목사 시절을 그리워하고 이미 이 세상에 없는 정지만 원로목사를 여전히 바라보는 교역자들과 교인들이 있었다. 그럼에도 불구하고 그들 각자는 예외없이 평생 다닌 서초교회를 결코 떠날 수 없는 나름의 이유들을 간직한채.

정지만 원로목사가 이미 세상을 떠난지 몇 년이 지났는데도 불구하고 여전히 보이지 않는 균열이 서초교회 안에 존재하는 보다 더 구체적인 이유를 윤야성은 오래지 않아 알 수 있었다. 그것은 윤야성조차도 당시 크게 놀랐던 정지만 원로목사가 자신의 이름으로 모 신문에 낸 성명서 때문이었다.

내가 죄인입니다!

나 정지만은 하나님 앞에서 주님이 피흘려 사신 교회를 제대로 섬기지 못한 저의 죄를 처절하게 회개합니다. 한국교회가 서초교회로 인해 사회로부터 말할 수 없는 손가락질을 받도록만든 장본인인 저의 죄를 회개합니다. 서초교회를 사랑하는 귀한 성도들의 가슴에 절망의 피눈물을 흘리게 만든 저의 죄를 회개합니다.

이 죄인을 용서하여 주십시오.

저는 부끄럽게도 서초교회를 담임목회하는 동안 교회에 사람들이 모이고 교회가 커지는 것을 하나님이 주시는 부흥이요 축복이라고 믿었습니다. 그 속에 얼마나 무서운 명예욕과 교만이 있었는지 수 많은 성도들을 책임진 목사로서 제대로 알지 못했습니다. 그래서 결국 서초교회가 오늘날 '글로벌미션'이라는 상품을 파는 회사와 같은 곳이 되도록 만든 장본인이 바로 나입니다.

이 죄인을 용서하여 주십시오.

서초교회에 김건축 현 담임목사를 청빙하는 과정에서 김건축 현 담임목사의 부임을 반대하는 신실한 동역자들과 교회를 사랑하는 많은 이들의 피끓는 호소가 있었지만 이 죄인이 오만하여 그들의 예언자적 충고를 무시했습니다. 하나님과 교회 앞에서 오로지 내 생각만이 옳다고 고집하며 김건축 목사를 서초교회에 오도록 한 무서운 죄를 지었습니다.

이 죄인을 용서하여 주시옵소서.

저는 김건축 목사의 부임 이후 서초교회가 '글로벌미션'이라는 화려한 이름으로 교회의 본질을 망각한 채 복음이 아닌 구호와 선동 그리고 언론플레이 속에서 교인 수의 증가에만 집중하는 것을 방조한 죄를 지었습니다.

이 죄인을 용서하여 주시옵소서.

저는 이 자리를 빌어 실로 벌거벗은 마음으로 서초교회와 한국교회 앞에 다음과 같이 호소합니다.

하나. 저는 오늘을 기점으로 아무런 조건 없이 서초교회 원로목사를 내어 놓겠습니다.

하나. 김건축 담임목사는 오늘부로 서초교회 담임목사직을 스스로 사임할 것을 간곡히 권고합니다.

하나. 서초교회 당회는 지금까지 '글로벌미션'이라는 이름 하에 진행되던 모든 외부사역을 중단하고 교회 본질의 사역에 집중할 수 있는 방안을 제시해 주십시오.

하나. 서초교회 당회는 '글로벌미션' 관련 사역들 중 행여 사회적으로나 또는 교회적으로 적법한 절차를 거치지 않은 사역이 있다면 어떤 손해를 감수하더라도 하루 속히 바로 잡아주길 바랍니다.

교회의 머리는 주님이십니다.

사람이 없어진다고 교회가 사라지지 않습니다.

목사가 없어진다고 예수님이 주인되신 교회가 사라지지 않습니다.

아무리 수백명의 목사가 있는 교회라 하더라도 그 속에 거짓과 술수가 판친다면 그 곳은 더 이상 예수님이 계시는 교회가 아닙니다. 예수님의 이름으로 거짓과 술수를 부리는 자들 속에 결코 진리의 성령님이 거할수 없습니다. 교회는 뻗어 나가고 확장해야 하는 기업체가 아닙니다. 교회는 매일 더 죽고 더 부서지며 썩은 밀알이 되어 사회를 살리는 예수님의 공동체입니다.

저는 아직까지 하나님께서 서초교회를 버리지 않으셨다고 확신합니다. 하나님께시 시초교회를 살리기 위해 버려야 할 사람이있다면 그것은 바로 나 정지만입니다. 나 정지만이 오늘 서초교회 속에서 곪을대로 곪아 썩은내 나도록 만든 모든 문제의 원인입니다. 하나님께서 나를 버리시고 서초교회를 다시 살려 주시기를 내 생명을 내어 놓고 간구합니다. 저는 하나님께서 인간의 욕망을 위해 예수 그리스도께서 자신의 피 값으로 사신 교회를 결코 버리지 않으신다고 확신합니다. 이것은 나 정지만이 평생 붙잡고 살아온 살아계신 하나님에 대한 마지막 믿음이자 소망입니다.

하나님의 교회는 글로벌 미션과 같은 거창한 구호를 필요로 하지 않습니다. 하나님의 교회는 하나님을 사랑하는 한 사람, 한 사람의 진실하고 정직한 영혼들이 모여서 만들어 갑니다. 서초교회를 사랑하시는 주님께서, 그래서 지금 이 순간도 서초교회를 버리지 않으시고 지키고 계신 주님께서 우리 모두를 불쌍히 여기시고 서초교회가 다시 한 번 한국교회에 꼭 필요한 썩는 밀알이 되도록 하실 것을 저는 믿습니다.

서초교회 원로목사 정지만

윤야성은 그 누구도 예상치 못했던 정지만 원로목사의 성명서가 나오던 그 때를 생생하게 기억하고 있었다. 당시 조금 과장되게 말한다면....온 세상이 '글로벌 미션'이라는 단어로 들썩거렸다. 김건축 목사는 종교인임에도 불구하고 정부로부터 오싹 컬트SF 영화, '노가리'를 만든 심아래 감독과 함께 신지식인으로 선정되어 신문 지상을 한참동안 장식할 정도였다. 글로벌 경쟁력을 확보하기 위해 김건축 목사는 교역자 회의를 영어로 진행했었고 그 영어 교역자 회의를 집중적으로 다룬 방송프로가 있을 정도였다. 그러던 어느 날 김건축 목사의 영어회화책, '글로벌 마인드로 정복하는 영어회화'가 출판되고 전례없는 베스트셀러가 됨으로 서초교회는 단순히 기독교를 넘어 영어에 관심있는 모든 이들 주목의 대상이 되었다. 물론 윤야성도 김 목사가 집필한 영어회화책을 샀다. 김건축 목사의 급작스런 인지도 상승과 함께 서초교회는 당시 거의 매 주일 천 명 가까운 사람들이 늘어나는 기적과 같은 '부흥'을 경험했다. 그러던 와중에 김건축 목사가 사실은 영어 단어도 제대로 못 읽는다는 황당한 소문이 있었고 거기서 한 걸음 더 나아가 '글로벌 마인드로 정복하는 영어회화'를 쓴 사람은 김건축 목사가 아니라 아예 다른 사람이 돈을 받고 대신 써줬다는 차마 믿을 수 없는 소문들도 돌았다. 그러니 윤야성과 같은 대다수의 교인들은 그런 소문은 말도 되지 않는다고 생각하며 한 귀로 듣고 한 귀로 흘렸다.

    바로 그 즈음 갑자기 청천벽력과도 같은 정지만 원로목사의 성명서가 발표되었다. 그 성명서는 어떤 의미에서 윤야성이 지금까지 믿지 않고 흘려버렸던 모든 소문들이 사실임을 전제하고 쓴 것과 같은 느낌을 주기에 충분했다. 성명서의 발표와 함께 모든 상황은 김건축 목사에게 불리하게 전개되리라 예상되었다. 비록 기도원에 들어간 김건축 목사는 철저한 침묵으로 일관했지만 그 정도의 상황이라면 천하의 김건축 목사라도 사임할 수 밖에 없지 않겠는가라는 조심스런 전망이 힘을 얻고 있었다. 그러던 중 또 한 번의 극적인 반전이 발생했다. 정지만 원로목사가 자필로 기록한 수첩내용이 서초교회 신문에 발표되었기 때문이었다. 그 수첩내용에 따르면 정지만 원로목사는 애초부터 그 누구보다 글로벌 미션 뿐 아니라 김건축 목사가 의욕적으로 추진한 영어타운까지 적극적으로 지지한 장본인이었다. 사실상 정 원로목사의 후원이 있었기에 김건축 목사는 그런 사역을 추진할 수 있었음을 보여주는 수첩의 메모 내용이었다. 그 수첩의 공개는 순식간에 정지만 원로목사를 두 얼굴을 가진 표리부동한 사람으로 만들었다. 그로부터 얼마 되지 않아 인터넷 카페를 중심으로 김건축 목사를 적극 옹호하는 움직임이 구체화되었다. 그리고 마침내 카페 회원들이 모여 정지만 원로목사의 집 앞에서 담임목사 김건축에 대한 핍박을 중단하라는 식의 시위까지 벌어지는 상황이 되었다. 그 모든 과정에서도 철저히 침묵하던 정지만 원로목사가 지병으로 사망하고 사실상 그 모든 갈등은 다 사라진 것 같았다. 그런데....전혀 그렇지 않았다. 윤야성은 정지만 원로목사의 성명서 또는 수첩내용과 관련한 갈등의 불씨가 몇 년이 지난 아직까지 여전히 서초교회 내에 남아있음을 어렵지 않게 확인할 수 있었다. 무엇보다 서초교회를 30년 이상 다닌 사람들을 중심으로 수첩내용이 조작되었다고 믿는 사람들이 적지 않았다. 거기서 한걸음 더 나아가 수첩의 진실을 공개한다는 인터넷 사이트조차 운영되고 있었다. 비서실장이 되기 전 평범한 서초교회 집사로 살았던 윤야성은 전혀 모르고 있었던 사실들이었다. 윤야성은 동물적 감각으로 이 문제를 자신이 해결함으로 지금까지 서초교회 내에 존재하지 않았던 제대로 된 전략적 비서실장의 위상을 단번에 획득할 수 있음을 알았다.

윤야성은 어느 날 박내장 사무처장과 함께 점심 식사를 하며 정지만 원로목사의 수첩 얘기를 지나가는 말처럼 꺼냈다. 박 처장은 마치 기다렸다는 듯 윤야성이 가장 듣고 싶은 얘기를...마치 '내가 이 정도의 정보력이 있는 사람이야' 라고 알리고 싶은 듯 말했다.

"윤 실장, 아침마다 마당에 나오는 장세기 목사 알지? 장 목사가 그 수첩 관련 '영적 쿠테타' 사건의 공신이야. 그 공로를 인정 받아서 순식간에 지금의 위치로 영전했지. 장 목사는 청년부 목사 시절 암사동에 살았는데 사실 거의 정리 해고 대상이었어. 사실 장 목사가 청년부 목사가 된 것도 말이 안되지. 왜냐하면 장 목사는 일개 청년부 간사였고 서초교회에서 간사 출신이 풀 타임으로 올라가는건 쉬운 일이 아니니까 말이야. 그런데 아무튼 이런 저런 과정을 겪다가...."

박 사무처장은 잠시 말을 쉬었다.

"혹시 윤 실장도 그 얘기 듣지 못했어? 워낙 유명한 사건이 되어놔서 우리 교회 다니는 사람들은 모르는 이가 없다고들 하던데. 다름이 아니라 장 목사가 영어 교역자회의에서 일으켰던 영어방언 사건 말이야. 정말로 장난이 아니었다고 하더라고. 그래서 한 때 별명이 '세문장'으로 통하기도 했었고. 아무튼 그 사건 때문에 영어교역자회의가 사실상 폐지되어서 목사들은 장 목사에게 은근히 고마워했지. 아, 참....우리가 수첩 얘기하고 있었지? 수첩 관련해서 말이야.....참, 이건 참고로 꼭 알아둬. 우리는 그 사건을 간단히 '영적 쿠테타' 라고 불러. 굳이 수첩이라는 단어 안쓰니까 앞으로 사람들과 얘기할 때는 그렇게 용어를 쓰라고. 그게 피차 편하니까. 무엇보다 우리 김 목사님이 '수첩'이라는 단어 진짜 싫어하시거든. 아무튼 장 목사가 영적 쿠테타에서 완전히 한 건 올리고 그 결과 집도 암사동에서 서초동으로 옮겼어. 지금은 주충성 목사랑 같이 글로벌 기획팀에 있잖아. 근데 좀 웃기지? 영어의 '영' 자도 모르는 사람이 무슨 글로벌 기획인지....아무튼 영적 쿠테타에 대해서 자세히 알고 싶으면 영어의 달인 우리 장 목사를 만나봐."

7. 2016. 11. 13. 윤야성과 안상해의 만남

"윤 실장님, 그런 식으로 하면 안되요."

언제나처럼 거의 9시가 되어서야 출근한 정주현이 탕비실에서 커피를 타던 윤야성을 향해 낮지만 날카롭게 말했다.

'그런 식?'

윤야성은 자신의 귓전을 때린 한 단어를 가슴에 담으면서도 간신히 침착한 미소만은 잃지 않았다.

"굿모닝, 할렐루야! 주현 자매. 그런데 내가 뭐 실수했나요?"

와인색의 작은 토리버치Tory Burch 토드백을 책상 위에 던지며 정주현이 말했다.

"윤 실장님, 그 스푼은 커피 타는 스푼이 아니에요. 녹차를 뜨는 스푼이라고요. 정확하게 구분을 하셔야죠. 담임목사님이 얼마나 디테일에 예민하신줄 아세요? 전에 안상해 실장님도 디테일이 모자라 얼마나 많이 혼나셨는데요. 윤 실장님 외모는 디테일에 대단히 신경쓰실 거 같은데 현실은 전혀 아니신가 봐요. 그럼 같이 일하는 저도 힘들어요. 스푼 하나 하나에도 신경써 주세요."

"아...디테일~~ 맞아. 주현 자매가 참 중요한 지적을 했어요. 디테일을 놓치면 전체를 다 놓치는거지. 맞아요. 탱큐! 잊지 않을께요."

아무리 참으려고 해도 끓어오르는 분노를 어떻게든 얼굴에만은 드러내지 않고 그 자리를 뜨려는 윤야성을 향한 정주현의 '훈시'는 거기서 끝나지 않았다.

"저는요 실장님, 윤 실장님에 대해서는 기대가 있어요. 저번에 안상해 실장님이 워낙 디테일이 부족해서 윤 실장님에 대해서만 더 기대가 있었다고요. 담임목사님은 언제나 행간에 숨어있는 정보를 원하시는데 안 실장님은 눈에 뻔히 보이는 정보만 말씀 드리니까 담임목사님이 얼마나 답답하셨겠어요? 영어에도 그런 말이 있잖아요?"

정주현은 필요 이상으로 혀를 굴리며 말했다.

"리이드 비투윈인즈 더 라인즈 read between the lines"

영어를 말하는 순간 정주현의 눈과 턱끝은 응접실 중앙에 에펠탑 모양으로 쌓여있는 '글로벌 마인드로 정복하는 영어회화' 책더미를 향했다.

"제가 담임목사님을 5년 이상 모시다보니 정말로 담임목사님은 행간에 숨은 정보에 목말라 하시더라고요. 그 정보를 제공하는게 저는 우리 비서실의 임무라고 생각해요. 그리고 행간에 숨은 정보를 캐내는 능력의 중심에는 디테일이 중요하다고 생각해요. 그런데 윤 실장님은……"

정주현은 순간적으로 가슴 속 깊이에서부터 그 어떤 감정이 솟아오르는지 말을 잠시 끊었다. 몇 초 후 정주현은 비장함이 서린 말투로 말했다.

"어떻게 윤 실장님은 녹차를 타는 스푼을 그런 식으로 사용하실 수가 있죠?"

또 한 번 들리는 '그런 식'이라는 단어에 윤야성은 간신히 얼굴에 미소를 띠우며 알았다고 고개를 끄덕였다. 천천히 자기 자리로 걸어가 '그런 식으로' 탄 인스탄트 커피를 책상 위에 놓는 순간 혹시 정주현이 저토록 오만방자할 수 있는 이유가 그녀 스스로 말한, '행간에 숨은 정보'라는 바로 그 말 속에 있지 않을까하는 생각이 윤야성의 머리를 스쳤다.

정주현의 '디테일'에 관한 훈시가 있었던 그 날 오후 윤야성은 안상해 전 비서실장의 연락처를 알아내어 그에게 전화했다.

윤야성이 하루라도 빨리 안상해를 만나고 싶었던 이유는 단 하나였다. 윤야성이 서초교회에 출근한 이후 보름 동안 정주현이 윤야성에게 보인 태도의 진짜 원인을 파악해야 했기 때문이었다. 자신이 갖고 있는 어떤 '감'만을 의존할 수는 없었다. 김건축 목사를 대하는 정주현의 태도는 너무도 당연한 말이지만 조선 시대 왕을 받들며 오로지 성은만을 기다리는 궁녀와 크게 다르지 않았다. 그리고 김철골 집사를 대하는 그녀의 태도 또한 극진하기 이를 데 없었다. 윤야성은 혹시 정주현도 김철골 집사처럼 김건축 목사의 친인척이 아닌지를 한 때 의심했지만 그건 전혀 아니었다. 윤야성에게는 자신의 감을 확인시켜줄 '팩트'가 필요했다. 그리고 그 팩트를 알고 있을 사람은 안상해가 가장 유력했다. 윤야성이 가진 막연한 감을 넘어 만약 소문처럼 정주현이 진짜로 김건축 목사의 개인통장까지 관리하는 실세라면.... 달리 말해 김건축 목사와 그 정도의 깊은 관계라면 그 사실이 의미하는 바는 명확했다. 윤야성이 정주현을 뛰어넘을 수 있는 방법은 사실상 없다고 봐야만 했다. 교회 서류에서 찾은 안상해의 핸드폰 번호는 이미 사용 중지되어 있었다. 안상해와 친했던 몇 명의 교회 직원들을 통하고 통해서야 마침내 안상해의 현재 전화번호를 구할 수 있었다. 알려진 것처럼 몸이 많이

상하지는 않았는지 안상해는 현재 조그만 벤쳐회사에서 관리부장으로 일하고 있다고 했다. 다행히 안상해는 윤야성의 전화를 반갑게 받았고 기꺼이 윤야성을 만나기 원했다.

파주시에 위치한 안상해가 다니는 회사는 겉으로 봐서는 회사가 아니라 차라리 창고에 가까웠다. 작업복을 입은 안상해는 전화 속 목소리로 윤야성이 이미 예상했듯이 건강하고 행복해 보였다.

"안 실장님, 처음 뵙습니다. 아프시다고 들었는데 건강해 보여서 참 좋습니다."

윤야성이 안상해의 손을 잡으며 말했다.

"네, 진짜 아프기는 아팠지요. 정말로 많이 빠셨거든요. 그런데 교회를 떠나서 좀 쉬다가 여기서 머리 보다는 몸을 쓰는 일을 하니까 몸 뿐만이 아니라 머리 아픈 것도 좋아지더라고요. 제가 아무래도 머리 쓰는 체질이 아니었나봐요. 뭐, 돈이야 교회에서 받던 거랑 비교도 되지 않지만 그래도 먹고 살만은 하니까요."

순간적으로 윤야성은 안상해에게 얼마를 받았었는지 묻고 싶었지만 참았다. 곧 월급날인 15일이 된다. 월급날이라는 단어가 주는 기대감에....윤야성은 자기도 모르게 마른침을 삼켰다.

그래도 그럴듯한 공장을 가진 회사의 관리부장인 안상해가 지금 자신의 월급과 비교해 훨씬 높다고 할 정도라니....윤야성의 머리 속에서 갑자기 모레 자신이 받을 월급액의 숫자가 덩실덩실 춤을 추기 시작했다.

"윤 실장님, 사실 제가 남아서 최소한의 업무 인수인계도 해 드리고 떠났어야 하는데 못해서 죄송합니다. 얼마 전 실장님이 오셨다는 소식을 듣고 괜히 죄송하더라고요. 그런데 이렇게 전화를 주셔서 오히려 제가 더 감사했어요. 제가 도와드릴 수 있는 건 다 돕고 싶네요."

예상치 못한 안상해의 진심어린 호의적 태도에 윤야성은 만족해서 고개를 끄덕였다.

"감사합니다. 안 실장님이 제게 미안하실 건 전혀 없지요. 일부러 그러신 것도 아니고 건강 문제로 제가 오기도 한참 전에 떠나셨는데요, 뭐. 그런데 제가 정말로 안 실장님께 궁금한게 있습니다. 정말로... 솔직히 말씀드릴께요. 안 실장님이 아닌 다른 사람에게는 도저히 얘기를 꺼낼 수도 없는 좀 예민한 문제라서...."

윤야성은 정말로 솔직하게 정주현에 대해서 까놓고 물었다. 지난 보름간 정주현이 자신에게 보여준 태도 및 불량한 근태 상황 등등.... 정주현이라는 이름에 안상해의 얼굴이 불쾌하다는 듯 일그러졌다.

"정말로 궁금합니다. 정주현과 김건축 목사님의 관계가 무엇인가요? 아니, 이렇게 물으면 듣기에 좀 거북하실 수 있으니까 제가 질문을 정정할께요. 안 실장님, 우리 김건축 목사님에게 정주현만이 제공하는 가치가 무엇인가요?"

안상해는 작게 한숨을 쉬었다.

"글쎄요....분명 뭔가 있지 않을까요? 그러니까 정주현이 그렇게 오만방자한데도 김 목사님은 그냥 두고 보시잖아요."

윤야성은 안상해의 입에서 '글쎄요'라는 단어와 함께 이루 말할 수 없을 정도의 애매모호한 대답이 나오는 순간 뒤통수를 망치로 맞는 기분이었다.

"안 실장님.... 정말로.... 정확하게 모르시나요? 그래도 지난 몇 년을 함께 일하셨잖아요?"

안상해는 고개를 저었다.

"정확히는 모릅니다. 두 사람 사이의 관계도 그렇고...또 가치라고 하시는 부분에 있어서도 그렇고. 하지만 다시 말씀드리지만....분명 뭔가 있지 않을까요? 그러니까 정주현이 그렇게 오만방자한데도 김 목사님은 그냥 두고 보시잖아요."

만약에 앵무새 한 마리가 지난 몇 년간 비서실에 있었다면 그 앵무새의 대답이 지금 안상해의 대답보다는 훨씬 더 나았을 것이다....이런 생각을 하며 윤야성은 잠시 안상해를 물끄러미 바라보았다.

"안 실장님, 그럼 김건축 목사님이 정주현을 그냥 두고 보신다는건 도대체 무슨 말씀이죠? 정주현이 목사님 앞에서는 조선시대 궁녀나 내시처럼 하는 거 다 아시잖아요? 목사님이 그런 정주현을 오만방자하다고 생각하실 리 없지 않겠습니까?"

안상해는 윤야성의 생각을 조금도 눈치채지 못한 것 같았다. 그는 무덤덤하게 대답했다.

"하지만 저한테 그런 식으로 하는데 그걸 목사님이 그냥 두고 보시니까....저는 목사님이 그냥 정주현을 두고 보신다고 밖에 생각할 수 없어서요."

윤야성이 다시 물었다.

"혹시 안 실장님께서 목사님께 정주헌의 건방진 태도와 관련해서 말씀을 드린 적이 있나요? 예를 들어 근태문제라든가 하는거 다 포함해서요."

안상해는 고개를 저었다.

"그런데 목사님께서 정주현이 실장님을 어떻게 대하는지 알고 계시다는 안 실장님의 생각은 뭘 근거로 하신거죠?"

안상해는 너무도 뻔하다는 듯이 윤야성을 보며 말했다.

"우리 김건축 목사님이 모르시는게 있을 리 없잖아요?"

약간의 답답함마저 느끼며 윤야성은 물었다.

"안 실장님, 그럼 한 가지만 더 여쭤볼께요. 실장님은 제대로 쉬지도 못하시는데 반해 정주현은 병원에서 편히 쉬면서 링거 맞고 했다는 얘기들도 들리던데 혹시 그게 사실인가요?"

안상해는 잠시 뭔가를 기억하려는 듯 눈을 몇 번 이리 저리 굴린 후 대답했다.

"아~ 한 번인가 정주현이 저한테 와서 병원에서 링거 맞고 기운 차리라고 목사님이 용돈을 주셨다는 말을 한 적이 있었어요. 그런데 제가 뭐 그 상황을 직접 확인한 건 아니고요."

윤야성은 감사하다고 정중히 인사하고 안상해와 헤어졌다. 김건축 목사의 말대로 안상해는 확실한 돌쇠임은 분명해 보였다. 어떻게 보면 안상해와의 만남은 별 소득이 없었다고 해도 전혀 과언이 아니었다. 그러나 영민한 윤야성에게 그와의 만남이 완전히 허탕만은 아니었다. 정주현이 김건축 목사에게 제공하는 정주현만의 가치가 있는 것은 분명해 보였다. 그러나 그 가치가 애초에 윤야성이 두려워했던 수습 불가 수준의 그 무엇은 아니라고 윤야성은 확신할 수 있었다. 만약 그 정도의 가치라면, 달리 말해 김건축 목사와 정주현의 관계가 '그 정도'라면 아무리 돌쇠같은 안상해라고 해도 모를 리 없기 때문이었다. 어쩌면 예상 외로 정주현의 가치는 가까이에 있는 조금 더 익숙한 소모품 수준에 머물 수도 있다. 하지만 아무리 소모품이라도 익숙한 소모품이 누구에게나 조금은 더 편한 법이다. 그리고 그 익숙한 소모품에 비해 아직까지 아무런 가치를 증명하지 못한 자신이 단지 실장이라는 이유로 그 익숙한 소모품보다 김건축 목사의 눈에 더 나으리라 장담할 수 없었다. 하지만 현재까지 윤야성에 손에 들어온 팩트는 없었다. 여전히 불확실한 감을 가지고 추론할 뿐이었다. 결국 확인을 당사자인 김건축 목사에게 하는 수 밖에 없다면....윤야성의 머리 속에 정교한 타임 테이블이 돌기 시작했다.

8. 2016. 11. 14. 윤야성과 장세기의 만남

'장세기 목사님, 저는 이번에 김건축 목사님의 비서실장 사역을 감당하게 된 윤야성 집사입니다. 장 목사님 한 번 찾아 뵙고 의논드리고 싶은 것이 있는데 언제 시간이 되시나요?'

윤야성이 보낸 메시지에 거의 반나절이 지나서야 장세기가 답을 보냈다.

'안녕하세요. 고생이 많으십니다. 그런데 무슨 일로 제게? 제가 실장님을 크게 도울만한 일이 없을텐데요.'

장세기의 메시지를 받자마자 윤야성은 즉각 그에게 전화를 했다. 장세기의 핸드폰에서 윤야성이 전혀 예상치 못한 노래가 링톤으로 흘러나왔다. 바비 킴의 '소나무야, 소나무야'였다.

소나무야, 소나무야 언제나 푸른 네 빛

소나무야, 소나무야 변하지 않는 너

윤야성은 잠시 뜨악했다.

'이 사람, 미친 거 아니야? 목사면 찬송가가 나와야지…김건축 목사님이 전화라도 하는 경우에 무슨 낭패를 당하려고 이런 가요를 링톤으로 저장을 해?'

순간 윤야성은 자기 핸드폰의 링톤을 김건축 목사가 들을 때 가장 감동받을 노래로 당장 바꿔야 한다는 데에 생각이 미쳤다. 몇초 후 "여보세요"라는 착 가라앉은 장세기의 목소리가 들렸다. '아니, 이런 목소리로 교인들을 만나 상담을 하나?' 라는 순간적인 생각을 하면서도 윤야성은 더 반가운 목소리로 전화를 받았다. 왠지 자신을 만나기 꺼려하는 장세기를 윤야성은 한참이나 설득해야만 했다.

"아니, 정말 별 거 아닙니다. 무엇보다 사무실도 가까운데 장 목사님과 커피 한 잔 하고 싶은 마음이 커서 그럽니다. 제가 다른 목사님들은 다 개인적으로 만나서 인사했는데 장 목사님만 아직 못 뵈었습니다."

약속한 교회 근처의 카페에 나타난 장세기는 왠지 얼굴이 많이 어두웠다. 장세기는 커피를 마시지 않는다고 했다. 윤야성은 아메리카노 한 잔과 생수 한 병을 사서 장세기와 마주앉았다. 아침마다 출근하는 김건축 목사를 맞을 때 마당에서 보는 장세기와 이렇게 개인적으로 만나 가까이에서 보는 장세기는 많이 달랐다. 아니, 아침에는 다른 사람들 사이에 섞여 있어서 윤야성이 제대로 보지 못해서 그렇지 그 때에도 장세기는 여전히 지금처럼 어두웠던 거 같기도 했다. 윤야성과 처음 만나는 자리라 그런지 장세기는 어떻게든 억지로라도 웃으려는 노력이 역력했다. 그러나 분명 오랜 시간동안 쌓여왔음직한 장세기 속의 짙은 우울함이 그런 순간적인 노력으로 사라질 수는 없었다. 게다가 그 누구보다 감각적으로 사람을 꿰뚫는 능력을 가진 윤야성의 눈에 장세기의 우울함과 어두움이 결코 비껴갈 수 없었다. 순간적으로 윤야성은 깨달았다.

'분명히 뭔가 있다….'

"장 목사님, 아침마다 마당에서 뵈면서도 제대로 인사를 못 드렸습니다. 용서하십시오."

장세기는 무슨 말도 안되는 소리냐며 고개를 흔들었다.

"제가 먼저 찾아 뵙고 인사드렸어야 하는데요. 제가 죄송합니다."

"장 목사님, 제가 나이도 한 대 여섯 살은 어릴텐데 편하게 말 놓으세요. 그냥 윤 집사라고 하셔도 되고 아니면 야성아….라고 하셔도 됩니다."

장세기는 또 한번 말도 안된다는 듯 단호하게 고개를 흔들었다. 이런 저런 얘기들을 자연스럽게 늘어놓던 윤야성은 마침내 본론으로 진입했다.

"목사님, 제가 담임목사님으로부터 교회를 하나되도록 하는데에 필요한 전략을 짜라는 지시를 받고 한참 나름의 조사를 했습니다. 그런데 어떻게 보면 저도 꽤 오랜 세월 서초교회 교인이고 엄밀한 의미로 서초교회의 식구였는데 막상 이렇게 그 중심에 들어와서 보니까 너무도 몰랐던 일들이 많더라고요. 그리고 밖에서는 그냥 막연하게 우리 교회 아무런 문제없이 너무 좋다....정도로만 생각했는데 이 중심에 들어오니까 전혀 그렇지가 않아서 사실 많이 놀랐습니다. 뭐, 장 목사님께서 너무 잘 아시겠지만 그냥 예배만 드리고 집에 가는 사람한테 우리 서초교회가 얼마나 좋습니까? 매주 찬양의 은혜가 넘쳐서 눈물을 쏟는 사람이 한 두명이 아니잖습니까? 그런데 알고보니까 그게 아니더라고요. 우리 교회가 겉으로는 잘 보이지 않는 어떤 이유로 인해 완전히 둘로 나눠저 있더라고요. 저는 그 사실을 발견하고 정말로 놀랐습니다. 이건 마치 겉으로는 너무 건강해 보이는 사람인데 막상 건강검진을 세밀하게 받으니까 보이지 않던 심각한 병들이 나타나는 것처럼 말이에요. 물론 우리가 다 하나님께 맡기고 기도하지만 또 우리 인간으로서 마땅히 해야할 일이 있지 않습니까?"

장세기는 윤야성의 거창한 서두연설(?)에 이렇다 저렇다할 별다른 반응을 보이지 않았다. 그냥 조용히 생수를 마실 뿐이었다. 고개를 끄덕거리지도 않았고 열변을 토하는 윤야성을 보지도 않았다. 오히려 창 밖을 지나가는 사람들에게 가끔씩 시선을 돌렸다. 윤야성은 잠시 그런 장세기의 분위기를 살핀 후 말을 이었다.

"그런데 우리 서초교회 속에 잠재된 여러 가지 분열요인들이 있겠지만 그 중에서 가장 큰 것이 하나 있더라고요. 정말로 근본적이고 핵심적인 한 요인을 하나님께서 제게 보여주셨어요."

순간 장세기가 처음으로 희미하게 웃으며 말했다.

"우리 윤 실장님 김 목사님과 일을 시작한지 정말 얼마되지 않았는데....말씀을 참 김 목사님처럼 하시네요. 앞으로 김 목사님께 사랑 많이 받겠어요."

"네?"

갑자기 나온 장세기의 반응에 윤야성은 조금 당황했다.

"아니, 별 거 아니고요. 지금 막 그랬잖아요. 하나님께서 윤 실장님에게 보여주셨다고....그런 표현은 우리 담임목사님이 잘 쓰시거든요. 그래, 뭐 그럴 수 있지요. 그런데 하나님께서 뭘 보여주시던가요?"

장세기의 말 속에 숨겨진 약간의 비아냥 또는 심하게 말해 경멸을 애써 무시하며 윤야성이 말했다.

"아...네. 그렇군요. 전 그냥 어릴 때부터 모태신앙으로 자랐거든요. 제 아버지는 장로셨고 또 금식기도 하시던 중에 돌아가셨어요. 그러다보니까 어릴 때부터 신앙훈련을 받았는데 제가 가장 확실히 받은 거 중의 하나가 '범사에 하나님을 인정하라'였어요. 그러다보니까 제가 생각해낸 것도 결국은 하나님께서 주신거다....이렇게 생각하는 습관이 들어서요. 네, 듣기에 좀 거북할 수도 있겠지요."

장세기는 이해한다는 듯 다시 조금 전의 어둡고 무표정함으로 다시 돌아가 고개를 끄덕였다.

"그래서 말입니다. 목사님...제가 찾아낸게 뭐냐 하면은요. 서초교회 분열의 핵심에는...."

윤야성은 마치 엄청난 비밀이라도 말하려는 듯 테이블 주변을 잠시 둘러보았다. 그리고 목소리를 낮춰서 여전히 마음이 딴 데에 가있는 장세기에게 말했다.

"정지만 원로목사님이 계시더라...이겁니다. 이미 소천하신지 몇 년이 흘렀지만 여전히 정지만 원로목사님이 살아계셔서 서초교회 분열의 원인이 되고 계신다...이게 제가 찾은 답입니다."

순간 장세기는 처음으로 눈을 들어 윤야성을 똑바로 보았다. 조금 전까지 장세기의 몸을 떠나있었던 그의 영혼이 다시 돌아온 것 같았다. 조금 전까지의 기운 없는 무관심과 무표정은 사라지고 그의 눈에는 분명한 분노와 또 약간의 놀라움마저 어려있었다. 장세기는 애써 자신의 감정을 감추려는 듯 약간의 헛기침과 함께 물었다.

"도대체 무슨 말인지 저는 도통 이해가 안가는군요. 돌아가신 정지만 원로목사님이 왜 갑자기 등장하는지...참...."

윤야성은 가볍게 웃으면 말했다.

"쉽습니다. 아직까지 황당하게 서초교회 내에는....놀랍게는 교역자들 중에도...정 원로목사님이 작성하셨던 수첩의 내용이 가짜라고 생각하는 사람들이 있더라고요. 정말로 어이가 없지 않습니까? 저는 솔직히 말씀드려 정 원로목사님께서 몇 년 전 신문에 내셨던 성명서야말로 '진짜 가짜'라고 생각합니다. 모르지만 분명 누군가가 정 원로목사님께서 애초에 수첩에도 쓰셨듯이 전적으로 담임목사님을 신뢰하고 지지하는 것을 모른 채 정 원로목사님의 이름을 도용해서 어떤 과정을 거쳤는지는 몰라도....그 성명서를 낸 것이 틀림없다고 생각합니다. 그게 진실입니다. 그리고 그 사람은 분명 정 원로목사님이 아끼는 사람이었겠지요. 그러니까 정 원로목사님은 자신의 이름으로 그런 황당한 성명서가 나왔는데도 그냥 침묵으로 일관하지 않으셨을까...그게 저의 생각입니다."

장세기의 얼굴에 도저히 참을 수 없다는 듯한 괴로움이 묻어나왔다. 장세기의 그런 표정 하나하나를 윤야성은 커피를 마시면서 뚫어져라 관찰했다. 둘 사이에 족히 1분 가까운 시간이 어색하고 조용하게 흘러갔다. 그 사이에 카페에서 비지스Bee Gees의 명곡 'I started a joke'가 조용히 흘러나왔다.

> I started a joke, which started the whole world crying
> but I didn't see that the joke was on me, oh no
> I started to cry, which started the whole world laughing
> oh, if I'd only seen that the joke was on me
> I looked at the skies, running my hands over my eyes
> and I fell out of bed, hurting my head from things that I'd said
> Till I finally died, which started the whole world living

아무리 들어도 알아들을 수 없는 영어가사에 귀를 기울이던 장세기가 순간 배시시 웃었다.

"윤 실장님, 영어 잘 하세요? 전 영어 아주 못해요. 영어 잘 하고 싶은데...그게 안돼요. 근데 이 노래...무슨 말인지는 몰라도 디게 좋네요.."

"비지스라는 영국 그룹의 '나는 농담을 시작했어요' 라는 대단한 명곡입니다."

그렇냐는 듯 고개를 끄덕이며 장세기는 다시 조금 전 어두운 무표정으로 돌아갔다. 잠시 후 장세기가 입을 열었다.

"그런데, 윤 실장님, 저한테 왜 이런 얘기를 하시는거죠?"

"네, 목사님. 다름이 아니고요. 제가 몇 분에게 들었는데 장 목사님은 애초에 정 원로목사님께서 추천하셔서 풀타임 교역자가 되셨고 또 평소에도 정 원로목사님과 친하셨다고 들었거든요. 게다가 지금은 교회를 떠났지만 정 원로목사님의 비서를 오래했던 박정연 자매와도 아주 친했다고 하고요. 사실 정 원로목사님이 지금도 살아계시다면 제일 좋지요. 단번에 진실을 드러내서 이런 말도 안되는 헛소문들을 한 방에 정리해주지 않으시겠습니까? 하지만 안타깝게도 원로목사님은 지금 천국에 계시고...."

윤야성은 잠시 뜸을 들였다. 박정연이라는 이름에 장세기의 몸이 분명하게 반응하는 그 순간을 윤야성은 놓치지 않았다.

"하지만 박정연 자매는 살아있지 않습니까? 그 자매야말로 정 원로목사님의 수족처럼 일했으니까 당시의 상황을 가장 잘 알고 있을테고..따라서 그 수첩의 내용이 원로목사님의 진심이고 나아가 성명서도 누군지는 모르지만 다른 사람이 썼다는 사실을 교회에서....글쎄요....방법은 고민해야 되겠지만 공개적으로 '간증'만 해준다면, 다시 말해서 박정연 자매가 진실을 밝혀만준다면 지금 우리 서초교회 내의 분열의 원인 그 자체를 소각시키는 효과가 있지 않을까요?"

윤야성은 단숨에 자신이 하고 싶었던 말을 하고 남은 커피를 들이켰다. 그리고 자리에서 일어나 커피를 리필해서 다시 자리로 돌아왔다. 사실 장세기를 만나기 전 윤야성은 막연한 감을 갖고 있을 뿐이었다. 그의 감은 장세기의 우울함을 통해 조금 더 확신이 더해지기는 했지만 여전히 불완전한 감일 뿐이었다. 윤야성은 박내장 사무처장을 통해 분명 장세기가 당시 정 원로목사 수첩과 관련해 뭔가 중요한 역할을 했다는 사실은 확보할 수 있었다. 하지만 그 누구도....박내장 사무처장을 비롯해 소위 말하는 영적 쿠테타에 대한 자세한 얘기를 그에게 들려주지 않았다. 아직 윤야성이 서초교회 내 가장 핵심적인 정보 써클에 들어갈 군번이 못되었기 때문인지도 몰랐다. 물론 시간이 지나면 자연스럽게 다 알게될 일들인지도 몰랐다. 그러나 윤야성의 생각은 달랐다. 때가 되어 주어지는 정보에 그는 관심이 없었다. 필요하다면 시간을 뛰어넘어 스스로 확보해야 했다. 그의 그런 도전은 이미 김건축 목사와의 면접을 통해 한 번 성공했다. 아무튼 영적 쿠테타에 장세기가 중요한 역할을 했고 그렇기에 그는 집까지 암사동에서 서초동으로 옮길 수 있었다고 했다. 윤야성은 결국 장세기를 직접 만나 듣는 수밖에 없다고 판단했다. 정확히 그 이유를 알 수는 없지만 당시 그 일과 관련해 정 원로목사의 비서가 갑작스럽게 사직했다고 했다. 그렇다면 그 비서와 관련해 뭔가를 건드리면 장세기가 행여 털어놓지 않을까. 정말로 막연한 윤야성의 추측이고 일종의 도박이었다. 이상하게 김건축 목사를 만나는 그 순간부터 이 곳 서초교회에서 벌이는 자신의 도박은 언제나 잭팟을 터뜨려줄 것 같은 또 하나의 근거는 없지만 온 몸을 경직시키는 도박사의 긴장감 같은 느낌이 윤야성을 사로잡고 있었다. 윤야성은 주머니 속에서 녹음하고 있는 핸드폰이 제대로 잘 작동하고 있는지 꺼내서 보고 싶었지만 참았다.

"박정연 자매가 뭘 알겠습니까? 일개 비서일 뿐인데...윤 실장님의 마음은 이해가 가지만 이미 오래 전에 교회를 떠난 사람인데요."

윤야성은 고개를 끄덕였다.

"맞습니다. 이미 교회를 떠났지요. 하지만 그 자매 역시 정 원로목사님을 사랑하고 정 원로목사님의 명예를 회복시키는데에 관심이 있으리라 봅니다. 이미 담임목사님으로부터 박 자매를 찾아 이 부분을 진행하라는 언질을 받았고요. 사실 뭐 밑져야 본전 아닙니까? 그 자매가 진실을 밝히겠다고 하면 좋은거고 아니면 어쩔 수 없는거고요...."

"진실이요? 아까부터 계속 진실, 진실 하는데 도대체 무슨 놈의 진실이요?"

갑자기 터져나온 장세기의 격한 대답에 윤야성은 자신의 도박이 또 한 번 성공하리라는 확신을 가질 수 있었다.

"좀 전에 말씀드린 부분이요. 비록 소수지만 사람들이 갖고 있는 정 원로목사님에 대한 오해 말입니다. 장 목사님, 그거 아세요? 귤상자에 든 귤 중에 단 한 개라도 껍질이 무르거나 터진 게 있으면 그 상한 귤이 며칠 안에 귤 상자 전체를 다 망친다는 사실 말이에요. 성한 귤이 더 썩기 전에 상한 귤은 빨리 골라내야 합니다."

장세기는 깊은 한숨을 쉬었다. 그러나 자신의 마음 속에서 일어나는 격한 감정을 도저히 억제할 수 없다는 듯 좀 더 높아진 톤으로 말했다.

"그래요. 그럽시다. 어차피 머지 않아 윤 실장님도 다 아시게 될 일이니까 제가 말씀드리죠. 성명서는 정 원로목사님이 쓰신게 맞습니다. 교회신문에 발표된 원로목사님의 수첩 내용이야말로 다 조작된 겁니다. 그게 진실입니다. 그게 진실이라고요. 아시겠습니까? 그러니까 다시는 박정연 자매에게 연락한다는 둥 말도 안되는 얘기 하지 마세요. 그 자매야말로 그 진실을 가장 잘 알고 있는 사람입니다. 그래서 정 목사님을 제대로 지키지 못한 그 아픔 때문에 더 이상 교회에 있을 수 없어 그만둔거고요. 그리고…"

단숨에 말을 마친 장세기는 갑자기 주머니에서 작은 약병 하나를 꺼냈다. 그리고 두 알을 꺼내 손에 들고 있던 생수와 함께 삼켰다. 약효가 나타나길 기다리는 듯 잠시 눈을 감고 숨을 고르고 있던 장세기가 마침내 자포자기한 듯 말했다.

"정 원로목사님 사무실에서 수첩을 몰래 들고나온게 바로 납니다. 그 수첩에 필적 전문가를 데려다가 정 목사님 필체로 김 목사님께 유리한 내용을 적어넣은거에요. 박정연 자매는 그 사실도 다 알고 있는 사람이에요. 제 말 아시겠어요? 지금 박정연 자매에게 연락하겠다는 둥 하는 소리가 얼마나 어이없는 말인지. 박정연 자매의 가슴에 또 하나의 대못을 박으면 그건, 그건 정말로 안됩니다."

 윤야성의 눈 앞에서 영적쿠테타의 실체가 비로소 장본인의 입을 통해 드러났다. 윤야성은 리필한 커피가 반 이상 남은 머그잔을 일부러 테이블에 소리가 나게 놓았다. 약간의 커피가 머그잔 밖으로 튀었다. 그러나 윤야성은 튄 커피는 관심도 없다는 듯 놀란 목소리로 말했다.

 "그게 정말입니까? 정말 그런 일이 있었어요? 믿어지지 않는데요? 어떻게 그런 일이....그런데 장 목사님 어디 편찮으세요?"

 "아닙니다. 두통이 좀 있어서요."

 윤야성은 고개를 끄덕였다. 머그잔을 입으로 가져가며 커피를 한 모금 마시는 사이 그의 머리가 빠르게 움직이기 시작했다. 잠시 후 마치 무슨 생각이 떠오른 듯 윤야성이 다시 호들갑스럽게 입을 열었다.

 "장 목사님, 설마...설마 그럴 리가 없겠지만....담임목사님이 이런 사실을 다 알고 계신건 아니겠죠?"

다시 한 번 장세기의 얼굴에 분노 비슷한 감정이 스쳐지나갔다.

"비서실장이라는 분이 그렇게 모시는 분을 모릅니까? 이 서초교회에서 사소한 일 하나라도 담임목사님 허락없이 일어날 수 있다고 생각하세요?"

장세기는 얼마남지 않은 생수병의 생수를 마저 마시고 자리에서 일어났다.

"오늘 왜 저를 만나려고 했는지 이제 알겠는데요. 잘 만나셨습니다. 그러니까 다른 건 몰라도 이미 상처받은 박정연 자매는 괴롭히지 말고 그냥 두세요. 저 윤 실장님이 그 정도의 예의를 갖춘 분이라고 믿고 싶네요. 물론...제가 그런 말할 자격은 없는 인간이지만요. 먼저 나갈께요. 약속이 있어서요."

카페를 나가는 장세기의 뒷모습을 보며 윤야성은 그가 감지한 장세기의 우울함의 근원이 무엇인지 조금 알거 같았다. 그러나 장세기와의 짧은 만남을 통해 앞으로 자신이 가야할 길이 무엇인지를 이미 머리 속에 차곡차곡 정리하고 있는 윤야성과 같은 사람의 눈에 장세기는 너무도 순진한, 아니 어리석은 사람일 뿐이었다. 지금 주충성 목사와 함께 일한다는 '글로벌 전략' 팀이 장세기에게 얼마나 맞지 않을지 상상하는 것은 전혀 어렵지 않았다. 장세기가 이 서초교회에 있으면 있을수록 그의 내부를 채우는 무거운 우울함은 더 짙어질 것이 분명했다. 조금 후 카페를 나서며 윤야성은 혼자말로 내뱉었다.

"두통약이라고? 어이가 없네. 저 양반 조만간 우울증 약 두 배로 먹어야 할지 모르겠군.... 앞으로 약값 좀 들겠어..."

9. 2016. 11. 15. 첫 월급일

조금씩 윤야성의 가슴이 조여오는 듯 초조해져 갔다. 서초교회는 매 달 15일이 월급날이었다. 며칠 전 재정부까지 총 책임지는 박내장 사무처장이 지나가듯이 말했었다.

"아직도 담임목사님께서 윤 실장 연봉을 내게 알려주시지 않았어. 뭐, 워낙 기대하고 뽑으셨으니까 안상해 실장보다야 훨씬 높지 않을까? 아마도 교회 내 최고 연봉이 되지 않을까 싶어. 윤 실장이 누구야? 전직 판사를 제치고 비서실장이 된 사람 아니야? 나도 은근히 기대가 돼. 아무튼 목사님께서 사례비(월급) 지급일 전에는 금액을 알려주시겠지. 이번 달 사례비는 한 달분이 아니고 출근한 날부터 해서 3주에 해당하는 금액만 입금되니까 그렇게 알고 있어요."

윤야성은 순간 자신의 얼굴 표정을 어떻게 감당해야 할지 모를 정도로 흥분을 느꼈다. 안상해 전 실장이 얼마를 받았는지 몰라도 서초교회 정도의 규모에서 비서실장이라면.... 억대 연봉은 거의 분명했다. 게다가 며칠 전 안상해 실장의 말을 근거로 할 때 어쩌면 억대도 억대 초반이 아니라 후반일 지도 몰랐다. 정확히 판사의 연봉이 얼마인지는 몰라도 판사라면 억은 넘어도 한참 넘을 것이다. 박내장 사무처장의 말대로 윤야성은 판사를 제치고 비서실장이 된 사람이 아닌가?

윤야성은 지난 몇 달간 집에 단 한 푼의 돈도 가져가지 못했었다. 정진아는 결국 두 달 전부터 오전에는 근처 어린이집을 다니며 아이들 똥기저귀를 가는 일을 해야했다. 하루에 5시간을 일하고 한 달에 70만 원을 받는다고 했다. 남의 아이들의 똥기저귀를 가는 정진아를 상상하자 윤야성의 눈에서 피눈물이 날 것 같았다. 갑자기 기독교 문화 연구소의 그 무능한 소장의 얼굴이 윤야성의 머리에 떠올랐다. 매일 새벽 연구소에 가장 먼저 출근해 한 시간이 넘게 기도만 하던 인간이었다. 사무실 밖으로까지 소리가 들릴 정도로 울면서 기도만 하던 인간이었다. 그 시간에 연구소 투자를 받으러 뛰어다녀도 모자랄 판에….질질 짠다고 어디서 돈이 떨어지나? 그 무능한 소장이 지금 눈 앞에 있다면 당장이라도 그 인간의 목을 조르고 싶은 갑작스런 충동이 일어났다. 윤야성은 고개를 흔들었다. 어차피 다 지난 일이다. 첫 월급의 숫자가 찍힌 통장을 보며 흥분할 정진아가 갑자기 보고 싶어졌다.

"아니, 여보, 이게 한 달치 월급이에요? 그런데 이렇게 많아요? 사람들이 우리 십일조 액수보고 몇 달치 십일조로 알면 어떻하죠?"

그런 정진아를 생각하자 터져오르는 흥분감을 누르기 위해 윤야성은 자신도 모르게 지그시 입술을 깨물어야만 했다. 장세기를 만난 후 윤야성은 킹오브처치 이메일 핫라인을 통해 김건축 목사에게 보낼 이메일을 정리하는 중이었다. 글자 하나까지 세심하게 신경쓰면서 메일을 써서 그런지 별로 길게 없는 메일을 지금 거의 이틀째 다듬고 또 다듬고 있었다.

마침내 월급일, 15일이 되었다. 윤야성은 앞에 앉은 정주현이 보지 못하게 조심스럽게 온라인 뱅킹에 들어가 월급통장을 열었다. 아직 입금된게 없었다. 시계를 보니 오전 11시였다. 크게 심호흡을 한 번 하고 윤야성은 다시 김건축 목사에게 보낼 이메일을 정리했다. 점심을 먹으러 나가는데 박내장 사무처장이 조금은 어색한 웃음을 지으며 윤야성의 어깨를 툭 쳤다.

"안상해 비서실장은 서울대 나왔었어. 그거 알지? 그리고 미국에서 MBA도 땄었고. 그러니까 이해해. 우리 길게 보자고...."

윤야성은 박 처장이 무슨 소리를 하는지 이해할 수 없었다. 그냥 "아..네..."라고 대답했을 뿐이었다. 박 처장은 다른 직원들과 무슨 말인지 떠들면서 윤야성을 뒤에 남기고 교회 정문을 나

섰다. 윤야성의 눈에 저쪽에서 장세기가 혼자 어기적 어기적 걸으며 점심 먹으러 가는 모습이 보였다. 순간 혼자 먹느니 점심이나 같이 먹자라고 할까하는 생각이 들었지만 이내 고개를 흔들었다. 윤야성은 혼자 서둘러 식사를 하고 사무실로 들어왔다. 정주현은 언제나 그렇듯이 항상 점심시간이 끝나고 최소 15분은 더 있어야 사무실로 들어온다. 차라리 잘되었다는 마음으로 윤야성은 다시 인터넷 뱅킹에 접속했다. 크게 숨을 한 번 쉬고 조심스럽게 아이디와 패스워드를 쳤다.

월급이 들어와 있었다!

2,150,890 원 (입금처: 서초교회)

순간 윤야성은 2천 백만 원인줄 알고 숨이 멎는줄 알았다. 그렇다면 그건 연봉이 3억이 넘는다는 말이었다. 그런데...그런데...금액의 단위가 '천'이 아니라 '백'이었다. 아무리 3주치라고 하더라고....3주 치의 월급이 2백만 원이 조금 넘는다면 결국 한 달 전체를 계산해도 월급이 3백만 원이 채 안되거나 넘어도 조금 넘는 수준이었다. 그럼 결국 세금이니 이것 저것 다 뺀 것을 감안하면 윤야성의 연봉은 고작해야 3천만 원 중반에서 후반에 불과했다.

순간 윤야성의 온 몸에서 모든 생명의 기가 빠져나가는 것만 같았다. 만약 누군가 지난 15분간 몰래 윤야성을 지켜보던 사람이 있었다면 분명 느꼈을 것이다. 좀 전 컴퓨터 앞에 앉기 전 윤야성보다 지금도 컴퓨터 모니터 속의 숫자만을 뚫어지게 쳐다보고 있는 윤야성이 최소 열 살은 더 많아보인다는 것을. 그것은 다름 아니라 인간의 생명을 지탱하는 그 어떤 기운이 순식간에 윤야성에게서 빠져나갔기 때문이었다. 비록 몇 달간 월급을 못받았지만 기독교 문화 연구소에서 윤야성의 연봉은 4천 2백이었다. 서초교회에 연봉 외에 어떤 다른 특별수당이 있는지 알길이 없지만 오히려 연구소 시절보다 현격하게 깎여진 금액이었다. 사무처의 일개 직원으로 들어온 것도 아니고 누가 뭐래도 한국을 대표하는 김건축 담임목사의 비서실장으로 들어온 자신이 아닌가? 그것도 전직 판사를 제치고 발탁되지 않았던가? 그제서야 윤야성은 조금 전 박내장 사무처장의 말이 무슨 뜻인지 이해할 수 있었다.

"안상해 비서실장은 서울대 나왔었어. 그거 알지? 그리고 미국에서 MBA도 땄었고. 그러니까 이해해. 우리 길게 보자고…."

전직 판사는 말할 것도 없고 안상해 전 비서실장보다도 훨씬 삭감된 금액이라는 의미였다. 무엇보다 박 처장은 출근 첫 날 윤야성의 연봉은 미리 정해진 직원 연봉 테이블이 아니라 김건축 목사의 지시에 의해 특별히 정해진다고 언질을 줬었다. 그럼...결국 3천만 원대의 연봉은 김 목사가 자신을 바라보는 가치라는 소리였다. 김건축 목사에게 윤야성은 연봉 4천만 원이 채 안되는 존재라는 의미였다. 윤야성은 가만히 눈을 감았다. 몇 주 전 가족과 함께 갔던 식당에서의 대화가 생각났다.

"그럼 아빠 이제 돈 많이 벌어요? 우리집 부자되요?"
"그래, 이제 아빠 돈 많이 번다. 그게 그렇게 중요하냐?"

순간 가슴 속에서 뭔가 뜨거운 것이 울컥하고 올라오는 것만 같았다. 저쪽 복도에서 정주현이 누군가와 왁자지껄 떠들며 들어오는 소리가 들렸다. 윤야성은 순간 책상 위에 놓인 머그잔으로 정주현의 얼굴을 때려 부숴버리고 싶은 충동을 느꼈다. 잠시 움켜쥐었던 머그잔을 다시 책상에 놓고 윤야성은 자리에서 일어났다. 깔깔거리며 사무실로 들어오는 정주현을 차갑게 스치며 윤야성은 밖으로 나갔다. 서초교회에서 조금 떨어진 거리를 무작정 걷기 시작했다. 어차피 지금 시간에 자기를 찾을 사람도 없었다. 한참을 걷던 윤야성은 어느새 주먹을 쥐고 자신의 머리를 마구 때리고 있었다. 어릴 때 술만 마시면 자신을 때리던 아버지로 인해 생긴 버릇이었다. 언젠가부터 자기 자신이 경멸스러워질 때면 윤야성은 머리를 자신의 주먹으로 치곤했다. 윤야성은 전혀 기억하지 못하지만 언젠가처럼 그를 흉내내며 따라오는 사람은 없었다. 그러나 뭔가 중얼거리며 자신의 머리를 치는 멀쩡하게 양복입은 윤야성의 모습은 길을 걷는 대부분 사람들의 눈에 위협을 느끼도록 하기에 충분했다. 한 두 명이 핸드폰을 들고 경찰에게 신고하는게 낫지 않을지를 고민하기도 했다. 그러나 대부분의 사람은 그런 생각을 접고 가던 길을 다시 바삐 갈 뿐이었다. 두 시간 가까운 시간동안 자신의 머리를 치며 거리를 걷는 윤야성을 피해 걸어간 사람의 수가 수백 명이 넘었다. 그 중의 몇 명은 윤야성을 핸드폰으로 찍어 유투브에 올리기도 했다. 그러나 수많은 사건사고들이 줄을 잇는 한국에서 머리를 치며 길을 걷는 윤야성이 화제가 될 리는 없었다. 윤야성은 그 날 교회로 다시 돌아가지 않았다.

윤야성의 머리에서 김건축 목사의 비서실장으로서 받을 첫 월급만을 손꼽아 기다리는 정진아의 얼굴이 사라지지 않았다.

10. 2016. 11. 16. 김건축 목사 집무실 2.

"목사님, 잠깐 봬도 될까요?"

3주 치에 해당하는 첫 월급을 받은 다음 날 아침, 윤야성은 웅장한 김건축 목사 집무실 문을 빼꼼히 열고 말했다.

"이봐, 윤 집사, 자네는 내 비서실장이야. 아무 때나 들어오면 돼. 무슨 허락이 필요해? 우리 둘 사이는 부부보다 더 투명한 관계가 유지되어야 해. 자, 들어와 앉지."

김건축 목사는 윤야성의 눈에도 조금은 과장되게 그를 맞았다. 윤야성이 집무실 문을 닫고 소파의 가장자리에 조심스럽게 앉자 김 목사는 책상에서 일어나며 인터폰을 눌렀다.

"주현아, 제일 좋은 차로 두 잔 준비해라."

소파의 중앙 전용자리에 앉으며 김 목사가 말했다.

"어때, 좀 할만해? 이제 한 달이 거의 다 되어가네. 대충 교회 분위기나 뭐 이런거 익혔지? 앞으로 기대가 커. 이제 슬슬 본격적으로 움직여 봐야겠지. 교회 안의 사람들부터 비서실장이 바뀌니까 교회가 살아나는구나...라는 느낌을 팍 확실하게 주도록 말이야."

정주현이 한 잔은 녹색 바탕에 빨간 장미꽃이 그려진 로얄 알버트 찻잔에 그리고 나머지 한 잔은 하얀색 평범한 찻잔에 무엇인지는 모르지만 그윽한 향기가 풍기는 차 두 잔을 담고 들어왔다. 로얄 알버트 찻잔을 김건축 목사 앞에 놓으며 정주현이 말했다.

"목사님, 제주 오설록 발효 녹차에요. 나다해 장로님이 이번에 제주도 출장 다녀오시면서 제일 좋은 차라고 비서실에 맡겨 놓고 가셨어요."

"응...그래? 이거 향이 꽤 괜찮군 그래. 우리나라도 많이 좋아졌어. 이제 제주도에서도 이런 수준의 티를 만들어내니 말이야. 윤 실장, 어때, 마실만해?"

윤야성은 고개를 끄덕이며 흰 찻잔 속의 차를 한 모금 마셨다. 뜨겁다는 느낌 외에 별 맛을 느낄 수 없었다. 앞에 앉은 윤야성의 존재를 아예 잊은 양 눈을 감은 채 차의 향에 빠져있는 김건축 목사를 보며 윤야성은 안주머니에서 하얀 봉투 하나를 꺼내 테이블 위에 가만히 놓았다. 그러고도 몇 초가 더 지난 후에야 김건축 목사는 눈을 떴다. 눈 앞에 놓여진 하얀 봉투를 보는 순간 김 목사는 의아하다는 듯 윤야성에게 말했다.

"윤 실장, 이거 뭔가? 편지야? 내가 이메일 주소 알려줬잖아? 전략안은 굳이 손편지 말고 메일로 보내면 되는데."

윤야성이 입을 열었다.

"아니, 목사님, 편지가 아닙니다. 하나님께 바치는 헌금입니다."

김 목사는 도저히 무슨 말인지 모르겠다는 표정으로 찻잔을 테이블 위에 놓았다.

"목사님, 사실 하나님께서 제게 너무도 과분한 기회를 주셨습니다. 서초교회를 통해 한국교회 전체를 섬길 수 있는 기회를 하나님께서 제게 주신거나 마찬가지입니다. 무엇보다 이 시대 하나님께서 가장 크게 쓰시는 김건축 목사님을 곁에서 모실수 있는 영광스런 기회를 주셨습니다. 목사님께서 저를 선택하신 이후로 계속 하나님의 이 은혜를 어떻게 조금이라도 갚을까 생각하고 있었는데 하나님께서 제게 지혜를 주셨습니다. 그리고 기도하는 중에 갑자기 어렸을 때 있었던 일이 생각났습니다. 저는 중학교 2학년 때 처음으로 아르바이트를 해서 7천 원을 번적이 있었습니다. 그걸로 뭘 사먹을까 고민하는 제게 아버지가 말씀하셨습니다. 너가 태어나 처음 번 돈이니 그 돈을 하나도 남기지 말고 다 하나님께 바치라고요. 저는 그 때 목사님, 얼마나 그 돈이 아까웠는지 모릅니다. 그런데 시간이 지나면서 그 때 바친 저의 첫 벌이, 아니, 저의 마음을 보시고 하나님께서 저를 지금까지 지켜주신 것을 확신하게 되었습니다. 이번에도 그 때와 똑같습니다. 서초교회에서 목사님을 모시는 것은 제게 또 하나의 인생입니다. 새로운 시작이지요. 서초교회에서 받은 첫 사례는 당연히 100% 다 하나님께 바치고 싶었습니다. 그래서 그냥 헌금으로 낼까하다가 그래도 목사님께 가져오면 목사님께서 좀 더 필요한 곳에 쓰실 수 있지 않을까 해서 이렇게 어제 받은 사례비를 다 현금으로 찾아 봉투에 넣었습니다. 목사님, 잔돈은 빼고 이백 십 오만원입니다."

윤야성은 일부러 '이백십오만 원'을 또박또박 발음했다. 김건축 목사의 얼굴에 순간적으로 '이 놈 봐라....'라는 표정이 떠올랐다. 그러나 그는 그 표정을 순식간에 감동받은 표정으로 바꿨다. 김 목사는 "역시...역시..."라고 혼자말을 하며 고개를 끄덕였다. 그리고 한 모금의 차를 더 마신 후 말했다.

"윤 실장, 역시 자네는 헌금을 해도 야성있게 하는군. 알겠네. 이건 내가 하나님께서 가장 쓰시고 싶어하실 바로 그 곳에 쓰도록 하지. 그런데 말이야…."

김건축 목사가 들고 있던 찻잔을 다시 테이블에 놓으며 윤야성을 빤히 쳐다보았다.

"윤 실장, 월급이 없이 한 달을 살 수 있겠어?"

윤야성은 아침에 거울을 보며 한참이나 연습한 계산된 미소를 얼굴에 담았다. 다행히 연습할 때보다 훨씬 더 자연스럽게 미소가 번져 나오는 것 같았다.

"목사님, 이 세상을 만드신 하나님이 저의 아버지이십니다. 아버지가 자식을 굶기시겠습니까?"

김건축 목사가 이번에는 진짜로 감동받은 듯했다. 아무 말도 못하고 차를 마시며 김건축 목사는 뭔가를 깊이 생각하는 표정으로 눈을 감은채 고개만 끄덕였다. 잠시 그런 김건축 목사를 바라보던 윤야성이 입을 열었다.

"목사님, 제가 오늘 중으로 기획안을 하나 메일로 보내 드리겠습니다. 그런데 그냥 궁금해서 목사님께 한 가지 여쭙겠습니다."

김건축 목사가 눈을 떴다.

"저기 강연옥 전도사 있지 않습니까? 서초교회 초창기 멤버이고 또 지금 해외선교부 책임자로 있는…."

'강연옥 전도사는 왜?' 라는 표정으로 김건축 목사가 테이블 위의 로얄 알버트 찻잔을 들어 다시 입으로 가져갔다.

"그냥 궁금해서요. 누가 뭐래도 강연옥 전도사는 지금 서초교회의 핵심이지 않습니까? 그런데 보면 아침에도 그렇고...목사님 출근하실 때 핵심 인사들은 다 한 자리에 모여 목사님을 맞으며 하루를 힘차게 시작하는데 강연옥 전도사가 보이지 않아 궁금해서요. 제가 출근한지 한 달 가까이 되어가는데 단 한 번도 강 전도사가 목사님을 뵈러 목사님 집무실에 오는 것도 못 봤고 말입니다."

'아~그거...' 라는 표정으로 김건축 목사가 말했다.

"윤 실장이 앞으로 교회 내의 정치적 역학을 좀 더 파악하게 되면 자연스럽게 알게될 문제인데. 그냥 이렇게만 알고 있으면 돼. 간단해. 강연옥 전도사는 우리 정지만 원로목사님의 큰 딸이다...이렇게 생각하면 돼. 그리고 그 때 정 목사님 비서하던 여자 직원 걔...이름이 기억이 안나는데...아무튼 교회 그만둔 그 애는 둘째 딸이다...이렇게 생각하면 돼. 윤 실장도 뭐 자세히는 몰라도 대충을 알테니까 얘기를 하는데. 전에 정 목사님이 소천하실 즈음이랑 해서 교회가 좀 시끄러웠잖아? 그 때 정 목사님하고 나하고 좀 영적으로 껄끄러운 오해 비슷한게 좀 있었어. 그러다 보니까 소위 말하는 정 목사님과 함께 산전수전을 겪은 사람들이 날 그렇게 도우려고 안하는....뭐, 꼭 그런건 아닌데 좀 피차간 예민한게 있지. 아무튼 강 전도사는 이제 은퇴도 얼마 안 남았고. 정보에 의하면 강 전도사는 지금 은퇴만 기다리고 있다고 하더라고. 참, 이해가 안돼. 왜 은퇴만 기다려? 그럴 바에는 사표 내고 나가면 되잖아? 누가 말리나? 참....하지만 워낙 정 목사님 핵심 라인이었고 하니까 내가 먼저 나가라고 할 수도 없어요. 이게 참 영적으로 쉽지 않은 문제야....아무튼 그 여자는 은퇴만 기다리는데 은퇴하면 무슨 정 목사님 기념사업회 같은 거 만들어서 남은 인생을 거기에다가 쏟는데나? 뭐, 그러고 있으니까 내가 추진하는 글로벌 사역 쪽이랑은 전혀 안맞지. 이제 이해가 좀 가나?"

윤야성은 고개를 끄덕였다.

"아...네. 그렇군요. 알겠습니다. 그런데 목사님, 강 전도사 관련한 그런 정보는 혹시 소스가 어디인지 여쭤봐도 될까요? 제가 그래도 명색이 비서실장인데..."

김건축 목사는 별 걸 다 묻는다는 듯이 소리내서 웃었다.

"윤 실장, 내가 누구야? 나 김건축이야. 나 서초교회 담임목사야. 소스가 어디 한 두 군데겠어? 물론 나한테 제일 중요한 소스는 앞으로 자네가 되어야지만도. 안상해가 좀 그게 부족했지....아무튼 소스가 있어. 누군가가 중요한건 아니고. 나한테 여자 전도사들이나 여직원들 관련해서 정보를 주는 확실한 소스가 있어. 믿을만한 소스니까 그냥 너무 걱정안해도 돼. 스스로 자신을 '행간에 숨겨진 정보'를 캐는 능력이 있다고 말하는 확실한 소스야. 허허허~~"

11. 2016.11.16. 윤야성의 이메일 1.

목사님,

이렇게 목사님의 개인 메일에 글을 쓸 수 있다니 참으로 감격스럽습니다. 앞으로 이 메일을 통해서 목사님께서 정말 이 시대에 가장 위대하게 하나님으로부터 쓰임받는 주의 종이 되는 데에 부족하나마 제가 기여할 수 있기를 간절히 기도합니다.

목사님, 바쁘실줄 알기에 핵심만을 말씀드리겠습니다.

어제 목사님께서도 잠시 언급하셨던 문제입니다만. 목사님, 저는 지난 한 달 가까운 시간동안 교회의 전반적 상황을 리서치 하는 중에 한 가지 사실에 크게 놀랐습니다. 아직도 서초교회 내에 이미 소천하신 정지만 원로목사님을 기억하고 그리워하고 있는 사람들이 적지 않다는 사실 때문이었습니다. 이미 돌아가신 분을 그렇게 그리워하는 것은 신앙적으로 볼 때 '우상숭배'적인 죄악도 될 수 있지만 무엇보다 지금 담임목사님께서 자신의 진액을 쏟으며 추진하시는 여러 사역에 걸림돌이 될 수 있다고 보았습니다. 그래서 어떻게든 이 부분을 해결하는 것이 목사님께서 제게 원하시는 전략적 비서실장의 첫 번째 사명이 될 수 있다고 확신하게 되었습니다.

장세기 목사를 만나 몇 가지 사실 확인을 했었습니다.

목사님, 지금 이 상황에서 누가 봐도 너무도 분명한 사실은 정 원로목사님이 발표하셨던 성명서는 결코 정 원로목사님께서 쓰신 것이 아니라는 점입니다. 전 장세기 목사를 통해서도 그 점을 가장 먼저 확인할 수 있었습니다. 그 성명서는 분명 서초교회를 음해하고 갈라 놓는 의도를 가진 누군가에 의해 쓰여졌고 자세한 내막은 모르지만 그 악의적 음해를 정 원로목사님이 순간적으로 판단을 잃으시고 묵인하신 것이 아닌가 하는 것이 저의 결론입니다. 무엇보다 추후에 공개된 정 원로목사님의 수첩내용이 이 모든 사실을 증명합니다. 그럼에도 불구하고 여전히 '음모론'을 펴는 소수의 악의적 사람들을 원천적으로 차단하고 무엇보다 예수님께서 자신의 피값으로 사신 우리 교회를 지키기 위해서 지혜를 달라고 기도하던 제게 하나님께서 오늘 새벽 응답하셨습니다.

목사님, 정 원로목사님의 조작된 성명서 그리고 수첩과 관련해 '진실'을 가장 잘 아는 사람은 당시 서초교회를 그만두었던 정 원로목사님의 비서 박정연입니다. 제가 생각할 때 박정연 자매가 그 당시 서초교회를 그만둔 이유는 정 원로목사님을 악용하는 세력들에 대한 일종의 반발심 때문에 그런 것이 아닌가 추측할 뿐입니다. 목사님, 저는 지금이라도 박정연 자매를 다시 서초교회로 불러들여 진실을 밝히는 것이 필요하다고 생각합니다.

목사님, 제가 조사한 바에 의하면 박정연 자매는 현재 해외선교부를 총괄하는 강연옥 전도사와 매우 친하다고 합니다. 박 자매는 서초교회를 그만둘 때도 오로지 강 전도사하고만 의논한 것으로 알려졌습니다. 일설에 의하면 박정연 자매는 강연옥 전도사를 인생의 멘토로 삼고 제 2의 강연옥 전도사가 되는 것을 꿈꾼다고 합니다.

목사님, 어제 목사님께서 강연옥 전도사를 정지만 목사님의 첫째 딸 그리고 박정연을 둘째 딸이라고 말하셨지만 저는 그 두 사람이 정지만 목사님의 딸이 아닌 김건축 목사님의 하녀가 될 수 있다고 확신합니다. 제가 그렇게 말씀드리는 이유는 제 나름의 방법을 통해 해외선교부 내의 분위기를 확실하게 파악했기 때문입니다.

목사님, 두 가지만 말씀드리겠습니다.

강연옥 전도사는 은퇴를 전혀 원하지 않습니다. 그리고 강연옥 전도사는 정지만 목사님의 기념사업 같은 것은 아예 관심조차 없는 사람입니다.

목사님께서 강 전도사에게 나는 너를 믿고 있고 난 너가 필요하다는 약간의 언질만 주시면 강 전도사는 당장 목사님의 수족이 되리라 저는 확신합니다. 그리고 박정연이 목사님의 뜻을 받들도록 하는 방법은 강 전도사가 스스로 충분히 찾아내리라 믿습니다.

목사님, 목사님께서 저의 이 부족한 의견을 듣고 나름의 가치가 있다고 생각하신다면 강 전도사와 한 번 대화를 하신 후 제게 그 결과만 알려주십시오. 그 다음은 제가 다 알아서 목사님께서 원하시는 바로 그 진실, 교회를 살리는 그 진실을 밝히도록 하겠습니다.

목사님, 마지막으로 한가지만 말씀드리겠습니다. 강연옥 전도사가 좀 더 자신의 솔직한 마음을 목사님께 드러낼 수 있도록 가능하시면 집무실 밖에서 은밀하게 강연옥 전도사와 단 둘이 만나시는 것이 필요하다고 생각됩니다.

복음에 붙들려 감사로 살고자 하는, 윤야성 올림.

12. 2016. 11. 29. 윤야성의 공지 메일

윤야성이 김건축 목사의 메시지를 받은 것은 그가 김 목사에게 이메일을 보내고 5일이 지난 후였다.

"강연옥 전도사와 어제 얘기했어. 윤 실장, 놀랍구먼!! 자네가 이 일을 앞으로 어떻게 진행할지 기대가 커. 윤 실장의 발걸음 하나 하나에 하나님의 지혜와 보호하심이 함께 하길 기도하네. 우리 모두 이 짧은 인생 오로지 주님의 재림만을 기다리며 사는 미약한 존재임을 한시도 잊지 말길 바라며."

짧은 이 메시지는 박정연과 관련한 전권을 김 목사가 윤야성에게 일임했다는 의미였다. 11월 29일 화요일 서초교회 전체 교역자와 전체 직원들에게 짧은 메일 하나가 도착했다. 발신자는 윤야성 비서실장이었다.

할렐루야, 주님의 이름으로 문안드립니다.

서초교회에서 교회와 김건축 담임목사님을 섬긴지 이제 한 달이 조금 넘은 비서실장 윤야성입니다. 한 분 한 분 찾아 뵙고 인사드리지 못함을 널리 이해해 주시기 바랍니다.

금번 11월 30일 수요일, 그러니까 내일 오전 11시에 지혜 채플에서 전 교역자와 전 직원을 대상으로 한 '특별 간증집회'가 있습니다. 모두 참석하셔서 하나님께서 예비하신 은혜의 폭포수를 함께 체험하는 귀한 시간이 되길 바랍니다. 다들 업무 계획이 있으실텐데 이렇게 급박하게 연락하게 된 것을 진심으로 죄송하게 생각합니다.

그럼 내일 주님이 부어주시는 영광 가운데 해와 같은 환한 얼굴로 함께 만나길 소원하며....

오늘도 복음에 붙들려 오로지 감사로만 살고자 하는,

김건축 담임목사님 비서실장, 윤야성 올림.

이 메일을 받은 사람들이 놀란 이유는 다름 아니라 그 메일의 CC에 당당하게 들어가 있는 이메일 주소의 주인이 다름 아닌 김건축 목사였기 때문이었다. 몇 년 전 김검축 목사의 부임 초기를 생생하게 기억하는 많은 사람들에게 윤야성이 보낸 메일은 당시 주충성 목사가 보내던 메일을 연상하기에 충분했다. 거침없는 문체 그리고 메일 말미 자기 이름 앞에 스스로를 소개하는 문구 때문이었다. 당시 주충성 목사는 오래 전 이렇게 썼었다.

주님의 무한하신 은혜에 지금도 몸둘바 몰라하는 주의 겸손한 종, 주충성목사

윤야성의 메일을 받은 서초교회의 모든 교역자와 직원들은 과거 안상해 비서실장과는 전혀 다른 차원의 비서실장이 왔음을 직감적으로 느낄 수 있었다. 단 한 사람만을 제외하고는.

13. 2016.11.30. 김건축 목사 비서실 2.

윤야성이 기획한 '특별 간증집회'가 예정된 수요일 아침, 여느 때처럼 아무도 없는 사무실에 가장 먼저 출근해 탕비실에서 커피를 타던 윤야성의 귀에 9시가 되어 여유있게 출근하는 정주현의 목소리가 들렸다. 윤야성은 커피를 한 잔 더 타서 사무실에 들어오는 정주현을 탕비실에서 기다렸다. 사무실에 들어오는 정주현에게 손에 든 종이컵을 건네며 윤야성이 건조하게 말했다.

"주현 자매, 내가 커피 탔는데 마실래요? 나름 디테일 신경 쓴 거니까 그리 나쁘지는 않을거야. 그리고....내일부터는 제대로 출근하도록 해요. 담임목사님 비서실은 모든 직원들이 지켜보는 자리에요. 근태에서부터 우리가 빛과 소금이 되어야 합니다. 내일부터 출근시간을 내가 보겠어요."

충격을 받은 듯 정주현은 손에 종이컵을 들고 한참이나 그 자리에 서 있었다. 이윽고 정신을 수습한 듯 정주현은 토드백을 던지듯 책상 위에 놓았다. 그리고 커피가 든 종이컵을 윤야성이 보라는 듯 자신의 책상 옆 휴지통에 던졌다. 적지 않은 양의 커피가 쓰레기통 밖으로 튀었지만 정주현은 아랑곳하지 않고 탕비실로 들어갔다. 김건축 목사가 가장 좋아하는 차를 그가 가장 좋아하는 초록색 로얄 알버트 잔에 담아 정주현은 김건축 목사의 집무실로 들어갔다. 찻잔을 김건축 목사의 책상 위에 놓은 후 뭔가를 말하려는 듯 머뭇거리는 정주현에게 김 목사가 말했다.

"왜? 뭐 할 말 있나?"

"네...저기 목사님....사실은."

"아니, 아니...잠깐 생각난 김에. 주현아, 그래 요즘 강 전도사 상태는 좀 어때? 여전히 은퇴만 기다리면서 뭐 기념 사업인지 이런 소리 계속 하고 있어?"

정주현의 마음에 순간 직감적으로 어떤 불안감이 스쳐지나갔다. 하지만 정주현이 오래 전 해외 사업부 누군가로부터 들었던 강연옥에 대한 정보를 김건축 목사에게 전한 후 그녀가 아는 한도 내에서 특별히 달라진 것은 없었다. 목소리에 필요 이상의 확신을 담아 정주현은 특유의 야무진 어조로 대답했다.

"네, 목사님. 요즘은 더 은퇴 빨리 하고 싶다고 하더라고요. 얼마 전 무슨 권사님들 집회에서는 은퇴만 하면 가방 하나 달랑 들고 아프리카로 선교하러 간다는 얘기도 했다는 것을 보면 아무래도 계속 은퇴 이후에 더 관심이 많은 거 같아요. 정 목사님 기념 사업은 말할 것도 없고 또 아프리카에 선교사로도 간다고 하는걸 보면...."

"아프리카? 선교사?"

김건축 목사는 어이가 없다는 듯 피식 웃었다.

"하긴, 나도 그 얘기는 들었어. 무슨 놈의 가방 하나 달랑 들고 떠난다는 소리를 그렇게 많이 하고 다니는지....아프리카가 무슨 장난인줄 아나? 개나 소나 다 아프리카 간다고 말이야. 아프리카가 그렇게 만만해 보이나? 그래 알았어. 아무튼 강 전도사가 여전히 정 목사님 기념사업도 준비하고 있다는 거지?"

"네...그것도 계속 준비하고 있는 것으로...."

순간 김건축 목사가 정주현의 말을 잘랐다.

"그래, 알았어. 나가봐. 좀 있으면 특별 간증집회 있잖아? 시간 얼마 안 남았으니까 가서 준비도 좀 돕고, 할 얘기 있으면 나중에 하지.... 당장 안하면 안될 정도로 급한건 아닐테지?"

정주현은 평소와 분명히 조금은 다른 김건축 목사의 분위기에 당황해 아무런 말도 할 수 없었다. 김건축 목사의 집무실을 나오는 정주현의 머리에 순간 특별 간증집회에 누가 나오는지 그 뻔한 정보조차 자신이 지금 갖고 있지 않다는 사실이 떠올랐다. 비서실 사무실에 있어야 할 윤야성은 어디에 갔는지 보이지 않았다.

14. 2016.11.30. 특별 간증집회

정주현이 김건축 목사의 집무실에서 나오고 얼마 되지 않아 10시 40분이 되자 500여 명이 들어갈 수 있는 공간인 지혜채플은 교역자와 직원들로 이미 3분의 2 이상이 찼다. 정확하게 11시가 되자 김건축 목사가 입장했고 그 뒤를 따라 마홍위 전무목사, 고자서 부장목사, 주충성 과장목사가 들어왔다. 어떤 행사든 김 목사 뒤에 그림자처럼 따르는 세 명의 목사야 이제 서초교회에서 일하는 모든 사람들에게 극히 자연스러운 모습이었다. 그러나 이 세 사람 뒤를 따라 들어온 두 명은 지혜채플에 앉아있던 사람들을 조금 과장해서 말해 경악시키기에 조금도 모자라지 않은 새로운 얼굴이었다. 그 중 한 명은 비서실장 윤야성이고 또 한 명은 다름 아닌 고 정지만 원로목사의 오른팔로 알려진 해외선교부의 강연옥 전도사였다. 물론 서초교회 초창기부터 사역해온 강연옥 전도사의 얼굴을 모르는 사람이 있을

리 없지만 강 전도사가 김건축 목사의 뒤를 따라 움직이는 모습은 그 자리에 앉은 모든 사람의 눈에 매우 생소한 광경이었다. 김건축 목사를 따라 들어온 다섯 명은 약속이라도 한 듯 이미 준비된 첫줄에 나란히 앉았다. 김건축 목사는 자리에 앉지 않고 바로 연단으로 올라가 마이크를 잡았다.

"할렐루야!! 우리 살아계신 주님을 위해 헌신하는 동역자들을 이렇게 한 자리에서 보니 내 가슴이 벅차오릅니다. 오늘은 우리 교역자들 외에 직원 동역자들도 함께 해서 더 의미가 있는 시간이에요. 우리는 하나님 앞에서 다 동일합니다. 목사든 직원이든 하나님 앞에서 동일한 하나님의 자녀예요. 우리 예수님이 목사를 구원하기 위해 피를 더 흘리지 않았어요. 똑같이 피를 흘렸다 이겁니다. 나 김건축 목사를 구원하기 위해 우리 예수님이 흘린 피의 양이나 매일 교회 화장실을 청소하는 미화 직원을 구원하기 위해 예수님이 흘린 피의 양이 똑같다 이겁니다. 이 점을 명심해야 해요. 잊으면 안됩니다. 내가 서초교회에 부임한 바로 그 날부터 사실 신경쓴 것 중의 하나가 그거에요. 교역자와 직원간에 차별이나 위화감이 있으면 안된다....바로 그거에요. 우리가 이것만 기억하면 교역자와 직원 사이에 위화감이 생길래야 생길 수가 없어요. 그게 뭡니까? 예, 우리 예수님이 흘리신 피의 양은 나 김건축 목사를 위한 양이나 화장실 청소하는 직원을 위한 양이나 똑같다...단 1 그램도 차이가 나지 않고 똑같다...그것만 기억하면 되요. 아시겠습니까? 따라서 오늘의 이 간증집회는 하나님께서 우리에게 정말로 기막히게 준비하신 은혜를 받는 시간이지만 동시에 우리 교역자와 직원 사이에 행여 있을 수 있는 간격도 메우는 그런 특별한 시간이 되길 바랍니다.

자, 그럼 우리 이 특별한 간증집회를 시작하기 전에 한 사람을 소개하겠습니다. 이미 메일을 보내서 여러분께 인사를 드린 윤야성 비서실장입니다. 아주 메일을 '야성있게' 썼어. 윤 실장이....어떻게 여러분도 그렇게 느꼈습니까?"

김건축 목사는 호응을 유도하는 질문을 던졌을 때 미지근한 반응을 가장 싫어한다. 이미 몇 년간 김건축 목사의 성향을 100% 파악한 교역자와 직원들은 김 목사의 '느꼈습니까?' 라는 말이 나오자 말자 기다렸다는 듯 지혜채플이 떠나가게 외쳤다. 아니, 외쳤다기 보다는 절규했다는 말이 더 어울린다.

"아~~멘~~~~~~~~~~"

이 엄청난 '아멘' 절규에 가장 놀란 사람은 정작 윤야성이었다. 이런 자리가 처음인 윤야성은 말 그대로 의자에서 바닥으로 떨어질 만큼 '깜짝' 놀랐다. 김 목사는 피맺힌 절규의 아멘 함성에 지극히 만족한 듯 미소를 지었다.

"자, 그럼 이 특별한 간증집회를 진행할 우리 윤야성 실장을 우리 모두 할렐루야 함성으로 맞도록 합시다. 윤 실장 이리 나와."

김 목사의 손짓에 윤야성은 연단으로 나아갔다. 그리고 스스로에게 다짐했다. 보나마나 아멘보다 더 크게 나올 할렐루야 절규에 결코 뒤지지 않는 반응을 보여야 한다고. 윤야성을 향해 400여명의 목사와 직원들이 외쳤다.

"할~렐~루~야~"

할렐루야 인사를 받으며 연단에 선 윤야성은 하늘을 나는 아톰과도 같이 주먹쥔 두 팔을 번쩍 들며 발악에 가까운 할렐루야 함성을 세 번 연속해서 외쳤다.

"할~렐~루~야~"

"할~렐~루~야~"

"할~렐~루~야~"

윤야성의 도발에 가까운 연발 '할렐루야'에 지혜 채플은 순식간에 찬물을 끼얹은 듯 조용해졌다. 윤야성 자신도 너무도 급작스럽게 얼어붙은 분위기에 당황할 정도였다. 할렐루야를 외치며 높이 쳐들었던 주먹쥔 팔을 천천히 내리는 그 순간 누군가가 박수를 치기 시작했다. 김건축 목사였다. 그러자 지혜채플을 채운 모든 사람이 우레와 같은 박수를 윤야성에게 보냈다.

"감사합니다, 사랑하는 서초교회 동역자 여러분. 오늘 이렇게 제가 이 영광스런 자리에 설 수 있어서 뭐라 표현하지 못할 정도로 감격스럽습니다. 무엇보다 이 모든 영광을 우리를 위해 자신의 아들을 아낌없이 이 세상에 보내셔서 십자가에 못박혀 죽게 하심으로 우리의 모든 죄를 사해주신 하나님 아버지께 돌리고 싶습니다."

윤야성은 하늘을 향해 다시 손을 올리고 하나님을 향한 박수를 쳤다. 모든 참석자들이 윤야성을 따라 천장을 향해 박수를 쳤다.

"그리고 저 같이 부족한 사람의 가능성을 보시고 감히 김건축 목사님을 지근에서 모실 수 있도록 해주셨을 뿐 아니라 21세기 한국교회의 현재와 미래를 당신의 그 두 어깨 위에 전적으로 짊어지고 계신 김건축 목사님께 감사를 드립니다."

윤야성은 여기까지 말을 한 후 첫 줄에 앉아 있는 김건축 목사를 향해 깊이 인사를 한 후 다시 한 번 박수를 쳤다. 그러자 윤야성을 따라 사람들이 김건축 목사를 향해 박수치기 시작했다.

조금 전 하나님을 향한 박수소리보다 무려 5,6배는 더 큰 박수소리였다. 김건축 목사는 자리에서 일어나 주위를 둘러보며 흐뭇한 미소를 지었다. 그리고 팔을 흔들며 그들에게 답례했다. 그냥 아무런 선입관이 없이 그 광경을 본다면 그건 우리가 흔히 텔레비전에서 접하는 북한 노동당의 당대회 모습과 크게 다르지 않을 것이다. 끊임없이 서로가 서로를 향해 박수치는 광경....

윤야성이 말을 이었다. 윤야성은 전국노래자랑의 사회를 보는 송해 선생을 능가할 정도로 청산유수였다.

"다들 바쁘신 평일 중에 이런 시간을 갖게 된 것은 그만큼 오늘의 '특별 간증집회'가 중요하기 때문입니다. 김건축 목사님은 실로 경이로운 영적 감각으로 오늘의 간증이 앞으로 서초교회에 미칠 영향을 내다보셨습니다. 그 뜻을 우리가 잘 받들어야 하지 않을까 생각합니다. 오늘 간증자는....."

윤야성은 잠시 말을 끊고 주변을 둘러보았다. 혹시 정주현을 찾을 수 있을까 싶어 김건축 목사가 앉은 주변을 찬찬히 보았다. 정주현은 김건축 목사가 앉은 라인에서 가장자리쪽으로 조금 떨어진 자리에 고개를 푹 숙인채 앉아있었다.

'앉은 자세가 디테일이 넘치는군....'

자신도 모르게 얼굴에 순간적으로 떠오르는 경멸감을 지우며 윤야성은 다시 청중들을 향했다. 윤야성을 바라보는 사람들의 눈이 불타는 호기심으로 번쩍거렸다. 그들의 호기심은 너무도 당연했다. 지금까지 평일에 이런 식의 교역자와 직원 전체가 모인 적이 단 한 번도 없었기 때문이었다.

"간증자는 다름 아니라 몇 년 전까지 여러분과 함께 서초교회를 섬기던 고 정지만 원로목사님의 비서 박정연 자매입니다."

윤야성의 귀에 분명 분명 정주현의 입에서 나왔을 '허억~' 하는 소리가 들리는 듯 했다.

"박정연 자매가 왜 오늘 이 자리에 서서 간증을 하게 되었는지는 박정연 자매의 간증을 통해서 알게 되실 것입니다. 하지만 이 말씀을 드리지 않을 수 없습니다. 실로 간교한 사탄의 계략이 보이지 않는 곳에서 우리 서초교회를 위협하고 있는 이 상황을 박정연 자매는 그 누구보다 날카로운 영적 통찰력으로 꿰뚫어 보았습니다. 그 결과로 바로 오늘 이 시간이 만들어졌다고 이해하시면 되겠습니다. 더불어 기쁜 소식을 하나 알려드리겠습니다. 앞으로 박정연 자매는 강연옥 전도사님이 섬기시는 해외선교부의 특별 간사로 여러분들과 함께 다시 한 번 더 주님의 몸된 서초교회를 섬기게 되었습니다."

윤야성은 다시 박수를 쳤고 당연히....사람들은 따라서 박수를 쳤다.

"이제 박정연 자매를 우리 힘찬 박수와 따뜻한 할렐루야의 함성으로 맞겠습니다."

몇 년 전 서초교회에서 사라졌던 박정연이 강연옥 전도사의 손을 잡고 연단으로 등장했다. 강연옥 전도사는 연단에서 박정연과 뜨겁게 포옹했다. 사람들의 박수가 다시 쏟아졌다. 박정연은 연단에 서서 사람들을 향해 깊이 고개를 숙였다. 그리고 김건축 목사를 향해 한 번 더 고개를 숙였다. 사람들의 박수가 다시 터져나왔다. 강연옥 전도사가 연단에서 내려가자 윤야성이 다시 연단으로 올라와 마이크의 높이를 박정연의 키에 맞게 조절했다. 박정연은 감사의 의미로 윤야성에게 고개 숙여 인사했다. 그러자 생각없는 몇 명이 또 박수를 쳤으나 몇 초 지나지 않아 사그라들었다.

"할렐루야, 오늘 저를 이 영광스런 자리에 서게 하신 하나님 아버지께 영광을 돌립니다. 정지만 목사님께서 돌아가신지 벌써 몇 년이 지났습니다. 하지만 저는 하루도 목사님을 잊은 적이 없습니다. 오늘 제가 이 자리에 서서 여러분께 간증하는 모습을 천국에 계신 정 목사님께서 가장 기뻐하실 것입니다. 저는 오늘 이 순간 마치 정 목사님께서 제 곁에 서서 저를 바라보고 계신다는 마음으로 여러분께 간증을 올리려고 합니다."

박정연은 순간적으로 목이 메는지 눈물을 닦는 시늉을 했고 그에 따라 기가 막힌 타이밍에 윤야성이 다시 연단으로 올라가 박정연에게 티슈를 건넸다. 박정연은 다시 한 번 윤야성에게 고개를 숙였고 생각없는 몇 명의 산발적 박수가 또 어디선가 터져 나왔다. 박정연은 말을 이었다.

"제가 본격적으로 저의 간증을 하기 전에 몇 가지 말씀을 드리고 싶습니다. 여러분들이 또 오해하고 계신 부분들도 제가 풀고 싶고요. 제가 서초교회를 떠나 있었던 지난 몇 년간 정말로 저의 마음을 아프게 한 소식이 있었습니다. 다름이 아니라 서초교회 안에 교회를 둘로 나누려고 하는 세력이 있다는 소식이었습니다. 사랑하는 동역자 여러분, 여러분은 다 아실 것입니다. 지금은 천국에서 우리를 지켜보고 계시는 정 목사님께서 살아계시는 동안 주님의 피값으로 사신 서초교회를 하나로 만들기 위해 어떤 피눈물을 흘리셨는지 말입니다. 정 목사님은 교회가 쪼개지는 것을 보기보다는 차라리 자신의 육신을 둘로 쪼개실 분이었습니다."

'이 연사, 두 손 들어 이렇게 외칩니다~~~~'라는 구절이 없어도 박정연의 말이 끝나자 말자 박수가 쏟아졌다. 조금 전 윤야성이 김건축 목사에게 인사할 때 김건축 목사를 향해 쏟아진 박수소리와 버금갈 정도의 큰 박수였다. 그럴 수 밖에 없었던 이유는 박정연의 말이 끝나자마자 김건축 목사가 앉은 자리에서 벌떡 일어나 박수를 쳤기 때문이었다. 박정연은 일어서서 박수를 치는 김건축 목사를 향해 다시 한 번 깊이 고개를 숙였다. 사그라들던 박수소리가 다시 커졌다. 박정연은 말을 이었다.

"그런 정 목사님을 조금이라도 아시는 분이라면 사람들이 정 목사님께서는 절대로 몇 년 전 신문에 발표된 그런 성명서를 쓰실 분이 아니라는 것을 모를 리가 없습니다. 그렇습니다. 정 목사님은 그 성명서를 쓰지 않으셨습니다. 그 성명서는...."

박정연이 말을 끊었다. 생각없는 두 세 명이 어울리지 않는 박수를 치다가 바로 멈췄다.

"제가 누군지 말할 수 없지만 정 목사님과 아주 가까운 어떤 분이 김건축 담임목사님을 힘들게 하기 위해 정 목사님의 이름으로 썼습니다. 그리고 그 분은 정 목사님에게 너무 소중한 사람이어서 정 목사님은 그냥 침묵하실 수 밖에 없었습니다. 저는 정 목사님께 교회를 위해서 그러시면 안된다고 몇 번을 직언했습니다. 그러나 정 목사님은 저의 피끓는 요청을 무시하셨습니다. 물론 그 마음을 이해합니다. 하지만 저는 더 이상 정 목사님을 모실 수 없었습니다. 제가 더 이상 정 목사님께 필요한 사람이 아님을 알고 사임했습니다. 저의 사임과 관련해 이상한 소문들이 도는 것 같아서 이 부분을 명확히 말씀드리고 싶습니다. 그리고 한 가지 더 말씀을 드리면….정 목사님께서 쓰신 수첩의 내용이 조작되었다는 분들이 있다고 들었습니다."

여기서 박정연은 너무도 가슴이 아프다는 듯 깊이 한숨을 쉬었다. 그리고 티슈를 눈으로 가져가 눈물을 닦았다.

"그 수첩에 글을 쓰실 때 제가 곁에 있었습니다. 정 목사님께서 수첩에 글을 쓰시는 것을 제가 직접 옆에서 봤습니다. 정 목사님께서는 김 목사님이 오신 이후 단행하신 글로벌 미션과 잉글리쉬 타운 건립을 얼마나 기뻐하시고 자랑스러워 하셨는지 모릅니다. 그런데 어떻게 그 수첩이 조작되었다고 말하는 분들이 있는지….정말로 하나님이 살아계시는 것을 믿는 성도라면 어떻게 그런 생각을 할 수 있는지…."

박정연은 다시 눈물을 닦았다. 그 순간 김건축 목사가 자리에서 일어나 연단으로 뛰어 올라갔다. 그리고 박정연을 부드러운 듯하나 뜨겁게 포옹했다. 우레와 같은 박수가 터져 나왔다. 사방에서 연신 카메라 플래쉬가 터졌다. 박정연은 김건축의 가슴에 얼굴을 묻고 어깨를 들썩거렸다. 뜨거운 눈물을 흘리고 있음이 분명했다. 김건축 목사도 가슴이 벅차오르는지 박정연이 쓰던 티슈를 들고 자신의 눈물을 닦기 시작했다. 그렇게 1.2분 동안 두 사람은 연단에서 서로를 뜨겁게 끌어안은채 눈물을 흘렸다. 사람들은 손바닥이 마비될 정도로 박수를 쏟아냈다. 마침내 김건축 목사가 여전히 훌쩍거리는 박정연을 옆에 둔 채 마이크를 잡았다.

"여러분, 이렇게 감동적인 간증을 들은 적이 있어요? 물론 우리 정연 자매 간증이 예수님을 어떻게 믿었다, 어떻게 회개했다, 어떻게 전도했다....이런 간증이 아니었어요. 아마 그런 간증도 준비하기는 한 거 같아. 그렇지?"

김건축 목사의 질문에 박정연은 고개를 끄덕였다.

"하지만 우리는 다 깊은 영적 감동으로 지금 알아요. 그런 뻔한 간증 더 이상 필요없어. 교회를 사랑하고 지키시는 성령님께서 가장 기뻐하시는 간증을 이미 우리 정연 자매가 했어. 여기서 더 시간을 끌 필요가 없어. 우리 남은 시간은 정연 자매의 이 뜨거운 간증, 교회 사랑, 주님 사랑, 그리고 형제 사랑을 생각하며 하나님께 찬양하는 시간을 갖도록 하겠어. 여러분 어때요?"

사람들은 기다렸다는 듯이 김 목사의 질문이 끝나자마자 절규에 가까운 "할렐루야"를 외쳤다. 그 날 약 80분이 넘게 지혜채플에서는 김건축 목사가 인도하는 느닷없는 찬양 집회가 이어졌다. 육적인 점심보다 영적 점심이 더 중요하다는 김 목사로 인해 11월 30일 수요일 점심시간은 아예 생략되었다. 찬양 집회 후 모든 교역자와 직원들은 점심을 건너뛴 채 일터로 복귀해야만 했다. 무려 80분이 넘는 영적 점심 시간이 끝난 후 김건축 목사가 한 손에 강연옥 전도사를 다른 한 손에는 박정연을 잡고 박수를 받으며 가장 먼저 지혜채플을 빠져나갔다. 김건축 목사 일행이 사라지자 너무도 과식한 영적 점심에 지친 직원들이 썰물처럼 지혜채플을 빠져나갔다. 그런 그들 사이에 마치 영혼이 떠나버린 듯한 멍한 얼굴로 걸어가는 정주현의 모습이 보였다. 그러나 모두가 떠나고 텅 비어 있어야할 지혜채플 한 구석에 한 사람만은 앉아서 언제까지고 움직일 줄을 몰랐다. 장세기였다.

간증집회를 끝낸 후 강연옥 전도사는 박정연을 해외선교부 자신의 사무실로 데려갔다. 박정연의 손을 꼭 잡고 강연옥 전도사가 말했다.

"정연아, 오늘 너무 고생 많았다. 너가 정말로 큰 일을 했어. 정 목사님께서 순간적으로 실수하신 것을 딸처럼 사랑하신 너가 자신을 희생해서 교회를 다시 살렸으니 말이야. 정연아...사실 내가 너한테만 하는 소리인데. 내가 그동안 교만했었어. 정 목사님 기념사업이다 아프리카 선교를 간다....내가 너무 교만하게 떠들고 다닌 거 저번에 김건축 목사님 만난 후에 하나님 앞에 다 내려놓고 정말 처절하게 회개했어. 여기서 김건축 목사님을 보좌하면서 세계선교, 아니 글로벌 미션에 헌신하면 그건 아프리카에 사는 개인이 아닌 아프리카 대륙 전체를 구원하는 사역이더라고. 그게 진짜 하나님이 원하시는 사역이더라고. 지금도 정 목사님이 난 너무도 그립지만....내가 정 목사님을 기념하려고 하는 그 마음 속에는 일종의 우상숭배적인 요소가 있다고 하나님께서 내게 음성을 주시더라고. 정말 우리 예수님 말씀대로 새 술은 새 부대에 담아야 하는거야. 너무 뻔한 말 같지만 그속에 정말로 중요한 하나님의 법칙, 영적 원리가 있는거야. 정연아, 우리 정 목사님에 대한 사랑과 존경은 이제 가슴에 묻고 김건축 목사님이 가시는 글로벌 미션의 영광스런 그 길을 함께 가도록 하지."

박정연은 자신도 모르게 눈물을 흘리며 강연옥 전도사의 말을 들었다. 강연옥의 하소연과 같은 말이 끝난 후 눈물을 추스린 박정연이 물었다.

"전도사님, 그럼 말씀하신대로 전 바로 신학교에 입학하는거죠? 입학만 하면 일단 전도사로 불리는거 아닌가요? 그럼 저도 이제 직원이 아니라 교역자가 되는건가요? 우리 종식이가 앞으로 어쩌면 미국에서 살지도 모른다고 얘기했더니 너무 좋아해요. 기왕 미국에 가는거라면 애가 조금이라도 어릴 때 가는게 영어도 그렇고...”

강연옥 전도사가 다시 박정연을 잡은 손에 힘을 주며 말했다.
“내가 말했잖아. 너 신학교 입학은 김건축 목사님을 내가 어떻게든 설득할거라고. 내 자리를 걸고서라도 꼭 관철시킬거야. 그러니까 조금도 걱정하지마. 그리고 일단 입학하면 신분이 직원에서 교역자가 되는지는 내가 사무처장하고 얘기를 해봐야 해. 미국 유학은 앞으로 하나님께서 오늘처럼 이렇게 길을 열어주시는데 안될 이유가 없지 않겠니? 솔직히 말해....김건축 목사님이 해외 선교의 디테일한 부분에서 뭘 아시겠니? 실무적인 부분에서는 내가 없으면 해외선교부 업무는 한 마디로 바로 올 스톱이야. 무슨 말인가 하면 상황에 따라 내가 해외선교부 예산으로도 얼마든지 너와 종식이를 미국에 보낼 수 있어. 그 누구보다도 나, 강연옥이 없는 해외선교부는 아예 운영자체가 안된다는 사실을 가장 잘 아시는 김건축 목사님인데 내가 너 유학가는거 정도를 처리 못하겠니? 정연아, 내가 누구니? 나, 강연옥이야. 강연옥이 그 정도는 얼마든지 할 수 있는 사람이야. 하지만 일단 너의 신학교 입학부터 처리해야지. 그건 나 강연옥이가 내 자리를 걸고라도 이뤄낼거니까 조금만 기다려줘. 알았지?"

그 날 밤 장세기의 핸드폰에 전혀 예상치 못한 문자 하나가 도착했다. 박정연이 보낸 문자였다.

당시 제가 어리석어서 장 목사님께서 얼마나 교회를 사랑하셨는지 그 마음을 이해하지 못했습니다. 용서를 바랍니다. 장 목사님의 그 뜨거운 교회와 하나님 나라에 대한 사랑, 복음에 대한 열정을 이제야 조금 알게 되었습니다. 하나님께 감사할 뿐입니다. 너무도 좋으신 우리 하나님께서 마침내 다 하셨습니다. 할렐루야!

15. 2016.12.1. 김건축 목사 비서실 3.

다음 날 평소처럼 8시 25분에 출근한 윤야성의 책상 위에는 조그마한 화병속에 꽂힌 몇 송이의 붉은 장미꽃이 향기를 뿜고 있었다. 화병 옆에 놓인 작은 카드 속 정주현의 손글씨는 다음과 같았다.
 '실장님의 사역이 귀한 열매 맺도록 매일 새벽 쉬지 않고 기도의 제단을 쌓겠습니다.'
 하지만 정주현은 보이지 않았다. 몇 분이 지났을까? 정주현이 손에 스타벅스 커피 두 잔을 들고 사무실로 들어왔다.
 "실장님, 실장님께서 스타벅스 아메리카노 좋아하신다는 말을 들은 거 같아서요."
 지금까지 윤야성을 대하던 정주현이 이 정주현과 같은 사람인지 의심스러울 정도로 지금 윤야성 앞에 스타벅스 커피를 들고 공손하게 서 있는 정주현은 표정에서부터 말투까지 모든 것이 달라져 있었다. 정주현이 두 손으로 내미는 커피를 받으며 윤야성이 말했다.

"요즘은 스타벅스 안 마시는데....아무래도 디.테.일.에서 스타벅스보다는 커피빈이 조금 더 나은거 같아서..."

정주현의 얼굴이 순간 일그러졌다. 하지만 이내 미소를 지으며 말했다.

"그럼 실장님, 커피빈으로 다시 사다드릴까요?"

윤야성은 고개를 흔들었다.

"아니, 그건 상관없고. 오늘 정주현 자매 몇 시에 출근했어?"

윤야성은 어느새 말을 놓고 있었다. 그러나 이 순간 그 사실이 두 사람 사이에서는 너무도 자연스럽기만 했다. 정주현은 오히려 자기에게 말을 놓는 윤야성이 고맙게 느껴질 정도였다. 정주현은 마치 이 질문만을 기다렸다는 듯 약간의 미소와 함께 당당하게 대답했다.

"실장님, 지 오늘 8시에 출근했습니다."

아무런 표정의 변화가 없이 윤야성이 잘라서 말했다.

"주현 자매는 내일부터 7시까지 출근하도록 해."

순간 얼굴이 하얗게 질린 정주현이 더듬거리면서 말했다.

"실장님....제 집이 너무 멀어서...."

정주현은 거의 울먹이고 있었다.

"제가 그리고 새벽에 잘 못 일어나는 야행성...."

윤야성은 손에 들고 있던 스타벅스 커피를 입으로 가져가려다가 멈췄다. 그리고 어느새 눈에 눈물이 그렁그렁한 정주현의 눈을 똑바로 바라보았다.

"쓸데없는 소리 하지 말고 7시까지 출근해. 디테일하고 행간에 숨은 정보를 잡으려면 일찍 일어나는 새가 되어야지. 집이 멀면 이사를 하든지 그건 알아서 하시고. 주현 자매같은 경우가 가장 애매해. 타고난 신분이 후진데 머리도 그다지 좋지 않고 그런데 잠은 많고....도대체 어떻게 해야해, 이런 경우에?"

윤야성은 스타벅스 커피를 한 모금 마신 후 얼굴을 찡그렸다. 전날 정주현이 윤야성이 준 종이컵 커피를 던졌던 바로 그 휴지통으로 윤야성은 손에 들었던 커피를 거칠게 던졌다. 종이컵 뚜껑이 날아가며 검은 커피가 사방으로 튀었다. 정주현은 오늘 아침 특히 신경써서 '순수' 컨셉으로 옷을 입고 나왔었다. 자신이 아끼는 왼쪽 가슴에 빅포니 자수가 새겨진 아이보리색 스웨터 가디건에 행여 커피가 튈까 정주현은 급히 몇 발자국 뒤로 물러서야 했다. 윤야성이 말했다.

"역시 스타벅스가 언젠가부터 디테일에서 떨어지고 있어. 왜 그런지 이해가 안돼. 주현 자매 나가서 커피빈 커피로 한 잔 사 다줘. 돈은 좀 있다가 줄께. 그래도 아침인데 제대로 된 커피로 하루를 시작해야 하지 않겠어? 목사님 언제 오실지 모르니까 저기 바닥은 깨끗이 닦고 나가."

윤야성은 자신의 컴퓨터 모니터로 차갑게 시선을 돌렸다.

16. 2016. 11. 27. 특별 간증 3일 전 윤야성의 녹취록

장소: 서울 모처의 지하카페
참석자: 윤야성, 강연옥 전도사, 박정연

강연옥: (거의 눈물을 글썽이는 듯하며 박정연을 끌어안는다) 정연아, 정말 보고싶었어. 그 동안 어떻게 지냈니? 종식이는 이제 중학교에 들어갈 때가 됐지? 아이고, 정말 시간이 빠르다. 항상 생각을 하고 있는데 사역이 너무 바빠서 좀체 틈이 나야 말이지. 오늘 널 이렇게 보니까 너무 좋구나. 학수씨는 잘 있지? 같은 회사 계속 다니고 있고?

박정연: 저도 전도사님 생각 자주 했어요. 전도사님 얼마나 바쁘신지 제가 잘 알지요. 계속 또 외국을 다니셔야 하니까... 종식이 올해 중학생 되었어요. 감사해요, 전도사님. 항상 저희 가족 위해 기도해주시는 거 제가 아니까요.

강연옥: 응....그래, 다들 평안하니까 내 맘이 너무 기쁘네.

윤야성: 박정연 자매님, 평소에 말씀 많이 들었습니다. 저는 윤야성 비서실장이라고 합니다. 이렇게 만나뵙게 되니까 너무 반갑습니다. 자매님을 만나니까 지금 이 순간 돌아가신 정지만 목사님이 더욱 더 사무치게 그립습니다. 제가 세상에서 가장 존경하는 분이 정지만 목사님이십니다. 뭐, 비단 저만 그런게 아니지요. 하나님께서 우리 정 목사님을 너무 일찍 데리고 가셔서....

강연옥: (흐르지 않는 눈물을 티슈로 닦는 시늉을 하며) 정연아, 벌써 3년이 되었지만 난 지금도 정 목사님이 이 세상에 안 계시는게 실감이 안나. (핸드폰을 꺼내 번호를 찾는다. 그리고 그 번호를 윤야성과 박정연에게 보여주며) 내 핸드폰에는 아직도 정 목사님 번호가 그대로 있는데....목사님이 너무 보고싶을 때 나는 그 번호로 전화를 해. 더 이상 없는 번호지만 그냥 그 번호로 전화를 해서 목사님께 혼자 떠들어. 왜 그렇게 일찍 가셨냐고...목사님은 지금 예수님 곁에 계셔서 너무 좋으시겠지만 난 사역 때문에, 이 교회를 더 제대로 세우기 위해 너무 힘들다고, 너무 고통스럽다고....혼자 막 목사님께 하소연을 해.

윤야성: 정연 자매, 제가 처음 뵙는데도 불구하고 이렇게 무

거운 말을 꺼내게 되어 대단히 죄송합니다. 이미 아시는지 모르겠지만 우리 서초교회가 지금 대단히 중대한 영적 기로에, 아니 영적 위기 상황에 처해 있습니다. 어쩌면 이 위기를 돌파할 수 있는 열쇠는 이 세상에서 오로지 한 명, 정연 자매 밖에 없습니다. 하나님께서 서초교회를 위해 정연 자매를 이렇게 남겨놓으셨습니다. 실로 놀라운 하나님의 섭리입니다.

박정연: 무슨 말씀이신지? 위기라니요? 교회에 무슨 일이 있나요?

강연옥: (갑자기 굳은 표정으로 목소리를 떨며) 정연아, 교회에 아직도 담임목사님을 음해하는 세력이 너무도 많아. 너도 알잖아? 정 목사님이 얼마나 김건축 목사님을 사랑하셨는지 말이야. 정말로 정 목사님의 마음 속에는 교회를 사랑하는 그거 밖에 없으셨어. 김건축 목사님도 인간이니까 여러 약점들이 있어. 그걸 모르는 사람이 누가 있겠니? 하지만 그럼에도 불구하고 정 목사님은 김 목사님을 사랑하셨어. 왜겠니? 그게 바로 예수님이 핏값을 주고 사신 교회를 사랑하는 길이기 때문이야. 그렇기에 김 목사님의 허물에도 불구하고 정 목사님은 끝까지 김 목사님을 사랑하셨어. 그건 너 알지?

박정연: 네...사랑하셨죠. 돌아가시는 순간까지 김 목사님 걱

정을 하셨으니까요. 교회를 걱정하시고 아파하셨죠.

윤아성: 정연 자매, 그래서 오늘 이렇게 자매님을 찾아온겁니다. 우리가 담임목사님을 섬기는 이유는 궁극적으로 교회를 사랑하고 하나님을 섬기기 때문이 아니겠습니까? 따라서 지금 담임목사님을 음해하려는 세력은 결국 예수님께 반역하는 사탄의 세력과 전혀 다르지 않습니다. 그들은 참으로 지금도 돌아가신 정 목사님을 계속 언급하며 담임목사님의 흠집내기에 열중하고 있습니다. 알고 계시죠?

강연옥: (자리를 옮겨 박정연의 옆자리로 간다. 박정연의 두 손을 꼭 잡으며 떨리는 듯한 목소리로) 정연아, 그 성명서 말이야. 정 목사님이 신문에 내셨던 그 성명서. 잘 생각해봐. 정 목사님이 비록 그 글을 쓰셨지만 나중에는 후회하지 않으셨을까? 뭐하러 내가 그런 성명서를 써서 신문에까지 냈을까 하고 분명히 후회하지 않으셨을까? 생각해 봐, 정연아, 정 목사님도 사람이기에 실수하실 수 있어. 우리는 다 하나님께 기도하고 성령님의 인도하심을 받고 행동해야 하는데 그러지 못할 때가 있지 않니? 무엇보다 정 목사님은 그 신문성명서가 나오고 난 후 교인들 사이에 더 깊이 생긴 분열을 보시고 얼마나 마음 아프고 후회하셨겠니? 넌 그게 느껴지지 않니? 난 지금도 정 목사님이

나를 향해 '내가 그 때 왜 그랬을까? 강 전도사, 너 왜 그 때 내가 그런거 쓰지 못하게 날 좀 말리지 않았니?'라고 막 원망하시는 것 같아. 정말로 그래. 너도 영혼이 맑고 영안이 열린 애니까 정 목사님의 그 후회의 목소리가 너한테도, 너의 영적인 귀에도 들릴거야. 그렇지 않니? 우리가 목사님의 그 아픈 마음을 지금이라도 풀어드려야 하지 않겠니? 그게 정말 너나 나나 우리 정 목사님을 또 이 교회를 사랑하는 길이라고 생각하지 않니? 그거야말로 지금 하나님께서 우리에게 가장 바라시는, 하나님의 뜻을 이뤄드리는 방법이 아니겠니?

윤아성: 정연 자매님, 이미 알고 계시겠지만 정 목사님의 수첩을 장세기 목사님이 갖고 나오지 않았습니까? 그 때 장세기 목사님도 강 전도사님 말씀처럼 오로지 교회를 위한 거룩한 열망으로 그렇게 한 것입니다. 정말로 자매님 그건 치열한 영적 전투입니다. 그리고 그 영적 전투에서 가장 치열하게 싸우는 몇 분이 힘을 합쳐 정 목사님께서 정말로 수습하고 싶으셨지만 하지 못했던 일을 정 목사님의 수첩에 정 목사님을 대신해서 기록한 것입니다. 아니, 성령님께서 그들을 감동시켜 수첩에 하나님이 가장 하고 싶은 말씀을 쓰게 하셨다고 보시는 것이 더 정확합니다. 그리고 정연 자매님이 너무 잘 아시겠지만 성령님께서

기록하신 그 수첩내용 때문에 서초교회가 당시 분열의 위기를 넘길 수 있었습니다. 하지만 문제는 여전히 그 분열의 불씨가 지금도 남아있다는 점입니다. 그 불씨에 성령의 거룩한 생수를 부어 완전히 밟아끌 수 있는 사람은 오로지 정연 자매밖에 없습니다.

강연옥: (다시 한 번 티슈로 흐르지 않는 눈물을 닦는 시늉을 한 후 코를 풀며) 정연아, 이제 나 몇 년만 있으면 은퇴야. (순간 당황한 듯 말을 고치며) 물론 하나님의 또 다른 뜻이 있을 수도 있겠지만 말이야. 하나님이 은퇴 외에 다른 길을 보여주시면 또 그 길을 가야하는 거니까. 하지만 어쨌든 지금 나는 내 뒤를 이어서 이 해외선교부를 맡을 수 있는 일꾼을 보내달라고 매일 눈물로 기도하고 있어. 너도 그 후보들 중에 마땅히 들어가야 한다고 하나님께서 내게 말씀하셔. 너같이 영적으로 예민한 애가 집에서 살림만 하는건 그건 정말로 하나님 나라에 손해라고 생각하지 않니? 그러니까 일단 해외선교부에 들어와서 나랑 같이 일을 하는 걸로 하자. 하나님께서 어떻게 너의 길을 인도하실지 나랑 같이 기도하면서 고민하면 어떨까? 다시 말하지만 너가 교회를 떠나 집에 있는건 정말 영적 태만이고 영적 직무유기야. 정연아, 일단 서초교회로 돌아와서 야간 신학교를 다녀

보는게 어떻겠니? 신학교 다니는 건 교회에서 학비를 책임지도록 내가 어떻게든... (갑자기 두 눈을 부릅뜨고 뭔가 중대 결심을 하는 듯 비장하게) 내 자리를 걸고라도 담임목사님을 설득시킬거야. 얼마 전 김건축 목사님한테 내가 너 정도의 인재라면 박사 과정까지라도 해야하는거 아니냐고 말씀드렸더니 목사님도 인정하시는 분위기였어. 정연아, 일단 내 밑에서 일을 시작하고 너가 담임목사님께 인정만 받게 되면 앞으로 목사님이 너를 해외 유학도 안 보내주시겠니? 만약 그렇게만 된다면 종식이도 데리고 가서 영어 공부도 제대로 시킬 수 있는 기회가 열리지 않겠어?

윤야성: 정연 자매님, 하나님께서 지금 자매님의 마음에 강권적으로 역사하시는 그 음성을 거역하면 안됩니다. 앞으로 3일 후 수요일 오전에 전 직원과 교역자를 대상으로 정연 자매의 간증집회를 기획하고 있습니다. 자매님께서 간증 내용을 정리해서 저한테 보내주세요. 그걸 제가 보고 수정하거나 첨부할 내용이 있으면 정리한 후 다시 보내드릴께요. 명함에 제 이메일 있습니다. 정 목사님의 진심, 정 목사님이 뭘 원하셨는지....지금 천국에서 정 목사님이 가장 원하시는 것이 무엇인지만 쓰시면 됩니다. 내용이 굳이 길어야 할 이유는 없습니다. 그리고....이거

담임목사님께서 주시는 작은 정성입니다. 집 근처에 신세계 백화점 있지요?

그 날 저녁에 바로 박정연은 간증집회 원고를 윤야성에게 보냈다. 그 원고에서 윤야성은 단 한 글자도 고칠 필요가 없었다. 김건축 목사와 윤야성이 원하던 내용보다 더 완벽하게 준비된 원고였다. 그 간증 원고를 읽은 김건축 목사는 놀라움을 넘어 감동에 찬 목소리로 윤야성에게 전화를 걸었다. 밤 10시가 넘은 시간이었다. 김건축 목사가 윤야성에게 건 첫 번째 전화였다. 윤야성의 링톤에서 김건축 목사가 가장 좋아하는 찬양들 중의 하나가 흘러나왔다. 그 누구보다 예수의 재림을 기다리는 김건축 목사가 재림과 관련한 주제로 설교를 할 때면 항상 부르는 찬양이었다.

> 보라, 주님, 구름 타시고
> 나팔 불 때에 다시 오시네
> 모두 외치세
> 이는 은혜의 해니
> 시온에서 구원이 임하네~

윤야성의 핸드폰에서 흘러 나오는 예상치 못한 링톤 찬양에 조금은 먹먹해진 가슴을 억누르며 김건축 목사가 말했다.

"윤 실장...지금 막 박정연이 보낸 글을 읽었는데 말이야. 하나님께서 정말로 기가 막히게 인도하셨어. 윤 실장에게 지혜를 주셨구먼. 나의 영적 감각도 그 쪽이 아닐까...싶기는 했지만 너무 사역이 많아서 순간 잊고 있었는데 하나님께서 내 기도를 들으시고 윤 실장을 통해 일하시는거 같아 너무도 감사하네."

윤야성은 옆에 있는 정진아가 들으라는 듯 일부러 태연하게 말했다.

"아닙니다. 목사님. 제가 당연히 할 일을 했을 뿐입니다. 앞으로 강 전도사와 박정연 자매가 목사님께 더 유용한 사람이 될 수 있도록 제가 더 기도하고 노력하겠습니다."

그런 윤야성을 정진아는 뿌듯한 눈빛으로 바라보았다. 전화를 끊은 윤야성의 가슴에 얼굴을 묻으며 정진아가 말했다.

"정말로 우리 목사님은 당신이 곁에 없으면 순간을 못 참으시나봐. 당신 너무 힘들겠다....핫라인 그거만 해도 쉽지 않을 텐데...."

17. 2016. 12. 7. 일식집 '긴자'

간증집회의 파장은 상상을 초월하는 수준이었다. 박정연의 짧지만 강력했던 간증 녹취가 카톡 및 각종 SNS를 통해 급속도로 전파되었다. 그 뿐 아니라 박정연과 김건축 목사의 감동적인 포옹 장면은 대다수 기독교 관련 신문의 헤드라인을 장식할 정도로 소개되었다. 헤드라인 기사의 카피는 '고 정지만 서초교회 원로목사의 성명서....가짜로 밝혀져! ', 또는 '고 정지만 서초교회 원로목사의 수첩은 진짜였다! ' 등이었다. 이는 무엇보다 주충성 목사가 이끄는 언론 홍보팀의 적극적인 보도자료 배포 덕분이었다. 물론 한두 개의 개혁적 성향의 인터넷 언론이 박정연의 매수 가능성에 대해 보도했지만 그 목소리는 작아서 거의 들리지도 않았다. 유진선 장로를 중심으로 움직이던 '서초교회 개혁을 바라는 모임' (서개모) 역시 적지않은 타격을 입을 수 밖에 없었다. 박정연 간증집회 성공에 가장 흥분한 김건축 목사는 간증집회가 끝나고 며칠 후 윤야성을 비롯해 핵심 인물들인 마홍위 전무목사, 고자서 부장목사, 주충성 과장목사, 이정석 과장목사, 장세기 목사, 강연옥 전도사 그리고 알렉스 리 목사를 일식집 '긴자'로 불러 가장 비싼 저녁 정식 코스를 시키고 자축했다.

"윤 실장, 어떻게 그런 생각을 했어? 안상해는 상상도 못했을 기가 막힌 전략적 아이디어야. 확실히 한국교육은 문제가 있어. 서울대 나왔다고 다 똑똑한 건 아니란 말이야. 안상해 서울대 나오고 유학도 하고 해서 기대를 했었는데....완전 돌쇠야, 돌쇠....지금 이 21세기 세상이 어떤 때인데 돌쇠 마인드를 가지고 비서실장을 하나?"

김건축 목사의 탄식 아닌 탄식에 모든 참석자들이 고개를 끄덕였다. 분위기를 전환시키려는 듯 주충성 목사가 과장된 감격을 담아 떨리는 목소리로 말했다.

"목사님, 기뻐하십시오. 서개모 회원이 지난 며칠 간 무려 반으로 줄었다고 합니다. 지금 이 순간도 탈퇴가 줄을 잇고 있습니다."

주충성 목사가 바란대로 김건축 목사는 흐뭇하게 고개를 끄덕였다.

"암, 그래야지, 그래야 하고 말고. 이제야 모든게 제자리로 돌아가는 거 같구먼. 그런데 박정연 간증집회는 사실상 나도 평소에 영적으로 강하게 느끼던 것이긴 했어. 하나님께서 우리 윤 실장을 통해서 확실하게 실행하신거지. 참으로 알면 알수록 더 오묘한 게 우리 주님의 섭리야...."

다시 한 번 김건축 목사는 윤야성을 사랑스런 눈으로 바라보았다. 김건축 목사는 다시 쐐기를 박듯이 말했다.

"서울대가 중요한게 아니에요. 우리 윤 실장 지방대 나왔다고. 우리가 이 사실을 영적으로 파악해야해. 정말 제대로 파악해야해."

다행히 그 자리에 모인 사람들 중에 서울대 출신은 아무도 없었다. 참석자들의 사촌들까지 다 파악해도 서울대 출신은 단 한 명도 없었다. 모두가 다 서울대 출신이 아님에 안도하며 테이블에 놓이기 시작하는 음식에 눈을 돌리려는 즈음 김건축 목사의 탄식과 같은 목소리가 또 한번 들렸다.

"하지만 문제는 사람들이 다 윤야성 실장같은 영적 예민함을 가지고 있지 않다는거야."

몇 초 전과 전혀 다른 김건축 목사의 목소리 톤에 참석한 사람들은 순간적으로 긴장하며 들었던 젓가락을 슬며시 테이블에 다시 놓았다. 김건축 목사는 핵심멤버 한 사람 한 사람을 둘러보았다. 윤야성을 제외한 모두가 한결같이 눈을 아래로 내리깔고 있을 뿐이었다. 마홍위 전무목사만이 조금 전 나온 싱싱한 돌멍게 츠끼다시에 정신이 팔렸는지 여전히 젓가락을 들고 있었다. 그의 귀에는 조금 전 김건축 목사의 말이 들리지 않은 듯했다. 그런 마홍위가 못마땅하다는 듯 잠시 보던 김건축 목사가 말했다.

"영적으로 민감하게 깨어있는 우리 윤 실장이나 나 같은 사람은 하나님의 음성이 들리면 그 자리에서 바로 알지. 그리고 그 음성이 들리면 나 같은 사람은 그냥 1초도 안 망설이고 바로 순종한다고. 그 점에서 정말 윤 실장은 나랑 똑같아. 우리가 통하는 거 같아. 야성적인 면도 나랑 너무 비슷하고...그런데 말이야...."

야심차게 돌멍게 하나를 집어 초장에 찍고 있는 마홍위 전무목사를 다시 쳐다보며 김건축 목사가 말했다.

"일개 집사인 윤 실장도 그렇게 영적으로 깨어있는데 왜 목사들이 그렇지 못하냐는거야. 이봐, 마 목사, 안 그래? 그 점에 대해서 당신은 어떻게 생각해?"

마홍위 전무목사는 순간 자신을 부르는 김건축 목사의 목소리에 너무도 놀라 입에 넣은 돌멍게를 씹지도 않고 두꺼운 껍질채 그냥 꿀꺽 삼키며 대답했다.

"맞습니다, 목사님. 그건 정말 예민한 영적 감각이 있을때만 가능하지요. 결코 아무나 할 수 있는 일은 아니죠. 수첩이 그게....그렇게 쉽게 만들어지는 게 아니지 않습니까? 윤 실장 정말 이번에 교회를 하나되도록 하는 데에 큰 일을 했어요. 정말로 우리 윤 실장에게 내가 우리 부교역자 전체를 대표해서 감사합니다."

뜬금없이 마홍위 전무목사의 입에서 나온 '수첩'이라는 단어에 김건축 목사의 얼굴이 심하게 일그러졌다.

"이 친구가 지금 뭐라고 하는거야? 왜 그런 영적인 감각이 목사한테는 없냐니까? 당신은 그냥 목사도 아니고 전무목사잖아? 그런데 여기서 왜 갑자기 수첩 얘기가 나와? 지금 무슨 소리를 하는거야? 전무목사로서 뭔가를 좀 느껴야 할거 아니야? 왜 전무목사라는 사람이 박정연이 같은 애를 찾아서 진실을 밝혀야 한다는 그런 성령님의 음성을 못 듣냐고? 그 놈의 멍게 씹어대는 정성의 반의 반만이라도 성령님의 음성을 들으려고 좀 해봐. 그래 가지고 무슨 놈의 사역을 제대로 하겠다고...."

너무도 화기애애하게 시작된 자축 모임이 순간적으로 공포의 시간으로 변하고 있었다. 마홍위 전무목사의 얼굴은 조금 전 자신이 씹지도 않고 삼킨 돌멩게껍질보다 더 벌겋게 변했다. 뭐라고 말을 하고 싶지만 차마 말이 나오지 않는 듯 마홍위 전무목사는 몇 초간을 그냥 고개를 푹 숙인채 앉아있을 뿐이었다. 마홍위 전무목사의 앞에 모락모락 올라오는 식지않은 녹차의 김이 마치 지금 마홍위 전무목사의 마음을 대신 표현하고 있는 것 같았다. 마홍위 전무목사가 마침내 더듬 더듬 입을 열었다.

"목사님, 물론 앞으로 좀 더 영적으로 깨어야 하겠지만...제가 정 목사님 수첩에서 보았던 내용들은....정 목사님께서 좀 더 교회를 하나되게 하시려는 그 영적 부담 때문에...."

김건축 목사는 어느 순간부터 갑자기 횡설수설하기 시작하는 마홍위 전무목사의 말을 중간에서 자르고 소리를 꽥 질렀다.

"이 친구, 지금 무슨 소리를 또 하려는거야? 왜 자꾸 수첩, 수첩 하는거야? 전에 일하는 거 보면 빠릿빠릿하고 제대로 하더니 왜 시간이 갈수록 점점 무뎌져? 마 목사, 왜 그래? 혹시 제 2의 안상해가 되고 싶은거야? 주충성이는 아직도 반짝 반짝 하잖아? 이번에 언론 상대하는 거 보면 점점 더 노련해지는데 자네는 왜 그래? 벌써 상해버린거야? 왜 성령님의 음성에 전에는 민감하게 반응하는 거 같더니 왜 시간이 갈수록 성령님의 음성에....”

"뭐가 성령님의 음성이죠?"

누군가가 '감히' 김건축 목사가 말을 하는데 그의 말을 잘랐다. 처음에는 그 목소리가 너무 작아서, 그 목소리가 너무 어두워서 정확하게 들리지 않았다. 김건축 목사도 순간 말을 멈추었다가 다시 말을 이었다.

"성령님의 음성에 왜 시간이 갈수록 더 둔감해지는지...."

"뭐가 성령님의 음성이죠?"

이번에는 모두가 다 또렷하게 김건축 목사의 말을 자르는 그 목소리를 들을 수 있었다. 장세기였다. 여전히 눈을 아래로 깔고 테이블 위의 무엇인가를 바라보며 장세기가 말하고 있었다. 그가 혼잣말을 하는 것인지 김건축 목사를 향해 말하는 것인지 구분할 수 없었다. 장세기가 또 한 번 말했다.

"뭐가 성령님의 음성이죠?"

순간 장세기 옆에 앉아있던 알렉스 리 목사가 장세기의 무릎을 잡고 정신차리라는 듯 살짝 흔들었다.

"장 목사님, 왜 그래? 정신차려요. 갑자기 왜 그래?"

장세기가 마침내 얼굴을 들고 김건축 목사를 똑바로 바라보며 조금 전보다 훨씬 커진 목소리로 말했다.

"뭐가 성령님의 음성이죠? 도대체 뭐가?"

자신을 똑바로 바라보는 장세기를 차마 믿지 못하겠다는 듯 김건축 목사는 주변을 둘러봤다.

"지금 이게 뭐야? 뭐하는 짓이야? 지금 저 인간이 나한테 뭐라고 떠드는거야?"

주충성 목사가 자리에서 일어나 장세기를 억지로 일으켰다.

"장 목사, 나갑시다. 몸이 많이 안좋나보네. 나가자고. 나가서 나랑 얘기하자고."

장세기는 굳이 저항하지 않았다. 자리에서 천천히 일어나던 장세기가 갑자기 노래를 부르기 시작했다.

쌀루리긴다 꼰다리말까

빈다로씰비 온꾸라질라

삐따리가오 손씰비쭌쭈

기뻐라실쭈 빈꼴래

오래 전 김건축 목사가 자신이 만들었다며 모든 교역자들로 하여금 외워서 부르도록 한 요르바어 찬양이었다. 모든 교역자들이 열심히 외워서 불렀지만 아직까지 그 누구도 감히 그 가사의 뜻을 모르는 미지의 찬양이었다. 장세기는 마치 정신 나간 사람이 주문을 외우듯 그 노래를 부르며 주충성 목사의 손에 이끌려 방을 나갔다. 복도를 지나 밖으로 나가며 장세기는 계속해서 주문처럼 노래를 불렀다. 미쳤냐고 다그치는 주충성 목사의 목소리가 장세기가 부르는 노래 중간중간 들려왔다.

쌀루리긴다 꼰다리말까

- 당신 미쳤어? 왜 그래?

빈다로씰비 온꾸라질라

- 정말로 사람 돌게하네, 왜 이러는거야?

삐따리가오 손씰비쭌쭈

- 닥치란 말이야, 닥치라고!

기삐라실쭈 빈꼴래

- 완전히 돌았구먼...돌았어.

김건축 목사가 목이 마른 듯 녹차를 마시고 혀를 끌끌찼다.

"미쳤군. 완전히 미쳤어. 저거 귀신 들린거 아니야? 저 친구 왜 저래? 오늘같이 좋은 날 완전히 미쳤어. 이래서 사탄이 무서운거야. 우리가 이겼다고 생각하고 방심할 때 바로 그 때를 사탄이 절대 놓치지 않으니까. 아무튼...저 장세기 목사....사람을 놀래키는 데에는 타고난 소질을 갖고 태어났어. 하나님이 주신 은사 하나는 확실해. 사람 혼을 쏙 뺀단 말이야. 꼭 몇 년에 한 번씩 어김없이. 참 내가 어이가 없어서. 아니, 그런데 저 친구 참

뜬금없이 왜 갑자기 저 노래를 불러? 내 참...허허허~~~정말로....허허허~~"

김건축 목사의 혼자말같은 탄식에 그 자리의 모든 사람은 고개를 끄덕였다. 그러나 어느 순간부터인지 마홍위 전무목사는 마치 자리에 얼어붙은 듯 움직이지 않았다. 장세기가 주충성 목사의 손에 이끌려 방을 나가는 순간, 모든 사람이 놀라서 장세기를 쳐다보는 그 순간에도 마홍위 전무목사는 고개조차 들지 않았다. 마치 어느 한 순간 강한 전기에 감전되어 더 이상 몸이 움직일 수 없게 된 것만 같았다. 김건축 목사는 순간 생각났다는 듯이 윤야성에게 물었다.

"참, 윤 실장. 이번 박정연 간증 건 관련해서 장세기 만났었지? 어때 그 만남이 좀 도움이 되었어?"

"아...네. 목사님, 아주 큰 도움이 되었습니다. 장 목사는 무엇보다 그 때 상황을 제게 자세히 알려줬습니다. 무엇보다 당시 사람들의 오해 때문에 목사님께서 얼마나 힘들어 하셨는지에 대해서 장 목사가 제게 자세히 설명을 했습니다. 장 목사는 당시 자신이 성령님의 음성을 듣고 목사님의 사역을 돕기 위해 헌신했던 그 때가 자기 인생 전체를 통틀어 가장 황홀한 순간이라고도 얘기했고요. 제가 그런 장 목사 얘기를 들으면서 저 또

한 당시 목사님의 아픔이 마치 제 살을 도려내는 것처럼 느껴져서....아무리 시간이 지났더라도 바로잡을 건 잡아야한다는 생각으로 기도하는데 하나님께서 지혜를 팍 주셔서....박정연을 찾아라라는 음성을 들었습니다."

윤야성은 지금 상황에서 김건축 목사가 가장 원하는 바로 그 대답을 주었다. 김건축 목사는 흐뭇하게 고개를 끄덕였다. 주충성 목사가 문을 열고 들어왔다.

"그래, 택시 태워 집에 보냈어? 장 목사 몸이 많이 안좋나보네. 주 목사, 글로벌 팀에서 너무 혹사시키는거 아니야? 좀 쉬면서 쉬면서 하라고. 사람의 몸이 무슨 강철이 아니잖아?"

완전히 여유를 찾은 김건축 목사의 다정한 꾸짖음에 주충성 목사가 대답했다.

"죄송합니다. 목사님. 제가 앞으로 좀 더 노력하겠습니다. 장 목사가 며칠 전부터 많이 피곤해 보였는데. 며칠간 계속 잠을 못잤다고 합니다. 가끔은 의욕이 너무 넘쳐서 사역에 너무 몰두하다 보니까 그런게 아닌가..."

김건축 목사가 손을 들어 그 정도면 됐다는 제스쳐를 보냈다. 주충성 목사가 자리에 앉았다. 여전히 목석같이 움직이지 않는 마홍위 전무목사를 한번 슬쩍 본 후 김건축 목사가 강연옥 전도사를 향해 말했다.

"강 전도사, 그래 박정연이 일은 잘하고 있어?"

처음 참석한 모임이라 그런지 약간은 긴장한채 분위기를 살피며 녹차만 계속해서 마시던 강연옥 전도사였다.

"네, 목사님, 아직은 시작이라 뭐라고 말할 단계는 아니지만 제가 한 번 책임지고 키워보려고요. 어떻게든 목사님이 필요로 하는 사람으로 제가 한 번 제 자리를 걸고 만들어볼께요. 그런데 말이에요...."

강연옥은 잠시 망설였다. 이 분위기에서 꺼내야 할 주제인지 아닌지를 확신할 수 없었기 때문이었다. 그러나 잠시 후 마음을 잡은 듯 강연옥 전도사가 사뭇 비장한 표정으로 말을 이었다.

"아무래도 목사님께 박정연이 좀 더 필요한 사람으로 크려면 야간이라도 신학교에서 선교 관련한 공부를 시키면 어떨까요? 제가 정말로 신학교에서 시키는 교육 이상으로 가르치려고 지금도 애를 쓰는데 그래도 학교를 다니면 좀 더 목사님께 유용한 사람이 되지 않을까 싶어서 말이에요. 최대한 학비를 저렴한 곳으로 해서 교회에서 학비를 지원하는거 가능할까요? 목사님께서 허락만 하시면 제가 어떻게든 학비가 싸고 적당한 학교를 알아볼께요."

"그래? 신학교?"

김건축 목사는 의외라는 듯 눈을 반쯤 게슴츠레 뜨고 강 전도사를 바라봤다. 강 전도사는 그 눈빛이 두려운지 바로 눈을 깔아내렸다.

"그냥 강 전도사가 신학교 수준으로 가르치면 안돼? 꼭 학교까지 다녀야하나? 내가 아까도 얘기했지만 학교를 믿을 수가 없어. 생각해봐. 안상해가 어느 학교 나왔어? 서울대야, 서울대….그럼 뭐해? 그렇게 상해버리는데. 게다가 외국에서 MBA까지 했다고. 이게 한국의 문제야. 무조건 학교에 가면 뭔가를 배운다고 생각해. 학벌이 뭐가 중요해? 정말로 다들….**그라모 안돼!!!**학벌 지상주의에서 우리 믿는 사람들부터 확실하게 벗어나야 해. 안 그래?"

김건축 목사의 예상치 못한 격한 반응에 강연옥 전도사의 금새 얼굴이 사색으로 바뀌었다. 거의 나올 듯 말듯한 에너지를 짜내듯 강연옥 전도사는 간신히 입을 열었다.

"목사님, 그래도 목사님이 목사님 편에 서서 일한 일꾼에게는 목사님의 사랑을, 목사님의 은혜를 조금이라도 보여주시면 그게 결국 목사님께 영광이 되는….."

강연옥 전도사는 떨려서 그런지 차마 더 이상 말을 잇지 못했다. 강연옥 전도사는 진짜로 눈물을 흘리기 시작했다. 그런 강연옥 전도사를 잠시 바라보던 김건축 목사는 잠시 뭔가를 생각하는 듯 앞에 놓인 녹차를 마셨다. 그 짧은 시간이 강연옥 전도사에게는 마치 몇 시간이라도 되는 것만 같았다. 강연옥 전도사를 한참 지긋이 쳐다보더니 김건축 목사가 말했다.

"그래, 그럼 강 전도사가 적당한 학교 알아봐서 입학 시켜. 대신 너무 비싸지 않은 신학교로 해. 다시 말하지만 학벌이 중요한게 아니잖아? 하나님의 뜻이, 하나님의 인도하심이 중요한 거야. 그러니까 잘 찾아봐. 의외로 학비 싼 신학교들 많으니까. 교회 헌금은 정말로 아끼고 아껴야지. 그렇지 않아? 한 1년만 대충 다니면 학위주는데 없어? 잘 찾아봐. 많이 있을거야. 박정연같이 진실을 밝히기 위해 자신을 던지는 사람한테는 교회가 이렇게 과감하게 투자한다는 사실도 기왕이면 직원들이 다 알 수 있도록 주 목사는 내부적으로도 홍보를 좀 하고. 아무튼 앞으로 우리 해외선교부가 더 좋아지겠구먼. 그런데 말야...."

김건축 목사는 막 생각났다는 듯 강 전도사를 향해 정색을 하고 말했다.

"강 전도사 은퇴까지 남은 기간이 이제 2년이야, 3년이야? 곧 은퇴인데. 정말로 가방 하나 달랑 들고 오지로 선교하러 떠날거야? 전에 권사회 모임에서도 그 소리를 했다면서? 그리고 다른 곳에서도 몇 번이고 그런 말 했다고 하던데. 2,3년 사이에 해외선교부 제대로 된 후임 찾을 수 있겠어? 내가 지금부터 강 전도사 후임을 고민해야 하는건가? 뭐 지금 생각해도 꽤 괜찮은 후보가 몇 명 떠오르기는 하는데 말이야. 그런데 강 전도사, 당신 정말로 다 훌훌 털고 갈 수 있어? 아프리카니 뭐니 그런 곳으로 진짜로 갈거야? 내가 아프리카에 있어봐서 아는데....거기 장난 아니야. 하도 가방 하나 들고 떠난다고 떠들고 다닌 곳이 많아서 지금 와서 그 말 바꾸기도 쉽지는 않을텐데 말이야."

상상치도 못했던 단어, '은퇴'라는 말에 강 전도사는 누가 봐도 당황한 얼굴로 말까지 심하게 더듬으며 대답했다. 너무 놀라서 그런지 목소리마저 마구 갈라져 아예 남자 목소리처럼 들릴 정도였다.

"아니, 목사님, 그 부분은 제가 전에 뵈었을 때도 분명히 말씀드렸었는데....요즘 주님께서 주시는 특별한 음성이 있다고, 그 부분 자세히 말씀드렸었는데...왜 오늘 갑자기 그 얘기를 여기서 다시 꺼내시는지....왜 은퇴 얘기를 여기서 꺼내시는지...분명히 그 때 다 말씀드렸는데."

강연옥 전도사는 잠시 멈췄던 눈물을 본격적으로 흘리기 시작했다.

"아~~ 맞아. 그 때 만났을 때 은퇴 관련해서 얘기했었지? 내가 잠시 깜박했어."

김건축 목사는 마치 잊었던 아주 중요한 무엇인가를 기억해냈다는 식으로 과장되게 손바닥으로 이마를 탁하고 쳤다.

"내가 요즘 너무 사역이 많으니까. 가끔씩 이렇게 정신이 없네. 맞아, 전에 강 전도사가 하나님의 새로운 음성을 들었다고 분명해 얘기했었지. 아무튼, 이럴 때일수록 좀 주변에서 내 짐을 덜어줘야 하는데 도통 일하는 모양을 보면…."

김건축 목사는 다시 화석처럼 굳어있는 마홍위 전무목사를 흘깃 보았다.

"그래. 확실히 기억나네, 강 전도사, 이제 확실히 기억나. 강 전도사가 그 날 나랑 같이 죽을 때까지 사역하고 싶다고 했던 그거. 강 전도사 판단이 정확해. 그건 정말 내가 생각해도 확실한 성령님의 음성이야. 앞으로 강 전도사 역할이 커. 사람들이 이상한 소리들 하는거 알지? 아프리카니 무슨 기념 사업이니 하는 소리들 말이야. 거기에 어느 정도는 강 전도사 책임이 있으니까 기도하면서 잘 수습하고. 앞으로 우리가 같이 해야 할 일이 너무 많아."

강연옥 전도사는 비로소 눈물을 수습하고 굳은 얼굴로 고개를 끄덕였다. 김건축 목사는 완전히 표정을 바꾸어 윤야성에게 얼굴을 돌렸다.

"윤 실장, 설마 이게 마지막이 아니지? 앞으로 더 기대해도 되지? 1집 앨범보다 2집 앨범 더 크게 히트할 자신 있지?"

윤야성은 미소를 지으며 말했다.

"목사님, 아직 제대로 시작도 안했습니다. 교회를 위해 또 목사님을 위해 제가 마음에 두고 기도로 준비하는 프로젝트가 몇 개 있습니다. 성령님께서 제게 준비가 되었다고 알려주시는 때에 목사님께 말씀드리려고요. 저는 하나님께서 이끄시면 움직이고 하나님께서 거기 서라고 하면 그 자리에 서는 것이 산 믿음이라고 믿고 살아왔습니다."

윤야성의 단호한 대답에 김건축 목사는 감동받았다. 김건축 목사는 서초교회 부임 후 지금까지 여자 교역자 또는 여자 직원들과 관련해서는 정주현이 주는 정보를 100% 신뢰해왔다. 정주현은 김건축 목사의 비서가 되기 전부터 서초교회 내에서 직원으로 일했던 경험 뿐 아니라 평소 사람들과의 폭넓은 관계를 통해 김건축 목사의 손이 닿지 않는 가려운 등을 긁듯이 그에게 필요한 정보를 제공해왔다. 그런 면에서 외국에서 오래 살았고 서초교회 내의 뿌리가 전혀 없는 안상해 전 비서실장은 너무도 확연하게 정주현과 비교되었다. 가끔씩 이미 알고 있는 얘기를 정보랍시고 가지고 오는 안상해는 김건축의 눈에 말 그대로 성실한 돌쇠일 뿐이었다. 그러나 정주현은 전혀 달랐다. 김건축 목사 부임 초기 정주현은 그가 가장 조심하고 가능하면 멀리해야 할 사람으로 몇 명의 목사들과 함께 강연옥 전도사와 박정연을 지목했었다. 이미 목사들에 대해서는 주충성 목사가 자신이 부임하기 전부터 꾸준히 보내준 정보를 통해 어느 정도 꿰고 있었지만 여자 전도사들과 여자 직원들에 대한 정보는 당시 김건축 목사에게 거의 전무한 상태였다. 정주현은 고 정지만 원로목사의 딸과 다름없는 그 두 여자에게 어떤 약점이라도 잡히면 그것은 몇 배로 부풀려져 정 목사의 귀에 들어간다고 했었다. 그런 상황에서 박정연이 서초교회를 그만둔 것은 김건축 목사에게 마치 앓던 사랑니 하나가 수술도 없이 자동으로 빠진 것과 동일했다. 그리고 얼마되지 않아 정 목사가 소천했을 때 김건축 목사는 은근히 강연옥 전도사도 스스로 사표를 내기를 기다렸다. 그러나 사표는커녕 강연옥 전도사는 오히려 정 목사 기념사업을 하겠다는 둥 골치 아픈 소문만이 들려왔다. 정주현에 의하면 강연옥은 분명히 유진선 장로가 이끄는 '서초교회 개혁을 바라는 모임'(서개모)와도 은밀하게 연결되어 있다고 했다. 앞으로 강 전도사는 서개모를 중심으로 고 정 목사의 기념사업을 계획한다는 말도 있었다. 차라리 벌집은 건드리지 않는게 좋다는 생각으로 김건축 목사는 강연옥 전도사를 아예 없는 사람 취급해 왔다. 그랬었던 강연옥과 박정연이었다.

그런데 어느 날 윤야성은 상상도 못했던 박정연 카드를 꺼내서 보란 듯이 성공시켰다. 박정연 건도 그 누구도 생각하지 못한 또 하나의 반전카드인 강연옥 전도사와 연결해서 이뤄냈다. 지난 몇 년간 정지만 원로목사로 인해 마치 삼켜지지 않는 생선가시 하나를 목에 걸고 살아가는 듯했던 김건축 목사의 가장 예민한 문제를 윤야성은 시원하게 그리고 단번에 해결했다. 김건축에게 무엇보다 놀라운 점은 윤야성은 이제 일을 시작한 지 한 달이 조금 지났을 뿐이라는 사실이었다. 그러나 윤야성은 이미 교회 내의 정치적 역학마저도 기가 막히게 이해하는 듯 했다. 그것이 전부가 아니었다. 조금 전 전혀 예상치 못한 장세기의 엉뚱한 소동 이후 김건축 목사의 의중을 정확하게 읽고 그 시간 그 장소에 가장 필요한 답을 만들어내는 윤야성의 능력에 김건축 목사는 내심 감탄을 금할 수 없었다.

지금 이 순간 테이블 너머에 앉아 조용히 초밥을 먹고 있는 윤야성을 보자 김건축 목사는 당장이라도 끌어안고 뽀뽀라도 해주고 싶은 충동이 들 정도로 예뻐보였다. 과연 앞으로 윤야성이 또 어떤 새로운 프로젝트를 들고 나와 자신을 감동시킬지 김건축 목사로서는 설레지 않을수 없었다. 애초에 윤야성이 비서실장 후보자 서류중 하나인 '업무 비젼'에 적은 내용 때문에 김건축 목사는 전혀 예상하지 않았던 윤야성과 면접을 했고 정말로 자신의 '감' 하나만을 믿고 윤야성을 뽑았다. 물론 김건축 목사에게 아직까지 윤야성이 자신의 친동생인 김철골 집사처럼 100% 모든 것을 다 믿을 수 있는 대상은 아니었다. 물론 그럴리 없겠지만 이번 박정연 건은 어쩌다 소가 뒷걸음치다 쥐를 잡은 격일 수도 있었다. 그러나 어쨌든 현재까지 윤야성은 김건축 목사의 기대수준을 놀랍게 뛰어넘고 있는 것만은 사실이었다. 연어초밥 하나를 집으며 김건축 목사가 말했다.

"참으로 하나님께서 우리 서초교회를 사랑하시는 거 같아. 지금 우리가 가장 필요할 때 윤 실장을 보내주신걸 보면."

김건축 목사의 진심어린 말에 그 자리의 모두는 부러운 눈으로 윤야성을 보았다. 윤야성은 특별히 누구라고 지칭할 수 없는 대상에게 조용히 머리를 숙였다.

18. 2016.12.15. 두 번째 월급일

　박정연의 특별 간증이 끝나고 어느새 2주가 지나갔다. 윤야성은 의식하지 않으려 무진 애를 썼지만 그의 무의식 속에서 어쩔 수 없이 갈구하던 월급일, 15일이 마침내 돌아왔다. 윤야성에게 있어서 그 날은 단순한 두 번째의 월급날이 아니었다. 자신의 가치를 증명한 후 평가받는 진정한 첫 월급날이었다. 안상해를 만났을 때 연봉을 얼마 받았는지 묻지 못한 것이 두고 두고 후회가 되었지만 이미 지난 일이었다. 물론 안상해의 연봉 액수는 박내장 사무처장에게 물어봐도 되고 어쩌면 정주현도 알고 있을지 몰랐다. 그러나 윤야성은 다른 직원들에게 자신이 '돈'에 예민한 사람이라는 그 어떤 낌새도 줘서는 안된다고 스스로를 설득했다. 그래도 나름 한국에서 최고의 교회, 회사로 치면 '삼성'에 해당하는 서초교회가 아닌가? 회사로 치면 자신은 회장에 해당하는 '담임목사'를 지근거리에서 모시는 비서실장이다. 그냥 비서실장이 아니라 지난 수 년간 교회를 괴롭히던 골치덩어리 문제를 단숨에 해결한 명실상부한 실세 비서실장이다. 김건축 목사가 윤야성을 인정할 수 밖에 없는 이유는 또 있었다. 매일 새벽 화장도 못한채 거의 피부가 붕 뜬 상태로 가장 먼저 출근하는 정주현은 이미 직원들 사이에 화제가 된지 오래였다. 정주현은 아예 퇴근하지 않고 교회 근처 모텔에서 잔다는 말이 직원들 사이에서 돌 정도였다. 하룻밤 사이에 야행성에서 새벽형 인간으로 돌변한 정주현에 대해서 한참이나 몰랐던 김건축 목사는 어느 날 정주현 앞에서 윤야성에게 이렇게 말했다.

"주현이가 요즘 완전히 새벽형 인간으로 거듭났다고 칭찬들이 자자하던데! 이거 안상해 비서실장이 몇 년 동안 노력했어도 못한 걸 우리 윤 실장이 단번에 해버린거야? 이봐, 윤 실장 무슨 비결있어? 그거 나 좀 알려줘…."

김건축 목사는 이미 여러번 공개적으로 안상해는 몸으로 때우는 '돌쇠'라고 말하곤 했다. 돌쇠의 연봉과 명석한 두뇌, 그 자체인 윤야성의 연봉을 누가 감히 비교할 수 있으랴?

은근히 '그 날'만을 기다리던 윤야성에게 마침내 진정한 월급일이 돌아왔다. 며칠 전부터 윤야성을 괴롭히던 미칠 것과 같은 초조감이 막상 15일 아침이 되자 오히려 강렬한 흥분으로 바뀌었다. 오전 내내 그 어떤 일도 손에 잡히지 않던 윤야성은 그 누구보다 빨리 점심을 먹고 사무실로 돌아와 컴퓨터 앞에 앉았다. 천천히 온라인뱅킹에 들어가 아이디와 비밀 번호를 쳤다. 윤야성이 예상한 연봉 액수는 최소한 1억 대 중반에서 최고 2억 대 초반이었다. 그냥 보수적으로 계산해 1억 중반이라고 생각하고 그 액수를 12로 나눈 후 세금이니 이것 저것을 떼고 난 금액은.....아마도...!!!

흥분으로 입 안의 침까지 다 말라버린 윤야성의 눈 앞에 마침내 새로운 숫자가 펼쳐졌다.

3,130,570 원 (입금처: 서초교회)

윤야성은 조용히 그 숫자를 바라보았다. 마침내 그의 통장에 입금된 3주치가 아닌 온전한 한 달 월급 액수를 윤야성은 소리 내어 되뇌이었다.

"삼백 십삼만 오백 칠십 원"

정확하게 한 달 전, 3주 치의 첫 월급을 받은 윤야성은 서초교회 로고가 있는 봉투를 하나 준비해서 거기에 오만원짜리 지폐 뭉치를 넣었다. 정진아는 겉으로 내색은 안했지만 윤야성이 서초교회에 유령출근한 바로 그 날부터 첫 월급날만을 애타고 기다렸다. 윤야성이 정진아의 그 마음을 모를 리가 없었다. 게다가 내 남편, 윤야성이 김건축 목사에게 결코 한 순간도 곁에 없어서는 안되는 산소와 같은 존재라면 분명 엄청난 액수의 연봉을 받지 않을까 정진아는 내심 크게 기대하고 있었다. 윤야성이 내민 첫 월급 봉투를 열어본 아내 정진아는 한동안 숨이 막혀 아무말도 하지 못했다. 그 봉투 속에 들어있던 금액은 빳빳한 오만원 지폐로 이뤄진 8백 3십만 원이었다.

"여보...여보....이게 월급이야? 거의 천만 원이잖아? 여보...이게 가능한거야? 이거 정말 월급이야?"

윤야성은 고개를 끄덕였다. 그리고 여전히 전기충격을 받은 듯 움직이지 않는 정진아의 손에서 다시 월급봉투를 가져와 거기서 오만원 지폐 20장을 세어 백만 원을 뺐다.

"여보, 이번 달에는 액수가 좀 많지만 우리 하나님께 백만원을 십일조로 바치자. 십일조는 내가 할테니까 당신은 지금 다니는 그 교회에 절대로 따로 십일조 하지 마, 알았지?"

아내는 여전히 꿈을 꾸는 표정으로 고개를 끄덕였다.

"여보, 그럼...그럼 연봉이 얼마인거야? 설마...1억이 넘는거야?"

윤야성은 대수롭지 않게 대답했다.

"몰라, 내가 뭐 그런거 신경쓰는 사람인가? 1억이야 당연히 넘겠고. 잘 모르겠네. 세금도 상당히 뺐고 또 연금이니 이것저것 다 빼고 받은 네트 금액이니까....뭐. 액수가 꽤 되니까 누진세인지 해서 세금 떼가는게 장난이 아니더라고. 백만 원이 훨씬 넘는 금액을 세금으로 냈으니까..."

정진아는 백만 원이 넘는 금액을 세금으로 내는 자랑스런 남편 앞에서 아무 말도 할 수 없었다. 얼어붙은 듯 그 자리에 서서 서초교회 담임목사 김건축 목사의 비서실장이자 그녀의 남편, 윤야성이 전해준 첫 월급봉투를 소중히 손에 꼭 쥐고 있을 뿐이었다.

"삼백 십삼만 오백 칠십 원, 삼백 십삼만 오백 칠십 원, 삼백 십삼만 오백 칠십 원..."

3주 치 첫 월급을 받은 날 오후, 몇 시간이나 주먹으로 자신의 머리를 치며 거리를 헤매었던 윤야성은 저녁 시간이 되어 꽤 큰 고깃집을 하는 고등학교 동창을 찾았다. 동창에게 서초교회 비서실장 명함과 함께 천만 원을 빌렸다. 딱 한 달이면 된다고.... 친구는 고맙게도 한 달 후에 원금만 갚으라고 했다. 그 날 밤 퇴근한 윤야성은 친구에게서 빌린 천만 원에서 8백 3십만 원을 빼 정진아에게 월급으로 주었다.

그리고 다음 날 아침, 3주 치에 해당하는 첫 월급을 싹 다 김건축 목사에게 바치고 나서 윤야성은 결심했다. 무슨 일이 있어도 자신이 돈과 관련해 그 어떤 제약도 받지않는 그런 수준의 인간이 반드시, 반드시 되고야 말겠다고. 무슨 일이 있더라도 김건축 목사가 자신이 없이는 그 어떤 일도 할 수 없는 사람으로 만들겠다고 다짐하고 또 다짐했다. 그리고 한 달을 윤야성은 미친 사람처럼 일했다.

"삼백 십삼만 오백 칠십 원, 삼백 십삼만 오백 칠십 원, 삼백 십삼만 오백 칠십 원..."

빌린 천만 원에서 정진아에게 8백 3십만 원을 월급으로 주고 남은 170만 원에 십일조 한다고 빼낸 100만 원을 합쳐 지난 달 남겨놓은 금액이 270만 원이었다. 그 금액에 이번 달에 받은 진짜 월급액인 3백 십만 원을 합치면 5백 8십만 원이다. 정진아가 윤야성의 월급액수로 알고 있는 8백 3십만 원에서는 250만 원이 부족했다.

자기도 모르게 혼잣말처럼 계속해 "삼백 십삼만 오백 칠십 원"을 읊조리고 있던 윤야성은 순간 정신을 차렸다. 그는 도저히 이 현실을 믿을 수 없었다. 혹시 김건축 목사가 박내장 사무처장에게 자신의 급여와 관련해 수정 지시가 있었는데도 불구하고 그 멍청한 박 처장이 잊은 것은 아닐까? 정말로 그렇다면....자신은 그냥 가만히 앉아서 5,6백만 원을 공중으로 날리는 셈이 되는게 아닌가? 윤야성은 미칠 것만 같았다. 당장 박 처장에게 전화하고 싶었지만 차마 그럴 수 없었다.

한참을 정신나간 얼굴로 자리에 앉아있던 윤야성은 사무실을 나갔다. 케이블 텔레비전에 차고 넘치는 대부업체 중 첫 달 이자를 안 받는다고 광고하는 허리앤캐쉬에 전화를 돌렸다. 채 20분이 안되어 5백만 원이 입금되었다. 무려....35프로에 가까운 이자였다. 살인적인 이자를 물지 않으려면 무슨 일이 있어도 한 달안에 갚아야만 했다. 허리앤캐쉬 대출금 중 정진아에게 가져다줄 월급액을 채우는데 필요한 250만 원을 빼고 남은 250만 원을 가지고 지난 달 천만 원을 빌린 고깃집 친구를 찾았다. 250만 원을 내놓으며 윤야성은 못갚은 나머지 750만 원을 최대한 빠른 시간 내에 은행이자라도 쳐서 갚겠다고 사정했다. 친구의 고깃집을 나서는 순간 윤야성의 눈에 뜨거운 눈물이 흘렀다. 첫 월급을 받은 후 어린이집을 당장 그만둔 정진아는 15일을 기억하고 윤야성에게 빨리 퇴근하라는 문자를 보냈다. 당신을 위해서 정말 깜짝 놀랄 정도로 맛있는 것을 준비해 놓았다고 했다.

'고객님, 입금된 금액은 확인하셨나요? 고객님의 첫 이자일은 이자가 면제되는 첫 달을 제외하고 매달 15일입니다.' 라는 허리앤캐쉬의 문자 메시지를 받는 순간 번쩍하고....하나의 아이디어가 윤야성의 머리를 스쳤다.

19. 2017.1.18. 영적 위기 타개를 위한 1차 핵심멤버 회의

"자, 오늘 내가 이렇게 우리 서초교회 핵심멤버들을 모은 이유는 다들 알거야."

김건축 목사가 입을 열었다. 분위기는 매우 무거웠다. 어제 밤 11시 윤야성이 급작스럽게 보낸 문자 하나가 서초교회 핵심멤버들에게 도착했다.

"내일 아침 6시 30분 본당 4층 회의실에서 담임목사님이 주최하시는 회동이 있습니다. 안건은 '서초교회의 현 위기 상황에 대한 진단 및 타결책 모색'입니다. 깊은 기도로 준비하시고 아침에 뵙겠습니다. 할렐루야~"

수신자들은 다음과 같았다.

 마홍위 전무목사
 고자서 부장목사

주충성 과장목사

이정석 과장목사

하정호 강도사

강연옥 전도사

알렉스 리 목사

김철골 집사(기사)

윤호기 집사(교회 신문 '너희랑'의 편집장)

나다해 장로

장세기는 언제부터인가 자연스럽게 핵심멤버 그룹에서 사라졌다. 그러나 그 누구도 장세기의 근황을 묻거나 궁금해하는 사람은 없었다. 핵심멤버로서 장세기의 실종은 모두에게 너무도 자연스러웠다.

김건축 목사의 서두 발언에 모든 참석자의 얼굴이 순식간에 어두워졌다. 모두 약속이나 한 듯 눈을 내리깐채 앞에 놓인 샌드위치와 커피만을 노려보고 있었다. 그 누구도 샌드위치는 말할 것도 없고 감히 커피잔에도 손을 대는 사람이 없었다. 누군가의 배에서 '꼬르륵' 하는 소리가 들렸다. 그 중에서도 마홍위 전무목사의 얼굴은 그 누구보다 어두웠다. 그런 마홍위 전무목사에게 김건축 목사가 말했다.

"마 전무목사 이번에는 한 번 제대로 얘기해봐. 지금 우리한테 뭐가 문제야? 그 누구보다 예민한 영적 감각을 유지해야 하는 전무목사로서 한번 확실하게 얘기해봐. 지금 새로운 한 해를 맞은 서초교회가 당면한 영적 위기가 뭔지."

마홍위 전무목사가 뭔가를 웅얼거리면서 대답했지만 그게 무슨 말인지 아무도 알아들을 수 없었다. 잠시 그런 마 목사를 어이없다는 듯 보고 있던 김건축 목사가 말했다.

"그만, 그만! 도대체 뭐라고 웅얼거리는거야? 당신 지금 영어로 말하는거야? 영어야, 한국말이야? 도대체 무슨 소리야? 이 봐, 알렉스, 마 목사 지금 영어로 얘기하나?"

알렉스 리 목사는 나오는 웃음을 억지로 참으며 고개를 흔들었다.

"지금 마 전무목사가 하는 말 무슨 말인지 아는 사람 있어? 하 강도사 무슨 말인지 알겠어?"

하정호 강도사는 자신의 상사이기도 한 마 전무목사의 눈치를 보며 조심스럽게 고개를 저었다.

"도대체, 내가 누구를 믿고 이 사역을 감당하나. 정말로."

무릎 위에 포개고 있는 마홍위 전무목사의 두 손은 조금 떨어진 사람의 눈에도 부들부들 떨리는 것이 느껴질 정도였다. 마 전무목사 옆에 앉은 고자서 부장목사가 팔을 뻗어 마 전무목사의 손을 가만히 누르며 잡았다.

"하 강도사, 지난 주 주일 예배 출석 인원이 몇 명이지?"

출석인원 확인 및 분석을 담당하는 하정호 강도사가 쌔끈한 맥북을 꺼내더니 파일을 하나 열었다.

"2만 3천3백 2십 3명입니다."

김건축 목사가 입술을 깨물었다. 그의 눈에서는 당장이라도 뜨거운 불꽃이 터져나와 그 자리에 앉은 모두를 다 불태울 수도 있을 거 같았다. 가슴 속에서 솟아오르는 뜨거운 열기를 잠시 식히려는 듯 잠시 눈을 감았던 김 목사가 다시 물었다.

"작년 같은 주일에 몇 명이었어?"

하 강도사는 담담한 목소리로 건조하게 대답했다.

"네, 목사님, 2만 7천 4백...."

"그만 됐어~~"

김 목사가 버럭 소리를 질렀다.

"새해가 시작하자마자 무려 4천이 줄었어. 4천이....4만이 늘어도 시원찮은 판에 1년만에 4천이 도리어 줄었다고. 주 목사, 우리 4년 전인가? 최고치였을 때 몇 명까지 올라갔어?"

주충성 목사는 김 목사의 기세에 눌려 잔뜩 주눅이 든 목소리로 대답했다.

"네, 목사님, 3만 5천까지 갔던 것으로 저는 기억합니다."

"그래, 그랬어. 그게 고작 몇 년 전이었다고. 우리가 정말로 글로벌 미션에 모든 것을 바쳐 헌신했을 때 하나님께서 그렇게 놀라운 부흥을 허락하셨어. 기억들하지? 내가 처음 여기 부임했을 때 출석 인원이 고작해야 2만이 조금 넘었어. 그런데 내가 그걸 거의 2배로 부흥시켰다고. 담임목사인 내가 그 정도로 해서 올려놨으면 나머지는 당신들이 좀 움직여서 그걸 최소한 유지는 해야 하는거 아니야? 까먹지는 말아도 유지 정도는 해줘야 하는거 아니야? 도대체 뭘 한거야? 가장 영안이 밝아야할 전무 목사라는 인간이 이런 위기 상황에서 원인을 얘기하라니까 무슨 놈의 방언도 아니고 횡설수설이나 하고 있으니 이래서 뭐가 돼? 내가 도대체 몇 년을 더 이렇게 나 혼자만 죽어라고 뛰어야해? 있으나 마나한 건전지같은 다른 교역자들이야 그냥 월급날만 기다리는 식충이라고 해도 자네들은 달라야 하는거 아니야? 그래도 명색이 내 측근인데 내 짐을 조금은 덜어줘야 할거 아니야? 그냥 앞으로도 나 혼자만 이렇게 죽어라고 뛸까? 그럴까?"

잠시 잦아들었던 마 전무목사의 손이 다시 심하게 떨리기 시작했다. 그 떨림이 공포인지 분노인지 아니면 다른 어떤 감정의 결과인지 윤야성은 순간 궁금했다. 고자서 부장목사가 다시 슬그머니 마 전무목사의 팔을 꽉 잡았다. 김 목사가 주충성 목사를 향해 다시 말했다.

"주 목사, 2층 사무실에 가서 정주현이 오라고 해."

순간 주 목사는 윤야성을 보았다. 이런 식의 시다바리성 심부름을 여태 주 목사가 한 적이 없었다. 과거에는 당연히 안상해 비서실장의 몫이었다. 윤야성은 그런 주충성을 일부러 외면하며 커피잔에 손을 뻗었다. 엉거주춤 일어날까 말까하는 주충성 목사를 향해 김 목사가 고함을 빽 질렀다.

"내 말 안들려?"

주 목사는 번개처럼 자리에서 일어나 회의실 밖으로 튕겨져 나갔다. 잠시 후 주 목사와 정주현이 함께 들어왔다.

"정주현, 박내장 사무처장 아직 출근 안했지? 전화해서 지난 주 헌금액하고 작년의 이번 주 헌금액 파악해서 지금 바로 보고해."

잠시 후 정주현이 작은 메모를 김건축 목사에게 건넸다. 그 메모장 위의 숫자를 본 김건축 목사의 얼굴이 아까보다 더 심하게 일그러졌다.

"3억 2천만 원....작년이 4억 1천만 원. 거의 1억이 차이가 나, 거의 1억이. 10억이 올라도 모자랄 판에 1억이나 줄었다고."

김 목사는 메모쪽지를 부서져라 구긴 후 바닥에 던졌다.

"자, 안보여? 이래도 우리가 지금 얼마나 심각한 영적 위기 상황인지가 안보이냐고. 다들 그냥 박정연이가 진실을 밝힌거에만 취해가지고 정신 못차리고 말이야. 영적 전투가 박정연이 하나 때문에 다 이긴걸로 생각했어? 그렇게들 순진하고 그렇게들 영안이 막혀있었나? 그럴수록 사탄이 더 무섭고 교활하게 공격한다는 거 몰라? 자, 어떻게들 할거야? 어떻게들 할 생각이야? 말들 좀 해보라고."

거의 5분에 가까운 시간동안 칠흙과 같이 깊은 침묵만이 흘렀다.

"고 목사."

김건축 목사의 목소리에 고자서 부장목사가 자기도 모르게 앉아있던 자리에서 벌떡 일어나며 대답했다.

"네, 목사님."

"다음 주까지 해외선교부를 비롯해서 구제사업부 등등 예산이 제일 많이 나가는 부서들 중심으로 올해 예산부터 당장 50% 이상 줄일 수 있는 방안 마련해서 보고해. 알았지?"

고 목사는 해외선교부를 책임지는 강연옥 전도사의 표정을 흘깃 봤다. 강 전도사의 얼굴은 이미 사색을 넘어 흙빛으로 바뀌고 있었다.

"네, 목사님. 바로 준비해서 보고 올리겠습니다."

"그리고 강 전도사, 박정연이 아직 신학교 입학 진행 안했지? 무조건 취소야. 지금 한 푼이라도 아껴야해. 신학교는 무슨 놈의 신학교. 시건방지게…. 월급 받는만큼 죽어라고 충성하라고 해."

"하지만 목사님, 이미 박정연한테는 그렇게 약속을…."

다시 김건축 목사의 목소리가 올라갔다.

"그럼 당신 돈으로 공부시켜, 그렇게 시키고 싶으면. 아직도 정신 못차리고 팔자 좋은 소리 하고 있어, 정말로."

나이로 보나 경력으로 보나 가장 연장자이자 선배인 강연옥 전도사가 거의 무차별로 깨어지는 모습에 회의장 분위기는 싸늘함을 넘어 날선 칼날이 주는 서늘한 공포로 가득찼다. 한 때 그토록 공포스럽게 느껴졌던 '영어 교역자 회의'도 이것보다는 편했었다는 뜬금 없는 생각이 몇 명의 머리를 스쳐갈 정도였다.

"정말로 아이디어 없어? 이 영적 위기를 돌파할 아이디어가 없는거야? 결국 그냥 이렇게 매주 줄어드는 성도들과 바닥을 향해 내려가는 헌금이랑...손 놓고 당하다가 교회 문 닫을까? 이래 가지고 주님께서 우리에게 주신 글로벌 미션이랑 재림을 위한 특별한 모든 사명들을 감당할 수가 있겠어? 그냥 다 손털고 일어날까? 긴축재정하면서 허리띠 졸라매는 거 외에는 정말로 아이디어 없는거야?"

또 다시 몸을 짓누르는 공포의 침묵이 시작되었다. 아이디어는 커녕 밑으로 잔뜩 내리깔고 있는 눈을 드는 사람조차 없었다. 김건축 목사는 한숨을 크게 쉰 후 말했다.

"회의 끝내자고....끝내...."

그 순간 윤야성이 조심스럽게 그러나 분명하게 계산된 타이밍에 맞춰 입을 열었다.

"목사님, 제가 잠시 한 말씀 드려도 될까요?"

윤야성을 향한 김건축 목사의 눈빛이 순식간에 부드럽게 바뀌었다.

"윤 실장, 뭐 아이디어가 있어?"

"아주 미천한 아이디어입니다. 하지만 어제 목사님께서 오늘 새벽 모임을 제게 공지하라고 지시하신 후 사실 저는 철야기도를 했습니다. 이 영적 위기를 타개할 방법을 알려달라고 기도하지 않고는 도저히 견딜 수가 없었습니다. 감사하게도 오늘 새벽 5시가 조금 넘었을 때 성령님께서 제게 한 음성을 들려주셨습니다. 그래서 그 생각을 좀 나누고 싶습니다. 물론 목사님께서 기뻐하시면 정말로 성령님이 주신 아이디어이고 아니라면 제가 저의 생각을 성령님의 음성으로 착각한 것이겠지요."

비록 조용히 말하지만 윤야성의 너무도 확신에 찬 듯한 목소리에 그 자리에 참석한 모두의 눈이 윤야성을 향했다. 김건축 목사는 윤야성을 향해 고개를 끄덕였다.

"여기 계시는 분들 중에 혹시 그라민 은행이라고 들어보셨나요?"

하정호 강도사가 잽싸게 인터넷 검색을 한 후 대답했다.

"제가 위키피디아에 나온 내용을 그대로 읽어드리겠습니다.

그라민 은행(Grameen Bank)은 1983년에 설립된, 가난한 이들을 위한 소액 대출 은행이다. 치타공 대학교의 경제학 교수였던 무함마드 유누스 총재가 27달러로 시작하여, 2007년 기준으로 직원 약 1만 8000명, 지점 2185개의 큰 은행으로 발전했다. 2006년, 이 은행은 설립자인 무함마드 유누스와 함께 노벨 평화상을 수상하기도 했다.

그리고 추가로 몇 가지 말씀드리겠습니다.

1. 그라민은행 대출자들은 그라민은행 자산의 95%를 소유하고 있고, 나머지 5%는 정부가 소유하고 있다.

　2. 담보나 법적 문서가 필요하지 않고, 그룹간의 보증이나 연대책임이 요구되지 않는다.

　3. 회수율은 97% 이상이다.

　4. 100%의 대출금은 은행의 예금으로부터 조달된다.

　5. 대출자들의 예금액은 점점 많아지고 있다.

　6. 1983년, 1991년, 1992년을 제외하고 매해 수익을 만들어 왔다.

　이상입니다."

　뭔가 감을 잡은 듯 김건축 목사의 눈이 순간 예리하게 빛났다. 하정호 강도사가 읽은 내용 중 몇 개의 단어가 어김없이 그의 촉을 건드렸기 때문이었다. 윤야성이 예상하던 바로 그대로였다. 그러나 김건축 목사는 윤야성의 설명을 더 듣고 싶은 듯 그의 다음 말을 기다렸다.

　"저의 생각은 아주 단순합니다. 이제 여기에 여러 목사님들의 지혜가 더해져야 할 것입니다. 그라민 은행은 한 마디로 말해 가난한 사람을 위한 은행입니다. 당연히 이자도 아주 싸겠죠. 그런데 중요한 것은 그 은행 자산의 대부분이 그 은행으로부터 대출받는 대출자들로부터 나온다는 사실입니다. 달리 말해 그 대출자들이 대출도 많이 받지만 그 돈으로 열심히 번 모든 돈을 다 그라민 은행에 그대로 예금을 한다는 것이지요. 그라민 은행의 예금액 또는 자산은 지금도 계속 증가하고 있고 그라민 은행은 지속적인 흑자를 보고 있습니다. 한 마디로 이익을 내는 은행이라는 말입니다. 그런데 놀랍게도....”

윤야성은 잠시 뜸을 들였다.

"이익을 내면서 말도 못할 존경까지 받는 은행입니다. 이 자리에 계신 분들 중 '존경받는 은행'이라는 말을 들어보셨습니까? 놀랍게도 그라민 은행이 그렇습니다. 그리고 그 결과가 무엇입니까? 바로 노벨상 수상입니다. 노벨상 중에서도 가장 가치있는 노벨 평화상입니다."

노벨 평화상이라는 단어를 말하면서 윤야성은 김건축 목사를 보았다. 김건축 목사의 눈은 아까와는 전혀 다른 이유로 뜨겁게 빛나고 있었다. 순간 뭔가를 깨달은 듯 주충성 목사가 자리에서 벌떡 일어나 말했다.

"목사님, 교회를 가족보다 더 사랑하는 권사님들을 중심으로 '김건축 목사님 노벨 평화상 수상을 위한 특별 기도회'를 시작하겠습니다."

김건축 목사는 주 목사를 향해 '헛소리 그만 하고 거기 앉아 있어'라는 신호를 눈짓 하나로 전했다. 주충성 목사가 어정쩡하게 다시 자리에 앉자 김 목사는 다시 윤야성에게 시선을 돌렸다.

"목사님, 저는 지금의 영적 위기는 그 원인이 여러 가지 있을 수 있지만 저는 한 때 온 세상을 뒤흔들었던 목사님의 대외적 영향력이 당시에 비해 지금 너무도 줄어든 것이 그 원인의 하나라고 생각합니다. 글로벌 미션, 영어교역자 회의, 영어교재 발간, 신지식인 선정 등등. 한 때 서초교회는 한국 사회 전체의 어젠다를 주도하는 선두 주자였습니다. 하지만 지금은 어느새 사회에서 한 발 떨어져서 그냥 기독교 내의 주류로만 위축된 느낌을 저는 지울 수가 없습니다. 하나님께서 우리에게 주시려고 지금 준비하신 그 부흥은 다시 한 번 담임목사님의 영향력이 교회를 뛰어넘어 사회에까지 파급될 때에만 주어진다고 저는 확신합니다."

김건축 목사는 고개를 끄덕였다. 김 목사 뿐만이 아니었다. 그 자리에 참석한 모든 사람이 다 집중해서 윤야성만을 뚫어지게 쳐다보고 있었다.

"다들 바쁘셔서 텔레비전을 잘 못 보시니까 모를거라고 생각합니다. 지금 우리나라에 아마도 수백개에 가까운 케이블 텔레비전 채널이 있습니다. 그 케이블 채널 광고의 거의 7,80%를 차지하는 광고가 뭔지 아십니까? 바로 대부업체 광고입니다. 거의 연리 40%에 육박하는 대부업체 광고입니다. 말이 좋아서 대부업체지 사실상 사채라고 해도 과언이 아닌 엄청난 폭리의 이자를 취하는 업체입니다. 거기서 돈을 빌리는 순간 그 채무자, 대출자의 인생은 언제 어떻게 끝날지 모릅니다. 정말로 심각한 상황입니다. 저도 친구 중 한 명이 그런 대부업체에서 돈을 빌린 후 아예 회복불능 상태가 되어 자살했습니다. 그 친구의 가족을 생각하면....저는 제 사례금(월급)의 일부를 매달 그 집에 보냅니다. 하지만 그런다고 그 가정의 비극이 사라질 수는 없지 않습니까?"

물론 윤야성에게 그런 친구가 있을 리 없었다.

"그 정도로 심각한 것이 지금 우리나라의 가계부채입니다. 목사님, 우리 교회가 그라민 은행과 같은 존경받는 은행을 만들어 이 사회의 부채 문제를 해결하는데 도움을 줄 수 있다면 우리는 예수님의 복음을 좀 더 강하게 세상을 향해 전할 수 있지 않을까요?"

회의실에 있는 몇 명의 입에서 한숨과도 같은 감탄이 흘러나왔다. 그 감탄 속에는 윤야성의 영민함이 주는 놀라움과 더불어 윤야성에 대한 불타는 질투가 함께 섞여 있었다. 김건축 목사 또한 작은 한숨과 함께 주변을 둘러보았다.

"윤 실장이 정말로 놀라운 제안을 했는데....다들 어떻게 생각하나?"

윤야성 한 명을 뺀 나머지 사람들은 하나같이 소리없는 한숨을 쉬며 잠시 쳐들었던 고개를 다시 숙여 자신의 발끝만을 쳐다보았다.

"윤 실장, 결국은 자네가 다시 짐을 져야겠어. 구체적인 실행안 빠른 시간내에 보내주게. 오늘 회의는 여기서 이렇게 끝내지. 나다해 장로님, 장로님께서 마무리 기도를 좀 해주시죠."

나다해 장로는 앞으로 서초교회가 진행할 소외받는 이웃을 위한 대출 사업, 제 2의 그라민 은행이 되는데에 주님께서 축복해주시기를 눈물을 흘리며 간절히 기도했다.

20. 2017. 1. 19. 김건축 목사 집무실 3.

그라민 은행 프로젝트가 윤야성에 의해 발의되고 난 바로 다음날 김건축 목사가 출근하자말자 윤야성을 집무실로 불렀다.
"윤 실장, 요즘 어때?"
윤야성은 그냥 조용히 웃었다.
"저야 뭐 목사님 덕분에 하루하루 정말로 하나님의 은혜를 체험합니다. 솔직히 몸은 힘들지만 감히 행복하다고 말씀드릴 수 있습니다."
김건축 목사는 고개를 끄덕였다. 잠시 침묵을 지키던 김건축 목사가 평소와는 다르게 무겁게 말을 꺼냈다.
"윤 실장한테 처음으로 하는 말인데.... 안상해는 애초에 돈 때문에 일했던 인간이야. 윤 실장, 돈 때문에 일하는 인간의 특징이 뭔지 알아? 1억을 받다가도 경쟁사에서 500을 더 준다고 하면 지난 10년의 인연조차 당장 헌신짝처럼 버리고 옮기는게 그런 인간의 특징이야. 고작 500에 말이야. 연봉 1억 받는 사람에게 500이 뭐 중요할까 생각하겠지만 그런 종족들에게는 그게 그렇지 않아. 안상해가 좀 그랬어. 연봉이 자기 생각만큼 계속해서 오르지 않으니까 금방 몸이 상해버리더라고. 사실 뭐 안상해가 노가다를 했겠나? 몸이 상할 이유가 없는데 말이야. 몸이 상한건 사실 그 친구의 정신이 상해버렸기 때문에 결과적으로 몸이 상한거야. 안상해의 정신이 상해버린 진짜 원인은 결국 자신이 원하는 만큼 받지 못한다고 생각한 연봉 때문이지. 안상해가 첫 해에는 얼마나 열심히 감사하는 마음으로 일했는지 알아? 정말로 옆에서 보기에도 감탄이 절로 나올 정도로 열심이었어. 그런데 사람의 마음이 그렇잖아? 화장실 들어갈 때와 나올 때가 다르다고....그래서 내가 다른 건 몰라도 이번 비서실장 뽑으면서 한 가지는 확실히 마음에 두고 있었어. 돈을 목적으로 하는 제 2의 안상해는 절대로 뽑지 않겠다고 말이야."

　김건축 목사는 잠시 말을 멈췄다. 윤야성은 초조해졌다. 그럼...그럼...내가 돈으로 움직이는 안상해가 아님을 증명하기 위해 앞으로 얼마나 더 연봉 3천만 원대의 인생을 살아야 한다는 말인가? 윤야성은 자신의 그 초조함을 행여 김건축 목사가 눈치챘을까봐 잽싸게 앞에 놓인 찻잔을 들고 얼굴을 가리며 차를 마셨다.

"그래서 내가 사실 지난 세 달동안 윤 실장을 테스트한거야. 지금 윤 실장이 받는 사례금은 윤 실장의 능력에 비해 말도 안 되는거지. 전에 받던 거 보다 적은가, 아니, 비슷한가?"

"저번 직장과 비교해서 꽤 차이가 나지만 어차피 제가 주님의 사역을 위해 왔지 돈을 보고 오지는 않았으니까요. 목사님, 전에도 말씀드렸지만 저는 공중의 새를 키우시는 제 아버지를 믿습니다."

아무리 침착하려 했지만 미세하게 떨리는 목소리만큼은 윤야성도 어쩔 수 없었다. 그러나 김건축 목사는 윤야성의 긴장을 전혀 눈치채지 못했다. 오히려 김건축 목사는 정말로 감동한 듯 고개를 끄덕였다.

"정말로 그렇더라고. 윤 실장 자네의 믿음이 볼수록 정말로 진실하더라고. 목사인 내가 놀랄 정도로 대단하더라고. 나는 사실 지난 세 달동안 자네에게는 수모라고 해야 하나....뭐, 아무튼 그 정도의 금액을 받으면 자네가 뭔가 나한테 항의라도 할 줄 알았는데 그게 아니야. 도리어 더 나를 깜짝 놀라키고 감동시키는 프로젝트를 가지고 나타나는게 아니겠어? 내가 얼마나 감동했는지 몰라. 결국 내가 사람을 바로 봤어. 윤 실장은 내가 기대했던대로 돈 때문에 일하는 사람이 아니야. 나는 윤 실장이라면 분명히 이 고난의 기간을 거치고 정금같이 나오리라고 확신했는데 내 확신이 아니나 다를까 이번에도 확실히 맞았어. 이번 그라민 은행 프로젝트 아이디어를 듣는 순간 나는 앞으로 내 사역의 100프로를 윤 실장과 쭈욱~함께 간다고 하나님께 말씀드렸네."

윤야성은 고개를 숙였다.

"윤 실장, 일단 다른 사람들의 눈도 있고 하니까 다음 달부터 안상해 비서실장이 사직할 때 받던 금액과 동일하게 시작하자고. 연봉 8천 5백이야. 하지만 올해 중반 정도 지나면 내가 상황을 봐서 윤 실장 연봉의 단위를 천 단위에서 억 단위로 바꿔주고 싶어."

윤야성은 이 상황에서 '하나님이 먹여주십니다. 그래서 괜찮습니다' 식의 설레발을 더 이상 칠 수도 없었고 치고 싶지도 않았다. 비록 기대했던 만큼의 금액은 아니지만 윤야성은 순간적으로 안도의 한숨이 자신의 온 몸에서 뿜어져 나오는 느낌이었다. "감사합니다, 목사님"이라고 고개 숙이는 윤야성의 머리는 빠르게 움직였다. 앞으로 몇 개월 안에 4,5천의 인상을 한번 더 받을 수만 있다면, 그래서 일단 억대로 진입할 수만 있다면 당분간 연봉 8천 5백을 가지고도 아내에게 지금까지 가져가던 월급 금액을 유지할 수 있을 거 같았다. 일단 지난 달 아내 몰래 만들어놓은 마이너스 통장도 있었다. 이 정도의 준비라면 얼마간은 충분히 감당할 상황이 되었다. '그래 가능해...' 윤야성의 머리는 그 어느 때보다 빠르게 움직였다. 무엇보다 윤야성은 조만간 또 다른 기회를 통해 김건축 목사에게 자신의 능력을 지금보다 더 확실하게 증명할 자신이 있었다.

순간 김건축 목사가 안주머니에서 하얀 봉투를 하나 꺼냈다.

"이거 와이프 갖다줘. 절대로 열어보지 말고 봉투 그대로 와이프 갖다줘. 지난 몇 달 동안 와이프 많이 고생했을텐데...첫 달은 아예 사례금 전체를 다 헌금까지 했었고 말이야. 하지만 이거면 와이프 불만 100% 해결될거야."

윤야성은 진심에서 우러나오는 감사에 봉투를 건네는 김건축 목사의 손을 잡고 한참이나 움직일줄을 몰랐다. 봉투에는 백만원 수표 10장, 천만 원이 들어있었다. 지난 달 마이너스 통장을 만든 윤야성은 가장 먼저 허리앤캐쉬의 돈을 갚았다. 첫 달 이자를 면제하고 고작 며칠이 지났을 뿐인데도 이자가 상상을 초월했다. 비록 마이너스 통장이 있었지만 윤야성은 고깃집 친구에게 빌린 750만 원을 몇 달째 못갚고 있었다. 윤야성은 고깃집 친구를 찾아가 이자를 포함해 백만원짜리 수표 8장을 내놓았다. 남은 200만 원을 윤야성은 모자란 월급액을 채우기 위해 꺼내쓰고 있는 마이너스 통장에 넣었다.

21. 2017. 1. 24. 윤야성의 이메일 2.

오늘도 주님의 귀한 사역을 감당하시는 데에 여념이 없으신 존경하는 김건축 목사님,

지금 심혈을 쏟아 추진중인 그라민 은행 프로젝트에 대해 몇 가지 말씀을 드립니다. 제가 설명할 필요도 없이 이미 목사님께서는 그 프로젝트의 본질을 꿰뚫고 계실 것입니다.

목사님, 제가 추진하고자 하는 모든 프로젝트의 시작과 끝은 김건축 목사님을 영적 대통령으로 만드는 것, 그 이상도 이하도 아닙니다. 그라민 은행 프로젝트도 마찬가지입니다. 어떻게 해야 교회를 다니는 사람이든 아니든 관계없이 모든 한국사람이 김건축 목사님을 명실상부한 한국의 영적 세계를 이끄는 대통령으로 인식할 수 있을까 하는 깊은 고민에서 나온 결과물일 뿐입니다. 이 그라민 은행 프로젝트가 성공한다면 저는 일단 제가 바라는 그 목표의 50%를 달성한다고 생각합니다. 그리고 그 다

음 50%는 목사님의 크신 영성을 이 좁은 한반도 밖으로까지 발휘되도록 할 때 비로소 가능하다고 생각합니다.

목사님, 저는 목사님께서 대한민국의 영적 대통령을 넘어서 세계 개신교 전체를 대표하는 '개신교의 교황'도 얼마든지 가능하다고 생각합니다. 그것은 어쩌면 회의 중에 잠깐 말이 나왔지만 노벨 평화상을 받는 순간 실현될 것입니다. 그라민 은행이 이미 노벨 평화상을 받았기에 은행 프로젝트 하나만을 가지고는 또 한 번의 노벨 평화상은 힘듭니다. 또 하나의 결정적인 프로젝트가 있어야 합니다. 저는 이미 기도로 그 나머지 50%를 위해 준비하고 있습니다. 목사님을 한국의 영적 대통령 그리고 나아가 세계 개신교의 교황으로 만들기 위한 나머지 50%를 위해 간절히 기도하고 있습니다. 기도로 철저히 준비 후 이 그라민 은행 프로젝트가 어느 정도 궤도에 오르고 나면 목사님께 보고 드리겠습니다.

그라민 은행 프로젝트와 관련해 몇 가지만 세부 사항을 말씀 드리겠습니다.

1. 방글라데시의 그라민 은행이 대출자의 자격을 철저하게 빈민에게만 한정시켰듯이 가칭 서초교회 그라민 은행도 대출자의 자격을 정해야 합니다. 저는 두 가지 요건을 생각했습니

다. 첫째는 서초교회의 등록 교인이어야 합니다. 이렇게 할 경우 서초교회의 출석 성도는 기하급수적으로 늘 것입니다. 몇 년 전 글로벌 미션과 비교도 안되게 늘어날 것입니다. 두 번째는 반드시 십일조를 내는 성도여야만 합니다. 이 경우 출석 성도의 숫자가 늘어나는 것과 비례해 교회의 헌금액이 늘어나게 됩니다. 그 결과 서초교회가 설립하는 그라민 은행이 방글라데시 그라민 은행과 같이 흑자기조로 돌아서는 데에는 전혀 시간이 걸리지 않을 것입니다.

2. 첫 자본금을 목사님께서 20억을 투자하시는 것으로 시작하고 홍보하면 좋겠습니다. 당연히 그 금액은 서초교회 예비비 예산에서 지출하면 됩니다. 하지만 중요한 것은 목사님의 개인 투자로 홍보하고 목사님께서 자연스럽게 가칭 서초교회 그라민 은행의 총재로 취임하시면 되겠습니다.

3. 은행의 실무 경험이 풍부한 은행장의 스카우트가 시급합니다. 제가 조만간 몇 분의 후보자를 추린 후 보고드리겠습니다. 은행장의 가장 중요한 조건은 전문성과 더불어 목사님께서 100% 신뢰할 수 있는 사람이어야 합니다.

4. 앞으로 10년 안에 한국 내 브랜치를 천 개를 세워 가계부채를 책임지겠다는 야심찬 비전을 제시하고 이를 적극적으로

홍보해야 합니다. 홍보와 관련해서는 주충성 목사가 워낙 출중하게 하고 있어서 크게 걱정하지 않습니다.

5. 대출자의 자격과 관련해 '십일조' 부분은 예상 외의 반발을 불러올 수 있습니다. 불필요한 반발을 잠재우기 위해서라도 성경적으로 왜 십일조라는 자격 조건이 필요한지에 대한 몇 번의 시리즈 설교가 필요하다고 생각합니다. 목사님의 강력한 말씀이라면 십일조 대출자격에 대한 오해를 단숨에 깰 수 있다고 확신합니다. 무엇보다 십일조 대출자격 조건은 대출자로 하여금 하나님의 축복을 받는 통로를 보장하기 위해서이지 교회가 더 많은 헌금을 유도하기 위함이 아님을 적극적으로 또 성경적으로 강하게 알려야 합니다. 하나님께서 '나를 시험하라'고 하신 유일한 말씀이 바로 십일조와 관련해서임을 우리 모든 성도가 다시 한 번 깨달아야 합니다.

6. 가칭 서초교회 그라민 은행이 대출을 통해 발생시키는 수익의 일부는 재투자의 개념으로 별도 관리되어야만 합니다. 즉, 목사님의 세계적 사역을 위한 특별 예비비가 필요합니다. 이런 부분은 세무적, 회계적 전문가가 좀 더 목사님께 도움이 될 것입니다. 목사님께서 지명하실 은행장이 이 부분을 책임지거나 아니면 다른 믿을 수 있는 누군가가 이 부분을 책임질 수 있도

록 처리 하시면 어떨까 싶습니다.

목사님을 통해 끊임없이 쏟아지는 하나님의 은혜 속에 사는,

윤야성 올림

22. 2017. 1. 29. 그라미 은행 준비 1차 모임

김건축 목사의 지시에 의해 비밀리에 가칭 '서초교회 그라민 은행 설립을 위한 준비 모임'이 만들어졌다. 1차 준비모임에는 준비 위원장을 맡은 윤야성을 포함해 다음의 기라성같은 서초교회의 핵심멤버들이 참여했다.

마홍위 전무목사

고자서 부장목사

주충성 과장목사

이전서 과장목사

하정호 강도사

강연옥 전도사

알렉스 리 목사

김철골 집사(기사)

윤호기 집사(교회 신문 '너희랑'의 편집장)

박내장 사무처장

나다해 장로

윤야성은 그 모임에서 미리 확정된 몇 가지 사실을 발표했다.

1. 은행 이름: 그라미 은행

방글라데시 그라민 은행의 숭고한 뜻을 잇는다는 의미로 최대한 오리지날 이름과 비슷할 뿐 아니라 숭고한 의미가 함께 들어가야 한다는 김건축 목사의 의도가 반영된 이름임. 은혜의 선순환을 의미하는 동그라미에서 '동'을 뺀 나머지 세글자인 '그라미 은행'으로 김건축 목사가 기도 중에 최종적으로 확정함.

2. 은행 총재: 김건축 목사

20억을 첫 자본금으로 김건축 목사가 기부하고 총재로 취임.

3. 은행장: 배대출 목사

목사가 되기 전 한일 은행 서소문 지점에서 계장으로 잠시 근무했던 경험을 김건축 목사가 높이 삼. 무엇보다 배대출 목사는 이미 여러번 서초교회에서 집회를 인도했기에 교인들과도 매우 친숙함. 현재 부흥 중인 자신의 교회를 아들 목사에게 성공적으로 세습한 후 원로목사가 되는 대신 남은 인생을 그라미 은행에 쏟기로 결심. 무엇보다 배대출 목사는 김건축 목사가

100% 신뢰하는 사람임.

윤야성은 명실상부하게 서초교회를 움직이는 핵심인물로 선명하게 떠올랐다. 이번 그라미 은행 프로젝트는 일명 '박정연 프로젝트'를 하나의 재수좋은 우연한 행운으로 치부하던 일부 사람들조차도 윤야성의 능력을 인정하는 계기가 되었다. 윤야성을 향한 줄서기는 아예 노골적으로 나타났다. 박내장 사무처장의 경우 아예 윤야성에게 극존칭으로 말을 높였다. 윤야성의 말 한 마디에 마홍위 전무목사에서 윤호기 집사까지 일사분란하게 움직이는 상황은 고작 몇 달 전까지만 해도 그 누구도 상상할 수 없었다.

몇 번의 준비 모임이 끝나고 마침내 D-Day가 다가왔다. 4월 2일 일요일 교회 신문 '너희랑'의 특별판 배포와 함께 김건축 목사의 '그라미 은행 설립'을 선포하는 특별 설교가 잡혔다. 그리고 그 주간에 언론인터뷰를 포함한 본격적인 대 언론 홍보가 진행되고 4월 7일 금요일 서초교회에서 200미터 떨어진 '24시간 설렁탕' 집을 개조한 장소에서 '그라미 은행 1호점'이 문을 연다는 야심찬 타임 테이블이 정해졌다.

23. 2017. 3. 28. 서초교회 해외선교부 사무실 근처

　　더 이상 언론의 요청을 막을 수 없다는 주충성 목사의 간절한 요청으로 인해 김건축 목사의 대 언론 인터뷰 날짜가 수정될 수 밖에 없었다. '그라미 은행 설립' 특별 설교 이틀 전인 3월 31일 금요일 오전 언론 인터뷰가 예정되었다. 언론의 추측성 보도로 인한 불필요한 잡음을 막기 위한 불가피한 선택이었다. '영어로 진행하는 교역자 회의'를 취재하기 위해 한국 굴지의 언론사들이 한꺼번에 모여들었던 그 날 이후 거의 5년만에 서초교회는 다시 언론 취재의 중심이 되었다. 언론 홍보를 책임진 주충성 목사는 입술이 부르키고 코피를 흘리면서도 쉬지 않고 뛰었다. 주 목사는 행여 인터뷰 중에 발생할지도 모를 불의의 사고를 예방하기 위해서 또 인터뷰에서 던져질 질문들을 미리 분석하기 위해 인터뷰 날짜가 잡힌 후 며칠간 아예 퇴근을 하지 못했다. 인터뷰석에 앉을 사람은 김건축 서초교회 당회장 및 그라미 은행 총재, 배대출 그라미 은행장, 나다해 총무장로 그리고 윤야성 그라미 은행 준비위원장, 네 명으로 결정되었다.

  서초교회가 눈 앞에 다가온 언론사 인터뷰를 놓고 정신을 못 차리고 있던 바로 그 때 장세기는 서초교회 본당에서 조금 떨어진 곳에 위치한 해외선교부 사무실 주변을 지나고 있었다. 아까부터 주충성 목사의 전화가 수십 번은 더 울리고 있었다. 거의 상소리에 가까운 문자도 몇 번이 날아왔다. 그러나 장세기는 어떻게 보면 자신의 부서 상사인 주 목사의 연락을 거의 며칠째 무시하고 있었다. 자신이 왜 아무런 상관도 없는 해외선교부 사무실 부근에 왔는지 그 근처에 와서야 장세기는 그 이유를 알 수 있었다. 박정연을 만나기 위해서였다. 그러나 선뜻 해외선교부 건물로 발걸음을 옮길 수 없었다. 장세기는 주충성 목사와 함께 '글로벌 전략' 팀을 하기 전 오랫동안 청년부 교역자를 맡았었다. 교역자가 되기 전에는 청년부의 간사로서 일했었다. 장세기가 간사로 일하던 때에 박정연은 청년부 회원이었고 장세기와 그 누구보다 친하게 지냈었다. 장세기가 마침내 간사 딱지를 떼고 정식 교역자가 되었을 때 그 누구보다 박정연은 기뻐했고 또 박정연이 정지만 원로목사의 비서가 되었을 때 장세기는 그 누구보다 기뻐했었다. 장세기는 다시 한 번 박정연이 자신에게 보낸 문자 메시지를 보았다.

    당시 제가 어리석어서 목사님께서 얼마나 교회를 사랑하셨는지 그 마음을 이해하지 못했습니다. 용서를 바랍니다. 장 목사님의 그 뜨거운 교회와 하나님 나라에 대한 사랑, 복음에 대한 열정을 이제야 조금 알게 되었습니다. 하나님께 감사할 뿐입니다. 너무도 좋으신 우리 하나님께서 다 하셨습니다. 할렐루야!

장세기는 그 누구보다 박정연으로부터 직접 정 원로목사가 얼마나 박정연을 아끼고 사랑했는지 듣곤했다. 그리고 박정연은 정 원로목사가 소천하고 얼마되지 않아 장세기에게 몇 년 전 돌아가신 자신의 친아버지의 죽음보다 정 원로목사의 죽음이 더 힘들고 슬프다는 말까지 했었다. 그랬던 박정연이었다. 그런 면에서 볼 때 강연옥 전도사도 크게 다르지 않았다. 정 원로목사에게 강 전도사가 큰 딸이라면 박정연은 둘째 딸과 같았다. 강연옥 전도사는 입버릇처럼 정 원로목사님이 돌아가시면 혼자 남는 사모님을 자신이 모시겠다고 말하곤 했었다. 그러나 박정연의 특별 간증집회에서 박정연의 손을 잡고 나타난 강연옥의 모습은 장세기에게 박정연과 똑같은 강도의 충격이었다. 고개를 흔드는 장세기에게 마음 속 누군가가 속삭였다.

'정 목사님 배신한 건 너도 똑같아...이 쓰레기야....그런 니가 영혼의 의사? 놀고있네! '

막 자리를 돌아서려고 하는 순간 귀에 익은 웃음소리가 들렸다. 저쪽에서 강연옥 전도사와 박정연이 너무도 큰 소리로 깔깔대면서 사무실로 들어오고 있었다. 무슨 얘기를 하는지 몰라도 손에 커피 한 잔씩을 든 두 사람은 장세기와는 정반대로 너무도 행복해보였다. 사무실 입구에서 박정연이 무슨 말을 강 전도사 귀에다 속삭이자 강 전도사는 손에 들고 있던 커피를 거의 떨어뜨릴 정도로 박장대소했다. 그런 모습에 박정연 역시 도저히 못 참겠다는 듯 허리를 숙이고 미친 듯이 웃었다. 세상은 여전히 행복하고 장세기의 어둠과 상관없이 밝고 해맑게 돌아가고 있었다. 죽은 사람은 죽었고 산 사람은 살아야 하는 것이 세상의 분명한 이치였다. 한 때 그 이치를 누구보다 잘 이해하고 따른다고 자부했던 장세기 자신이었다. 왜 무엇 때문에 자신이 이렇게 어딘가 홀로 내팽게쳐진 것과 같은 외로움에 짓눌려 살아야 하는지 장세기는 이해할 수 없었다.

장세기는 강연옥과 박정연이 들어간 해외선교부가 위치한 건물 입구를 물끄러미 바라보았다. 두 사람이 남긴 행복한 웃음이 그 건물 입구에 여전히 남아 장세기를 조롱하는 것만 같앉다. 장세기는 발걸음을 돌렸다. 근처 편의점에서 제주 삼다수를 샀다. 주머니에 있는 약병에서 약 두 알을 꺼내 삼켰다. 천천히 걷기 시작했다. 버스 정류장 근처에서 잠시 망설이던 장세기는 막 정류장에 도착한 버스의 번호도 확인하지 않고 그 버스를 탔다. 언젠가부터 심각하게 멀어지기 시작한 아내와의 관계 때문에 집이라는 공간은 그에게 점점 더 악몽으로 변할 뿐이었다. 타고있는 버스가 자신을 어디로 데리고 갈지 몰라도 도착하는 그 곳이 집이라는 공간보다는 차라리 더 편할 것 같았다. 무심하게 흘러가는 버스 창밖의 풍경을 보며 장세기는 비로소 자기가 지금 계절과 전혀 맞지 않는 옷을 입고 다니고 있음을 알아챘다. 창 밖의 풍경은 이미 봄의 기운이 만연한 새싹이 돋고 있는 3월 말이었다. 겨울 내내 우중충했던 나무들이 서서히 기지개를 펴며 푸르름으로 조금씩 옷을 갈아입고 있었다. 버스를 타고 있는 사람들도 거의가 다 가벼운 봄잠바 차림이었다. 버스에 그 누구도 장세기처럼 모자에 털이 트리밍된 겨울패딩점퍼를 입고 있는 사람은 없었다. 장세기는 슬며시 두꺼운 패딩점퍼를 벗고 버스 창문을 조금 열었다. 따뜻한 봄바람이 들어와 장세기의 얼굴을 간지럽혔다. 패딩점퍼 안주머니 속 장세기의 핸드폰에는 주충성이 보낸 몇 개의 메시지가 여전히 깜박거렸다.

24. 2017. 3. 31. 그라미 은행 관련 대언론 발표회

마침내 서초교회가 장장 5년 만에 다시금 세상을 향해 장엄하게 포효할 날이 되었다. 150여 명 정도가 들어갈 수 있는 승리채플이 기자회견장으로 준비되었다. 5년 전 영어 교역자 회의를 촬영했던 바로 같은 장소였다. 각종 방송 장비를 들고 속속들이 도착한 기자들은 경제부, 사회부 그리고 문화부가 주를 이루었다. 그러나 동시에 적지않은 수의 종교계 언론도 참석했다. 메이져 신문사들은 말할 것도 없고 텔레비전 뉴스도 빠짐없이 참석했다. 주충성 목사는 교회 앞 주차장을 가득 채운 방송사의 모습에 얼굴이 벌개지며 흥분을 참지 못해 몇 번이고 승리채플을 들락거렸다. 행여 기자들 중에 명함을 못받은 사람이 있는지 일일이 확인하는 데에도 여념이 없었다. 방송사들이 각각 정해진 위치에 자리를 잡자 마홍위 전무목사가 마이크를 잡았다.

"안녕하세요. 주님의 이름으로 여러분을 환영하고 또 사랑합니다. 저는 서초교회의 수석총괄목사인 마홍위 전무목사입니다."

최근 마홍위 전무목사의 상태가 정상이 아닌 것 같으니 고자서 부장목사가 사회를 봐야 한다는 의견이 적지 않았다. 전 국민을 상대하는 중요한 회의인 만큼 김건축 목사도 그 건의를 오랫동안 고민했었다. 그러나 결국 5년 전 대언론 영어교역자 회의의 사회를 성공적으로 치러낸 마홍위 전무목사의 경험을 높이 산 김건축 목사는 최종적으로 마홍위 전무목사의 손을 들어주었다.

마홍위 전무목사의 인사를 들은 몇몇 기자들의 얼굴에 조소가 스쳐갔다. 말하지 않아도 이런 말을 하는 것이 분명했다.

'나를 사랑한다고? 당신이? 날 언제 봤다고?? 전무목사? 목사면 목사지 전무목사는 뭐지?'

"이제 약 5분 후에 '그라미 은행 설립' 관련 인터뷰를 진행하도록 하겠습니다. 이미 저희가 배포해드린 보도자료를 통해서 기본적인 사항들은 알려드렸습니다. 다시 한 번 보도자료를 필요한 경우 참고해 주시길 바랍니다. 인터뷰는 일단 김건축 서초교회 담임목사님이자 그라미 은행 총재께서 모두 발언을 하신 후에 약 30분 정도 질의시간을 갖도록 하겠습니다."

순간 한 기자가 손을 들고 말했다.

"모두 발언을 영어로 하시나요? 그럼 못알아 듣는데...."

몇 군데서 킥킥거리는 웃음소리가 들렸다. 마 전무목사는 애써 표정을 관리하며 일부러 헛기침을 했다. 그렇지 않아도 인터뷰 시작 전 주충성 목사가 자신에게 신신당부를 했었다.

"마 전무목사님, 절대로 과거 영어 관련한 질문은 안된다고 미리 단단히 단도리를 쳐주셔야해요. 정말 중요합니다."

어디선가 이 장면을 보며 피눈물을 흘릴 주 목사의 얼굴이 마 전무목사의 눈에 생생히 보이는 듯 했다. 어떻게하든 당황하지 말고 이 위기를 잘 이겨내야만 했다. 마 전무목사가 한층 더 간절함을 담은 목소리로 말했다.

"기자분들께 부탁드립니다. 무엇보다 종교 관련한 질문을 자제해주시길 바랍니다. 또 영어를 비롯해 오늘의 주제인 그라미은행설립과 직접적 관련이 없는 질문들은 자제해 주시길 바랍니다. 제발 부탁드립니다."

마홍위 전무목사는 기자들을 향해 고개까지 숙이며 정중하게 요청했다. 그러나 조금 전과 동일한 목소리가 다시 들려왔다.

"그러니까 영어인지 우리말인지만 그거만 일단 좀 알려주시라니까요."

마홍위 전무목사는 어쩔 수 없이 "당연히 우리말로 다 진행합니다" 라고 어색한 미소를 지으며 대답할 수 밖에 없었다.

바로 그 순간 김건축 목사가 환한 미소와 함께 손을 흔들며 승리채플로 입장했다. 서초교회에서 미리 준비시킨 직원 2,30명이 기다렸다는 듯이 박수를 쳤다. 김건축 목사 뒤로 배대출 은행장, 나다해 장로 그리고 윤야성이 들어와 차례로 준비된 자리에 앉았다. 자신의 앞에 놓여진 마이크를 한 두 번 손가락으로 친 후 김건축 목사가 마 전무목사를 향해 더 이상 부드러울 수 없는 어조로 말했다.

"마 전무목사님, 이제 시작하면 됩니까?"

"네, 목사님 시작하시면 됩니다."

김건축 목사는 고개를 끄덕이고 천천히 앞을 둘러보았다. 약 30개 이상의 언론사가 김건축 목사 앞에서 그의 입만을 바라보고 있었다. 김 목사의 얼굴에 도저히 어떻게 주체할 수 없는 감동의 미소가 흘렀다. 행여 침이 입술 밖으로 흐르지 않도록 애를 써야할 정도였다. 5년 전 되지도 않는 영어로 기도하기 위해 마치 도살장에 끌려가는 소가 된 기분으로 이 승리채플을 들어왔을 그 때와는 아예 차원이 다른 느낌이었다. 지금 한국 전체가 김건축 자신을 주시하고 있었다. 한 교회의 목사를 뛰어넘어 명실상부한 은행의 총재가 되어 이 시대의 경제계까지 휘어잡을 자신을 지금 한국이 주목하고 있었다. 어쩌면 지금 모인 기자들 중에는 미국 월스트리트 저널이나 타임지에서 보낸 사람이 있을 수도 있다는 생각까지 들었다. 김건축 목사는 얼굴을 돌려 윤야성을 보았다. 지금이라도 뛰어가서 끌어안고 뽀뽀를 해주고 싶을만큼 윤야성이 예뻤다. 윤야성은 별달리 긴장도 되지 않는지 평상시와 전혀 다름없이 덤덤한 표정으로 앞을 보고 있을 뿐이었다. 윤야성은 그 흔한 메모지 하나도 들고 들어오지 않았다. 모든 지식이 그의 머리 속에 이미 다 들어있다는 의미였다. 그런 윤야성을 보자 왠지 김건축 목사의 마음이 평안해졌다. 목소리를 조금 가다듬고 김건축 목사가 입을 열었다.

"할렐루야~~바쁘신 중에도 쉬지 않고 나라와 국민을 위해 땀흘리시는 여러 언론인들 때문에 우리 대한민국이 오늘도 경쟁력을 유지할 수 있다고 저는 믿습니다. 서초교회 내 모든 영가족을 대표해 깊은 감사의 마음을 표현하고 싶습니다."

순간 승리채플 뒷자석에서 박수가 터져나왔다. 언젠가부터 '박수'가 서초교회 하나의 트레이드마크가 되어버린 듯 했다.

"언론인들 모두가 다 아시듯이 저는 약 6년 전 서초교회에 부임한 이후 이 가슴 속에 사라지지 않는 커다란 돌덩어리를 하나 박아놓고살아왔습니다. 그 돌덩어리는 다름 아니라....우리 한국 사회 속 빈부격차의 문제였습니다. 잘 사는 사람은 더 잘 살고 못 사는 사람은 더 못 살게되는 이 사회...저에게는 참으로 말할 수 없는 영적 고통이었습니다. 무엇보다 은행으로부터 제대로 필요한 돈을 구하지 못하는 빈민층을 보면서 저는 은행 앞에 서서 1인 시위를 하고 싶은 심정이었습니다. 정말로 머리를 다 산발한채 흰옷을 입고 석고대죄를 하듯 피켓을 들고 서 있고 싶었습니다. '돈이 가장 필요한 사람을 외면하는 은행은 회개하라! '라고 저는 피를 토하면서 외치고 싶었습니다."

순간 김건축 목사는 감정에 북받친 듯 테이블 위의 크리넥스를 한 장 뽑아 눈가를 훔쳤다. 이곳저곳에서 카메라 플래쉬가 터졌고 뒷좌석에서는 산발적 박수가 터져나왔다.

"언론인 여러분, 정말로 하나 부탁 좀 하겠습니다. 제발 고리대금업자, 사채와 다름없는 대부업체의 광고를 텔레비전에서 좀 줄여주십시오. 저는 사역이 너무 바빠 텔레비전은 아예 볼 시간이 없습니다. 오죽하면....마 전무목사님, 내 설교가 나오는 프로가 지금 기독교 방송에 몇 개 정도 되지요? 7개? 저는 그 무려 7개나 되는 내 설교가 나오는 프로를 단 하나도 본게 없어요. 그러니 제 하루의 삶이 얼마나 치열한지 아실 수 있을겁니다.

하지만 제가 담당자로부터 보고를 들어서 이거 하나는 분명히 압니다. 지금 한국이 고금리로 마구 남발하는 대부업체 때문에 너무도 힘든 사람이 많다는 것 말입니다."

김건축 목사는 다시 말을 끊었다. 크리넥스를 한 장 더 뽑은 후 말을 이었다.

"저의 아주 어릴 적 친구 한 명이 그런 대부업체에서 돈을 빌린 후 아예 회복불능 상태가 되어 자살을 했습니다. 약 1년 전의 일입니다. 그 때 제가 결심했습니다. 다시는 이런 불행한 가정이 우리 한국에서 나오지 않도록 하는데 나의 남은 삶을 바치겠다라고 말입니다. 그 가족을 생각하면 지금도 제 마음이....저는 제 사례금(월급)의 일부를 매달 그 친구 가정에 보냅니다. 하지만 그런다고 그 가정의 비극이 사라질 수는 없지 않습니까?"

다시 김건축 목사는 눈물을 훔치며 얼핏 윤야성을 보았다. 윤야성은 고개를 끄덕이며 감동한 듯 김 목사와 마찬가지로 크리넥스 한 장을 뽑아 눈으로 가져가고 있었다.

"저희 서초교회가 이번에 기도로 준비해 하나님 앞에 내어놓는 이 그라미 은행의 설립취지는 간단합니다. 방글라데시의 그라민 은행을 아실것입니다. 그 은행이 어떤 은행입니까? 은행이 외면하는 가난한 빈민들에게 대출해서 그 돈을 가지고 그들이 자립할 수 있도록....”

　그 순간 갑자기 어디선가 이상한 노래소리가 들리기 시작했다. 아니 어쩌면 한 2,3분 전부터 들렸던 것 같기도 했다. 그런데 그 이상한 노래가 조금씩 커지더니 마침내 그 노래를 부르는 사람의 형체가 드러났다. 조금 전 김건축 목사가 등장한 바로 그 통로로 3월 말 봄 날씨에 전혀 어울리지 않는 겨울 패딩점퍼를 입은 한 남자가 노래를 부르며 천천히 등장했다.

　　쌀루리긴다 꼰다리말까

　　빈다로씰비 온꾸라질라

　　삐따리가오 손씰비쥰쭈

　　기삐라실쭈 빈꼴래

　바로 그 노래였다. 6년 전 김건축 목사가 부임한 직후 교역자들에게 자신이 만든 노래라고 소개한 후 그들로 하여금 수없이 부르도록 한 요르바어 찬양이었다. 얼마 전 박정연 특별 간증집회 성공을 자축하기 위해 모였던 일식집, ‘긴자’에서 주충성 목사에 의해 밖으로 끌려나가던 장세기가 부르던 그 노래였다.

　조금 전까지 쉬지 않고 터지던 카메라의 플래쉬도 잠시 멈출 만큼 아무도 예상하지 못한 기괴한 장면이 벌어지고 있었다. 봄 날씨에 전혀 어울리지 않는 겨울 패딩점퍼를 입은채 두 팔을 위

아래로 움직이며 마치 아프리카의 요르바족의 춤이라도 추듯 기자회견장에 등장한 남자는 그 누구도 알아듣지 못하는 그 노래를, 부르는 자신조차도 의미를 모르는 그 노래를 흥얼거리고 있었다.

다름아닌 장세기였다.

구석에 마이크를 들고 대기 상태로 있던 마홍위 전무목사의 눈에 갑자기 눈물이 흐르기 시작했다. 지금 자신이 나가서 저 장세기가 그 어떤 봉변을 당하기 전에 조용히 데리고 나와야 한다는 생각이 머리 속에 가득했지만 그의 몸은 언젠가처럼 도통 움직이지 않았다. 돌처럼 굳어져버린 마홍위 전무목사의 몸뚱아리와는 달리 그의 눈에서는 눈물이 솟아 흐르고 있었다. 몇 분이 흘렀을까? 아니 고작 몇 초였을까? 순간 어디선가 주충성 목사가 번개처럼 튀어나와 장세기를 UFC에서 볼 수 있는 솜씨로 사정없이 쓰러뜨렸다. 흐느적거리며 춤추던 장세기의 몸뚱아리는 너무도 어처구니없이 바닥으로 힘없이 내동댕이처졌다. 너무도 큰 소리를 내며 쓰러진 장세기의 모습에 몇 명이 놀라서 숨을 멈출 정도였다. 또 다시 순식간에 몇 명의 직원들이 잽싸게 앞으로 나와 카메라와 장세기 사이에 인의 장막을 쳤다. 아무런 저항도 없이 주충성 목사와 또 한 명의 덩치 큰 직원에 의해 마치 개처럼 끌려나가면서 장세기는 계속 그 노래를 불렀다.

    쌀루리긴다 꼰다리말까

    빈다로씰비 온꾸라질라

    삐따리가오 손씰비쭌쭈

    기뻐라실쭈 빈꼴래

상황이 수습되는 데에 족히 2,3 분의 시간이 더 걸렸다. 김건축 목사는 순간적으로 일그러졌던 표정을 다시 말끔하게 편 후 침착하게 헛기침을 몇 번 했다.

"기자 여러분, 다 잘 아시죠? 예수님이 뭐라고 하셨습니까? 건강한 자에게는 의원이 필요없고 병든 자에게 의원이 필요하다고 하시지 않았습니까? 교회가 바로 병원과 같은 곳입니다. 우리 서초교회가 바로 그런 곳입니다. 교회가 아픈 사람들을 받아주지 않는다면 그 사람들이 어디에 갈 곳이 있겠습니까? 게다가 몸은 말할 것도 없고 마음까지 아픈 사람들이 우리 주변에 너무도 많습니다. 조금 전의 저런 분을 보면 저는 가슴이 찢어지는 것 같습니다. 아마 저 분도 분명히 경제적인 이유 때문에 저렇게 아픈지도 모르지요. 아니, 저는 지금 확신합니다. 조금 전 그 분도 분명히 자살한 제 친구처럼 대출 이자 때문에 저렇게 되었다고 확신합니다. 그렇기에 우리가 지금 시작하는 그라미 은행이 더 의미가 있습니다. 자, 다 생략하고 저는 그라미 은행을 설립해 지난 몇 년간 하나님께서 제게 주신 이 거룩한 영적 부담을 벗어던지는 동시에 은행이 외면하는 우리의 고통 받는 이웃이 자립할 수 있는 기반을 만들어주려고 합니다. 우리 주변에 조금 전 너무도 아픈 모습으로 우리를 잠시 놀라게했던 그 남자분과 같은 사람이 더 이상 생기지 않도록 하려고 합니다. 여러분들의 많은 관심과 협조를 간곡히 부탁드립니다. 자, 오늘 저는 여기까지만 하겠습니다."

그 날 쏟아진 질문들은 한 두 가지가 아니었다. 그 중 대표적인 질문들을 정리하면 다음과 같다.

"대출 대상자들을 어떤 기준으로 선정할 것인가?"

"금융업무를 담당할 전문가들은 준비되었는가? 배대출 은행장은 고작해야 지점에서 계장을 2년 남짓 하다가 신학교를 갔는데 그 사람이 은행장을 할 수 있는가?"

"교회가 이제 금융업을 시작함으로 더 이상 종교기관이 아닌 기업이라고 보아도 되는가?"

"서초교회가 강남의 부촌에 위치했는데 그 교회의 구성원으로 빈민들이 늘어난다면 기존 교인들의 반발이 있지 않겠는가?"

이 중에서도 어쩌면 가장 중요한 첫 번째 질문, "대출 대상자들을 어떤 기준으로 선정할 것인가?"에 대해 김건축 목사는 다음과 같이 간단하게 대답했다.

"일단 서초교회 등록교인 중에서 십일조를 꾸준히 낸 교인들에 한해서 대출을 시행할 예정입니다."

김건축 목사의 이 대답을 향해 수 없는 추가 질문들이 쏟아져나왔다.

"결국 교인들에게만 대출을 허락하는 기독교를 위한 기독교의 잔치로 끝나는 것 아닙니까? 그 대출 범위를 교회 밖으로까지 넓힐 계획은 없습니까?"

"십일조를 낼 여력이 있는 사람이 애초에 대출을 받을 필요가 있을까요? 십일조 납부 조건은 결국 교회의 헌금액을 높이겠다는 의도가 아닌가요?"

"서초교회 교인에 십일조 납부가 요건이라면 십일조를 많이 하는 기존의 서초교회 교인들이 오히려 저이자로 대출을 받게 되는 부작용에 대해서는 어떻게 처리할 예정입니까? 십일조 낼 처지가 안되는 빈민교인과 십일조 꼬박꼬박 내는 부자교인들 이 둘 사이에서 결국 부자에게 돈을 빌려준다는 말이 아닙니까?"

마침내 윤야성이 마이크를 잡았다.

"다 저희가 예상했던 날카로운 질문들입니다. 역시 기자님들이 수준이 다르십니다. 하지만 질문들 대부분이 저희 내부에서 이미 충분히 논의를 거쳤던 문제들이고요. 이번 주 김건축 목사님의 주일 특별 설교에서 그 부분을 충분히 설명하실 예정입니다. 그 때까지만 기다려주십시오. 특별 설교후 저희가 다시 이 부분과 관련한 자세한 보도자료를 배포하겠습니다. 오늘은 저희 서초교회가 정말로 이 자본주의 사회 속에서 가장 소외받는 저소득층을 위해 뭔가를 시작한다는 그 점만을 중점적으로 봐주시길 바랍니다. 저희는 스스로가 완전하다고 생각하지 않습니다. 하지만 점점 더 발전하고 사회의 기대에 부응하는 저의 서초교회와 그라미 은행이 될 것입니다. 감사합니다. 이 곳이 교회인만큼 이번 그라미 은행의 특별 이사로 선임되신 나다해 장로님께서 마무리 기도를 해주시겠습니다."

나다해 장로는 눈물을 쏟으며 간절히 그라미 은행의 성공, 김건축 목사의 건강 그리고 이 자리에 참석한 믿지 않는 언론인들의 영혼 구원을 위해 10분 가까이 기도를 했다. 그러나 나다해 장로의 기도가 끝나기 전에 승리채플을 채우던 대부분의 방송국과 신문사는 자리를 떠났다.

25. 2017. 3. 30. 그라미 은행 관련 대언론 발표회 전날

장세기는 핸드폰을 꺼냈다. 한참을 만지작거리던 장세기는 어디론가 문자를 보냈다.

"강연옥 전도사님, 저 장세기 목사입니다. 청년부 간사 시절부터 전도사님의 영성을 누구보다 존경해 왔습니다. 비록 전도사님과 많은 대화를 나누지는 못했지만 전도사님은 정지만 목사님의 딸과 같은 분이 아니십니까? 어떻게 박정연의 간증집회를 막지는 못하실망정 박정연과 함께 손을 잡고 등장하실 수가 있습니까? 네, 저는 나쁜 놈입니다. 어떻게든 김건축 담임목사님의 눈에 들려고 발버둥친 속물입니다. 하지만 전도사님은 저와는 다른 분이 아니십니까? 저는 지금 어떻게 살아야 할지 모르겠습니다. 내가 지금까지 살아온 인생이 뭔지 온통 뒤죽박죽이 되어가고 있습니다. 내가 지금까지 무엇을 믿은건지, 내가 평생 의지한 하나님이 지금 내게 무슨 말씀을 하시는건지 도통 알수가 없습니다. 전도사님. 너무 힘들고 괴롭습니다."

잠시 망설이다가 장세기는 또 하나의 문자를 보냈다.

"박정연 자매님, 아니, 정연아....한 때 너가 세기 오빠라고 불렀던 장세기 목사다. 아니, 장세기 간사다. 정연아, 다른 사람도 아니고 너가 어떻게 하나님 앞에서 그럴 수가 있니? 어떻게 그 많은 사람들 앞에서 그럴 수가 있니? 정말로 너를 보면서 처음으로 인간이 무서워졌다. 나는 김건축 목사님을 보면서도, 주충성 목사를 보면서도 그 날 사람들 앞에 서서 거짓말을 하는 너를 보는 것만큼 무섭지는 않았다. 정말로 무섭다. 정말로 인간이 너무 무서워서 매일 밤 약을 먹지 않고는 잠을 잘 수도 없다. 이 세상에 너같은 사람이 또 얼마나 많을지 생각하면 무서워 그 누구한테도 말을 걸 수가 없을 정도다. 우리 애들이 커서 너같은 사람을 만날까봐 무섭다. 겉으로는 항상 친절하게 웃지만 그 속은 너같은 사람이 이 세상에 얼마나 많을지 나는 그게 무섭고 끔찍하다."

두 시간 정도 흐른 후 강연옥 전도사의 짧은 문자가 도착했다.

"장세기 목사님, 장 목사님을 위해 눈물로 기도하겠습니다."

한참이 더 흐른 후 또 하나의 문자가 도착했다.

"장세기 목사님, 정신 차리세요. 정 목사님의 수첩을 훔쳐 가서 결국은 정 목사님이 돌아가시도록 한 사람이 누군데 저한테 이러세요? 어떻게든 출세길 찾겠다고 장 목사님은 대놓고 도둑질을 하신 분 아니에요? 저한테 뭐라고 하셨죠? 정 목사님 사무실 한 번만 구경하고 싶다고 하셨죠? 그리고는 수첩을 훔쳐가서 정작 정 목사님의 가슴에 대못을 박은 인간이 누군데....누가 누구를 향해서 무섭다고요? 뭐요? 인간이 무섭다고요? 도대체 왜 이렇세요? 정말로 어이가 없어서 대꾸할 가치도 없지만 인생이 불쌍해서 몇 자 남깁니다. 힘드신거 같은데 병원에 가세요. 입원을 하시든지 병원에서 약 받아서 드시든지 하세요. 괜히 애꿎은 사람한테 시비걸지 마시고요. 비루하기 이를 데 없습니다."

박정연이 보낸 문자를 읽는 중에 언젠가부터 장세기의 머리를 떠나지 않던 그 노래가 또 다시 들리기 시작했다. 박정연의 메시지와 함께 섞이면서 그 노래는 더 크고 더 선명하게 장세기의 머리를 때렸다. 장세기는 머리를 흔들며 어떻게든 그 노래를 지우려고 했지만 아무런 소용이 없었다. 김건축 목사가 부임한 직후 어떻게든 김건축 목사에게 잘 보이려는 마음으로 장세기가 수도 없이 혼자 부르면서 외우고 또 외웠던 노래였다. 하도 불러서 당시에는 초등학생에 불과하던 장세기의 아들들까지 그 노래를 따라 부르곤 했었다.

  쌀루리긴다 꼰다리말까

  빈다로씰비 온꾸라질라

  삐따리가오 손씰비쭌쭈

  기삐라실쭈 빈꼴래

26. 2017. 3. 31. 그라미 은행 관련 대언론 발표회 당일 저녁

마홍위는 그라미 은행 관련 대언론 인터뷰가 끝난 후 날아온 윤야성의 메시지를 삭제하고 서초교회 반대 방향으로 차를 몰랐다. 언론 인터뷰의 성과를 자체적으로 평가하기 위한 모임이 저녁 7시에 본당 3층 사무실에서 있다는 메시지였다. 분명 그 자리에서 장세기를 제대로 관리하지 못한 주충성 목사가 일방적으로 깨질 것이 뻔했다. 김건축 목사는 역시 노련했다. 아마도 자신이라면 놀라서 아무 말도 하지 못했을 장세기의 돌발적인 출연조차 김건축 목사는 그라미 은행을 홍보하는 수단으로 이용했다. 김건축 목사가 결코 보통사람이 아닌 것은 그 누구보다 마홍위가 잘 알고 있었지만 오늘의 김건축 목사를 보면서 마홍위는 진심으로 우러나오는 감탄을 금할 수 없었다. 정말로....김건축 목사와 윤야성은 하늘이 내린 콤비라고 해도 과언이 아니었다. 그 두 사람이 몇 년만 더 빨리 만났더라면 이 세상에서 못 이룰 일이 없었겠다는 생각이 절로 들 정도였다. 대부업체 빚 때문에 자살한 친구 얘기를 하던 윤야성을 마홍위는 생생하게 기억하고 있었다. 그리고 그 친구 가족에게 매 달 돈을 보낸다는 윤야성의 말에 마홍위는 윤야성에 대한 일말의 존경심마저 우러났었다. 그런데 오늘 윤야성의 자살한 친구가 갑자기 김건축 목사의 자살한 친구로 둔갑했다. 둘 사이에 사전에 어떤 합의가 있었는지 몰라도 김건축 목사가 자살한 친구 얘기를 하는 중간 윤야성은 눈에 흐르는 눈물까지 훔쳤다. 그 두 사람을 보면서 마홍위는 뭔가 묵직한 망치같은 것이 자신의 가슴을 치는 느낌을 받았다.

신기한 일이었다. 만약에 전무목사인 자신이 오늘 저녁 모임에 가지 않는다면 무슨 일이 생길지에 대한 고민이 더 이상 마홍위의 마음을 짓누르지 않았다. 지금껏 단 하루도 김건축 목사가 자신을 어떻게 생각할까….라는 질문에서 해방된 적이 없는 마홍위 자신이었다. 마홍위는 천천히 주머니에서 핸드폰을 꺼냈다. 주소록에서 이름 하나를 찾아 전화를 걸었다. 전화기 너머에서 마홍위에게는 생소한 음악이 흘러나왔다. 분명 찬송가는 아니었다.

소나무야, 소나무야 언제나 푸른 네 빛

소나무야, 소나무야 변하지 않는 너

한참을 울리더니 장세기의 목소리가 들렸다.

"여보세요."

장세기의 어두운 목소리에 순간 마홍위는 아무 말도 할 수 없었다. 괜히 헛기침을 몇 번 한 후 마홍위가 입을 열었다.

"장 목사, 나야, 마홍위 목사야."

전혀 예상하지 못한 전화에 장세기도 잠시 말문이 막힌 것 같았다.

"안녕하세요, 마 전무목사님. 오랜만이네요. 이렇게 전화로 목소리 듣는거요. 왠일이세요? 바쁘실텐데."

"그렇지? 어떻게 몸은 괜찮아? 아까 넘어질 때 다치지는 않았어?"

"괜찮아요. 아픈데 없어요."

다시 어색한 침묵이 이어졌다. 침묵을 깨고 장세기가 말했다.

"마 전무목사님, 그서 아세요? 목사님하고 처음으로 전화했을 때가 5년 전인가 그 때잖아요? 제가 그 때 목사님 전화 받고 얼마나 기뻤는지 몰라요. 사실 그 때 저는 거의 잘릴거라고 생각하고 있었거든요. 그 때 청년부에 진짜 스펙 좋은 목사가 온다고 소문이 파다했었으니까. 그런데 그 때 목사님 전화

받고...목사님께서 담임목사님이 저를 만나자고 하신다는 말을 하셨을 때 정말로 저는 하늘을 날아오르는 거 같았어요. 그런데...그런데....지금 생각하면 그 때 마 전무목사님이 나한테 전화하지 않으셨으면 더 좋지 않았을까? 왜 나를, 왜 나를 목사님이 그 때 불렀을까...그냥, 그냥 그런 생각이 요즘 자꾸 들어요."

순간 전화기 너머로 희미하게 '장세기씨 들어오세요.'라는 여자의 음성이 마홍위의 귀에 들렸다. 장세기가 급하게 말했다.

"목사님, 끊어야겠어요. 지금 제가 병원이라서요. 감사합니다. 전화 주셔서..."

마홍위는 십중팔구 장세기가 지금 신경정신과에 있으리라고 생각했다. 장세기와의 전화를 끊자마자 마홍위의 전화기가 요란스럽게 울리기 시작했다. 고자서 부장목사였다. 순간 마홍위는 망설였다. 장세기와의 통화 이후 마홍위는 평상시의 마홍위로 빠른 속도로 되돌아오고 있었다. 장세기는 장세기이고 마홍위는 마홍위일 뿐이었다. 장세기가 지금 있어야 할 곳이 병원이라면 마홍위가 지금 있어야 할 곳은 김건축 목사의 곁이었다. 마홍위가 장세기를 위해 할 수 있는 것은 아무것도 없었. '내가 지금 뭘 한거지?' 마홍위는 스스로에게 물으며 전화를 받았다.

"여보세요...."

마홍위의 조심스런 대답에 고자서 부장목사가 황당하다는 듯이 대답했다.

"아니, 마 전무목사님, 지금 어디 계세요? 아까 윤 실장님 메시지 못 받으셨어요? 잠깐만요. 담임목사님이 지금 바꿔달라고 하십니다."

마홍위의 몸 전체가 너무도 익숙한 느낌으로 급격하게 경직하기 시작했다. 잠시 사라졌다고 느꼈던 생존에의 관성은 마홍위의 생각보다 훨씬 더 강력하고 집요했다. 김건축 목사가 뭔가 말을 시작하기도 전에 마홍위가 최대한의 급박함을 담아 말했다.

"목사님, 죄송합니다. 아내가 갑자기 쓰러져서 응급실에 가는 바람에....지금 바로 출발하겠습니다."

27. 2017. 4. 1. 그라미 은행 대언론 발표 다음 날 토요일 1.

다행히 대언론 특별 인터뷰 후 다음 날 대단히 긍정적인 반응들을 언론들이 쏟아냈다. 일단 교회가 사회 빈민층을 향해 뭔가를 하려는 시도 자체에 대해 긍정적 논평들이 나왔다. 그 중 한 신문기사의 제목이 김건축 목사를 무척이나 고무시켰다.

"서초교회 김건축 목사, 강남이 아닌 한국을 대표하는 목사로 자리매김!"

김건축 목사는 당장 해당 기사를 크게 칼라로 프린트해 액자로 만들라고 정주현에게 지시했다.

"네, 목사님...그런데 목사님께서 보셔야 할 메일이 하나 있어요. 지금 프린트해서 갖고 들어갈께요."

"무슨 메일인데? 급한거 아니면 그건 나중에 주고 너는 당장 김철골이한테 연락해서 설교 원고 초안 빨리 보내라고 말해. 설교가 내일인데 아직까지 걔는 어디서 뭐 하는거야? 원고 보내기 전에 반드시 윤 실장이랑 의논하라고도 단단히 말을 해놔."

그러나 정주현은 몇 분 후 한 장의 종이를 프린트해서 김건축 목사에게 건넸다. 그것은 장세기가 서초교회 전체 목사와 직원에게 조금 전 보낸 짧은 메일이었다.

"서초교회 동역자 여러분, 저는 장세기 목사입니다.

작년 11월 말에 있었던 박정연의 간증은 거짓말입니다. 정지만 목사님은 수첩의 내용을 쓰지 않으셨습니다. 정 목사님 집무실에 들어가 수첩을 훔쳐나온 사람이 바로 저, 장세기입니다. 저와 주충성 목사 그리고 마홍위 전무목사 등이 의논해서 정 목사님의 수첩을 훔친 후 거기에 필적 전문가를 동원해 정 목사님을 기만했습니다. 서초교회 전체를 기만했습니다. 여러분 저를 용서해주십시오. 저는 죽어서도 정 목사님을 뵐 면목이 없는 인간입니다. 동역자 여러분, 이 모든 일은 김건축 목사님께서도 다 알고 계십니다. 저를 용서해 주십시오."

김건축 목사의 얼굴이 흙빛으로 바뀌고 험하게 일그러졌다.

"주충성이 당장 오라고 해~~"

주충성 목사와 함께 윤야성이 사무실로 급히 들어왔다. 포효하는 사자의 액자 앞에 서서 뭔가를 중얼거리던 김건축 목사가 주충성을 향해 마치 며칠을 굶은 사자가 힘없는 새끼 사슴을 향해 달려들듯 외쳤다.

"이 또라이 새끼 뭐야? 주충성 너 도대체 뭐하는 놈이야? 내가 도대체 몇 번이나 이 인간 때문에 이런 말도 안되는 황당한 꼴을 당해야해? 장세기 이거 미쳐도 완전히 미친 것 아니야?"

김 목사는 프린트한 종이를 거칠게 구기며 주충성 목사의 얼굴을 향해 던졌다. 주충성 목사는 사색이 되어 말 그대로 온 몸을 사시나무 떨 듯 떨며 대답했다.

"목사님, 면목이 없습니다. 일단 수습 중입니다. 잠시 메일 서버를 세우고 서버 내에서 메일 기록을 삭제했습니다. 수신한 모든 당사자들에게 장세기 메일을 삭제하라는 공지메일을 이미 보냈습니다. 이미 팀장들을 통해 장세기의 메일에 대해서 일체 함구하겠다는 각서를 한 명도 빠짐없이 받도록 지시했습니다. 죄송합니다. 수습하겠습니다. 애초에 일어나지 않은 일로, 존재하지 않았던 일로 확실하게 수습하겠습니다. 모든 것이 저의 불찰입니다. 장세기 목사가 오래 전부터 약을 먹고 있다는 말은 들었지만 어제 언론 인터뷰 때 일도 그렇고 장세기가 이 정도로까지 심각한지는 미처 몰랐습니다. 모든 것이 저의 불찰입니다."

김 목사는 여전히 씩씩거리며 소파로 가서 앉았다.

"모자란 새끼....옛날에 헛소리로 영어 지껄일 때 알아봤어. 이제는 아주 완전히 돌아서 노래를 부르고 다니지를 않나...내가 살다살다 이런 또라이는 본 적도 들은 적도 없어. 이봐, 주충성, 그런 놈일수록 자르면 또 무슨 소리를 하고 다닐지 모르니까 그냥 놔둬. 대신 메일 계정은 없애고. 전체 교역자, 직원들한테 다 지시해서 그 인간 완전히 유령 취급하라고 해. 앞에 지나가도 절대 아는체 하지말고 아예 존재하지 않는 인간으로 취급하라고 해, 알겠지? 그 놈한테 아는 척하는 인간은 내가 그 놈보다 더 먼저 잘라버린다고 해. 지도 인간인데 설마 얼굴 들고 교회에 나오지는 못하겠지만. 어제 그건 도대체 무슨 생지랄이야? 내가 살다 살다 정말....장세기에 비하면 안상해가 상한건 아예 상한 것도 아니야. 장세기 이 놈은 아예 썩었어. 완전히 썩었어. 그래도 목사라는 인간이. 명심해. 지가 스스로 나가지 않으면 배기지 않도록 만들어, 알았어? 그 미친놈 딴 짓 안하게 월급은 스스로 나가는 날까지 꼬박 꼬박 챙겨주라고 박 처장한테 단단히 말해놓고."

여전히 분을 삭히지 못하는 김건축 목사 앞에서 여전히 어쩔

줄 몰라하는 주충성 목사의 손목을 윤야성이 슬그머니 잡고 김 목사의 집무실을 나왔다.

28. 2017. 4. 1. 그라미 은행 대언론 발표 다음 날 토요일 2.

밤을 꼬박 샌 장세기는 토요일 이른 새벽 서초교회 전 교역자와 직원들에게 메일을 보냈다. 메일을 보내고 몇 시간이나 장세기는 멍하니 서재 책상에 앉아 있었다. 눈을 뜨고 있다고 깬 것도 아니고 눈을 감았다고 잠든 것도 아닌 상태로 몇 시간째 이러고 있었는지 몰랐다. 토요일이지만 아이들은 학원으로 가고 집에는 장세기와 아내 둘만이 남아있었다. 꼭 교회가 아니더라도 어딘가를 향해서 하루도 빠지지 않고 집을 나서던 장세기였다. 아내가 방금 내린 커피를 들고 서재로 들어왔다.

"여보, 당신 내일이 주일인데 교회 안가요?"

커피를 들고오는 아내를 향해 장세기가 고개를 들며 조금은 어이가 없는 듯 배시시 웃었다.

"커피 마시라고? 나 커피 안 마시는거 알면서 당신은 꼭 이렇게 커피를 가져오더라...나 잠 좀 자고 싶은데. 커피 마시면 더 못자는거 알잖아? 나 밤새 한숨도 못잤어. 약이 다 떨어져서....어제 병원에 갔을 때 수면제를 받았어야 했는데 난 좀 남은 줄 알았어. 그런데 보니까 하나도 없더라고."

커피잔을 책상 위에 놓는 아내의 분노가 폭발했다.

"수면제, 수면제, 그 놈의 수면제. 입만 열면 수면제, 수면제. 아니, 당신 도대체 왜 그래요? 내가 다른 사모들 보기 민망해서 아예 사모 모임에도 못나가요. 왜 목사가 정신과를 다니고 그래요? 당신 밖에서 사람들 앞에서도 약을 꺼내서 먹는다면서요? 무슨 정신과 다니는게 자랑이에요? 이 세상에 정신과 치료받는 목사를 목사로 볼 사람이 누가 있다고 그래요? 제발 좀 정신차려요. 아니, 다른 사람도 아니고 김건축 목사님 같은 분 밑에서 일하는 목사가 정신과 환자라니, 수면제를 먹어야 잠을 잔다니. 그게 말이나 되요? 당신 혹시 나한테 말못할 무슨 죄 지은거 아니에요? 사람들은 우울증이다 불면증이다 마치 무슨 질병처럼 얘기하지만 난 그거 절대 동의할 수 없어요. 예수 그리스도의 보혈을 통해 새롭게 태어난 우리 그리스도인이 불면증이나 우울증에 걸린다는게 말이 되요? 그건 약을 먹어서 해결될 문제가 아니에요. 하나님과의 관계에 문제가 있기에 생긴 결과라고요. 당신 뭔가 하나님 앞에서 회개해야 할 심각한 죄가 있는게 분명해요. 한번 잘 생각해보세요. 여보...필요하면 휴가라도 얻어서 기도원이라도 다녀오세요. 제발 영적으로 회복하세요. 당신은 목사에요. 그것도 그냥 목사가 아니라 서초교회 김건축 목사님을 지근에서 모시는 특별한 목사라고요. 하나님 앞에서 완전히 회개하고 제발 회복하세요. 세상에 목사가 정신과 의사 앞에 가서 상담받고 약을 타서 다닌다는게 말이나 되요? 수면제를 먹고 자는게 말이 되요? 커피 때문에 잠을 못잔다고요? 커피 몇 잔을 마셔도 하나님 앞에서 죄지은게 없는데 왜 잠을 못자요? 커피 마셔도 잠만 잘자요, 잠만 잘 잔다고요."

장세기는 흥분한 아내 앞에서는 언제나 그렇듯이 아무말도 할 수 없었다. 의자에서 일어나 주섬주섬 옷을 챙겨입기 시작했다. 일단 약을 타서 빨리 잠을 자고 싶다는 생각밖에 들지 않았다. 집을 나서는 장세기의 등에다 대고 아내가 다시 말했다.

"난 당신이 어떤 죄를 지었든지 다 용서할 수 있어요. 제발 여보....회개하고 내가 알던 옛날의 장세기 목사로 돌아오세요. 제발....당신 때문에 예수님을 믿는 시골 부모님이 지금 당신 모습을 보시면 뭐라고 하시겠어요?"

부모님이라는 단어에 순간 장세기는 현관문을 열려던 손을 멈췄다. 그러나 그것도 잠깐, 장세기는 현관문을 열고 복도로 나왔다. 장세기 뒤에서 '띠리릭~' 하는 분명한 소리를 내며 디지털 도어락이 잠겼다. 엘리베이터 대신 층계를 걸어 내려온 장세기는 아파트를 나왔다. 혹시 베란다에서 아내가 나를 보고있지나 않을까 올려봤지만 베란다에는 아무도 없었다. 천천히 아파트 단지를 걸어나와 전철역이 있는 큰 길로 향했다. 큰 길에 들어선 장세기는 문득 생각난 듯이 주머니에서 핸드폰을 꺼내 번호 하나를 찾았다.

"저기 오늘 예약은 안했는데 혹시 오전 중에 선생님 상담이 될까요?"

이서현 정신과의 간호사는 잠시 챠트를 보더니 말했다.

"오늘은 토요일이라서 오전 진료밖에 없어요. 그런데 시간이 다 꽉 찼는데요. 잠깐만요. 제가 선생님께 한 번 여쭤볼께요."

잠시 후 간호사가 말했다.

"네, 선생님께서 오늘 오전 진료 다 마치고 점심 시간에 봐주시겠다고 합니다. 12시 30분까지 병원으로 오세요. 병원문이 잠겨있을 테니까 두드리세요."

이서현 의사는 장세기보다 열 살 정도 많은 여자 의사였다. 지난 2년 간 거의 매주 장세기는 이서현 의사와 짧게는 5분에서 길게는 30분 이상 마음을 열고 얘기했다. 어쩌면 장세기가 그나마 지금까지 살 수 있었던 것도 이서현 의사라는 산소통이 있어서 가능했는지도 몰랐다. 이서현 의사도 교회를 다닌다고 했다. 장세기가 병원에 도착했을 때 병원은 간호사의 말대로 굳게 잠겨있고 로비의 불도 완전히 꺼져 있었다. 장세기가 문을 두드리자 간호사가 기다렸다는 듯 나와 문을 열고 장세기를 안으로 인도했다. 간호사는 토요일 진료를 다 마친 병원문을 다시 잠궜다.

원장실로 들어가자 책상 위를 치우던 이서현 의사가 말했다.

"장세기씨, 잠깐만요. 저 양치만 금방 하고 올께요."

장세기 때문에 토요일인데도 불구하고 병원에서 점심을 먹은 이서현 의사는 원장실 옆에 붙은 작은 화장실로 들어갔다. 작은 수건으로 입을 닦고 나오며 이서현 의사는 원장실을 열고 로비의 간호사에게 먼저 퇴근하라고 말했다. 자리에 앉으며 이서현 원장이 말했다.

"장세기씨, 왜 무슨 일 있으세요? 잠은 좀 주무셨어요? 어제도 오셨는데 하루 사이에 설마 무슨 일이 있는건 아니죠?"

장세기는 자신을 목사라고 부르지 않고 장세기씨라고 부르는 이서현 의사의 호칭을 들을 때마다 이상하게 마음이 편해지곤 했다. 장세기가 고개를 흔들었다.

"아뇨, 선생님, 밤새 잠을 전혀 못잤어요. 저는 어제 집에 수면제가 좀 남은줄 알고 그냥 갔었는데 집에 가서 보니까 하나도 없더라고요."

이서현 의사는 그러냐는 듯 고개를 끄덕이며 말했다.

"힘드시겠네요. 오늘 수면제를 처방해 드릴께요."

장세기는 고개를 끄덕였다.

"그런데 선생님, 제가 전에도 몇 번 말씀드렸던 노래 있잖아요. 그 노래가 요즘 들어 더 머리에 박혀서 떠나질 않아요. 정말로 너무 힘듭니다. 내 머리 속에 남아서 계속 울려대니까 도통 잠을 잘 수가 없어요. 약도 약하게 먹으면 조금 졸린 듯 하다가 그 노래 소리에 그냥 깨버려요. 그래서 몇 알을 먹어야 그나마 잠을 자요. 그러다 보니까 병원에서 일주일치를 처방해 준걸 어떤 때는 그냥 이틀에 다 먹을 때도 있어요. 어떻게 해야 그 노래를 없앨 수 있죠? 정말로 미치겠어요. 어떤 때는 그냥 길을 걷는 중에 내가 그 노래를 부르고 있어요. 무슨 뜻인지도 모르는 그 노래를...."

이서현 의사는 장세기가 심각하게 겪고 있는 강박장애에 대해서 지금까지 이런 저런 치료를 혼합해서 시행하는 중이었다. 그러나 그 어떤 치료도 장세기에게 통하지 않았다. 종교적 신념 뿐 아니라 깊은 죄책감과 연관되어 파생한 장세기의 강박장애는 그 뿌리부터가 일반적 강박장애와 차원이 달랐기 때문이었다. 장세기가 말을 이었다.

"선생님, 제가 한 달 전에 디게 존경하던 형한테 갔었어요. 그 형도 목사님인데 제가 형이라고 불러요. 사실 오래 전에 엄청 친했다가 제가 너무 그 때 욕심이 많아서 사이가 벌어졌었어요. 그래도 갑자기 그 형이 너무 생각이 나는거에요. 그래서 정말로 염치불구하고 그 형을 찾아갔어요. 수지에서 교회를 하시는데....몇 년만에 가니까 정말로 교회가 엄청 커졌더라고요. 교회 건물도 곧 새로 짓는다고 하고요. 출석하는 성도수가 2천명이 넘어간다고 형이 그러더라고요. 그런데, 그런데....선생님, 그 형이 내가 알던 그 형이 더 이상 아니더라고요. 내가 그 형이랑 사이가 벌어진게 지금 제가 모시는 서초교회의 김건축 목사님 때문이었는데....그 형이 이제 자기는 김 목사님하고도 친하게 지낸다고 하디리고요. 옛날에는 자기가 김 목사님을 전혀 이해하지 못했는데 이제 교회가 어느 정도 크니까 김 목사님의 입장을 이해하게 되었고....또..."

장세기가 말을 끊었다. 잠시 이서현 의사 뒤의 창문을 바라보던 장세기는 천천히 손을 뻗어 앞에 놓인 종이컵의 동서녹차를 마셨다.

"이제는 존경한다고도 하더라고요. 존경한다고....존경한다고...제가 선생님한테 전에도 말씀드렸잖아요? 내가 얼마나 큰 죄를 지었는지. 그리고 그 죄 때문에 제가 제일 존경하는 목사님이 돌아가셨고...또 그 때 사실 그 형이 어떻게든 내가 그런 죄를 안 짓도록 하려고 무진 애를 썼던 사람이에요. 그런데 지금와서 그 사람이, 그랬었던 그 형이 김건축 목사님을 존경한다고 하니까 저는 도대체 뭐가 뭔지 알 수가 없어요."

이서현 의사는 아무 대답없이 장세기의 말을 듣고만 있었다. 지금 상황에서 그 어떤 충고나 조언보다 더 중요한 것은 장세기가 자신의 감정을 편하게 발산하도록 하는 것이었다. 그것만이 현재 장세기가 가진 강박장애의 정도를 조금이나마 덜어줄 수 있었다.

"선생님, 그런데 그 노래 말이에요. 제가 혹시 그 뜻을 알게되면 나한테서 사라지지 않을까요? 제가 어제 잠을 못자고 계속 생각했는데요. 어쩌면 제가 그 뜻을 몰라서 그 노래가 계속 나한테 남아있는게 아닌가 하는 생각이 갑자기 들었어요. 만약 뜻만 알게되면 그냥 사라질수도 있지 않을까요?"

이서현 의사는 고개를 끄덕였다.

"도움이 되면 되지 절대 해가 되지는 않아요. 내가 이 노래 가사의 뜻을 모른다는 무의식 속에서 오랫동안 축적된 답답함이 지금 장세기씨를 괴롭히는 한 원인일 수도 있으니까요. 장세기씨의 경우 생각지도 못한 문제 하나가 풀리면 모든 것이 순간적으로 한번에 다 풀릴 수도 있어요. 장세기씨, 일단 그 노래의 뜻을 한번 알아보세요."

이서현 의사는 안타까움 속에 애정을 담은 눈길로 장세기를 바라보며 부드럽게 말했다.

"세기씨에게 분명히 큰 도움이 될 거에요."

29. 2017. 4. 2. 그라미 은행 설립 특별 주일 설교

할렐루야~ 할렐루야~

(이곳 저곳에서 할렐루야가 쏟아졌다. 상당수의 사람들은 박수를 쳤다. 서초교회의 경우 직원은 다 서초교회를 출석해야 한다는 암묵적 지시가 있기 때문에 이미 박수치는 데에 너무도 익숙해진 직원들이 박수를 주도한 것으로 보는 것이 타당하다.)

사랑하는 형제, 자매 여러분 그저께 저녁 텔레비전에 나온 제 모습 보셨어요? 어때 괜찮았습니까?

(전라도 사투리에서 아무데나 '거시기'를 대충 붙이면 말이 되듯이 교회에서 이 곳 저 곳에 마구 갖다 붙이기 가장 편한 '할렐루야'가 또 터져나왔다.)

제가 텔레비전 화면보다 실물이 더 좋다는건 우리 서초교회 교인들만이 알고 있는 귀한 영적 비밀입니다. 그렇죠?

(이곳 저곳에서 산발적 할렐루야와 함께 폭소가 쏟아졌다.

김건축 목사도 자신의 유머에 매우 만족했는지 마음 깊은 곳에서 우러나오는 미소를 감추지 못했다.)

오늘 우리가 살펴본 하나님의 말씀 말라기 3장 10절을 다시 한 번 보겠습니다.

> 만군의 여호와가 이르노라 너희의 온전한 십일조를 창고에 들여 나의 집에 양식이 있게 하고 그것으로 나를 시험하여 내가 하늘 문을 열고 너희에게 복을 쌓을 곳이 없도록 붓지 아니하나 보라

형제, 자매 여러분, 우리 하나님이 이 세상에서 제일 싫어하시는 게 뭔지 아세요? 바로 우리 인간이, 고작해야 한 몇 십년 살고 죽는 피조물인 인간이 하나님을 시험하는 것입니다. 하나님은 정말로 인간이 건방지게 하나님 앞에서 까부는 걸 너무 너무 싫어하십니다. 인간도 그래요. 자식이 부모님을 시험한다고 이런 저런 문제를 내고 하는 꼴을 제대로 된 부모라면 볼 수 있겠어요? '우리 부모님이 날 얼마나 사랑하는지 한번 테스트 해봐야겠다.' 이런 소리 하는 자식이 그게 제대로 된 자식이겠어요? 하물며 우리 인간과 창조주 하나님 사이의 그 간격은 어느 정도이겠어요? 아마도 우주에서 가장 먼 별과 이 지구 사이의 간격보다 더 멀겁니다. 그렇지 않아요?

그런데 말이에요. 형제, 자매 여러분, 놀라지 마세요. 하나님께서 우리 인간에게, 이토록 보잘 것 없는 흙으로 만들어진 우리 인간에게 자신을 테스트해라, 시험해봐라....라고 허락하신 영역이 딱 하나 있습니다. 하나님께서 우리에게 자신을 시험해도 된다고 허락하신 유일한 그 영역이 바로 어디입니까? 그렇습니다. 바로 십일조입니다.

나는 이 부분에서 정말로 하나님의 사랑 때문에 솟아오르는 눈물을 참기가 힘듭니다. 하나님께서 우리에게 십일조와 관련해서는 자신을 시험해도 된다고 허락하신 그 이유가 바로 하나님이 우리를 너무도 사랑하셔서이기 때문입니다. 하나님께서 우리를 너무도 축복하고 싶어서이기 때문입니다. 형제, 자매 여러분, 하나님의 가장 큰 관심사는 바로 당신 자녀들이 축복받고 잘 사는 일입니다. 그런데 하나님은 그렇게 하시고 싶어도 당신께서 공의의 하나님, 정의의 하나님이기 때문에 그냥 공짜로는 못하십니다. 그냥 공짜로 막 축복을 주시면 하나님의 그 공의와 정의는 다 어디로 가겠습니까? 그러니까 하나님께서 우리를 축복하시려면 반드시 그 전에 전제조건이 충족되어야 가능한데 그게 바로 십일조입니다.

그런데 여러분, 인간이 얼마나 악하고 욕심이 많습니까? 그냥 가만 놔두면 절대로 십일조 안합니다. 그럼 그 피해가 고스란히 누구에게 돌아갑니까? 하나님입니까? 말도 안되지요. 하나님이 무슨 손해를 보십니까? 이 세상을 창조하신 하나님이 무슨 돈이 필요하고 뭐가 더 필요하시겠어요? 하나님이 누구십니까? 바로 '스스로 있는 자', '자존하시는 하나님', '창조주이자 삼위일체 하나님'이 아니시겠습니까? 그런 하나님은 십일조가 아니라 십이조, 십삼조도 필요없습니다. 그럼 십일조를 우리가 안할 때 그 피해가 누구한테 고스란히 돌아갑니까? 바로 우리 이 나약한 죄인된 인간이지요. 왜 그렇습니까? 하나님이 축복을 주고 싶어도 줄 수가 없으니 우리의 처지가 얼마나 비참합니까?

제가 예를 하나 들지요.

엄청나게 부자 아버지가 있습니다. 아들한테 돈을 송금하고 싶은데 보낼 수가 없어요. 왜요? 이 멍청한 아들 녀석이 아버지한테 계좌 번호를 안 가르쳐 드린거에요. 아무리 아버지가 돈이 많아도 아들 계좌 번호를 모르는데 어떻게 아들에게 돈을 보냅니까? 누구 손해입니까? 계좌 번호를 무슨 비밀 번호인양 안 가르쳐준 멍청한 아들놈 손해지요.

이해가십니까? 우리가 하나님께 바치는 십일조는 하나님께 우리 계좌 번호 알려드리는 것과 똑같습니다.

"하나님 아버지, 제가 바친 십일조가 바로 저의 계좌 번호입니다. 이 번호로 하나님의 축복을, 하나님께서 주시는 물질의 복을 팍팍 계좌 이체 시켜주세요."

(교인들의 '할렐루야'가 우렁차게 터져나왔다.)

십일조가 얼마나 중요한지 아시겠어요? 그렇기 때문에 하나님께서 우리에게 십일조를 내라고 '명령' 하시는 것은 다름 아니라 우리보고 계좌 번호 알려달라는 것과 똑같습니다.

형제, 자매 여러분, 서초교회가 이번에 그라미 은행을 열어 이 사회의 고통받고 소외된 약한 자를 예수님의 마음으로 도우려고 합니다. 뉴스 보셨으니까 다들 잘 아시죠? 이런 서초교회에 다니는 여러분 자신이 자랑스럽지 않습니까?

(순간 우레와 같은 박수소리가 터져나왔다. 김건축 목사는 한참이나 고개를 끄덕이더니 설교를 이었다.)

그러나 예수님의 마음으로 그라미 은행을 여는 우리는 반드시 '예수님의 방법'으로 그라미 은행을 운영해야 합니다. 그렇지 않으면 결코 하나님께서 우리 그라미 은행을 축복하지 않으십니다. 예수님의 방법이 무엇입니까?

바로 '십일조' 입니다. 우리 그라미 은행은 십일조를 내는 등록 교인들에 한해서 대출을 시행할 것입니다. 예수님의 방법에 대한 깊은 이해가 부족한 세상은 이런 예수님의 방법을 오해하고 악의적으로 해석할 수 있습니다. 그러나 형제 자매 여러분, 그라미 은행의 낮은 금리보다 더 중요한 것이 무엇입니까? 바로 하나님의 축복입니다. 하나님의 축복과 그라미 은행의 낮은 금리와 비교할 수 있습니까? 그라미 은행의 직원이 여러분의 계좌 번호를 아는게 중요합니까 아니면 하나님께서 여러분의 계좌 번호를 아는 게 중요합니까?

결국 우리 그라미 은행이 십일조 내는 등록 성도로 대출 자격을 정한 것은 결국 지금은 비록 그라미 은행의 대출이 필요하지만 조금만 지나면 그라미 은행의 대출이 아예 필요없는 축복 받은 성도로 만들기 위한 하나님의 거룩한 방법인 것입니다. 성도 여러분, 제가 결론적으로 중요한 비젼 하나를 공개합니다. 십일조를 통해 하나님께 우리의 계좌 번호를 알려드려서 조만긴 그라미 은행이 문을 닫을 수 있도록....아니 나아가서 은행이라는 곳이 아예 이 사회에 필요없는 기관이 되도록 만드는 것이 저의 비젼입니다!!

우리 서초교회 성도들이 이 말세의 미혹한 시대 속에서 십일조의 귀한 비밀을 깨닫고 더 크게 쓰임받기를 주님의 이름으로 간절히 축원합니다.

30. 2017. 4. 2. 그라미 은행 설립 특별 주일 설교 당일 저녁

그라미 은행 관련 십일조 특별 설교가 선포된 일요일은 그 어떤 일요일보다 분주했다. 전체 행정을 책임진 마홍위는 그나마 끝날 것 같지 않던 긴 하루가 끝나가는 데에 위안을 느끼며 퇴근 준비를 하고 있었다. 갑자기 누군가가 마홍위의 사무실을 두드렸다.

"네, 누구시죠?"

문을 빠끔히 열고 얼굴을 들이민 사람은 다름아닌 장세기였다. 마홍위는 자신도 모르게 자리에서 벌떡 일어났다. 장세기와 이렇게 단 둘이 좁은 공간에서 서로의 얼굴을 맞대는 것이 실로 얼마만인지 몰랐다. 한 때 정지만 원로목사의 성명서와 수첩 등으로 인해서 하루에도 몇 번씩 만나곤 하던 밀접한 관계였다. 그러나 정 원로목사의 소천 이후 장세기는 장세기대로 또 마홍위는 마홍위대로 서로를 가능한한 피하려고 했다. 정 원로목사의 죽음은 장세기와 마홍위에게 각기 다른 상처를 남겼고 두 사람은 그 상처를 각자 자신의 방법으로 외면하는 방법을 터득해야만 했다. 마홍위에게는 다행스럽게도 '글로벌 전략' 팀의 팀장으로 주충성 목사가 선임되면서 자신은 자연스럽게 그 팀에서 빠질 수 있었다. 그리고 장세기는 한 동안 청년부와 글로벌 전략팀을 함께 사역하다가 2년 전부터는 전격적으로 글로벌 전략팀에 배속되어 주충성 목사의 직접적인 지시를 받았다. 마홍위는 결국 장세기에게 아무런 힘도 되지 못한채 여전히 그를 외면하고 지낼 것이 분명한 자신이 며칠 전 장세기에게 전화했던 경솔함을 계속 후회하고 있었다. 그 날의 전화는 부질없는 충동의 결과 이상도 이하도 아니었기 때문이었다.

"장 목사, 이렇게 단 둘이 얼굴 보는거 정말 오랜만이야. 들어와. 이리와서 앉지."

장세기의 얼굴을 보는 순간 마홍위의 가슴에 다시 한 번 뭔가 묵직한 것이 누르기 시작했다. 정 원로목사의 소천 이후 장세기의 상태가 눈에 띄게 달라지는 것을 마홍위는 생생하게 느낄 수 있었다. 그러나 마홍위는 그 누구보다도 더 영특하게 정원로목사를 또 장세기를 잊을 수 있었다. 그러나 얼마 전부터 예상치 못한 행동들로 장세기는 마홍위의 가슴 속에 새롭게 자리잡기 시작했다. 장세기가 부르는 김건축 목사가 지었다는 그 요르바어 찬양은 마치 장세기가 마홍위를 향해 '살려주세요!'라고 소리치는 것만 같았다. 어제 아침 장세기가 전 교역자와 직원들에게 '마홍위'라는 이름을 정확히 거명하는 폭로성 이메일을 읽었을 때조차 마홍위의 마음에는 장세기에 대한 아무런 원망이 생기지 않았다. 오히려 그 메일을 읽는 순간 마홍위는 마치 소천한 정지만 원로목사가 다시 살아나 자신에게 이렇게 말하는 것만 같이 느껴질 정도였다.

"마홍위, 마홍위, 너는 진실을 알고 있잖아! 너는 무슨 일이 벌어졌는지, 왜 내가 죽었는지 알고 있잖아! 그게 다 너의 머리에서 나왔잖아!"

그랬기에 마홍위는 어제와 오늘 더 미친 듯이 일에만 매달렸다. 마홍위가 스스로 터득한 생존방법이었다. 자리에 앉은 장세기는 마홍위를 보며 괜히 쑥스러운 듯 배시시 웃었다. 주머니에서 하얀 약병을 꺼낸 장세기는 알약 두 개를 꺼내 앞에 놓인 차와 함께 먹었다.

"장 목사, 그거 무슨 약이야? 어디 아파?"

"네, 병원에 계속 다니고 있어요. 이상하게 가슴이 답답하고 막 터질 거 같아서요. 이 약을 먹어야 그나마 좀 가라앉아요. 그저께인가요? 목사님이 전화하셨을 때에도 사실 저 병원에 있었어요."

장세기가 몇 년 째 정신과를 다니고 있다는 소문은 더 이상의 비밀이 아니었다. 약을 먹고 몇 분간 약의 효과를 기다리는 듯 장세기는 아무 말도 하지 않았다. 마침내 장세기가 작은 한숨과 함께 입을 열었다.

"마 전무목사님, 나 같은 놈은 아무리 떠들어도 사람들이 듣지를 않아요. 아시겠지만 제가 원래 간사 출신으로 목사가 돼서 그런지 많이 찌질하잖아요. 그래서 그런가 사람들이 제 말을 듣지를 않네요. 어제 새벽에 메일을 보냈는데....답장하는 사람이 한 명도 없어요. 그래도 친한 몇 명한테 메일 봤냐고 문자를 보냈는데 대답하는 사람도 아예 없어요. 전화를 해도 받지도 않고요. 다시 메일을 보내려고 하는데 제 메일계정이 이미 없어졌다고 하네요."

장세기는 다시 가볍게 웃었다. 마홍위는 아무 말 없이 장세기가 들고 있는 약병만을 바라볼 뿐이었다.

"마 전무목사님, 그래서 제가 한참 생각하다가 목사님을 이렇게 찾아왔습니다. 목사님 기억하실지 몰라도 정 목사님 돌아가셨을 때 목사님도 정말 많이 힘들어하셨잖아요? 갑자기 그 때가 기억 나더라고요. 물론 제가 수첩도 갖고 나오고 정 목사님 속여서 수첩도 조작하고 그게 다....마 전무목사님이 시켜서 한거지만 그래도 목사님께서 정 목사님 돌아가시고 많이 힘들어하시고 우시는거 제가 장례식에서 봤으니까요. 목사님께서 많이 후회하신다고 느꼈으니까요. 그래서 이렇게 찾아왔습니다. 마 전무목사님, 나 같은 하바리 목사는 아무리 떠들어도 아무도 안 듣지만 마 전무목사님이 얘기하면 듣지 않을까요? 마 전무목사님, 저는 너무 무서워요. 이러다가는 죽어서 절대로 정 목사님 못 만날거 같거든요. 제가 그래도 평생을 목사라고 하면서 복음을 외쳤는데....죽어서 정 목사님 얼굴도 못보는 그런 인생이 된다면...제가 어쩌다가 이런 인생이 되었는지를 생각하면...그리고 또 이렇게 계속 산다고 생각하면....그래도 한 때 내가 하나님 앞에서 영혼의 의사가 되겠다고, 영혼을 치료하는 의사가 되겠다고 서원했던 인간인데...지금 내 모습을 보면..."

장세기가 갑자기 흐느끼기 시작했다. 한참 울던 그가 다시 야병에서 한 알을 꺼내서 먹었다.

"목사님, 모든 진실을 아는 박정연조차 저를 욕합니다. 제가 그렇게 못난 놈이에요. 그래요. 내가 아무리 진실을 말해도 사람들이 그러면 그럴수록 저를 더 손가락질해요. 하지만, 하지만 마 전무목사님이 말하시면 다를거에요. 마 전무목사님이 말하시면 사람들이 들을거에요. 그래서 이렇게 찾아왔습니다. 마 전무목사님, 저 좀 도와주세요. 제발 좀 도와주세요. 그래서 제가 죽어서 정 목사님 똑바로 볼 수 있게 좀 도와주세요. 저 이대로는 살수도 없고 죽을 수도 없어요."

장세기가 자리에서 일어났다. 아무 말도 못하고 마홍위는 장세기를 따라 일어날 뿐이었다. 사무실을 나가려던 장세기가 마침 생각났다는 듯이 마홍위에게 말했다.

"목사님, 한 가지만 더 부탁 좀 할께요. 그 노래 있잖아요? 담임목사님이 아주 오래 전 가르쳐주신 요르바어 찬양 말이에요. 그 노래 가사 뜻을 좀 알 수 없을까요? 도대체 뭐가 잘못되었는지 그 노래가 제 머리에서 떠나지를 않아요. 의사 선생님이 그 노래 가사 뜻을 알게되면 그 노래를 잊을 수 있을지도 모른다고 하시더라고요. 나 같은 인간이 아무리 김건축 목사님께 얘기해도 들어주실 리가 없잖아요? 이제 메일도 안되고..내 전화를 받을 사람도 없고. 하지만 마 전무목사님이 얘기하면 다를거에요. 제발 그 노래 가사의 뜻을 좀 알려주세요. 정말로 미치겠어요. 그 노래가 머리에서 도통 떠나지를 않아요. 잠을 잘 수도 없어요. 어떤 때는 집에서 애들 앞에서도 그 노래를 막 불러요. 애들도 옛날에는 좋아했는데 지금은 내가 그 노래를 부르면 애들까지 나를 무슨 미친 사람처럼 봐요. 한심하죠..제가 이래요...이래요...."

장세기가 사무실을 나간 후 마홍위는 그 자리에서 한참을 움직일 수 없었다. 마홍위의 눈에서 주체할 수 없는 뜨거운 눈물이 흘러내렸다.

31. 2017. 4. 4. 핵심멤버 회의

"그래? 지난 주보다 무려 3천 명이 늘었어? 역시....이게 진정한 선교야, 선교. 내가 얼마나 평소에 강조하나? 복음이 땅끝까지 전해져야 우리 예수님이 재림하신다고 말이야. 출석숫자가 늘어나도 예수님이 오실까 말까한데 지금까지 오히려 줄고 있었으니 우리 예수님이 천국에서 얼마나 땅을 치시며 원통해 하셨겠어? 이제야 내가 우리 예수님의 답답한 마음에 생수를 좀 선물한 느낌이군. 이 속도로 쭈욱 가면 땅끝까지 복음이 전파되는거 순식간이지. 당신들 조만간 있을 예수님 재림 미리미리 제대로 준비해, 알았어?"

김건축 목사는 화요일 오후 핵심멤버 회의에서 하정호 강도사의 인원보고를 듣고 한껏 들뜬 얼굴로 말했다. 주위를 기분 좋게 둘러보던 김건축 목사는 다시 기대에 찬 눈을 반짝이며 박내장 사무처장을 보았다. 김 목사가 '은근한' 목소리로 물었다.

"그래, 박 처장, 헌금은 얼마나 늘었나?"

박내장 사무처장의 얼굴은 김건축 목사와는 반대로 어둡기만 했다.

"거의 늘지 않았습니다. 지난 주와 비슷합니다."

김건축 목사는 의아하다는 듯이 윤야성을 보았다. 다시 박 처장을 쳐다보며 물었다.

"이거 혹시 괜히 화장실이나 이런데 물값만 더 올라가는거 아니야? 관리비만 더 늘어나는 거 아니냐고? 헌금은 안 느는데 사람들만 더 몰려오면 결국 돈만 더 나가는거 아니야?"

하정호 강도사의 보고대로 한 주 사이에 무려 3천 명의 출석 인원이 늘었다. 금요일 밤에 집중 방송된 언론 노출 덕분이었다. 게다가 새로 늘어난 3천 명 중에서 무려 2천 8백 명이 서초교회에 등록했다. 이는 실로 놀라운 숫자였다. 보통 교회의 경우 새로 온 사람의 채 10% 미만이 등록하기 때문이다. 그런데 또 한 가지 눈에 띄는 점이 있었다. 무려 3천 명이 늘었는데도 불구하고 서초교회 주차장의 주차 차량의 숫자는 전혀 늘지 않았다는 사실이었다. 그러니까 새롭게 서초교회에 온 3천 명 중에 차를 가지고 있는 사람이 거의 없다는 추측이 가능했다. 그래서 그런지 평소 서초교회 교인들에게서는 보기 힘든 남루한

옷을 입은 사람들이 그저께는 꽤 많이 눈에 띄였다.

고자서 부장목사가 무겁게 입을 열었다.

"목사님, 제가 개인적으로 아는 몇몇 교인들로부터 우려의 목소리가 좀 있습니다. 아무래도 그라미 은행 때문에 등록하는 성도들의 가정환경이 기존 교인들과 차이가 있다 보니 기존 성도들이 좀 불안해 합니다. 다른게 아니고 어른들이야 상관없는데 새로 등록하는 교인들의 아이들이 자기네 아이들과 함께 주일학교에서 교육받는게 싫다고 말입니다. 아무래도 생활수준 차이가 있다보니까 안좋은 영향을 새로운 아이들로부터 자녀들이 받을까봐 걱정을 합니다."

김건축 목사의 얼굴이 순간 어두워졌다. 윤야성이 말했다.

"목사님, 크게 걱정 안하셔도 됩니다. 제가 조사한 바에 의하면 새로 등록한 교인들 대부분의 집이 강남이 아닙니다. 따라서 어른들이 다닌다고 해서 그 집의 아이들까지 먼 거리에 있는 서초교회에 출석시킬 사람들은 거의 없습니다. 게다가 등록은 했지만 그 사람들 대부분은 크리스천이 아닙니다. 다시 말해 애들이 애초에 주일학교를 다니는 집이 아니라는 말입니다. 주일학교도 제가 따로 체크했는데 특별히 주일학교 인원이 더 늘지 않았습니다. 결국 어른들만 등록했다는 의미지요. 따라서 행여 그런 불안을 가진 기존 서초교회 교인들에게는 가능하면 은밀하게 제가 지금 말씀드린 주일학교 통계를 알려주면 안심할 것입니다."

김건축 목사의 얼굴이 다시 밝아지며 고개를 끄덕였다. 윤야성이 말을 이었다.

"그리고 목사님, 헌금액 증가는 조금씩 이뤄질 것이 확실합니다. 무엇보다 기존의 교인들 중에서 비록 당장은 대출이 필요 없더라도 차후를 위해서 십일조를 하는 사람이 늘어날 것입니다. 또 대출과 상관없이 목사님의 금번 십일조와 관련한 너무도 성경적 설교에 회개하고 십일조를 제대로 하는 사람들도 함께 늘테니까요."

김건축 목사는 이제야 완전히 안심을 했다는 표정을 지었다. 회의 시간 내내 아무 말없이 마치 정신을 딴 곳에 두고 온 사람처럼 바닥만 쳐다보고 있는 마홍위 전무목사를 이상하다는 듯 한 번 쳐다본 후 김건축 목사는 박수를 치기 시작했다. 마홍위 전무목사를 제외한 핵심멤버 전원이 김 목사를 따라 1분 가까이 자축의 박수 시간을 가졌다.

32. 2017. 4. 7. 그라미 은행 1호점 오픈

24시간 설렁탕집을 개조해 만든 그라미 은행 1호점이 언론의 집중적인 관심을 받으며 문을 열었다. 은행이 위치한 건물에는 그라미 은행이 내세운 슬로건을 적은 현수막이 그 위용을 뽐내고 있었다.

"무보증, 무담보, 유십일조, 그라미 은행!
그라미 은행에서 GODCREDIT와 GODBLESS 두 마리 토끼를 다 잡읍시다!"

은행이 문을 열기도 전에 상당수의 사람들이 은행 앞에 줄을 서서 기다렸다. 그들의 손에는 하나같이 서초교회에서 발급받은 십일조 헌금 영수증이 들려있었다. 김건축 목사는 오늘 하루 '일일행원'으로 직접 고객들의 대출업무를 맡기로 예정되어 있었다. 은행에 들어서자 입구에는 일반 은행에서 볼 수 있는 번호뽑기 기계가 준비되어 있었다. 1번을 뽑은 사람에게 연신 카메라의 플래시가 터져나왔다. 1번을 뽑은 사람은 누가 봐도 동대문 시장에서 파는 아웃도어 이미테이션이 분명한 카키색 등산복 잠바에 검정 등산복 바지를 입고 있었다. 그러나 그가 신고 있는 신발은 아웃도어 복장과 전혀 어울리지 않는 낡은 구두였다. 50대 후반에서 60대 초반의 머리가 거의 벗겨진 그 남자는 자신을 향해 터지는 플래쉬가 부담스러운지 한껏 경직된 표정으로 주변을 두리번거리며 1번이 표시된 붉은 전광판 아래의 창구로 걸어갔다. 그 자리에는 일일행원 김건축 목사가 앉아 있었다. 김 목사 앞에 선 역사적인 그라미 은행의 첫 번째 고객이 말했다.

"대출 받으려면 뭐가 필요하죠?"

비록 자리에 앉아 있기는 하지만 아무 것도 모르는 김건축 목사를 대신해 뒤에 서있던 전직 행원 출신 여직원이 대답했다.

"신분증하고요. 서초교회에서 발행한 십일조 영수증 제출하시면 됩니다."

김건축 목사는 카메라를 들고 있는 주변의 기자들을 의식해서인지 얼굴에서 미소를 지우지 않고 연신 고개를 끄덕였다. 역사적인 첫 번째 고객이 제출한 신분증의 이름을 보고 김건축 목사가 말했다.

"할렐루야, 박문수 형제님, 주님의 이름으로 환영합니다."

그러나 김건축 목사는 박문수가 제출한 십일조 영수증을 보는 순간 자신도 모르게 얼굴을 찡그렸다. 거기에는 단돈 7천 원이 적혀있었다. 다른 말로 하면 지난 1년 간 이 박문수라는 사람은 십일조라는 명목으로 서초교회에 총 7천 원의 헌금을 했다는 소리였다. 그 영수증을 들고 김건축 목사는 순간적으로 뒤에 서있는 직원을 향해 이걸 어떻게 해야하는지 묻기라도 하듯 고개를 돌렸다. 사실 십일조를 하기만 하면 대출자격을 준다고 했지 십일조의 금액에 어떤 기준을 두지는 않았었다. 아무리 그래도 김건축 목사는 도무지 이해할 수 없었다. 이 박문수라는 인간은 지난 1년 동안 그럼 총 7만 원을 벌어서 살았다는 소리인가? 직원도 곤란하다는 듯이 김건축 목사를 보았지만 무슨 말을 어떻게 해야할지 알 수 없기는 마찬가지였다. 김건축 목사가 다시 입을 열었다.

"박문수 형제님, 얼마 대출을 원하시나요?"

"제가 얼마까지 대출이 가능한가요? 최대한 많이 받을 수 있으면 감사하겠습니다만."

그라미 은행에 발을 들인 순간부터 내내 경직된 얼굴로 뭔가 죄를 지은 사람처럼 주변을 두리번거리던 박문수의 얼굴에 처음으로 비굴한 웃음이 떠올랐다. 김건축 목사는 잠시 뭔가를 생각하듯 눈을 감았다가 미소를 지으며 자리에서 일어났다.

"예, 제가 그냥 일일행원에 불과해서 저기 안에 들어가 은행장에게 물어보고 알려드리겠습니다."

김건축 목사는 7천 원이 찍힌 십일조 영수증을 들고 은행 뒤쪽 배대출 행장방으로 들어갔다.

"배 목사님, 아니, 배 행장님 이거 도대체 어떻게 합니까? 달랑 7천원 십일조 한 주제에 대출을 받으려고 왔어요. 이거 우리 무슨 기준이라도 만들어야 하는거 아닌가요?"

"목사님, 제 생각에 십일조 낸 금액의 10배를 대출 상한금액으로 정하면 어떨까요?"

"그럼 배 목사님, 이 사람한테 7만 원 대출해준다고 말인가요? 물론 그게 맞기는 한데....아무리 그래도 내가 가서 기자들 앞에서 달랑 7만 원 대출한다고 말을 할 수는 없죠. 무슨 애들 용돈 주는 것도 아니고. 일단 저는 여기서 빠지겠습니다. 배 목사님, 아니 배 행장님이 처리해 주세요."

창구에는 조금 전까지 김건축 목사 뒤에 서있던 직원이 대신 자리를 잡고 앉았다. 그리고 주충성 목사가 기자들에게 급히 작성된 보도자료를 돌렸다.

"김건축 목사님께서는 갑자기 중요한 장례가 발생해 장례예배를 진행하러 떠나셨습니다. 여러분께 약속드렸던 일일행원 업무를 마무리하지 못한 점에 대해 매우 깊은 유감의 말씀이 있으셨습니다."

그라미 은행의 오픈 장면만을 찍은 상당수의 기자들은 이미 자리를 떠났지만 몇 명의 기자들은 여전히 남아서 십일조 7천 원 영수증을 들고온 박문수 고객이 과연 얼마의 대출을 받을 수 있을지에 관심을 갖고 보고 있었다.

직원: (최대한 침착하게) 저희 그라미 은행 내규에 의하면 저희가 대출상한으로 정한 금액은 서초교회에서 발행한 십일조 영수증의 10배 까지 입니다. 물론 무보증, 무담보입니다. 달리 말해 박문수 고객님의 경우 7만 원을 저희가 보증없이 또 아무런 담보도 없이 빌려드리겠습니다.

박문수: (대출을 기대하며 웃음을 띄던 표정이 순간적으로 귀신이라도 본 듯한 표정으로 바뀌며) 뭐라고요? 7만 원이요? 지금 나더러 7만 원을 빌려서 나가란 말입니까? 세상에 7만 원 빌리려고 은행에 오는 사람도 있답니까?

직원: 네, 하지만 저희 규칙이 그래서 어쩔수가 없습니다. 하

지만 박문수 고객님께 저희 그라미 은행은 어떠한 보증이나 담보도 요구하지 않습니다. 그 점을 기억해 주시면 감사하겠습니다.

박문수: 이 사람이 정말로...이게 무슨 애들 장난도 아니고. 내가 이 모양 이 꼴이지만 허리앤캐쉬에 전화하면 몇 분 안에 당장 3백만원 받을 수 있어. 도대체...이게 무슨 짓거리야?

직원: 하지만 허리앤캐쉬는 이자가 높지 않습니까? 그런 면에서 그리미 은행은 훨씬 더 유리한 조건입니다.

박문수: (순간 할 말을 잃은 듯 직원을 보다가) 이 여자야, 허리앤캐쉬는 십일조 내라는 소리 안해, 알겠어? (자기 주위의 기자들을 둘러보며) 이봐요, 기자 양반들, 이게 지금 장난치는 거지, 뭐하는 겁니까? 평생 교회의 문턱도 가본적이 없는 내가 정말로 교회가 이제 불쌍한 사람들 도와준다고 해서 서초교회에 가서 등록도 했어요. 그런데 무슨 하나님한테 계좌 번호 알려주라고 그 목사님인지 하는 분이 하도 그래서 내가 정말로 천원 한 장도 벌벌 떠는 사람인데 그 날 갖고있던 돈을 싹 다 바쳤어요. 무려 7천 원을 교회에다 바쳤다고요. 그 날 점심도 못먹고 서초교회에서 중량동 집까지 걸어서 갔습니다. 차비가 없어서요. 교회에 다 헌금해서 차비가 없어서 걸어갔다고요. 그런데

지금 나한테 7만 원 대출해주겠다 그 소립니까?

직원: 하지만 저희 규칙이 그래서 어쩔 수가 없습니다. 고객님께서 이해해 주셔야...

박문수: (격하게 소리치며) 내 돈 7천 원 당장 내놔!! 내가 거기 교회에다 바친 7천 원 내놓으라고. 하나님이 알아야 한다는 그 놈의 계좌 번호 같은 거 필요없으니 빨리 7천 원 내놓으라고. 내가 그 7천 원 받기 전에는 절대로 이 자리를 떠나지 않을 테니 7천 원 여기에 당장 갖다놔!!

박문수는 아예 은행 바닥에 주저앉았다. 직원은 급히 어디론가 전화를 했고 약 40분이 흐른 후 박내장 사무처장 직속의 한 직원이 7천 원이 든 봉투를 들고 그라미 은행으로 달려왔다. 박문수는 7천 원을 받은 후 은행 바닥에 침을 뱉고 그라미 은행을 떠났다. 그라미 은행의 역사적인 첫 번째 고객 박문수는 결국 무보증, 무담보로 대출 받을 수 있었던 7만 원을 포기했다.

33. 2017. 7. 5. 장세기 집

　더 이상 약이 듣지 않았다. 무려 3일이 넘게 잠을 한 숨도 자지 못한 장세기는 동네 공원에서 몇 시간 째 계속해서 걷고 뛰고를 반복하고 있었다. 어떡하든 몸을 혹사하면 행여 잠을 잘 수 있지 않을까 싶어서였다. 새벽 1시가 넘었지만 도시 속 여름은 여전히 무더웠다. 공원 한 켠에 만들어진 정자에서 대여섯 명의 남자들이 모여 그 늦은 시간까지 막걸리 파티를 하고 있었다. 누군가 그 공원을 보고 있다면 남들 다 자는 그 늦은 시간까지 공원에서 술을 마시는 사람들보다 몇 시간째 혼자 이리 뛰고 저리 뛰는 장세기의 모습이 훨씬 더 기이하게 보였을 것이다. 온 몸이 땀에 흠뻑 젖은 장세기가 집에 도착한 시간은 거의 새벽 2시가 다 되어서였다. 집에 들어오지 않은 장세기를 걱정하는 아내의 전화나 문자는 그 시간까지 전혀 없었다. 아파트 현관문을 열자 아내가 키우는 개 '실버'가 절뚝거리며 어두운 거실을 지나 장세기에게 다가왔다. 장세기는 원하지 않았지만 아내가 외롭다며 몇 년 전부터 애지중지하며 키우던 개였다. 무슨 병에 걸렸는지 모르지만 언젠가부터 실버는 시력도 잃고 다리도 심하게 절고 있었다. 수의과 의사는 '벌써 그럴 나이가 아닌데....'라며 고개를 갸우뚱거릴 뿐이었다. 절뚝거리며 자신에게 다가와 반갑다고 코를 킁킁대는 실버를 보자 장세기의 눈에서 눈물이 흘렀다.

"미안하다. 난 너를 별로 예뻐하지도 않았는데....우리 집에서 너만 나를 반겨주는구나. 실버야...너가 나 같은 못난 인간보다 몇 백배 더 낫다."

온 몸이 물 먹은 솜처럼 무거웠다. 서재의 소파에 누우면 당장이라도 잠이 들 수 있을 것만 같았다. 그러나 천근 만근같은 몸과 달리 소파에 누운 장세기의 정신은 점점 더 또렷해지고 그 잊고 싶은 노래가 머리에서 사라지지 않고 다시 미친 듯이 맴돌기 시작했다.

  쌀루리긴다 꼰다리말까
  빈다로씰비 온꾸라질라
  삐따리가오 손씰비쭌쭈
  기삐라실쭈 빈꼴래

소파에서 일어난 장세기는 책상 서랍 깊숙이 넣어두었던 약봉지를 꺼냈다. 지난 몇 달간 병원에서 처방받을 때마다 만약을 대비해 조금씩 아껴 모아두었던 수면제 졸민Zolmin 74알이었다. 장세기의 손바닥 위에서 푸른색의 세모난 졸민이 마치 영롱한 보석처럼 반짝거렸다. 장세기는 주섬 주섬 책상 다른 서랍에서 소주병을 꺼냈다. 신경정신과 병원 로비에서 누군가로부터 소주와 수면제를 같이 먹으면 아주 효과가 좋다는 말을 들은 후 장세기는 아내 몰래 소주를 숨기고 수면제와 같이 먹어왔었다. 처음에는 효과가 확실했다. 그러나 그 효과도 그다지 오래 가지 않았다. 지난 이틀간 적지 않은 양의 졸민을 복용했지만 잠을 자지 못했었다. 잠시 망설이던 장세기는 마침내 반짝거리는 졸민 74알을 소주와 함께 삼켰다. 가만히 소파에 다시 몸을 눕혔다. 놀랍게도 조금씩 조금씩 그 뜻을 알 수 없는 요르바어 노래가 장세기의 머리에서 사라지기 시작했다. 그리고 그 사라진 자리에 다른 노래 하나가 들어와 장세기의 머리를 대신 채우기 시작했다.

두 눈을 감으면 선명해져요
꿈길을 오가던 푸른 그 길이
햇살이 살며시 내려앉으면

소리없이 웃으며 불러봐요

소나무야 소나무야 언제나 푸른 네빛

소나무야 소나무야 변하지 않는 너

바람이 얘기해줬죠 잠시만 눈을 감으면

잊고있던 푸른빛을 언제나 볼 수 있다

많이 힘겨울 때면 눈을 감고 걸어요

손 내밀면 닿을 것 같아 편한걸까

세상 끝에서 만난 버려둔 내 꿈들이

아직 나를 떠나지 못해

소나무야 소나무야 변하지 않는 너

바람이 얘기해줬죠 잠시만 숨을 고르면

소중했던 사람들이 어느 새 곁에 있다

소나무야 소나무야 언제나 푸른 네빛

'오늘은 잘 수 있겠네...'라는 생각에 장세기의 얼굴에 만족스런 미소가 떠올랐다. 눈을 감은 채 노래를 듣고 있던 장세기의 머리가 갑자기 시골 부모님의 얼굴이 떠올랐다. 곧이어 건너 방에서 자고 있는 아이들의 얼굴도 떠올랐다. 장세기는 그 순간 자신의 온 몸을 꿰뚫고 지나가는 두려움을 느끼며 몸을 일으켜야 한다고 생각했다. 몇 번이고 일어나려고 애를 썼지만 장세기의 몸은 더 이상 그의 말을 듣지 않았다. 눈을 뜨려고 했지만 눈조차 뜰 수 없었다. 얼마 지나지 않자 신기하게도 장세기를 감싸던 두려움이 사라졌다. 장세기는 몸을 일으키고 눈을 뜨려던 허망한 노력을 포기했다. 다행히 더 이상 부모님과 아이들의 얼굴도 떠오르지 않았다. 그냥 눈을 감은채 그의 가슴을 채우는 그가 사랑하는 노래에 귀를 기울였다. 순간 장세기의 눈에서 한 줄기 눈물이 흘렀다. 입술이 살며시 떨리며 장세기가 자신의 마지막 말을 뱉어냈다.

"영혼의...의...사..."

잠겨진 서재 문 앞에서 평소 제대로 몸도 못 가누던 실버가 서재문을 발톱으로 긁으며 미친 듯이 짖기 시작했다. 안방에서 급히 나온 아내가 말했다.

"아이고, 감사해라. 우리 실버 옛날처럼 기운차렸네! "

여전히 짖는 실버를 품에 안고 기쁜 목소리로 실버를 스다듬으며 안방으로 들이기는 이내의 목소리가 장세기의 귀에 희미하게 들렸다.

34. 2017. 7. 5. 김건축 목사 집무실 4.

사무실에 출근한 윤야성의 전화가 울렸다. 전화를 받은 윤야성의 표정이 순간 굳어졌다. 걸려온 전화를 끊은 후 윤야성은 몇 군데에 전화를 돌렸다. 9시가 조금 넘어 교회 마당에서 김건축 목사를 맞아 함께 2층 사무실로 들어온 윤야성은 김건축 목사가 집무실로 들어가고 10분 정도가 흐른 후 김 목사의 집무실로 들어갔다.

"목사님, 장세기 목사가 오늘 새벽에 죽은채 발견되었습니다. 아직 부검을 하지 않아 100% 확실하지는 않지만 부인에 의하면 약물 과다복용 때문이라고 합니다. 아마도 수면제를 과다하게 먹은 것 같다고 합니다. 수면제 뿐 아니라 우울증 약도 같이 복용했을 가능성이 큽니다. 시신 옆에서 빈 소주병도 발견되었다고 합니다. 현재 성신병원 영안실에 시신은 옮겨졌습니다. 어쨌든 장 목사가 공식적으로 서초교회 풀타임 교역자인데 교회가 나서서 장례를 해야하지 않을까요?"

김건축 목사는 얼굴에 아무런 감정의 변화를 보이지 않은채 인터폰을 들고 평소와 다름없이 말했다.

"주현아, 커피 말고 차 진하게 해서 두 잔 가져와."

정주현이 가져온 차를 앞에 놓고 김건축 목사와 윤야성이 소파에 앉았다.

"윤 실장, 자네도 이제는 대충 알고 감을 잡았겠지만 말이야. 아무튼 장세기 그 친구가 확실한 재주 하나를 타고 났었어. 다름 아니라 옛날부터 사람 놀래키는 재주 말이야. 언젠가 교역자회의에서 영어 방언을 해서 아주 사람의 혼을 빼놓더니....그래 얼마 전 그라미은행 인터뷰 때도 완전히 미친 놈처럼 나와서 노래를 부르지 않나. 맞아, 맞아...전에 식당에서도 그 노래를 부르면서 끌려나간 적 있었지? 아무튼 장세기가 그동안 다양하게 사람을 놀래키더니 이번에 아예 화룡점정을 화려하게 찍는군. 수면제 과다복용? 소주병? 어이가 없구만. 예수 믿는 사람이 수면제를 왜 먹나? 아니, 목사가 술을 마셔? 말세구먼, 진짜 말세야. 그게 제 정신으로 가능한 얘기야? 은혜로, 감사하는 마음으로 누우면 나는 잠만 잘오는데 말이야. 난 잠을 너무 잘 자서 문제인 사람이야. 참, 내가 어이가 없어서. 아무튼 앞으로 그 친구 때문에 놀랄 일이 없어서 좀 서운하긴 하겠군."

"목사님, 교회에서 장례를 다 진행해야 할 것 같습니다만....목사님께서 이번 기회에 교역자들에 대한 목사님의 애정을 보여주시는 멋진 기회로 삼으면 어떨까요? 또 사람의 죽음을 통해서 살아있는 사람들이 단합도 하고 그러지 않습니까? 그러니까 장세기 목사의 죽음을 이번 기회에 특히 교역자와 직원들의 마음을 모으는 기회로 삼는게 필요할 거 같습니다. 물론 메일을 다 지웠지만 몇 달 전 장세기 목사가 보냈던 메일을 지금도 기억하는 사람들이 분명히 적지 않습니다. 목사님께서 적극적으로 이번 장례에 참여하시는 것이 목사님의 포용력을 과시할 수 있을 뿐 아니라 무엇보다 장세기 목사의 그 파렴치한 배신을 도리어 사랑으로 끌어안는, 원수조차 사랑하는 목사님의 모습을 교역자들과 직원들에게 제대로 보여줄 수 있다고 생각합니다."

김건축 목사는 아주 만족한 표정으로 고개를 크게 끄덕였다.

"그래, 그럼 그렇게 하자고. 발인에서 입관까지 모든 설교를 내가 하는 것으로 하지. 김철골 집사에게 알려서 빨리 초안을 잡으라고 해. 그리고 교회 장례팀을 보내서 영안실도 좋은 곳으로 잡고 조화들도 이런 저런 이름으로 해서 좀 많이 보내도록 해. 내일 오후 3시 정도에 내가 조문을 하는 것으로 하고 발인예배 스케줄을 잡아. 필요하면 언론이나 좀 이런데 알려서 사진도 찍으면 더 좋지 않을까?"

"네, 목사님, 잘 알겠습니다. 그렇게 진행하겠습니다. 그런데 목사님....그래도 장세기 목사가 서초교회 풀타임 교역자인데 수면제 과다복용으로 죽었다고 하면 교회에 덕이 안되지 않을까요? 무엇보다 목사님 리더쉽에도 도움이 안되고 말입니다. 제가 알기로 장세기 목사가 지난 몇 년간 부인과 사이가 심하게 좋지 않았다고 합니다. 제가 목사님 조문 전에 장 목사 부인과의 시간을 준비하겠습니다. 거기서 목사님께서 부인에게 애도의 뜻을 충분히 전하시고....물론, 제가 미리 해놓겠습니다만....장세기 목사의 사인을 평소에 심장이 좋지 않았던 장 목사가 심장마비로 죽은 것으로 하면 교회에도 덕이 되고 또 무엇보다 장세기 목사의 가족들에게도, 특히 자식들에게도 훨씬 더 좋지 않을까요? 자살해서 죽은 아버지가 자식들에게 두고두고 얼마나 큰 상처가 되겠습니까? 장 목사 부인이 유족 인사 때 이 부분을 자연스럽게 말하도록 하면 아무 문제없고 모두에게 다 은혜가 될 것 같습니다만...."

김건축 목사는 '맞아, 그거 진짜 중요한 부분이군' 이라는 표정으로 새삼 감탄한 듯 윤야성을 보며 고개를 끄덕였다.

35. 2017. 7. 6. 마홍위의 꿈

손에 약병을 든 장세기가 때로는 울부짖으며 또 때로는 사정하며 마홍위의 옷을 잡는다.

"마 전무목사님, 제발, 제발 저 좀 살려주세요. 저 좀 살려주세요. 난 이대로는 살 수도 또 죽을 수도 없어요. 나를 좀 살려주세요."

말을 마친 장세기는 약병에서 한움큼의 약을 꺼내 물도 없이 입에 넣고 삼킨다. 그리고 또 다시 마홍위의 옷을 붙잡고 사정한다.

"마 전무목사님, 마 목사님, 제발, 제발 저 좀 살려주세요. 저 좀 살려주세요. 난 이대로는 살 수도 또 죽을 수도 없어요. 나를 좀 살려주세요."

어떻게든 장세기를 뿌리치려는 마홍위를 향해 장세기가 노래하기 시작한다.

쌀루리긴다 꼰다리말까

　빈다로씰비 온꾸라질라

　삐따리가오 손씰비쥰쭈

　기삐라실쮸 빈꼴래

　어떻게든 장세기의 노래를 듣지 않으려고 마홍위가 손으로 귀를 막아도 아무런 소용이 없다. 어느새 마홍위는 온 몸을 땀에 젖은채 신음하며 침대 위에서 몸무림칠 뿐이다.

36. 2017. 7. 6. 장세기의 장례식장

장세기의 사망 다음 날 오후 3시가 조금 지나 김건축 목사와 교역자 일동은 성신병원에 도착했다. 김건축 목사와 윤야성은 병원 내 한켠에 준비된 공간에서 장세기의 부인을 따로 만났다. 김건축 목사는 장세기의 부인에게 봉투를 건네며 조의를 표했고 장세기의 부인은 그런 김건축 목사 앞에서 솟아오르는 기쁨을 어떻게든 슬픈 눈물로 감추며 고개를 숙였다.

"사모님, 우리 장 목사님이 없었으면 지금의 서초교회는 아예 존재하지 않습니다. 정말로 장세기 목사는 하나님이 보내신 주의 종이었습니다. 이제 더 이상 눈물도 슬픔도 없는 저 천국, 우리 예수님의 품에서 지금 장 목사 너무 신이 나서 덩실덩실 춤을 추고 있을 것입니다."

"목사님, 제 남편이 평소 얼마나 목사님을 존경하고 사랑했는지 저는 잊을 수가 없습니다. 목사님께서 정말로 부족한 사람을 귀하게 영전시켜 주셔서 분수에 맞지 않는 중요한 사역을 맡아 그동안 너무 영광스럽게 감당해 왔습니다. 목사님의 그 은혜 저와 우리 아이들은 죽을 때까지 잊지 못할 것입니다."

김건축 목사는 장세기 부인과의 짧은 만남을 마치고 영안실로 이동했다. 왠지 낯설기만 한 웃는 얼굴의 장세기 영정사진 앞에서 김건축 목사는 한참을 움직이지 않고 고개만 숙이고 있었다. 이윽고 김 목사는 어깨를 들썩거리며 울기 시작했고 그 모습을 본 장세기의 부인과 아이들은 아예 소리내어 통곡했다. 장세기의 영정사진 앞에서 서럽게 우는 김건축 목사를 향해 교회에서 데리고 온 사진사들은 쉬지 않고 카메라 셔터를 눌렀다. 자신의 가족과 함께 통곡하는 김건축 목사를 환히 웃는 장세기의 영정사진이 허망하게 내려다보고 있었다.

김건축 목사 발인예배 설교의 일부

하나님께서는 아주 가끔 우리들에게 놀라운 영적 거인을 보내주십니다. 하나님이 특별히 보내주시는 그런 영적 거인과 같은 시간을 산 사람들을 우리는 행운아라고 부릅니다. 여러분, 우리는 행운아였습니다. 하나님이 이 시대에 특별히 보낸, 당신의 종 장세기 목사와 함께 사역한 우리는 진정한 행운아였습니다. 장세기 목사와 동역할 수 있었던 우리 서초교회는 행운아였습니다. 비록 장세기 목사가 무슨 담임목사도 아니었지만 그를 알았던 사람이라면, 아니 그를 단 한번이라도 만났던 사람이라며 그 누구도 예외없이 장세기 목사가 얼마나 대단한 영적 거인인지 알 수 있었을 것입니다. 저는 정말 오늘 저의 팔다리가 잘리는 아픔을 느낍니다. 장세기 목사가 서초교회를 얼마나 사랑했고 또 무엇보다 너무도 부족한 나를 담임목사로 얼마나 사랑하고 아꼈는지 알기 때문입니다.

저와 장세기 목사 사이에는 정말 너무도 추억거리가 많습니다. 그 얘기를 다 하려면 정말로 밤이 새어도 모자랄 것입니다. 성경적으로 말하면 하늘을 두루마리로 삼고 바다를 먹물 삼으면....좀 가능하지 않을까 싶을 정도입니다. 그 정도로 우리 둘 사이에는 일화가 많습니다. (이 부분에서 김건축 목사는 잠시 말을 멈췄다. 장세기와의 있지도 않았던 일화들을 추억하듯 먼 곳을 바라보는 그의 눈에 어느새 눈물이 맺혔다.) 정말 너무도 많은 일화들 중에서 딱 하나만 오늘 얘기하겠습니다. 아주 오래 전 장세기 목사가 청년부에 사역할 때 있었던 일입니다. 여러분도 알다시피 나는 시간이 없어도 꼭 짬을 내서 교회 이곳 저곳을 살피며 그 사역공간을 위해서 또 그 사역공간 안에서 일하는 우리 형제 자매를 위해 중보기도를 하지 않습니까? 그 날은 이상하게 내 마음이 청년부 사무실로 향했습니다. 이미 늦은 시간이었습니다. 밤 10시가 거의 되었었습니다. 청년부 사무실의 불이 켜져 있어 들어갔더니 장세기 목사가 일을 하다가 얼마나 지쳤는지 책상에 엎드려 자고 있었습니다. 저는 그 모습이 너무도 감동스럽고 또 동시에 가슴이 아팠습니다. 자고 있는 장세기 목사의 등에 살며시 손을 대고 15분이 넘게 장세기 목사를 위해 중보기도를 했었습니다. 그리고 내가 입고 있던 버버리 잠바를 벗어서... 참고로 그 잠바는 장로님 한 분이 영국에 출장가셨다가 사다주신 것인데 버버리 중에서도 최고급인 잠바였습니다. 나는 그 최고급 버버리 잠바를 벗어 장 목사 몸에 덮어주고 나왔습니다. 그 때가 11월인가 되어서 꽤 쌀쌀했었습니다. 그리고 저는 작은 메모를 하나 장 목사 책상에 써놓았습니다.

'사랑하는 나의 동역자, 존경하는 장세기 목사님. 당신의 몸을 덮고 있는 이 최고급 버버리 잠바는 나의 작은 선물입니다. 당신과 같은 신실한 동역자와 함께 주를 섬길 수 있어 너무도 영광스럽습니다.'

그런데 장세기 목사는 다음날 제게 잠바를, 그 최고급 버버리 잠바를 들고 왔습니다. 제가 입었던 최고급 버버리 잠바를 몸에 잠시 걸쳤던 것만으로도 자신은 엘리사가 엘리야의 외투를 입은 것과 같이 영혼에 힘이 생긴다고 하면서 말입니다. 저는 그 최고급 버버리 잠바를 꼭 장 목사에게 주고 싶었지만 장 목사는 한사코 사양했습니다. 형제, 자매 여러분....우리 장세기 목사가 그런 사람입니다. 그 최고급 버버리 잠바를 마다할 정도로 물질에는 아예 관심 자체가 없었던 영의 사람이었습니다.

우리는 오늘 정말로 우리가 너무도 사랑했던 장세기 목사, 주님의 종, 주님이 보내신 영적 거인을 다시 하늘나라도 떠나보내며 하나님께 이 기도를 하지 않을 수 없습니다. 하나님, 우리에게 한 번만 더 장세기 목사와 같은 영적 거인을 보내주십시오....라고 말입니다.

장세기 목사 부인 유족 인사의 일부

제 남편이 얼마나 서초교회를 사랑했고 또 무엇보다 김건축 목사님을 존경했는지 이루 다 말로 할 수 없습니다. 집에만 오면 남편은 '우리 목사님, 우리 김건축 목사님, 우리 담임목사님...'을 늘상 입에 달고 살았습니다. 왜 그런지 모르지만 남편은 어릴 때부터 심장이 안좋았다고 합니다. 최근 들어 심장이 더 안좋아져서 교회에 출근도 제대로 하지 못했습니다. 그럼에도 불구하고 담임목사님께서 얼마든지 쉬어도 좋으니 몸이 좋아지면 다시 오라고 은혜를 베풀어 주셨습니다. 그 덕에 조금씩 좋아지나보다 하고 생각했었는데 며칠 전부터 갑자기 상태가 악화되었습니다. 그리고 하나님께서 이렇게 오늘 새벽 당신의 품으로 부르셨습니다. 하지만 오늘 이렇게 교회가 온 정성을 다해 남편의 천국가는 길을 배웅하는 모습에 우리 남편, 장세기 목사는 참 행복한 사람이었구나…라는 생각과 함께 하나님께 감사를 올리지 않을 수 없습니다. 정말로, 정말로 감사합니다. 저와 우리 아이들은 이제 죽는 날까지 서초교회와 김건축 목사님을 향한 사랑의 빚을 지게 되었습니다. 정말로 감사드립니다.

그 날 저녁 인터넷 사역실의 한창주 실장은 김건축 목사로부터 아주 한참을 깨졌다. 장세기의 영안실에서 어깨를 들썩이며 눈물을 쏟는 김건축 목사의 기막히게 연출된 애도의 모습이 담긴 영상을 신속하게 유투브에 올리지 못한 치명적 실수 때문이었다. 그러나 교회 신문 '너희랑' 편집장인 윤호기 집사는 한창주 실장과 대조적으로 '너희랑' 특별판을 준비해 교인들에게 바로 배포했다. 그 특별판에는 장세기의 영정 사진 앞에서 눈물을 흘리는 김건축 목사, 장세기의 아이들을 꼭 끌어안고 그 아이들의 머리에 손을 올리고 안수기도 하는 김건축 목사의 모습 등등 약 10장에 가까운 감동적인 사진들이 실렸다. 그 외에 김건축 목사의 발인예배 설교 전문, 장세기 부인의 유족 인사 전문 그리고 주충성 목사 외 몇 명이 기고한 '내가 기억하는 참된 주의 종 장세기 목사' 등등의 내용이 실렸다. 서초교회에서 일한지 얼마되지 않았지만 이미 핵심멤버에 들어있는 윤호기 집사와 달리 근무기간은 훨씬 오래된 한창주 실장이 핵심멤버에 들지 못하는 이유가 이 작은 사건 하나를 통해 여실히 드러났다.

37. 2017. 7. 12. 핵심멤버 월간 어록모임

　　서초교회의 핵심멤버들만이 참석해 김건축 목사의 주옥같은 어록을 받아 쓰는 '월간 어록 모임'이 처음으로 열렸다. 이 모임은 애초에 김건축 목사가 자신이 하는 말은 그냥 받아적기만 해도 하나의 어록집이 될 수 있다는 생각에 안상해 전 비서실장과 함께 몇 년 전 기획하다가 이런 저런 일들이 생기면서 잠정 중단되었던 모임이었다. 평소 촌철살인에 버금가는 자신의 어록이 보다 더 많은 사람들에게 전해지지 않는 사실에 애통해하는 김건축 목사의 마음을 눈치챈 윤야성이 김건축 목사 몰래 모임을 기획했고 마침내 그 첫 모임이 열리게 되었다. 공교롭게도 첫 모임이 열린 날은 장세기의 장례가 있고 난 바로 그 다음주였다. 윤야성은 공지를 통해 참석하는 핵심멤버는 반드시 수첩과 펜을 지참해 김건축 목사의 어록을 빠짐없이 기록해야 한다고 말했다. 물론 스마트폰을 통해서도 얼마든지 쉽게 녹취할 수 있지만 어떠한 경우라도 자신이 하는 말을 녹취해서는 절대 안된다는 김건축 목사의 엄명이 내려져 있었다. 앞으로 한 달에 한번씩 총 12번의 '월간 어록 모임' 이후 참석자 모두의 수첩을 모아 그 중에서 가장 잘 정리된 어록들을 선별해 가제, **'글로벌 어웨이크닝Global Awakening 김건축 목사의 어록집'**을 발간할 예정이라고 했다. 무엇보다 '글로벌 어웨이크닝 Global Awakening 김건축 목사의 어록집'은 단 1회성 출판으로 끝나지 않는다고 했다. 앞으로 온 세상이 인류 역사상 단 한 번도 경험하지 못한 지성의 빛에 뜨겁게 쬐일 수 있도록 최소 일년에 한 권씩 발간될 예정이라고 윤야성은 덧붙였다.

첫 '월간 어록 모임'에 참석한 기라성같은 서초교회 핵심멤버는 다음과 같았다.

마홍위 전무목사

고자서 부장목사

주충성 과장목사

이정석 과장목사

하정호 강도사

강연옥 전도사

알렉스 리 목사

김철골 집사(기사)

윤호기 집사(교회 신문 '너희랑' 의 편집장)

박내장 사무처장

나다해 장로

윤야성 비서실장

김건축 목사가 흐뭇한 미소와 함께 그의 첫 어록이 될 지도 모를 말을 시작했다. 참석한 사람들의 펜을 쥔 손이 바쁘게 움직이기 시작했다.

"오늘 이렇게 윤 비서실장의 주도 아래 첫 어록 모임을 갖게 된 것을 참으로 기쁘게 생각합니다."

김건축 목사의 정중한 존대말이 왠지 이상하게 느껴졌다. 김 목사 자신도 그렇게 느꼈는지 괜히 헛기침을 몇 번 한 후에 다시 말을 이었다.

"그냥 편한대로 얘기하자고. 이거 이런 식으로 해서는 어록이 제대로 못 나올 수도 있으니까. 아무튼 윤 실장이 또 한 번 귀한 성령의 음성을 듣고 이렇게 어록 모임을 만들었는데 참으로 윤 실장이 대단히 예민한 영적 감각을 갖고 있음을 다시 한 번 느낄 수 밖에 없어. 지난 주 장세기 목사 장례식에서 내가 장세기 목사와 관련해 있었던 숨겨진 얘기를 했었잖아? 사실 그런 사례 몇 개만 모으면 '인간극장'이 몇 개가 나올 수도 있어. 어떻게 보면 그 정도로 감동적이고 또 미처 생각지도 못한 핵심을 찌르는 나의 어록들이 우리 서초교회 안에서만 유통되고 끝난다는 것이 너무도 아쉬울 수 밖에 없어. 그렇지 않나?"

고자서 부장목사와 주충성 목사가 깊이 동감한다는 듯 크게 고개를 끄덕였다.

"며칠 전에 말이야. 장 목사 장례식 이후에 누가 나한테 그러는거야. 뭐…이게 장 목사와 관련된 이야기는 아니야. 오해하지 말도록. 아무튼 그 사람이 나한테, '목사님, 요즘 우울해서 자살을 많이 한다고 하던데요. 참 문제가 아닐 수 없습니다.' 그래서 내가 뭐라고 했는지 알아? '그럼 사람이 우울하니까 자살하지 기뻐서 자살하는 사람도 있습니까?' 라고 말이야."

김건축 목사는 참석자들로부터 터질 폭소를 잔뜩 기대하는 얼굴로 주위를 둘러보았다. 그러나 미처 예상하지 못한 시점에 나온 김건축 목사의 야릇한 유머를 제대로 파악한 사람이 없어 보였다. 잠시 어색한 듯 몇 번 헛기침을 한 김 목사가 말을 이었다.

"이해를 잘 못하는 거 같구먼. 왜 이렇게 사람들이 영적유머 감각이 없어? 요즘 사는게 많이들 힘든가? 아무튼…이런 나의 영적 유머도 상당히 촌철살인적인 어록이 될 수 있다 그 말이야. 결국 내가 성령님의 감동을 받아 하는 모든 말이 사실상 영혼이 죽어가는 이들의 생명을 살릴 수 있는 그런 힘이 있다는 것을 깨닫는다면 앞으로 한 달에 한 번씩 갖는 이 모임의 중요성을 여러분이 충분히....”

순간 마홍위가 손을 번쩍 들었다. 모든 사람들의 눈이 마홍위를 향했다. 지금까지 그 어떤 회의에서도 발언을 요청하듯이 손을 든 사람은 한 명도 없었었다. 자신의 말을 끊는 마홍위를 향해 짜증섞인 목소리로 김건축 목사가 말했다.

“마 목사, 뭐야? 질문있어? 지금 이 시간은 질문하고 그러는 시간이 아니야. 그냥 내 말을, 아니 내 어록을 듣고 적으면 된다고. 여기가 무슨 초등학교 수업 시간이야? 왜 애들처럼 손을 들고 그래? 아니, 당신 요즘 점점 더 왜그래?”

마홍위는 김건축 목사의 핀잔에도 아랑곳하지 않고 계속 손을 들고 있었다. 옆에 앉은 고자서 부장목사가 마홍위를 몇 번이나 찔렀지만 마홍위는 꿈쩍도 하지 않았다. 그런 마홍위의 느낌이 심상찮았는지 김건축 목사가 말했다.

“그래, 그래도 명색이 전무목사인데....마 목사, 하고 싶은 얘기가 뭐야? 질문이 뭔데?”

마침내 마홍위는 들었던 손을 내리고 입을 열었다.

"김건축 담임목사님, 이건 저의 질문이기도 하고 또…"

마홍위는 순간 울컥하고 먹먹한 감정이 솟아오르는지 말을 끊었다.

"목사님께서 그토록 영적 거인이라고 추켜세우셨던 장세기 목사의 질문이기도 합니다."

장세기라는 이름에 김건축 목사의 눈꼬리가 올라갔다. 윤야성은 순간 뭔가가 잘못되어가고 있음을 느꼈지만 그조차 그 상황에서 할 수 있는 일은 없었다.

"목사님, 아주 오래 전 교역자 회의에서 우리에게 가르쳐 주셨고 또 얼마 전 장세기 목사가 불렀던 노래, 목사님께서 직접 요르바어로 만드셨다고 했던 그 노래 가사의 뜻이 도대체 무엇입니까? 제게 알려주십시오. 저는 그 가사의 뜻을 오늘은 꼭 알아야 하겠습니다. 그 가사의 뜻을 적어서 하늘나라에 간 장세기 목사의 영전에 갖다 놓아야만 합니다. 가사의 뜻을 이 자리에서 알려주십시오."

상상치도 못한 말이 마홍위의 입에서 나오자 김건축 목사를 비롯한 모든 참석자가 순간적으로 그 어떤 말도 하지 못할 정도로 충격을 받았다. 그 누구보다 앞서서 이런 황당한 상황을 수습해야 할 주충성 목사조차 입을 반 정도 벌리고 멍한 눈으로 마홍위를 바라보고 있을 뿐이었다. 윤야성도 크게 다르지 않았다. 마침내 김건축 목사가 조금은 더듬거리며 입을 열었다.

"이봐, 마 목사... 당신 미쳤어? 장세기가 가니까 이제는...."

그러나 김건축 목사는 역시나 김건축 목사였다. 잠시 당황한 듯 했지만 바로 정신을 차린 김건축 목사는 어이가 없다는 듯 마홍위를 향해 가벼운 미소마저 지어보였다.

"장세기가 가니까 이제는 마홍위야? 그런거야? 당신 지금 뭐하자는 거야? 밖이 좀 덥다고 벌써 더위 먹은거야? 에어콘 좀 더 세게 틀어줄까? 지금 뭐하자는 거야?"

에어콘 강도를 조절하려고 고자서 전무목사와 주충성 목사가 동시에 일어났다. 김건축 목사의 노골적인 비아냥과 모욕에도 마홍위는 조금도 위축되지 않았다.

"목사님, 저는 목사님을 모독하거나 힘들게할 의도가 전혀 없습니다. 그냥 알려주시기만 하면 됩니다. 도대체 그 요르바어 찬양 가사의 뜻이 무엇입니까? 목사님이 만드셨는데 목사님이 모르실 리가 없지 않습니까? 그 가사의 뜻을 제발 이 자리에서 알려주십시오."

김건축 목사가 자리에서 일어났다.

"내가 왜 그 찬양의 뜻을 당신에게 알려줘야 하는데? 내가 왜? 아무튼 뭔가 좀 제대로 하려고 하면 꼭 이렇게 사탄이 끼어서 망쳐요. 이제는 전무목사라는 작자까지 귀신에 들렸구먼...."

김건축 목사가 회의실을 박차고 나갔다. 모든 참석자가 일제히 김 목사를 따라 나갔다. 고자서 부장목사가 잠시 머뭇거리더니 마침내 돌부석처럼 앉아있는 마홍위만을 남기고 마지막으로 회의실을 나갔다.

38. 2017. 8. 9. 마홍위의 문자

마홍위 전무목사가 사라졌다.

마홍위가 누구인가? 고 정지만 원로목사의 수첩조작을 주도하고 한 때 서초교회를 위기에서 구해낸 유일무이한 전무목사였다. 말 그대로 김건축 목사 다음인 제 2인자로서 지난 6년이 넘는 세월동안 서초교회의 모든 중요한 결정의 중심에 서있던 사람이었다. 그러나 인간의 망각은 놀랍고 망각이 가져다주는 인간의 적응력은 더 경이로운 법이었다. 그런 마홍위조차 사람들의 머리에서 서서히 잊혀져갔다. 그리고 언젠가부터 장세기처럼 마홍위조차 서초교회에 없는 것이 하나도 이상하지 않게 되었다. 한 동안 마홍위의 자리를 공석으로 비워두었던 김건축 목사는 그가 사라지고 한 달 정도 지났을 즈음 마홍위와 거의 그림자처럼 붙어다녔던 고자서 부장목사를 전무목사로 승진 발령했다. 그리고 유동식 과장 목사가 파격적으로 부장목사로 승진했다. 유동식 과장목사의 승진은 아무도 예상하지 못했었다. 당연히 주충성 과장목사가 부장목사가 되리라는 전망이 너무도 자연스럽게 떠돌았다. 그러나 김건축 목사는 언제나 그랬듯이 일반적인 예상을 뛰어넘는 인사를 통해 기존 조직에 긴장감을 불어넣는 데에 성공했다. 유동식 과장목사는 강연옥 전도사가 총괄하는 해외선교부 소속이었다. 직급은 목사지만 당연히 강연옥 전도사의 지시를 받았었다. 그런데 순식간에 강연옥 전도사에게 지시를 내릴 수 있는 부장목사가 되었다. 일설에 의하면 유동식 부장목사의 아버지인 '창신신학교'의 총장 유동아 신학박사와 김건축 목사 사이에 어떤 은밀할 거래가 있었다는 말도 있었지만 확인할 길은 없었다.

　마홍위가 사라지고 약 한 달 정도가 지나 새로운 전무목사가 된 고자서가 기쁨에 넘쳐 핵심멤버들을 자신의 집으로 불러 승진턱을 냈다. 고자서 전무목사의 집에서 저녁을 먹고 집으로 향하는 윤아성의 핸드폰에 아주 긴 문자 하나가 도착했다. 다름아닌 마홍위가 보낸 긴문자였다.

　"윤 비서실장, 나 마홍위 목사입니다. 잘 지내십니까? 아직도 모든 회의 때마다 그 누구도 감히 상상도 못하는 아이디어를 가지고 김건축 목사 뿐 아니라 참석자들을 여전히 놀라게 하고 계십니까? 난 과거에 당신을 볼 때마다 왜 당신같이 똑똑한 사람이 지금 이 자리에 있을까....를 의아해하곤 했습니다. 하지만 당신과 김건축 목사를 떠나서 한 달 정도 지내고 보니 그 의문이 자연스럽게 풀리더군요. 당신과 김건축 목사는 사실상 영혼의 쌍둥이라고 해도 과언이 아닐 정도 똑같다는 사실입니다. 아니, 차라리 이렇게 얘기하는게 낫겠습니다. 당신, 윤야성 실장은 김건축 목사라는 위험한 불에 끼얹어지는 기름입니다. 당신, 윤야성이라는 인물은 김건축 목사 속에 숨겨있던 모든 야욕의 불씨를 자신의 영악함으로 한국교회 전체를 태우고도 남을 정도의 화마로까지 키우는 끔찍한 존재입니다.

윤 실장님, 한 가지 얘기를 하지요. 나는 결코 씻을 수 없는 원죄를 지고 있습니다. 결국은 정지만 원로목사님을 죽음으로까지 몰고간 그 수첩 사건을 애초에 기획하고 진두지휘한 사람은 주충성도 아니고 장세기도 아닙니다. 바로 나입니다. 그 두 사람은 그냥 철저하게 내 지시를 따랐을 뿐입니다. 그렇기에 정 원로목사님과 장세기 목사를 죽인 사람은 다름 아닌 나, 마홍위입니다. 그리고 나는 장세기 목사가 내게 살려달라고 내민 손마저 차갑게 외면한 인간입니다. 그렇기에 이제 나는 죽어서 정 목사님은 말할 것도 없고 장세기 목사도 볼 수 없는 처참한 인생입니다. 윤 실장님, 아시겠습니까? 결국 나로 인해 두 명이 죽었습니다. 나는 살인자입니다. 그 뿐 아니라 그 두 사람의 죽음마저 왜곡되는 현장을 보면서도 나는 아무것도 하지 않았습니다.

나는 장세기 목사의 죽음을 접하고 나 자신의 속죄를 위해서라도 내가 아는 김건축 목사의 정체를 공개하는 양심선언을 할까도 생각했습니다. 그러나 할 수 없었습니다. 아니, 하지 않았습니다. 그 결과가 너무도 뻔했기 때문입니다. 아무도 믿지 않을테고, 또 아무런 변화도 생기지 않을테니까요. 결과적으로 김건축 목사같은 사람은 당신의 도움을 받아 또 다른 술수를 강구하고 대부분의 사람들은 그걸 믿을테니까요. 또 하나의 장세기 목사만이 나올 뿐이니까요.

윤 실장님, 한 가지 부탁하겠습니다. 당신에게 일말의 양심이 있다면 김건축 목사를 지금 당장 떠나세요. 당신이 김건축 목사 곁에 있으면 있을수록 당신과 김건축 목사로 인해 수 많은 장세기들이 생길 것이기 때문입니다. 당신에게 하나님께서 만드신 인간의 삶에 대한 조금의 존중이라도 있다면, 하나님이 부어주신 인간의 생명에 대한 티끌만큼의 경외심이 있다면 당신은 지금 당장 김건축 목사를 떠나세요. 나 마홍위가 죽인 사람은 단 두 명이지만 당신은 두 명이 아니라 수십 명을 죽이고도 남을 사람입니다. 그리고도 당신은 하나님의 일을 했다고, 교회를 살리고 있다고 웃으면서 떠들겠지요. 윤야성 실장님, 지금 김건축 목사보다 더 가증스러운 인간은 그 곁에서 그를 이용하며 아부하는 인간들입니다. 바로 나 마홍위와 같은 인간들, 주충성과 같은 인간들 그리고 당신 윤야성과 같은 인간들입니다. 그 중에서도 내가 본 당신, 윤야성은 가장 가여운 인간입니다. 어찌 보면 주충성보다도 훨씬 더 가여운 존재입니다. 하나님께서 주신 영민함을 무기로 겉으로는 끊임없이 하나님을 말하지만 오로지 돈, 권력만을 향해 불나방처럼 모든 것을 태울 기세로 달려드는 당신을 한번 보십시오. 과거의 내가, 마홍위 전무 목사가 당신의 거울입니다. 나의 입은 끊임없이 하나님과 교회를 말했지만 하나님은 관심없고 교회는 내 야망을 채우기 위한 도구였을뿐입니다. 나의 입은 항상 천국을 말하지만 보이지도 않는 천국은 애당초 내 관심이 아니었습니다. 이웃을 사랑하라고 내 입은 떠들지만 정작 나는 고통하는 장세기 목사를 외면하고 결국 죽음으로 빨려가는 그를 바라보기만 했습니다. 앞으로 당신은 얼마나 많은 장세기들을 만드려고 그렇게 끊임없이 성령을 팔고 하나님의 음성을 팔고 있습니까? 당신의 영혼을 위해서 그리고 당신으로 인해 생길지 모를 미래의 수많은 장세기들을 위해 마지막으로 호소합니다. 김건축 목사를 지금 당장 떠나세요! 김건축 목사의 야망에 하나님의 이름을 가장하여 기름을 붓는 그 끔찍한 악행을 당장 중단하세요! "

저녁이지만 여전히 섭씨 30도가 넘는 더운 날씨에도 불구하고 윤야성은 마홍위의 문자를 읽는 자신의 손이 부들부들 떨려옴을 느꼈다. 잠시 호흡을 가다듬고 몇 번이고 심호흡을 해도 그 떨림이 가라앉지 않았다. 마홍위가 눈 앞에 있다면 조금의 망설임도 없이 윤야성은 맨손으로 마홍위의 몸을 갈갈이 찢어 죽일 수도 있을 것 같았다. 아니, 찢어죽인 후 마홍위의 피가 뚝뚝 떨어지는 내장을 꺼내 잘근잘근 씹어먹을 수도 있을 거 같았다. 영화에서 조폭들이 하는 말, '저 놈을 갈아 마셔버릴거야'를 윤야성은 그 순간 온전히 이해할 수 있었다. 몇 분이나 지났을까. 윤야성은 마홍위의 문자를 삭제했다. 그리고 그의 핸드폰 번호를 수신차단했다. 윤야성이 아프게 깨문 입술 사이로 가느다란 혼잣말이 신음처럼 흘러나왔다.

"놀고 자빠졌네, 똑같이 약 쳐먹고 돼질 찌질한 병신 개새끼가...."

39. 2017. 8. 19. 윤야성의 이메일 3.

주 안에서 내 생명보다 더 사랑하는 김건축 목사님,

저는 하나님께서 제게 생명을 허락하신 이유는 다름 아니라 김건축 목사님을 한국의 영적 대통령으로, 나아가 전세계 개신교를 대표하는 중심인물로 만드는 데에 쓰임받기 위해서라는 것을 하루하루가 갈수록 더 절실히 느끼고 있습니다. 목사님께서 제게 과분한 믿음과 사랑을 주셔서 그 꿈이 조금씩 현실로 만들어지고 있습니다.

목사님, 그라미 은행의 창립에 저는 크게 두 가지의 목표를 가지고 있었습니다.

첫 번째는 목사님께서 한국의 영적 대통령이 되시는데에 필요한 대사회적 인지도 상승입니다. 우리 사회 속에는 아직까지 김건축이라는 이 영광스런 이름을 모르는 사람들이 꽤 많이 있습니다. 하나님을 믿는 사람과 영어에 관심을 가진 사람에게 김건축이라는 이름은 하나의 '전설'입니다. 그러나 그렇지 않은 다수의 사람들에게 아직까지 김건축이라는 이 아름다운 이름이 생소하다는 사실은 저로 하여금 매일 밤을 고통 속에서 잠들도록 합니다. 그러나 목사님, 그라미 은행 창립으로 인해 기존의 기독교와 영어 세계를 벗어난 훨씬 더 큰 세계에까지 김건축이라는 아름다운 이름이 널리 알려졌습니다. 정말로 하나님께 감사할 수 밖에 없습니다. 명실상부한 영적 대통령이 되기 위해서는 누구나 그 대통령의 이름을 들었을 때 누구인지 알아야 합니다. 비록 미국에 살지 않아도 미국 대통령이 누구인지 세계인은 다 압니다. 마찬가지입니다. 교회를 다니지 않아도 목사님의 이름을 다 알아야 우리는 비로소 김건축 목사님께서 영적 대통령의 반열에 들어가고 있다라고 할 수 있습니다. 그런 면에서 그라미 은행은 하나님께서 예비하신 귀한 사역이 아닐 수 없습니다.

두 번째는 그라미 은행을 통해 만들어지는 수익 중 일부를 목사님의 영적 대통령 프로젝트에 사용함으로 좀 더 하나님의 나라를 앞당기는 것이었습니다. 그러나 현실적으로 금융감독원의 감독이 생각보다 대단히 철저합니다. 이 부분을 놓고 배대출 은행장과도 의논했지만 현재 그라미에서 자금을 끌어오는 것이 쉽지 않습니다. 따라서 제가 그라미 은행을 통해 목표로 세웠던 두 가지 중에서 하나는 이뤄졌지만 두 번째는 성공하지 못했음을 목사님 앞에서 참회의 마음으로 고백합니다. 서는 이 잘못에 대해서 어떠한 책임도 감수할 준비가 되어있습니다.

목사님, 이제 목사님이 영적 대통령이 되시는 데에 필요한 마지막 50%에 대해서 말씀드리려고 합니다. 바로 그 50% 때문에 저는 애초에 그라미 은행을 통한 자금조달이 필요했습니다.

목사님, 저는 목사님의 영적 대통령 취임 그리고 나아가 전세계 개신교의 대표주자가 되는가 아닌가의 여부는 다음 한 가지로 판명난다고 생각합니다.

"김건축 목사님의 노벨 평화상 수상"

언젠가 그라미 은행을 논의할 때 제가 잠깐 언급하기도 했습니다. 목사님도 아시겠지만 방글라데시의 그라민 은행 총재는 노벨평화상을 받았습니다. 달리 말하면 이미 목사님도 그라미 은행을 통해 노벨평화상의 후보에 들 자격을 얻었다고 볼 수 있습니다. 그러나 노벨평화상은 같은 항목을 가지고 반복적으로 수상하지 않습니다. 따라서 이제는 그라미 은행 외에 또 하나의 업적이 필요합니다.

목사님, 저는 그것을 바로 예수님의 사역, 예수님의 생애에서 찾았습니다. 무슨 사역을 통해 하나님께서 목사님을 영적 대통령으로 만드려고 하시는지 저는 예수님의 사역을 깊이 묵상하는 중에 찾아냈습니다. 의심할 바 없는 성령님의 응답이었습니다. 목사님, 예수님의 삶은 한 마디로 인간과 인간 사이의 전쟁을 평화로 바꾸는 삶이었습니다. 예수님의 삶은 하나님과 인간 사이의 죄악으로 인한 죽음의 전쟁을 평화로 바꾼 삶이었습니다. 다시 말씀드리면....예수님의 삶은 바로 다음 한 단어로 표현할 수 있습니다.

"평화"

목사님, 지금 우리 한반도에 이 평화라는 한 단어를 실현시키기 위해서 필요한 것이 무엇이겠습니까? 이 평화를 실현하기 위해 우리가 극복해야 할 대상이 누구입니까?

바로 "북한"입니다.

성령님께서 분명히 제게 말씀하셨습니다. 김건축 목사님께서 북한정권이 신뢰하는 유일한 대한민국의 '인물'이 되는 순간 하나님께서 너무도 간절히 원하시는 목사님의 영적 대통령 취임은 이뤄진다고 말입니다.

목사님, 혹시 기억나십니까? 약 20년 전 한국과 북한과의 갈등이 하늘로 치솟을 때 북한이 그 갈등을 해결하려는 수단으로 요청했던 인사가 누구인지 아십니까? 바로 지미 카터 전 미국 대통령이었습니다. 다른 말로 하면 당시 북한은 한국 정부 또는 한국 내의 그 누구도 믿고 얘기할 사람이 없다는 말이었습니다. 목사님, 저는 상상합니다. 만약 앞으로 그 당시처럼 남북간 갈등이 극한으로 고조되고 그 누구도 감히 북한을 향해 한 마디도 할 수 없는 그런 위기 상태가 되었습니다. **그런데, 그런데 말입니다.** 목사님, 만약 다음과 같은 일이 일어난다면 어떻게 되겠습니까?

1. 북한 당국이 남북 위기를 해결할 대화의 상대로 '김건축 목사'를 전격적으로 지명한다. 그리고 김건축 목사 외의 그 누구와도 얘기하고 싶지 않다고 발표한다.

2. 김건축 목사님께서 북한을 향해 그 누구도 감히 말할 수 없는 평화를 위한 요구사항을 담은 성명서를 발표한다. 그리고 북한은 그 성명서의 요구사항을 즉각 받아들인다. 다른 사람이 아니라 김건축 목사가 요구하기 때문에, 북한은 그 진실성을 믿고 받아들인다는 김정은의 말과 함께 발표한다.

목사님, 만약 앞으로 제가 꿈꾸는, 하나님이 가장 바라시는 이런 날이 온다면 어떻게 되겠습니까? 목사님은 그라미 은행을 통한 빈민구제와 함께 한반도가 긴장 상태에 빠질 때마다 화해를 가져다준 평화의 메신져가 됩니다. 이 두 가지 엄청난 업적을 함께 이뤄내신 목사님께서 노벨평화상을 못 받으신다면 노벨협회는 아예 해체되어야 할 지도 모릅니다. 목사님도 잘 아시겠지만 김대중 전 대통령은 어떻게 보면 김정일과 악수 한 번 하고 그걸로 노벨평화상을 받지 않았습니까?

그리고 나아가서…

시간이 얼마나 걸릴지 모르지만 결국 한반도는 평화의 메신져 김건축 목사님을 통해 통일된다! 남북 정상이 악수하며 통일문서에 서명하는 그 순간 그 가운데에 목사님께서 서서 그 두 정상으로 하여금 통일문서 서명 후 성경책에 손을 올리고 목사님 앞에서 평화를 선서하게 한다. (목사님, 미국의 대통령 취임식을 상상하시면 그림이 그려지실 것입니다.)

목사님, 저는 그 날을 상상합니다. 하나님께서 반드시 이루실 그 날을 꿈꿉니다. 그리고 궁극적으로 남북의 평화통일을 이루는 그 날, 목사님께서는 어쩌면 역사상 존재하지 않았던 노벨평화상 두 번 수상의 주인공이 될 수도 있습니다.

목사님, 그 날을 이루기 위해서 하나님께서 허락하시는 자금이 필요합니다. 그러나 말씀드린대로 현재 그라미 은행의 상황이 쉽지 않아 저는 지금 다시 성령님의 지혜를 간구하고 있습니다. 교인수는 지금도 꾸준히 늘고 있지만 헌금액이 생각만큼 늘지 않아 이를 타개하기 위한 파격적인 어떤 방법이 필요해 보입니다. 저는 성령님께서 반드시 답을 주시리라고 확신합니다. 현재로서 한 가지는 확실합니다. 목사님과 북한 사이의 신뢰 확보에 필요한 '그 자금'이 가장 안전하고 안정적으로 만들어지기 위해서는 헌금액의 파격적 증대가 가장 현실적이라는 사실입니다. 이 부분과 관련해 다음 달에 있을 집중 교역자 회의에서 좀 더 심도깊은 의논이 이뤄지길 바랍니다. 바라기는 그 때까지 성령님께서 제게 지혜를 주셔서 해결책에 대한 확실한 응답을 주시길 기도합니다.

오늘도 목사님의 건강을 위해 기도합니다. 마홍위와 장세기와 같은 사람들마저 사랑으로 포용하시는 목사님의 깊고 넓은 인격에 너무도 많은 사람들이 감동받고 있습니다. 목사님, 사랑합니다. 목사님과 같은 시대를 살며 같은 공기를 마시고 있다는 사실에 순간 순간 목이 메입니다.

김건축 목사님과 함께 하는 삶에 몸무림치게 감격하는,
윤야성 올림

40. 2017. 9.15. 김건축 목사 집무실 5.

"아이고, 송 집사님, 이렇게 만나뵙게 돼서 너무도 기쁩니다."

김건축 목사는 집무실에 인사온 송염불 집사와 송 집사의 아들 세 명을 반갑게 맞았다.

"아이고, 송 집사님 아들들만 세 명을 선물로 받으셨군요. 하나님께서 이렇게 아들들만 주신거 보니까 송 집사님 가족을 정말로 축복하셨나 봅니다. 송 집사님도 성경을 많이 읽으시니까 당연히 아시겠지만 하나님이 아들들만 주실 때는 바로 너희 집을 내가 특별히 축복한다...라는 의미가 있지 않습니까? 제 부친도 아들만 다섯을 낳으셨습니다. 이거 참 멋지다고 밖에 할 수 없는 영적인 우연의 일치군요."

김건축 목사가 여간해서 외부사람(?)을 자신의 집무실에서 맞는 법이 없었다. 그러나 약 3주 전 미국에서부터 IT 업계의 전설로 통하던 재미교포 송염불 집사가 한국으로 돌아와 벤쳐기업을 차린다는 소문을 들은 김건축 목사는 지인을 통해 송염불 집사에게 밀서(?)를 보냈다. 무엇보다 미국에서부터 독실한 크리스천으로 알려졌던 송염불 집사였기에 김건축 목사가 송 집사와의 연결점을 찾는 것은 그다지 어렵지 않았다. 자신의 글로벌 미션에 대한 장황한 설명과 더불어 글로벌 복음 사역을 위해 송 집사와 같이 세계적인 인물이 서초교회에 등록하면 참으로 하나님께서 기뻐하시지 않겠는가....라는 취지의 내용이었다. 가뜩이나 한국에서 어느 교회를 다닐지 고민하던 송염불 집사는 김건축 목사의 편지에 주저없이 서초교회를 출석할 교회로 결정하고 참석 첫 주에 바로 등록했다. 송염불 집사가 교회에 등록했다는 감격적인 소식을 접한 김건축 목사는 송 집사에게 연락해 자녀들과 함께 자신의 집무실을 방문해주면 자신이 송 집사의 비즈니스와 자녀들의 미래를 위해 안수기도를 해주겠다고 제안했었다.

"그래, 송 집사님, 아들들의 이름이 어떻게 됩니까?"

"네, 목사님, 보통 미국에서 자라면 미국 이름을 짓는데 저는 아이들을 다 한국이름으로 지었습니다. 큰 놈이 찬이, 둘째가 양이 그리고 막내가 해입니다."

"송찬, 송양, 송해?"

"네, 목사님, 제 아버님이 워낙 독실한 불교 신자여서 제 이름을 이렇게 불교 이름으로 짓지 않으셨습니까? 송염불이라고....저는 구원 받은 후 얼마나 이름 때문에 마음이 아팠는지 모릅니다. 하지만 아버지가 주신 이름을 바꾸는 것은 자식된 도리가 아니라고 생각해서 지금도 그대로 쓰고 있지만 다른 건 몰라도....내 자식들만은 하나님께 영광돌리는 이름을 짓겠다고 저는 결심했었습니다. 무엇보다 제가 생각하는 신앙의 핵심은 어떤 어려움이 오더라도 하나님의 섭리를 믿고 찬양하는 삶이라고 생각합니다. 그래서 저는 아이들을 셋을 낳으면 꼭 '찬양해'를 아이들의 이름으로 지으려고 하나님께 오래 전에 서원했었습니다. 사실 마음으로 중간이 '양'이라서 둘째는 딸이었으면 하고 바랬습니다. 그러나 하나님께서 뜻이 있으셔서 다 아들을 주시더군요. 또 하나 조금 걸린건...."

잎에 놓인 차를 한 모금 마신후 송염불 집사는 말을 이었다.

"셋째 녀석 이름이 송해인데....한국에 워낙 같은 이름으로 유명한 분이 있다 보니까....사람들이 제가 그 분을 존경해서 같은 이름으로 지었다고 오해하시는 분들이 많아서 좀 곤란했습니다. 하지만 그 정도는 감수해야지요. 참으로 감사하게 이 아이

319

들의 이름을 부를 때마다 항상 저는 스스로에게, '그래 하나님을 더 찬양해야지'라는 결심을 하곤 합니다. 너무도 감사하지요."

김건축 목사는 윤야성과의 인터뷰 당시 금식 기도를 하다가 사망한 윤야성의 아버지 얘기를 들은 이후 접한 가장 감동적인 스토리에 순간적으로 말을 잊을 정도였다. 김건축 목사는 그 날 송찬, 송양, 그리고 송해 세 형제를 위해 아주 오랫동안 안수기도를 했다.

41. 2017. 9. 17. '영적 하모니 개명' 주일 예배 설교

할렐루야! ! 사랑하는 성도 여러분, 한국이 낳은 참으로 위대한 인물들이 여럿 있습니다. 참으로 한국을 넘어 세계로까지 그 영향력을 확대한 분들이 많이 있습니다. 그 중에는 몇 년전 저와 함께 신지식인으로 선정되었던 컬트영화의 걸작, '노가리'를 만드신 심아래 감독이 계십니다. 정말로 한 명 한 명 이름을 대자면 너무 많지만 저는 그 많은 분들 중에서도 가장 존경하는 한 분만을 꼽으라고 누가 묻는다면 단 1초의 망설임도 없이 이 분의 이름을 들것입니다. 바로....여러분이 너무도 잘 아시는 IT업계의 전설로 불리는 송염불 집사님입니다. 여러분 얼마 전 텔레비전에서 많이 소개되어서 아실 겁니다. 송 집사님은 얼마 전 미국에서의 생활을 접고 한국 IT업계의 발전을 위해 한국으로 영구 귀국 하셨습니다. 그리고 지금 어떻게 해야 한국 IT를 발전시킬지 기도로 준비중인 것으로 알고 있습니다. 사랑하는 성도 여러분….**그런데, 그런데 말입니다.** 이 송염불 집사님이 우리 서초교회에 등록하시고 지금 여러분들 중에 앉아서 함께 예배를 드리고 있습니다.

(사람들 사이에서 '허어억~~' 하는 감동의 숨소리가 터졌다. 그 모습을 김건축 목사는 만족스럽게 쳐다보았다.)

아마도 오늘 이 자리에 송 집사님이 오셨을텐데….송 집사님 지금 어디 계십니까? 한 번 일어나주시지요. 아~~ 저기 구석에 계시네요. 정말로 겸손하십니다. 구석에 저렇게 보이지 않게 앉아서 하나님께 예배드리는 저 모습, 참으로 감동스럽지 않습니까? 한 번 우리 교인들에게 인사해 주시지요. 여러분 우리 모두 다 뜨거운 박수와 할렐루야로 이제 우리 서초교회의 '영가족' 이 되신 송염불 집사님을 환영하겠습니다.

(폭포수 같은 박수와 우레같은 할렐루야가 서초교회 예배당이 떠나가게 울렸다.)

우리 송 집사님께서 서초교회에 오신 이유는 여러 가지가 있겠지만 하나님께서 우리 서초교회가 추구하는 글로벌 미션에 힘을 보태라는 음성을 들으셨기 때문이 아닌가하고 저는 생각합니다. 참으로 하나님의 섭리는 놀랍다고밖에 할 수가 없습니다. 사랑하는 성도 여러분, 그런데 제가 그저께 송 집사님을 만나 깊은 영적 교제를 나누면서 한 가지 정말로 놀란 사실이 있습니다. 제가 송 집사님의 간증을 듣고 너무 깊은 감동을 받아 이 얘기는 꼭 우리 사랑하는 성도들과 나눠야겠다고 결심했습니다. 우리 송 집사님께는 아들만 셋이 있습니다. 그런데 그 아들들의 이름이 참으로 놀랍고 감동적입니다.

첫째가 송찬, 둘째가 송양 그리고 셋째가 송해입니다.

송 집사님께서는 아들 세명의 이름을 성령님께서 주시는 강력한 음성에 따라 '찬송해'의 한 글자씩을 따서 지은 것입니다. 그 과정이 결코 쉽지 않았다고 송 집사님은 간증하셨습니다. 무엇보다 지금도 '전국노래자랑'을 거룩한 주일 예배시간에 텔레비전에서 생방송을 하고 있는 송해씨가 있지 않습니까? 왜 송해씨는 그 방송을 하필이면 주일 예배시간에 하는지 저는 참으로 마음이 아픕니다. 송해씨의 영혼을 위해 기도하지 않을 수 없습니다. '전국노래자랑' 같은 프로를 월요일 저녁이나 화요일 새벽...뭐, 이런 때 해도 되지 않습니까? 전 도통 이해가 안갑니다. 아무튼 송 집사님은 셋째 아들의 이름이 송해라는 참으로 쉽지 않은 그 상황마저도 믿음으로 극복하셨습니다. 저는 송 집사님 아들 세 명의 머리를 붙잡고 안수기도하면서....그 중에서도 셋째 송해의 머리 위에 손을 얹고 참으로 강력하게 안수했습니다.

　사랑하는 성도 여러분, 그런데 송 집사님께서 하나님을 찬양하는 그 신앙을 이렇게 아들들의 이름으로 고백했을 때 무슨 일이 일어났는지 아십니까? 하나님께서 아들 세 명을 참으로 놀랍게 축복했습니다. 아들 세 명이 다 키가 180이 넘습니다. 그리고 얼굴도 참 잘 생겼습니다. 우리 송염불 집사님의 키가 160이 조금 넘습니다. 좀 작으신 편이죠. 그런데 아들들의 키가 다 180이 넘어요. 이런 축복이, 이런 기적이 어디 있습니까? 하나님께서 세상이 상상할 수 없는 방법으로 그 가정을 축복하신 거에요. 그래서 성도 여러분, 제가 중요한 한 가지를 제안하려고 합니다.

　아직 결혼하지 않은 우리 젊은 성도들, 결혼하면 꼭 송 집사님처럼 아이들의 이름을 통해 하나님께 영광 돌리시기를 강권합니다. 보통 아이들의 이름에 '모세', '선교', '요한' 뭐 이런 식으로 짓는 부모님들이 많이 있습니다. 그거 나쁜거 아닙니다. 그것도 하나님께 영광 돌리는 길입니다. 하지만 송 집사님처럼 자녀들의 이름 전체가 모여 조화롭게 하나님께 영광을 돌린다면 그건 얼마나 더 아름다울까요? 성도 여러분, 우리가 왜 성가대를 합니까? 함께 찬양해서 하나님께 영광 돌리기 위해서입니다. 우리 중에 노래 잘하는 분들 정말 많습니다. 그런 분들이 각자 솔로로 노래해서 하나님께 영광 돌리는 것도 너무 중요합니다. 그러나 하나님은 우리가 '함께' 영광 돌리기를 원하십니다. 성가대의 찬양처럼 자녀들의 이름을 합쳐 하나의 '하모니'로 만들어 하나님께 영광 돌리는 놀라운 길을 하나님께서 우리 송염불 집사님을 통해서 보여주셨습니다. 그리고 또 하나 중요한 영적 원리가 있습니다. 우리 하나님의 자녀들은 아이들을 많이 낳아야 합니다. 자녀들이 많으면 많을수록 그것 자체가 그냥 '자동 전도, 자동 선교' 입니다. 그렇지 않습니까? 그럼 제가 오늘 특별히 기도 중에 떠오른 몇 가지 이름들을 소개하겠습니다. 앞으로 자녀들 이름을 영적 하모니로 만들어 하나님께 영광돌리길 원하는 성도님들께 귀한 지침이 될 것으로 믿습니다.

송 집사님이 영광 돌리신 이름인 찬양해와 비슷한 '찬송해', '감사해', '기도해' 그리고 '헌금해'….이 정도가 자녀가 세 명인 집인 경우 참으로 하나님께서 기뻐하실 이름이다 이렇게 생각합니다.

자녀가 네 명인 경우에는 '찬송해'를 '찬송해요'로 바꾸면 되겠지요. '헌금해'를 '헌금해요'로 바꾸면 참 좋지 않습니까?

자녀가 다섯인 정말로 축복받은 가정의 경우에는 '헌금합시다' 라고 아예 이웃에게 축복을 권유하는 식으로 지을 수 있겠습니다.

하나님께서 이렇게 우리 서초교회에 송 집사님을 보내주셔서 우리가 생각지도 못한 하나님의 길을 보여주셔서 너무도 감사한 마음입니다. 앞으로 우리 모두 자녀를 믿음으로 키우는 것은 말할 것도 없이 당연한 일이지만 자녀들의 이름을 '하모니'로 만들어 하나님께 영광돌림으로 우리 서초교회 영가족의 자녀들 모두가 다 송 집사님의 자녀들처럼 하나님의 놀라운 축복을 받기를 주의 이름으로 축원합니다.

김건축 목사가 '자녀 이름을 영적 하모니로 만들어 하나님께 영광을 돌리자' 는 설교를 하고 며칠 지나지 않아 고자서 전무목사와 주충성 과장목사가 구청에 모습을 드러냈다. 자식들의 이름을 하나님께 영광 돌리는 '영적 하모니 이름'으로 개명하기 위해서였다.

42. 2017. 10. 3. 김건축 목사 집무실 6.

　　송염불 집사가 서초교회에 등록했다는 사실만으로도 잘 알 수 있듯이 서초교회 내에는 한국사회를 움직이는 상류층의 여러 인맥이 포진하고 있었다. 재벌급 패션그룹인 '**카피헤븐**'의 창업자이자 회장인 성수기 장로도 그 중의 한 사람이었다. 송염불 집사가 서초교회에 등록하고 얼마 지나지 않아 타 회사의 디자인을 상습적으로 도용해 몇 번의 물의를 일으켰던 카피헤븐이 공정위에 고발되었다는 뉴스가 주요 일간신문의 경제면을 장식했다. 상황에 따라 카피헤븐의 문제가 단순히 공정위 고발로 끝나지 않고 본격적인 세무감사로까지 이어질 수 있다는 분석기사도 뒤따랐다. 세무감사를 예상하는 기사가 뜨고 얼마되지 않아 카피헤븐의 주가가 곤두박질치기 시작했다. 성수기 회장이 김건축 목사에게 도움을 요청한 때는 카피헤븐의 주가가 일주일 연속 하한가를 치고 있을 즈음이었다. 성수기 회장은 정규직 비서실장을 통해 윤야성에게 먼저 메시지를 넣었다. 공정위 쪽에 선이 닿는 사람을 만나게 해달라는 은밀한 부탁이었다. 김건축 목사는 언제나 그렇듯이 마당발 나다해 장로를 기점으로 몇 번의 다리를 건넌 후 마침내 공정위 국정감사의 달인이라 불리는 여당 중진인 어중간 의원과의 미팅을 마련하는 데에 성공했다. 다행히 어 의원은 김건축 목사와 절친한 친구 목사인 변태한 목사가 시무하는 '털지마 새교회'의 장로이기도 했다. 김건축 목사는 성수기 장로, 어중간 장로를 자신의 집무실로 초대했다. 그 자리에는 윤야성 뿐 아니라 성수기 장로의 비서실장인 **정규직** 부장이 배석했다.

어중간: 장로님, 공정위 문제는 걱정하지 마십시오. 제가 알아봤는데 사실 담당 공무원이 오바한 부분이 많이 있습니다. 걱정하지 마십시오.

성수기: 감사합니다. 장로님. 이렇게까지 신경써 주셔서. 사실 그 동안 저희 회사가 기독교 회사로서 사회의 각종 악의적인 음해에도 참고 오로지 기도와 인내로만 견뎌왔습니다. 우리가 뭐 남의 디자인을 도용했느니 뭐니들 하면서 많이 떠드는데 그게 알고보면 참으로 무식한 소리입니다. 제가 회사 이름을 카피헤븐으로 지은 것도 다 이유가 있어서입니다. 저는 천국을 그

대로 카피해서 이 세상 속에 천국의 디자인을 보여주고 싶다는 열망으로 회사를 창립했습니다. 사실 이 세상에 있는 모든 것의 주인이 누구입니까? 하나님이 아니십니까? 아름다운 디자인은 사실 따지고 보면 다 하나님이 주신 것입니다. 하나님이 지적재산권을 갖고 있는 디자인을 하나님의 자녀인 우리가 썼다고 어떻게 일개 인간이 불법 도용이니 하는 그런 무식한 소리를 할 수 있습니까? 참으로 안타깝습니다. 장로님, 사실 제가 회사를 운영하지만 저는 우리 회사를 회사가 아닌 교회라고 생각하는 사람입니다. 제대로 된 하나님의 교회 하나가 이 세상에 서면 사탄이 어디 그걸 가만히 보고 있겠습니까? 무슨 수를 써서라도 무너뜨리려고 안간힘을 쓰지요. 왠만하면 기도로 지금까지 모든 문제를 해결했는데 이번에는 하나님께서 또 이런 기회를 통해 신실한 장로님과 같은 분을 만나도록 하시네요. 정말로 감사할 뿐입니다. 장로님의 의정활동은 제가 평소 뉴스를 통해서 잘 알고 있습니다. 정말로 대단하십니다.

어중간: 뭐 저야 항상 여러 훌륭하신 목사님들의 기도의 힘으로 사는 사람이 아닙니까? 사실 정치라는 게 워낙 서로간에 물어뜯는 곳이라서 크리스천으로서의 품위를 지키는 것이 결코 쉽지는 않습니다. 워낙 말도 안되는 소문들이 끊이지 않는

곳이라서....(문득 생각났다는 듯이) 아마 성 장로님도 들으셨을 텐데요. 제가 섬기는 **털지마 새교회**의 담임목사이신 **변태한** 목사님도 지금 얼마나 말도 안되는 중상모략에 시달리고 계십니까? 무슨 구강성교니...뭐니 차마 입에도 담을 수 없는 그런 거짓말을 어떻게 그렇게들 뻔뻔하게 하는지 말입니다. 정말 그런 작자들을 고소도 하지 않고 기도만 하며 인내하는 우리 변 목사님을 보면 저는 저도 모르게 고개가 숙여집니다. 저보다 연배야 10년 이상 아래지만 정말로 신앙의 수준은 나이와 일치하지 않더군요.

김건축: 어 장로님, 정확히 보셨습니다. 제가 변태한 목사는 너무 잘 알지 않습니까? 물론 그 친구가 제대로 사후 관리를 못해서 '그 사건'이 밖으로 알려졌다는 사실은 엄밀히 말해 좀 문제가 있습니다. 사람이 들켜도 되는 것과 들켜서는 안되는 것을 구분 못하면 그게 어디 말이 됩니까? 하지만 비록 들켰다고 하더라도 여전히 야성있는 목회를 하는 변 목사가 저는 자랑스럽습니다. 장로님, 솔직히 말해 그렇지 않습니까? 목사가 목사를 믿어야지 누가 믿습니까? 아니 한 걸음 더 나아가서 크리스천이 크리스천을 믿어야지 누가 믿습니까? 지금 우리 교회에도 그 숫자가 많지는 않지만 좀 삐딱한 사람들이 있습니다. 꼭 개

혁이니 갱신이니 번지르르한 말만 하는 크리스천들 말입니다. 하나님께서는 순종이 제사보다도 더 귀하다고 하셨는데 도대체 어떻게 하나님을 믿는다고 하면서 그렇게 영적장님으로 사는지....참으로 심각한 문제가 아닙니까?

성수기: 목사님, 정확한 지적입니다. 저는 노조도 그와 같은 입장에서 봅니다. 일만 열심히 하면 주지 말라고 해도 회사가 알아서 더 많은 돈을 줍니다. 크리스천으로서 기도할 시간에 거리에 나가서 데모니 뭐니 하면서 이상한 짓을 하는 거나 직원이 일할 시간에 노조 어쩌구 저쩌구 하면서 빈둥거리는 거나 똑같습니다. 참으로 하나님 앞에서 용서받을 수 없는 죄입니다. 참...목사님, 제가 한 가지 제안을 좀 드리고 싶은데요. 서초교회의 직원들 수가 꽤 되지 않습니까? 비서실장과 같은 핵심 직원이 아니라면 가능한한 모든 직원들을 비정규직으로 바꾸시는 게 필요할 겁니다. 저는 비정규직 중심으로 회사를 꾸리는게 하나의 혁명적인 경영방법이라 생각하고 있습니다. 이 점에서 교회도 크게 다르지 않을 것입니다. 비용절감은 말할 것도 없고 인력관리도 아주 쉬워집니다.

김건축: (고개를 끄덕이며) 성 장로님, 좋은 의견 감사합니다. 그 부분은 저희가 한번 긍정적으로 검토해 보도록 하겠습

니다. 헌금이 새어나가는 구멍을 막으면 막을수록 그것은 결국 하나님의 나라를 더 확장하는게 될테니까 말입니다. 그건 그렇고....아까 잠깐 제가 말을 하다가 마무리를 못했는데. 말이 나온 김에 저는 변태한 목사가 당하고 있는 지금의 상황을 보면서 우리 목사의 영적 권위에 대해서 다시 생각하게 됩니다. 그래도 명색이 목사인데 그 목사가 밖에 나가서 애를 낳아서 왔다고 해도 교인들의 입에서, '우리 목사님이 밖에서 낳아온 애라면 그건 우리같은 평신도 수준에서 결코 이해할 수 없는 높은 영적인 이유가 있어서 그런거야....'라는 말이 자연스럽게 나올 정도가 되어야 하지 않겠습니까? 그렇다고 변 목사가 뭐 밖에서 애를 낳아온 것도 아니지 않습니까? 저는 아무튼 그런 차원에서 요즘 변 목사를 위해 기도할 때마다 저도 모르게 하나님께 목사에게 꼭 필요한 영적권위를 제게 더 뜨겁게 부여해 달라고 울부짖지 않을 수가 없습니다. 아무튼 또 그런 차원에서 저는 이번에 우리 서초교회에 송염불 집사님이 등록하신 것도 하나님께서 제게 허락하시는 영적권위의 한 상징으로 보고 있습니다. 참....제가 이 말씀을 안 드릴 수가 없네요. (김건축 목사는 정주현에게 지금 당장 고자서 전무목사와 주충성 목사를 부르라고 지시했다. 잠시 후 고자서 전무목사와 주충성 목사가 이마에 땀을 흘리며 김 목사의 집무실에 들어왔다.) 우리 성 장로님께서는 제 설교를 들으셨을 테니까 송염불 집사님의 영적 하모니 이름에 대해서 너무 잘 아실테고요. 어 장로님, 글쎄 세상에 이런 아름다운 일이 다 있습니다…..(김건축 목사는 송염불 집사의 세 아들의 이름에 관해 장황하게 설명했다. 그리고 난 후 소파 옆에 장승처럼 서 있는 고자서 전무목사와 주충성 목사를 보며 말했다.) 그런데 장로님, 여기 있는 우리 고 목사하고 주 목사도 제 설교를 듣고 자식들 이름을 영적 하모니 이름으로 바꿨다는게 아닙니까? 허허허~~

어중간: (아주 놀라운 듯이) 정말로 대단합니다. 두 목사님들 연배를 보니 자녀들이 어리지는 않을 거 같던데….평소에 얼마나 신앙으로 잘 교육하셨는지 말하지 않아도 알 것 같습니다. 자식들이 갑자기 이름 바꾼다고 하면 반발할 수도 있지 않습니까? 참 두 분 목사님 놀랍습니다. 그런데 고 목사님이라고 하셨나요? 고 목사님은 자녀 이름을 어떻게 바꾸셨습니까?

고자서: 네, 저는 아들만 둘이 있는데 지금 둘 다 미국에서 유학 중입니다. 둘 다 고등학생인데 큰 놈은 영어이름으로 해서 '글로벌' 작은 놈은 '미션' 으로 정했습니다. 아시다시피 우리 김건축 목사님께서 추진하시는 글로벌 미션이라는 하나님의

웅장하신 꿈이 우리 자식들을 통해서도 펼쳐지기를 바라는 마음에서입니다.

(어중간 장로는 혼자말로 고자서 전무목사 아들들의 이름을 중얼거렸다. '글로버 고, 미션 고….' 그리고는 고개를 조금 갸우뚱거렸다.)

어중간: 이름이 좀 이상할 것 같기도 한데….자녀들이 아무 말이 없던가요?

(고자서 전무목사는 '무슨 불평이 있을 수 있겠습니까?' 라는 표정으로 고개를 흔들었다.)

어중간: 주 목사님은 아이들 이름을 어떻게 바꾸셨나요?

주충성: 네, 장로님, 저도 아들만 둘인데 지금 중학생입니다. 저는 큰 놈은 건이라고 했고 작은 놈은 축이라고 했습니다. 그러니까 주건과 주축입니다. 제가 세상에서 가장 존경하는 김건축 담임목사님의 이름을 따라 지은 것입니다. 저는 제발 제 아이들이 김건축 목사님의 10%만 되는 인생을 살아도 소원이 없습니다.

어중간: (아주 놀라운 듯이) 김 목사님, 정말로 대단하십니다. 이거야말로 바로 방금 전 목사님께서 말씀하셨던 영적권위의 좋은 사례가 아니고 무엇이겠습니까?

(김건축 목사는 고자서 전무목사와 주충성 목사를 바라보며 흐뭇한 미소를 지었다.)

고자서 전무목사와 주충성 목사가 김건축 목사의 집무실을 먼저 나왔다. 몇 분간 아무 말없이 걷던 고자서 전무목사가 불쑥 주충성 목사에게 물었다.

"주 목사, 혹시 **쉿퍽shitfuck**이라는 단어 알아?"

"쉿퍽이요? 제가 영어단어를 어떻게 알아요? 알렉스 리 목사에게 물어보세요. 그런데 발음이 별로 좋은 느낌은 아닌데요?"

고자서 전무목사도 동의한다는 듯 고개를 끄덕였다.

"그렇지? 발음이 좀 이상하긴 하지? 태어나서 들어본 적이 없는 단어라서. 뭐, 내가 영어단어를 많이 아는게 아니긴 하지만. 그런데 주 목사, 그거 알아? 난 이상하게 영어 잘하는 사람한테는 영어에 대해서 물어보기가 싫어. 괜히 자존심 상하는 거 같고 말이야. 알렉스한테도 지금까지 영어 관련해서는 내가 물어본 적이 없어요. 그런데 애들 이름 바꾸고 나서 국제전화를 했거든. 이름 바뀐건 알려줘야 하니까. 그런데 큰 놈이 계속 전화에다 대고 '쉿퍽, 쉿퍽' 하는거야. 무슨 말인지 도통 알수가 있어야지? 그런데 참 이상하지? 영어와 관련해서는 자식들한테도 못 물어보겠더라고. 걔들 눈에 무식한 아버지가 될 수는 없 잖아? 아무튼...이 놈의 쉿퍽의 스펠링이라도 알아야 사전을 찾 기라도 할텐데...."

43. 2017. 10. 17. 영적 위기 타개를 위한 2차 핵심멤버 회의

한 달도 훨씬 전부터 공지가 나간 핵심멤버 집중회의가 마침내 열렸다. 1월에 느꼈던 영적 위기에 이어 여름 중순부터 또 한 번의 영적 위기를 강하게 느낀 김건축 목사가 위기타개를 위한 확실한 답을 가지고 회의에 참석하라고 수 차례 독려했던 바로 그 모임이었다. 게다가 이 날은 부장목사로 파격적으로 승진한 유동식이 처음으로 참석하는 집중회의 시간이었다. 정례적인 회의와는 차원이 다른 집중회의에서, 그것도 김건축 목사의 독려가 이어졌던 영적 위기 돌파를 위한 집중회의에서 유동식 부장목사가 과연 어떤 모습을 보여줄 것인가에 대한 핵심멤버들의 관심도 매우 뜨거웠다. 회의에 참석한 기라성과도 같은 서초교회 핵심멤버들은 다음과 같다.

    고자서 전무목사

    유동식 부장목사

주충성 과장목사

이정석 과장목사

하정호 강도사

강연옥 전도사

알렉스 리 목사

김철골 집사(기사)

윤호기 집사(교회 신문 '너희랑'의 편집장)

박내장 사무처장

나다해 장로

윤야성 비서실장

김건축 목사의 말로 회의가 시작되었다.

"참으로 지금 이 시점은 우리가 깨어서 기도할 때인데....내가 무려 한 달도 더 전부터 기도로 준비하라고 했으니까 오늘은 좀 더 생산적으로 성령님께서 기름 부어주시는 시간이 될 수 있을 거라고 봐. 시작하기 전에 내가 한 가지만 얘기하면....영적 위기는 닥치고 나서 처리하려고 하면 이미 늦어. 영적 위기가 본격적으로 그 더러운 모습을 드러내기 전에 미리 감지하고 막아야해. 그게 영안을 가진 주의 종이 가져야 할 가장 중요한 덕목이야. 그런 영안이 없으면 그냥 하루라도 빨리 목사 집어치우고 어디 가서 설렁탕집이나 하는게 맞아."

비록 예상은 했었지만 '설렁탕집'까지 나오는 김건축 목사의 강도 높은 서두 발언에 이미 회의장 안은 싸늘하게 식어버렸다. 참석자 앞에 놓인 커피의 뜨거운 김마저도 순식간에 냉커피로 바꿀것만 같은 싸늘함이었다.

"자, 우리가 오늘 돌파해야 할 영적 위기가 뭔지 한번 얘기해 보자고. 위기가 뭔지 먼저 알아서 어떻게 돌파할지 어떻게 이 영적 위기를 영적 부흥으로 바꿀 수 있을지 얘기를 할 거 아닌가? 이번에 부장목사가 된 우리 유동식 목사 생각을 한 번 들어볼까? 유 목사가 집중회의는 오늘이 처음이지? 뭐 너무들 잘 알고 있겠지만 우리 유 목사는 아버지도 그 유명한 유동아 신학박사님이고 또 유 목사도 신학교 교수로 가도 결코 뒤지지 않을 학력을 보유했지만 정말로 묵묵하게 지난 6년 간 해외선교부에서 섬기는 모습을 보고 내가 말을 안해서 그렇지 감동을 많이 받았있어. 참으로 겸손한 친구구나....하는 생각에 늘 주목했었지. 함께 일한 강 전도사는 그 누구보다 잘 알거야, 그렇지?"

김건축 목사의 예상치 못한 질문에 강연옥 전도사는 긴장한 듯 잠시 손가락을 꼼지락거리다가 말했다.

"네, 목사님. 제가 같이 일하면서 사실 너무도 많이 배웠지요.

유 목사님은 그렇게 해외선교부에서 있을 분이 아닌데...좀 더 담임목사님을 전략적으로 보좌해야 하는 분인데라고 생각하면서 빨리 그 길이 열리게 해달라고 저는 그냥 계속 중보기도만을 했는데....하나님께서 마침내 이렇게 길을 열어주셔서..."

김건축 목사는 고개를 끄덕였다. 그리고 마침 생각난 듯 말했다.

"참, 그 박정연이 신학교는 어떻게 됐어? 지금 다니고 있나?"

"네 목사님 말씀대로 가장 학비가 싼 곳으로 해서 입학했어요. 학교는 한 달에 한 번만 가면 되고 나머지는 다 온라인을 통해서 공부가 가능해요. 정연 자매는 지금도 목사님의 은혜에 너무 감사하다면서 얼마나 열심히 하는지 옆에서 보기에도 안스러울 정도에요. 앞으로 목사님과 교회를 위해 자신이 또 한 번 확실하게 쓰임받을 수 있는 기회가 생기게 해달라고 매일 기도한다고 하더라고요."

김건축 목사는 만족스럽다는 듯 고개를 끄덕였다. 한 때 좌절될 뻔 했던 박정연의 신학교 입학 문제는 강연옥의 수 차례에 걸친 눈물의 호소로 다시 원상복귀될 수 있었다. 김건축 목사는 시선을 다시 유동식 부장목사에게 돌렸다.

"그래, 우리 유 부장목사 영안이 얼마나 밝은지 한번 보자고. 우리 유 부장목사가 보기에 지금 우리에게 닥친 영적 위기가 뭐라고 생각해?"

160이 조금 넘는 키지만 몸무게가 무려 80킬로그램이 넘는 유동식 부장목사는 회의 시작부터 눈을 감은채 계속 뭔가를 중얼거리며 기도하고 있는 듯했다. 유 부장목사가 마침내 회의 시작부터 감고있던 눈을 뜨고 특유의 느릿한 말투로 대답했다. 느릿한 말투지만 그 속에는 어떤 비장함마저 서려있는 듯 했다.

"목사님, 지금 우리 한국의 개신교에 대한 부정적 의견이 너무도 많습니다. 인터넷 신문만 봐도 지금 한국의 교회들, 특히 대형교회들이 얼마나 사회로부터 비난을 받고 있는지 저는 그런 댓글들을 읽을 때마다 눈에 피눈물이 흐릅니다. 정말로 피눈물을 흘립니다. 우리 예수님의 그 귀한 복음이 이렇게 조롱받는 모습을 보면서 참으로 우리 목사부터 옷을 찢는 마음으로 한국교회 앞에서 회개해야 한다고 생각합니다. 우리 서초교회의 영적 위기는 단순히 우리 서초교회만의 위기가 아닌 한국교회 전체의 위기와 함께 묶어서 생각해야 됩니다. 그런 측면에서 저는 목사님께서 말씀하신 서초교회의 위기가 무엇이냐라는 질문은 결국 한국교회의 위기가 무엇인지를 물으시는 것이라고 생각합니다. 저는 그 위기가 무엇인지 이렇게 말씀드리겠습니다. 교만하여 회개하지 않는 우리 목사들, 가장 먼저 저 유동식을 비롯해 우리 모든 목사들의 교만하고 강퍅한 마음이 바로 위기이자 위기의 원인입니다."

유동식 부장목사의 말을 듣고 있던 김건축 목사의 표정이 점점 더 차갑고 싸늘하게 변해가더니 마침내 노기를 띤 얼굴이 되었다. 마음을 진정시키려는 듯 크게 심호흡을 하며 앞에 놓인 커피를 반 잔 가까이 들이키는 김 목사를 바라보며 고자서 전무목사, 주충성 과장목사 그리고 강연옥 전도사가 희미한 미소를 지었다. 김건축 목사가 말했다.

"그래, 그래 맞는 말이야. 우리 모두 다 회개해야 해. 옷을 찢을 뿐 아니라 우리의 가슴을 찢어야 해. 당연하지. 오늘도 내가 새벽에 정말로 한국교회 전체를 위해, 한국교회 전체의 회개를 위해, 아니 한국교회의 죄악을 싹 다 내가, 이 김건축 목사가 혼자 짊어지고 간다는 그런 마음으로 회개기도를 했어. 유 목사, 내 마음 알겠어? 무슨 말인지 알겠어? 내가 한국교회 죄악 전체를 혼자 다 짊어지고 오늘 새벽에 회개기도를 했다고.... 내가 회개기도를 했으니 일단 그 위기는 다 해결된 것으로 하고. 자, 위기가 뭔지 다시 한 번 구체적으로, 좀 제대로 생각해보지."

잠시 흥분해 소리를 높이던 김건축 목사는 감정을 추스르며 자기도 모르게 윤야성을 바라보았다. 윤야성은 눈을 감고 뭔가를 깊이 생각하고 있는 듯했다. 다른 사람이 그러고 있으면 분명, '너 지금 자냐?'라고 한 마디 했을 김건축 목사지만 윤야성의 그런 모습은 오히려 김 목사의 마음속에 은근한 기대감을 고조시켰다. 순간 고자서 전무목사가 말했다.

"목사님, 정말로 우리 유 부장목사가 중요한 지적을 했습니다. 하지만 조금 더 우리는 거기서 구체적으로 지금의 위기를 보아야 하지 않겠습니까? 거대 담론적인 시각도 중요하지만 그 속에 구체성을 띄지 못하면 결국 우리는 또 다른 영적 위기에 빠질지 모릅니다."

김건축 목사가 조금은 놀란 듯한 표정으로 고자서 전무목사를 보았다. 그 시선에 좀 더 자신을 얻은 듯 고 전무목사가 말을 이었다.

"한국교회가 좀 더 이 세상을 향해 복음의 가치를 높이 전하려면 하나님이 주시는 물질의 축복이 먼저 교회에 임해야 한다고 생각합니다. 사실 모든 것이 다 물질이 있어야 복음도 제대로 전하지 않겠습니까? 그런 면에서 그라미 은행 설립 이후 교회의 출석인원과 등록인원은 계속 늘지만 헌금액이 답보상태에 있는 것은 실로 우리 복음전파에 있어서 심각한 문제를 야기시키는 영적 위기라고 생각합니다. 어떻게 해야 헌금액이 늘고....그건 결국 십일조의 문제인데 어떻게 해야 십일조를 좀 더 파격적으로 증대해 성도는 성도대로 복받고 우리 교회는 교회대로 복음을 더 잘 전파할 수 있을까....이 점이 핵심입니다."

김건축 목사는 마침내 만족한 듯 고개를 끄덕였다.

"역시 자리가 사람을 만든다는 말이 맞구먼. 고 목사가 전무목사가 되더니 영안이 더 밝아진 거 같아. 영적 세계를 파악하는 눈이 많이 탁월해졌어. 고 전무목사 그 동안 정말로 기도 많이 했나본데? 아주 좋아졌어. 확실히 부장목사와 전무목사 사이에는 영적 수준의 차이가 현격하게 나는구먼...."

김건축 목사는 흘깃 유동식 부장목사를 본 후 고자서 전무목사를 향해 미소를 지었다. 순식간에 영적 수준이 몇 단계 하락한 유동식 부장목사는 김건축 목사의 노골적인 질책에 자기도 모르게 고개를 숙였다. 주충성 목사가 고자서 전무목사를 향해 '축하합니다' 라는 뜻의 눈인사를 보냈다. 윤야성도 고 전무목사를 향해 가볍게 미소를 보냈다. 고 전무목사는 윤야성을 향해서는 자기도 모르게 고개를 숙였다.

"자, 일단 영적 위기의 더러운 정체가 고 전무목사의 영안에 의해 아주 정확하게 파악이 되었어. 우리 고 전무목사의 탁월한 영적 분석이 생각보다 우리 회의시간을 줄여줄 거 같은데 말이야. 그럼 이 영적 위기를 어떻게 타개할 수 있을지 실질적인 방법을 놓고 한번 고민해보자고. 편하게 아무나 의견들을 좀 내어봐요. 오늘 회의가 시작부터 아주 좋은데!"

강연옥 전도사가 조심스럽게 입을 열었다.

"저는 저번에 목사님의 십일조와 관련한 설교에 너무 감동을 받았어요. 무엇보다 십일조 헌금은 하나님께 나의 계좌 번호를 알려드리는 것이다라는 그 누구도 감히 생각지 못한 탁월한 비유의 말씀에 마치 막혔던 가슴이 탁 트이는 것만 같았어요. 제가 그 날 설교와 관련해 얼마나 많은 감사의 카톡을 받았는지 모릅니다. 다 목사님께 전달하고 싶었지만 바쁘시니까 그냥 저만 읽었어요. 제가 볼 때 목사님께서 십일조와 관련한 설교를 4주 정도 본격적으로 시리즈로 해주시면 교인들이 완전히 바뀌지 않을까요? 저는 하나님의 말씀만이 우리의 영적 위기를 돌파하는 해결책이 된다고 생각해요. 목사님을 통해 선포되는 하나님의 말씀 외에 이 위기를 돌파할 길은 없다고 확신해요."

김건축 목사의 입에서 분명 터져나올 칭찬에 대한 기대 때문에 자신의 의견을 마무리하는 강 전도사의 목소리가 가볍게 떨렸다. 그러나 김건축 목사의 표정은 강 전도사의 기대처럼 밝지 않았다. 윤야성이 중간에 끼어들어 말했다.

"전도사님의 말씀이 정확합니다. 사실 담임목사님께서 그 점을 너무 잘 아셔서 애초에 그라미 은행 설립과 함께 십일조 설교를 시리즈로 하시려고 했었습니다. 그런데 구체적으로 말씀 드릴 수는 없지만 목사님만이 느끼시는 예민한 어떤 영적 감각으로 목사님께서는 그 설교를 딱 한 번으로 마치셨습니다. 그렇게 이해해주시면 되겠습니다."

강연옥 전도사의 얼굴이 실망으로 일그러졌다. 김건축 목사는 다시 주위를 둘러보며 말했다.

"다른 의견들 없어? 목사들 말고 우리 윤호기 편집장이나 박내장 처장도 의견 있으면 얘기 좀 해봐."

그러나 그 두 사람은 꾸어다놓은 보릿자루처럼 묵묵부답이었다. 윤호기 편집장은 뭔가 수첩에 열심히 메모를 할 뿐이었다. 언젠가처럼 얼음과 같이 차가운 침묵의 시간이 흘러가고 있었다. 그러나 그 자리에 참석한 사람들은 어쩌면 유동식 부장목사만을 제외하고 다 같은 마음으로 윤야성을 바라보고 있었다. 이 죽음과도 같은 긴장의 순간을 환희로 바꿀 사람은 결국 윤야성밖에 없음을 모두가 다 알고 있었기 때문이다.

"목사님…."

윤야성이 입을 열었다. 순간 모든 참석자들의 마음을 스쳐간 '휴우~~' 라는 안도의 숨소리가 밖으로까지 들리는 것 같았다.

"제가 받은 성령님의 음성이 이것입니다. 물론 저는 이것이 성령의 음성이라고 확신하지만 그게 진정한 성령의 음성인지 아닌지를 판별하시는 분은 저와 비교할 수 없는 영적 세계에 계신 목사님이십니다. 오로지 목사님께서 판단해 주시길 바랍니다. 목사님이 아니라면 그건 성령의 음성이 아니니까요."

윤야성은 잠시 말을 끊었다. 오로지 자신만을 향해 집중된 시선이 주는 희열을 잠시 느끼던 윤야성이 다시 말을 이었다.

"목사님….이 세상에 돈보다 더 중요한게 있습니다. 아무리 돈으로 모든 것을 사는 자본주의 사회지만 돈보다 더 중요한게 있습니다. 그게 무엇일까요?"

김건축 목사는 주변을 둘러보았다.

"주충성 목사, 돈보다 더 중요한게 뭐야?"

주 목사가 대답했다.

"저에게는 김건축 담임목사님입니다."

"지금 그런 얘기를 하는게 아니잖아?"

김 목사는 감동받기는 커녕 노골적인 짜증을 내며 말했다.

"유 부장목사, 당신한테 돈보다 더 중요한게 뭐야?"

"제게는 예수 그리스도의 복음입니다."

김건축 목사의 표정이 이번에는 짜증을 넘어 아예 어이가 없다는 듯 심하게 일그러졌다. 더 이상 분위기를 망치면 수습자체가 아예 힘들어지겠다고 판단한 윤야성이 재빠르게 말을 이었다.

"돈보다 중요한 건 물론 우리 예수 그리스도의 복음입니다. 유 부장목사님의 말씀이 너무도 맞습니다. 유 부장목사님. 감사합니다. 하지만 꼭 교회를 떠나서 이 세상 모든 사람들에게 돈보다 더 중요한 것은 다름 아닌 '건강'이라고 생각합니다. 아무리 자린고비라고 하더라도 조금도 돈을 아까와하지 않고 지갑을 여는 순간이 있습니다. 바로 아플 때입니다. 병이 나을 수만 있다면 집도 팔고 땅도 파는 것이 인간입니다. 그렇지 않습니까?"

김건축 목사는 크게 고개를 끄덕였다. 언제나처럼 참석자들의 시선이 윤야성의 입술만을 주시하고 있었다.

"저는 김건축 목사님을 위해 중보기도할 때마다 성령님께서 주시는 강력한 음성을 듣습니다. 그건 다름아닌 저에 대한 무서운 책망입니다. 성령께서 이렇게 말씀하십니다. '나의 종 김건축 목사는 단순히 글로벌 미션을 하는 국제적 감각만을 가진 종이 아니다. 나의 종 김건축은 실로 천 년에 한 명 나올까 말까한 하나님의 은사를 가진 종이다. 그런데 왜 너희들은 그 종의 능력을 모르고 그 종을 그렇게 좁은 영역에만 가두어두느냐? 나의 종 김건축의 잠재력을 제대로 모르는 너희들은 심판날 나의 저주를 받을 것이다.' 목사님, 저는 이 성령님의 강력한 음성에 어떨 때는 온 몸을 떨면서 용서해 달라고 부르짖곤 합니다. 때로는 기도하는 온 몸이 땀으로 흥건히 젖을 정도입니다."

참석자 모두는 침을 꼴까닥 삼키며 윤야성을 보았다. 김건축 목사조차 도대체 윤야성을 무슨 말을 하려는지 기대에 가득차 눈을 번득이며 그를 주시했다. 윤야성은 잠시 심호흡을 하며 호흡을 가다듬었다. 무슨 생각이 떠올랐는지 순간 윤야성은 눈을 감았다. 눈을 감은 그의 눈 사이로 갑자기 한 줄기 눈물이 흘러내렸다. 윤야성은 말을 이었다.

"목사님, 목시님....성령님께서는 김건축 목사님과 같은 천년에 한 번 나올까 말까한 영적 거인을 모시는 제가 김건축 목사님 속에 하나님께서 부어주신 능력을 제대로 파악하지 못해 김건축 목사님의 단 1%만이 이 세상에서 사용되도록 하는 것을 결코 용서하지 않으시겠다고 하셨습니다. 그건 저뿐만이 아닙니다. 이 자리에 참석한 모두에게도 동일하게 적용된다고 하셨습니다. 목사님, 저를 용서해 주십시오. 지금까지 저는 목사님의 비서실장으로서 목사님이 하나님이 주신 은사의 100%를 발휘하시도록 해도 모자란 판에 목사님께서 단 1%도 안되는 은사만을 사용하시는데도 불구하고 어리석고 영안이 어두워 보지 못한 죄인입니다. 목사님, 이 죄인을 용서해 주십시오."

윤야성의 상상치도 못했던 눈물과 회개의 고백으로 회의장은 순식간에 뭐라 부르기 힘든 묘한 감동으로 가득찼다. 윤야성은 소리없이 흐느끼며 한참동안 말을 잇지 못했다. 김건축 목사를 포함해 그 누구도 윤야성에게 말을 이으라고 할 수 없었다. 오히려 눈물을 쏟고 있는 윤야성을 따라 고자서 전무목사, 주충성 목사, 강연옥 전도사 그리고 김철골 집사까지 눈물을 흘리기 시작했다. 주충성 목사는 연신 '용서해 주십시오, 목사님'을 되뇌었다. 그렇게 5분 가까이 도통 이유를 알 수 없는 눈물의 회개기도 시간이 흘렀다. 크리넥스로 코를 풀고 몸과 마음을 안정시킨 윤야성이 마침내 입을 열었다.

"목사님, 제가 저의 죄를 숨김없이 꺼내놓고 통회하는 심령으로 한 달 동안 매일 2시간 이상 회개기도를 했습니다. 그러자 성령님께서는 저를 용서하시고 제게 김건축 목사님 속에 부어

주신 수 많은 은사들 중 하나를 마침내 알려주셨습니다."

김건축 목사의 눈이 궁금함을 참을 수 없다는 듯이 커졌다. 여전히 코를 훌쩍거리는 강연옥 전도사를 제외하고 더 이상 눈물을 흘리는 사람들은 없었다. 모두가 다 자신들도 모르는 김건축 목사의 숨겨진 은사가 도대체 무엇인지 궁금해 견딜 수 없다는 표정으로 윤야성을 보고 있을 뿐이었다.

"목사님, 그것은 김건축 담임목사님 속에 태초부터 하나님께서 부어주신 신유의 은사입니다."

김건축 목사는 순간적으로 망치로 뒷통수를 맞은 듯한 표정이 되었다. 그러나 곧 이어 그의 얼굴에 만족한 미소가 번져올랐다. 확실히 이해가 간다는 듯 크게 고개를 끄덕이며 김건축 목사가 말했다.

"맞아. 맞아. 내가 신유의 은사가 있지. 우리 애가 어릴 때 감기를 크게 앓았을 때 내가 기도하니까 한 며칠 지나고 나서 애가 열이 내린 적이 있었어. 맞아, 맞아. 며칠 지나니까 그 때 분명히 열이 내렸었어. 그런데 내가 서초교회에 오고나서는 워낙 우리 정지만 목사님께서 말씀사역에만 집중하셔서 나도 정목사님의 유지를 받드려고 하다보니까 너무 말씀 사역에만 치중했어. 맞아....신유야말로 성령사역의 핵심이지. 맞아, 신유사역....그게 바로 성령사역이야, 성령사역. 맞아. 역시 예리한 영안으로 그걸 결국 파악했구먼, 윤 실장. 그걸 알아냈어. 아니, 성령님께서 보여주신거지. 성령님께서..."

윤야성이 감격에 찬 표정으로 김건축 목사의 말을 받았다.

"맞습니다. 목사님, 아무래도 서초교회는 지금까지 신유의 은사, 방언의 은사 등등의 성령사역과 좀 거리가 있었습니다. 하지만 성령께서는 그 점을 가장 분노하고 계셨습니다. 이번에 담임목사님의 신유의 은사를 한국교회 속에 확실하게 드러냄으로 서초교회가 말씀 사역 뿐 아니라 성령 사역에서도 명실상부한 한국의 대표교회가 되도록 해야 한다고요. 저는 그래서 이번에 철저하게 준비해서 서초교회 역사상 단 한 번도 없었던 신유집회의 개최를 건의드립니다. 그것만이 지금의 영적 위기를 돌파하는 유일한 길입니다. 왜냐하면 이 신유집회를 통해 우리는 두 가지를 얻을 수 있습니다.

첫 번째는 지금까지 아무도 모르던 김건축 목사님의 신유의 능력, 신유의 은사를 한국교회 전체가 보게 됨으로 한반도의 모든 성도가 참으로 폭포수와 같은 축복을 맞게 될 것입니다. 두 번째로 아까 말씀드렸듯이 아픈 사람은 낫기 위해서 돈을 아끼지 않습니다. 이번 신유집회를 통해 우리 성도들의 지갑이 활짝 활짝 열려서 지금의 영적 위기를 단번에 돌파할 수 있게 됩니다."

회의에 참석한 사람들의 얼굴에 흥분과 함께 묘한 불안감이 함께 스쳐갔다. 그러나 김건축 목사는 연신 고개를 끄덕였다.

"좋아. 그렇게 가자고. 우리가 어떻게 성령님의 음성을 거절하나? 간이 배 밖으로 나온 것도 아닌데 말이야. 다들 알지? 성령님의 음성을 거절하다가 고래 뱃속에 들어간 도마 말이야. 그 도마처럼 되지 않으려면 성령님께서 말씀하시면 무조건 순종하는 길밖에 없어. 사실 나도 얼마 전부터 우리 윤 실장이 받은 것과 비슷한 영적 부담이 있었는데....역시 나와 윤 실장 사이에 영이 통하는군. 그럼 신유은사 쪽으로 해서 한 번 제대로 가 보자고. 그리고 윤 실장은 조만간 구체적인 기획안을 가지고 나랑 의논하고... 알았지?"

유동식 부장목사는 순간 '도마? 도마가 아닌데....'라고 중얼거리며 김건축 목사를 슬며시 쳐다보았다. 그러나 윤야성을 비롯한 나머지 핵심멤버들은 김건축 목사를 향해 정중히 고개를 숙였다.

44. 2017. 11. 14~26 서초교회 본당

 마침내 서초교회 본당 건물을 커다란 대형 현수막이 덮었다.
"내려오지 않는 팔, 모세 신유집회 D Day: -13"
 서초교회에 대대적인 집회가 선포되었다. 누군가는 감히 말했다. 단군 이후로 한국교회에 이 정도의 엄청난 집회는 없었고 앞으로도 없을 것이라고 말했다. 김건축 목사가 서초교회에 부임한 이후 수염을 깎지 않는 '예수처럼' 프로젝트를 비롯해 여러 가지 이벤트들을 진행했지만 '모세 신유집회'는 그런 이벤트들과 차원이 달랐다. 대대적인 일간지 광고까지 내면서 집회를 홍보했다.
 '병원은, 의사는 치료하지 못해도 생명의 근본이신 하나님은 치료하십니다!'라는 문구가 광고의 핵심을 이뤘다. 서초교회 교역자들과 직원들은 모세 신유집회 한 달 전부터 '하나님이 치료하십니다'라는 뱃지를 달고 다녔다. 같은 문구를 넣은 면티가 만들어져 서초교회 주일학교에 배포되었고 아이들은 꼭 그 면티를 입고 학교를 가라는 지침이 내려졌다.

왜 금번 신유집회의 이름이, '내려오지 않는 팔, 모세 신유집회' 인지를 아는 사람은 많지 않았다. 일반적으로 모세라는 인물과 '병고침' 은 성경 내용상 별 상관이 없기 때문이었다. 성경에서 병을 고친 기적을 가장 많이 베푼 인물은 당연히 예수이다. 그리고 구약으로 가면 엘리사를 비롯한 몇 몇 선지자들이 있었다. 그러나 모세는 병 고치는 기적과 전혀 상관없었다. 모세의 기적하면 누구나 다 '홍해의 기적' 을 떠올릴 뿐이었다.

그러나 그런 궁금함과는 관계없이 '내려오지 않는 팔, 모세 신유집회' 준비팀은 윤야성을 중심으로 밤낮이 없게 움직였다. 윤야성의 입술은 다 터져서 차마 볼 수 없을 정도였다. 윤야성뿐 아니라 준비팀의 모든 직원들은 거의 퇴근을 포기하고 집회 준비에 매달렸다. 왜 신유집회에 뜬금없는 '모세' 가 인용되는지에 대한 궁금힘이 기지면 커질수록 그에 비례해 신유집회에 대한 기대도 함께 커졌다.

마침내 11월 26일 일요일 저녁이 되었다. 서초교회 본당 건물 현수막의 D-day에 '0' 이라는 숫자가 떴다.

45. 2017. 11. 26. 내려오지 않는 팔, 모세 신유집회 첫째 날

'내려오지 않는 팔, 모세 신유집회'는 일요일 저녁 7시에 시작하기로 되어 있었다. 그리고 월요일, 화요일 저녁까지 세 번의 저녁 집회가 열리기로 되어 있었다. 일요일 저녁 채 6시가 되기도 전에 이미 서초교회의 본당은 꽉 차고 부속건물들도 6시 30분이 되기 전에 더 이상 사람이 들어갈 수 없을 정도로 다 차버렸다. 더 이상 사람들을 수용할 수 없는 상황이 되자 서초교회는 부랴부랴 교회 앞뜰과 주차장에 대형 스크린과 함께 임시 집회장을 만들어야 했다. 임시 집회장 준비로 집회는 30분이 늦어진 7시 30분에 시작한다는 광고가 발표되었다. 애초에 신유집회를 기획한 윤야성 조차도 이 정도의 뜨거운 반응을 예상하지 못했다. 집무실에서 집회 시간을 기다리는 김건축 목사는 집회에 모인 인원에 대한 보고를 받고 흥분과 함께 밀려드는 묘한 긴장감에 손수건을 꺼내 이마에 맺힌 땀을 닦았다.

"그래, 그 정도로 모였단 말이지? 역시 성령님의 기름부으심이 뜨겁구먼."

7시 15분이 되자 서초교회 찬양목사 팀장이자 나다해 장로의 아들인 나찬양 목사가 인도하는 준비찬양이 시작되었다. 나찬양 목사를 중심으로 양쪽으로 각각 7명의 20대 초중반의 찬양팀, '갈보리 앙상블'이 '이 세상에서 나는 가장 행복합니다....'라는 표정을 지으며 준비찬양을 인도했다. 그들은 모두 '하나님이 치료하십니다' 셔츠를 입고 있었다. 신기하게도 키가 좀 작은 나찬양 목사를 빼고 나 목사 양쪽의 14명은 키가 일괄적으로 남자는 180, 여자는 165 정도였다. 그들이 뿜어내는 찬양의 하모니는 겉으로 드러나는 체형의 균형 때문인지 더 아름답게 들렸다.

    주님의 시간에 그의 뜻 이뤄지리 기다려
    하루 하루 살 동안 주님 인도하시리
    주 뜻 이룰 때까지 기다려
    기다려 그때를 그의 뜻 이뤄지리 기다려
    주의 뜻 이뤄질 때 우리들의 모든 것
    아름답게 변하리 기다려

'주님의 시간에'라는 제목의 찬양을 대여섯번 연속해서 부른 후 나찬양 목사가 말했다.

"사랑하는 성도 여러분, 하나님께서 기름부으신 이 찬양의 가사를 조금 바꿔서 부르겠습니다. 오늘의 이 찬양은 김건축 담임목사님께서 이 모세신유집회를 준비하시며 금식기도 하시던 중 성령님으로부터 직접 부르라는 계시를 받은 찬양입니다. 이 찬양을 부르는 사이 이미 우리 가운데 지체의 연약한 부분이 치료되기 시작할 것을 믿습니다."

순간 강대상 뒤 대형 스크린에 개사한 가사가 소개되었다.

주님의 시간에 주가 치료하심을 기다려
오늘 집회 통하여 주님 치료하시리
주님 치료하심을 기다려
기다려 그때를 주가 치료하심을 기다려
오늘 집회 통하여 우리들의 모든 병
깨끗하게 나으리 기다려

나찬양 목사가 '주님의 시간에'의 가사를 바꿔 부르기 시작하자 참석자들의 감정은 점점 더 고조되기 시작했다. 이곳 저곳에서 어느새 시작된 흐느낌이 들불처럼 번져갔다. 분명히 서초교회 교인들 외에도 상당수의 환자들이 집회를 찾았음이 분명했다. 앞에서 찬양을 인도하는 '갈보리 앙상블'의 멤버들도 하나 둘씩 눈물을 흘리기 시작했고 마침내 메인 마이크를 쥔 나찬양 목사의 목소리마저 울먹거리기 시작하자 집회 분위기의 감정고조는 그 극을 향해 가는 느낌이었다.

순간 조명이 서서히 잦아들자 나찬양 목사와 '갈보리 앙상블'도 목소리를 죽인채 허밍으로 다음 '그 무엇인가를' 위한 사전 분위기를 연출했다. 흐릿한 조명 속에 누군가가 강대상에 서서 두 팔을 드는 모습이 보였다. 순간 다시 조명이 밝아지며 조용한 허밍으로 분위기를 조절하던 '갈보리 앙상블'은 일제히 커진 반주소리와 함께 개사된 '주님의 시간에'의 후렴부분을 느린 템포로 반복해 부르기 시작했다.

    오늘 집회 통하여 우리들의 모든 병

    깨끗하게 나으리 기다려

강대상 뒤에서 두 팔을 들고 고개를 한껏 천장으로 젖히고 눈을 감은채 찬양을 하는 사람은 다름아닌 김건축 목사였다. 불이 밝아지는 순긴 자신들의 눈 앞에 김건축 목사가 서있자 참석자들은 자신도 모르게 김건축 목사를 따라 두 팔을 들고 고개마저 뒤로 젖힌채 소리높여 후렴을 반복해 따라했다.

    오늘 집회 통하여 우리들의 모든 병

    깨끗하게 나으리 기다려

김건축 목사의 손짓에 따라 반주가 점점 느려졌다.

  깨...끗...하...게...나...으...리...기...다...려...

  깨...끗...하...게...나...으...리...기...다...려...

  깨...끗...하...게...나...으...리...기...다...려...

  깨...끗...하...게...나...으...리...반...드...시...

  깨...끗...하...게...나...으...리...분...명...히...

순간 김건축 목사는 찬양을 멈췄다. 김 목사를 따라 모든 참석자도 숨이 막힌 듯 찬양을 멈추고 김건축 목사의 입술만을 쳐다보았다.

  깨...끗...하...게...나...으...리...

  결........단........코......

김 목사의 마지막 소절, '결단코'가 끝나자 마치 서초교회 본당 전체가 떠나갈 듯 뜨거운 '할렐루야~'의 함성이 터졌다. 다시 서서히 조명이 어두워지기 시작하자 집회 초반 분위기를 확실하게 고조시킨 김건축 목사가 강대상 밑으로 내려갔다. 다시 조명이 들어오자 마홍위에 이어 처음으로 대규모 집회의 사회를 맡은 고자서 전무목사가 잔뜩 상기된 표정으로 강대상에 올라갔다. 며칠 전부터 집에서 비디오까지 찍으며 사회를 연습해 온 고자서 전무목사였다. 본당 구석에 앉은 고자서 전무목사의 부인은 강대상에 올라간 남편을 보자 긴장감에 어쩔줄 몰라 눈물로 기도하기 시작했다. 너무도 혹독한 연습에 아예 쉬어버린 목소리로 고자서 전무목사가 말했다. 다행히 그의 쉰 목소리는 이 신유집회와 썩 잘 어울렸다.

"출애굽기 17장 11절과 12절을 읽겠습니다. 이 구절은 오늘 뿐 아니라 이번 집회 내내 하나님께서 우리에게 주신 하나님의 말씀이 되겠습니다. 길지 않으니까 우리 다 함께 읽도록 하겠습니다.

> 모세가 손을 들면 이스라엘이 이기고 손을 내리면 아말렉이 이기더니 모세의 팔이 피곤하매 그들이 돌을 가져다가 모세의 아래에 놓아 그가 그 위에 앉게 하고 아론과 훌이 한 사람은 이쪽에서, 한 사람은 저쪽에서 모세의 손을 붙들어 올렸더니 그 손이 해가 지도록 내려오지 아니한지라

이제 김건축 담임목사님 올라오셔서 말씀 주시고 뒤이어 신유집회 기도회까지 인도하시겠습니다. 우리 다 함께 하나님 아

버지가 제일 기뻐하실 '할렐루야'를 외치며 담임목사님을 맞도록 하겠습니다. 할렐루야~~~"

떨린 가슴을 쓸어내리며 만족한 표정으로 고자서 전무목사가 강대상을 내려갔다. 그러자 마침내 우레와 같은 할렐루야 함성과 함께 김건축 목사가 다시 한 번 강대상에 그 모습을 드러냈다. 참석한 성도들을 쭈욱 둘러보는 김건축 목사의 얼굴에 평소와 다른 긴장감이 서려있었다. 그러나 김건축 목사는 이내 평상시의 여유를 회복하며 온화한 미소와 함께 설교를 시작했다.

"사랑하는 성도 여러분, 제가 오늘 여러분께 영적 퀴즈를 하나 내려고 합니다. 뭐, 손을 들고 대답하실 필요는 없습니다. 제가 곧 답을 드릴테니까요. 아무튼 잠깐이라도 한 번 생각해보세요. 왜 신유집회에 '모세'라는 이름을 제가 넣었을까요? 기왕이면 신유의 대명사인 우리 예수님이나 아니면 앉은뱅이를 일으킨 베드로 아니면 구약의 엘리사와 같은 위대한 종들이 있는데 단 한 번도 신유의 은사를 행한 적이 없는 모세라는 인물이 우리 집회의 트레이드 마크가 되었는가 말입니다. 그 답은 간단합니다. 성령님께서 제게 그렇게 하라고 하셨기 때문입니다. 그것보다 더 확실하고 명확한 이유가 어디있겠습니까? 그런데 성도 여러분, 성령께서는 그냥 무작정 명령만 하시지 않습니다.

왜 그런지 이유까지 제게 알려주셨습니다. 오늘 본문을 한 번 보십시오. 내용은 간단합니다. 모세의 팔이 올라가 있으면 이스라엘이 전쟁에서 이기고 팔이 내려가면 전쟁에서 지더라....그래서 모세의 팔이 내려가지 않도록 사람들이 옆에서 모세의 팔을 잡고 있었다. 쉽지 않습니까? 그런데 성령께서 이 부족한 종에게 놀라운 계시를 주셨습니다. 그것은 지금 이 순간도 모세의 팔처럼 내려오면 안된다는 메시지였습니다. 왜냐하면 지금 이 시간도 치열하게 진행되고 있는 이 영적 전투에서 누군가는 모세처럼 팔을 올리고 내리면 안된다는 엄중한 말씀이었습니다. 그리고 성령께서 제게 보여주신 가장 중요한 음성은.....(이 부분에서 김 목사는 잠시 말을 멈추고 참석자 모두를 마치 한 명 한 명 기억하려는 듯 찬찬히 훑어보았다.) 그 영적인 전투는 다름 아니라 우리의 육체를 병들게 하는 악한 마귀와의 싸움이라는 것입니다. 성령께서 분명히 말씀하셨습니다. 하나님이 가장 싫어하시는 질병으로 우리의 거룩한 몸을 더럽히는 사탄마귀를 이기기 위해서는 모세와 같이 팔을 내리지 않는 주의 종이 있어야 한다. 그리고 그 종이 팔을 내리지 않고 주를 향해 기도할 때 하나님께서는 반드시 사탄이 우리의 몸에 심어놓은 그 더러운 질병을 깨끗하게 치료하실 것이다."

교인들은 눈물을 흘리며 아멘~~과 할렐루야~~를 반복해서 외쳤다.

"비록 부족하지만 성령께서 저 김건축 목사에게 오늘날 팔을 내리지 말고 기도하는 주의 종이 되라고, 지금 이 시대의 모세가 되라고 분명히 말씀하셨습니다. 그래서 저는 오로지 그 말씀 의지해서 지금 이 순간 여러분과 함께 이 집회를 하고 있습니다. 사랑하는 성도 여러분, 다 아실것입니다. 우리 서초교회는 항상 말씀중심을 외쳐왔습니다. 그렇기에 제가 아무리 담임목사라도 이런 성령집회를 하는 것은 쉽지 않았습니다. 하지만 담임목사 위에 누가 있습니까? 맞습니다. 성령님이 있습니다. 저는 성령님만 의지해 오늘의 이 신유집회, 모세 신유집회를 합니다. 인간이 하는게 아닙니다. 성령님이 하는 집회입니다."

다시 한번 쏟아지는 '할렐루야'가 어느정도 잦아들자 김 목사는 설교를 이었다.

"그런데 성도 여러분, 참으로 놀라운 일이 있었습니다. 성령님께서 제게 뭐라고 하셨는지 아십니까? '김건축 목사, 너의 팔이 만약 내려오지 않는다면....30분 이후에도 두 팔이 내려오지 않는다면 나는 그 순간부터 너와 함께 기도하는 모든 내 자녀의 병을 고쳐주겠다. 그 병이 암이든 문둥병이든 동성애든 아니면 우울증이든 아무 상관없다. 내가 싹 다 고쳐주겠다. 너는 나를 믿고 너의 두 팔이 몸뚱아리에서 떨어지면 떨어지리라는 각오로, 죽으면 죽으리라는 각오로 내게 기도할 수 있겠느냐?' 저는 단 1초도 주저하지 않고 성령님께 그러겠다고 대답했습니다. 자...거기 잠깐 화면 하나 올려줘봐요."

 김 목사의 지시에 김 목사 뒤의 대형 스크린에 흰 가운을 입은 한 남자의 동영상이 상영되었다. 서초교회 집사이자 저명한 정형외과 의사인 김형돈 박사였다. 김 박사는 아주 권위있는 목소리로 다음과 같이 말했다.

 "의학적으로 정상적인 팔을 가진 사람이 30분 이상 팔을 들고 있는 것은 불가능에 가깝습니다. 만약 육체적 부담을 감수하고 계속 팔을 들고 있는 경우 결국은 팔에 심각한 장애를 발생시킬 수 밖에 없지요. 우리는 성경에서도 이런 의학적 상식을 발견할 수 있습니다. 모세의 경우가 그렇지 않습니까? 성경에 보면 모세가 팔을 들고 있으면 전쟁에서 이기고 팔을 내리면 전쟁에서 졌습니다. 그래서 모세의 수족들이 모세가 팔을 내리지 못하도록 옆에 서서 아예 그의 팔을 잡아주고 있었어요. 왜 그랬습니까? 모세의 팔에 장애가 생기면 안되기 때문이었지요. 따라서 이렇게 의학적으로, 또 보기에 따라서는 신학적으로 이렇게 결론내릴 수 있습니다.

　만약 누군가가 팔을 30분 이상...나아가 1시간, 2시간 이상 들고 있는데 그 팔에 아무런 장애 또는 휴우증이 생기지 않는다면 그것은 의학적으로는 설명이 불가능한 '기적'이라고 밖에 말할 수 없다고 말입니다.

　제가 지금 존경하는 김건축 목사님이 기도로 준비 중이신 집회 때문에 걱정이 많습니다. 어제도 김 목사님께 전화드려서 집회를 취소해 달라고 간곡히 말씀드렸지만 목사님께서는 생명을 걸고, 두 팔을 걸고 집회를 하시겠다고 하니까 참....그 정도로 몸이 아픈 성도들을 치료하고 싶어하시는 그 마음을 저도 더 이상 말리지는 못했습니다. 하지만 이건 분명합니다. 김건축 목사와 같이 나이 60이 가까운 남자가 팔을 내리지 않겠다는 것은 의학적으로 볼 때 팔에 가하는 자살 행위나 마찬가지입니다. 그건 남은 생애동안 더 이상 팔을 쓰지 않겠다는 선언과 다름없습니다. 그럼에도 불구하고 만약 김건축 목사의 팔이 멀쩡하다면 그건 하나님께서 뭔가 특별한 기적을 일으키시는 증거라고 밖에 말할 수 없습니다."

　동영상이 끝나자 서초교회 본당은 뭔가 성스럽고 장엄한 침묵 또는 긴장의 빛으로 가득찼다. 분명 본당 밖의 부속건물 그리고 주차장 등에 마련된 실외 집회장도 같은 분위기일 것이 분명했다. 김 목사가 다시 설교를 이었다.

"우리 김 박사님의 의학적이고 전문적인 소견은 지금 프린트가 되어서 로비에 준비되어 있어요. 나중에 한 장씩 필요한 분들은 가져가세요. 자, 이제 왜 우리 집회가 모세신유집회인지 아실 것입니다. 이제부터 저는 이 기도회를 진행합니다. 나의 영적 생명과 나의 육적 팔을 하나님의 제단 앞에 바치는 마음으로 시작합니다. 기도가 진행되는 동안 좀 더 집중해서 기도하실 수 있도록 조명을 낮출 것입니다. 오로지 기도에만 오로지 성령님과의 교통에만 집중하시길 바랍니다. 한 가지 명심하십시오. 오늘 하나님께서 저의 팔을 얼마나 붙잡아주실지 저는 전혀 알 수 없습니다. 어쩌면 10분도 안돼 저는 팔을 내릴지도 모릅니다. 어쩌면 30분 동안 팔을 들고 여러분을 위해 기도할 지도 모릅니다. 어쩌면 두 시간을 기도할지 모릅니다. 그러나 그 시간이 얼마가 되었든지 그 시간은 하나님이 허락하는 시간입니다. 비록 내가 팔을 들고 모세의 심정으로 이 질병과의 영적 싸움에서 이기기 위해 기도하지만 여러분은 내 팔이 아니라 성령님만을 보면서 기도해야 합니다. 내 팔에 관심을 가지시면 안됩니다. 오늘 이 자리에 오신 분들 중 치유받지 못하고 돌아가는 분이 단 한 명도 없도록 우리 지금부터 기도하겠습니다. 먼저 우리 주님을 향하여 뜨겁게 세 번.... '주여! ! !'를 외치겠습니다. 주여~~~~주여~~~~주여~~~"

순간 본당 안의 모든 조명이 한꺼번에 꺼지고 바로 곁의 사람이 안 보일 정도로 암흑천지가 되었다. 그러나 '주여'를 열창하며 미친 듯 기도에 열중하는 성도들은 순간적인 정전과도 같은 암흑에 전혀 개의치 않았다. 순간 칠흙같은 어둠 속에 하늘에서 내려온 듯한 한 줄기 빛과 같은 조명이 강대상 위의 김건축 목사를 비췄다.

김건축 목사가 두 주먹을 꽉 쥔채 두 팔을 하늘을 향해 번쩍 들고 있었다!

그의 불끈 쥔 두 주먹은 마치 '하나님, 하나님께서 우리를 치료하시지 않으면 저는 이 팔이 내 몸에서 떨어져 나갈지라도 결코 이 팔을 내리지 않겠습니다!'라고 절규하는 것만 같았다. 그런 김건축 목사를 바라본 교인들의 입에서 일제히 뜨거운 '할렐루야'가 터지며 이미 커져 있던 기도소리가 더 커졌다. 상당수의 교인들은 김건축 목사와 마찬가지로 두 팔을 올리고 기도했다. 본당 전체에 꺼졌던 조명이 희미하게 들어와 어느 정도 주변을 인지할 정도로 유지되었다. 그리고 김건축 목사를 비추는 '집중조명'은 여전히 하늘을 향해 꼿꼿하게 뻗은 김건축 목사의 상체를 비추고 있었다. 김건축 목사의 마이크는 꺼져 있어서 그의 목소리를 들을 수 없었지만 김건축 목사는 두 눈을 감고 얼굴 전체를 찡그리며 간절히 기도했다. 그의 기도하는 모습은 수많은 성도들로 하여금 수천년 전으로 돌아가 마치 모세를 보는 것과 같은 착각을 일으켰다. 하늘을 향해 곧게 뻗은 김건축 목사의 두 팔은 마치 얼어붙은 듯 움직이지 않았다. 도대체 얼마나 오랜 시간 저런 자세를 유지할 수 있을지 보는 사람의 마음에 조바심이 들 정도로 김건축 목사는 조금의 미동도 없이 오로지 기도에만 열중했다.

시간이 흐르기 시작했다. 개사한 가사로 부르는 '갈보리 앙상블'의 '주님의 시간에'가 쉬지 않고 흘러나왔다.

기도회를 시작한 지 마침내 30분이 흘렀다. 갑자기 찢어지는 듯한 고통의 소리가 다시 켜진 김건축 목사의 마이크를 타고 터져나왔다.

"주여~~~"

순간 모든 성도들은 고개를 하늘로 쳐들고 고통스러운 얼굴로 기도하는 김건축 목사를 보았다. 김건축 목사의 움직일 줄 모르던 두 팔이 아주 조금 흔들린 것도 같았다.

"주여, 고쳐주시옵소서~~"

김건축 목사의 입에서 한 번 더 고통에 찬 절규가 터져나왔다. 다시 김건축 목사의 마이크가 꺼졌다. 김건축 목사의 두 팔을 담보로 한 절규에 잠시 사그라들 것 같던 기도에 다시금 불이 붙었다. 이 곳 저 곳에서 흥분한 사람들이 일어나 온 몸을 비틀며 기도하는 장면마저 연출되기 시작했다. 45분 정도가 흘렀을 때 갑자기 또 다른 조명 하나가 한 사람을 비추기 시작했다. 본당 가장 뒷자리에 앉아 있던 사람이 일어나 목발을 짚고 강대상 앞으로 나아가기 시작했다. 조명은 그 사람의 움직임을 따라 움직였다. 기도에 열중하던 사람들이 잠시 기도를 멈추고 하나 둘씩 그 목발 짚은 남자를 주목했다. 김건축 목사가 팔을 들고 기도하는 강대상 바로 앞의 무대 공간으로 그 남자가 오자 몇 명의 부목사들이 나와서 그를 무대위로 올라올 수 있도록 도왔다. 그러나 집중조명 아래의 김건축 목사는 이 모든 일에 관심이 없다는 듯 오로지 고통에 일그러진 얼굴로 눈을 감은채 기도에만 집중할 뿐이었다. 그 남자는 무대에 서서 두 팔을 하늘로 쳐든채 기도에만 열중하는 김건축 목사를 잠시 바라보았다. 1분 정도가 지났을까? 갑자기 그 남자는 손에 들고 있던 목발을 던졌다. 그리고...그리고....그 남자는 무대 위를 걷기 시작했다. 처음에는 넘어질 듯 몇 번 기우뚱했으나 곧 이어 그는 아예 무대 위를 뛰기 시작했다. 그 남자의 얼굴은 이루 말할 수 없는 환희로 가득했고 그의 두 눈은 뜨거운 눈물로 뒤범벅되어 있었다. 그 광경을 본 모든 참석자들은 일찍이 경험한 적 없는 카타르시스에 마치 온 몸에 뜨거운 전기가 통과한 것과 같은 흥분을 느꼈다. 순간 갑자기 강대상에서 가장 멀리 떨어진 본당 출입구쪽에서 또 한 명이 무대를 향해 걸어오기 시작했다. 조명이 비추는 그 사람은 누가 봐도 심각하게 다리를 저는 절름발이였다. 그런데 무대를 향하면 향할수록 그의 걸음이 점점 정상으로 바뀌더니 무대에 도착한 순간 그는 완벽한 정상이 되어 미친 사람과 같이 소리를 지르며 기쁨의 절규를 내질렀다. 조금 전까지 두 다리가 불구였던 두 명의 남자가 서로의 손을 잡고 무대 위에서 환희에 찬 막춤을 추기 시작했다. 그러나 그 모든 일들이 벌어지는 순간에도 김건축 목사는 눈을 감고 오로지 기도, 기도에만 열중할 뿐이었다. 극심한 고통을 드러내는 그의 한없이 입 그러진 표정과 비오듯 쏟아지는 땀은 지금 그가 어떤 육체적 고통을 감내하고 있는지를 여실히 보여주었다.

    한 시간이 경과하는 순간 다시 켜진 마이크를 통해 또 한번 김건축 목사의 처절한 절규가 본당 전체를 채웠다.

"주님~~주님~~~주님께서 정말 이 정도의 고통을 겪으셨단 말입니까~~~"

한 시간이라는 시간이 흘렀지만 기도의 열기는 식을 줄 몰랐다. 한 시간 10분 정도가 지났을 즈음 갑자기 한 여자가 일어나더니 비명을 질렀다. 집회 준비요원 중 한 명이 잽싸게 무선 마이크를 들고 그 여자에게 뛰어갔다. 또 하나의 조명이 그 집회준비요원과 비명을 지른 여자를 비췄다.

"들려요~~~들려요~~~~들린단 말이에요~~~꺄약~~~들려요~~~~~~~꺄악~~~"

거의 미친 여자처럼 절규하는 그 여자는 더 이상 알아들을 수 없는 말을 마구 쏟아내며 그 자리에서 펄쩍펄쩍 뛰었다. 그 여자 옆에 있던 나이 지긋한 한 남자가 울면서 마이크를 들었다.

"제 딸은 태어나면서부터 귀머거리였습니다. 30년만에 소리를 듣습니다. 이게 어떻게 가능합니까? 이게 어떻게 가능합니까? 믿을 수 없습니다. 이 기적이 정말로 일어난겁니까? 이게 꿈이 아니고 현실이란 말입니까? 기적이, 기적이 정말로 존재한다는 말입니까?"

중년의 남자는 더 이상 말을 잇지 못하고 눈물을 철철 쏟았다. 그 모든 과정 중에서도 김건축 목사는 여전히 일체의 요동도 없이 두 팔을 든채 오로지 기도에만, 기도에만 열중했다. 기도회 중간 중간 고자서 전무목사의 떨리는 쉰 목소리의 광고가 본당에 울렸다.

"지금 주차장에서 기도하시던 분들 중 나면서부터 맹인이었던 두 분이 눈을 떴습니다."

본당의 참석자들은 그 소식에 열광의 '할렐루야'를 외치며 또 한 번 기도의 함성을 올렸다.

시간이 흐르고 흘러....무려 3시간을 지나고 있었다. 그러나 강대상 위 김건축 목사의 두 팔은 여전히 하늘을 향한채 간절한 기도를 올리고 있었다. 기도하던 사람들도 이제 어지간히 지쳤는지 거의 기도의 소리는 잦아들고 오로지 희미한 조명 속에서 하늘로 치켜들려진 김 목사의 두 팔만을 사람들은 경이로운 눈으로 바라보고 있을 뿐이었다. 시계가 11시를 가르키자 기도 소리는 거의 들리지 않았다. 단지 고통 속에 신음하며 기도하는 김건축 목사의 얼굴과 그의 어깨에 화석처럼 붙어있는 주를 향한 '거룩한 팔', '내려오지 않는 팔'이 어느 순간부터 본당에 참석한 모든 사람들의 마음 속에 강한 감정의 소용돌이를 일으키고 있었다. 강대상 위의 김건축 목사의 모습을 보는 것만으로 마음이 정화된 사람들은 자신도 모르게 뜨거운 눈물이 흘리고 있었다. 자신을 몸을 태워 희생하는 김건축 목사의 '거룩한' 모습에 비춰 자신들의 삶은 너무도 추악하고 부끄럽게만 느껴졌다. 본당 안에 더 이상의 기도소리는 들리지 않았다. 오로지 김건축 목사의 모습을 바라보며 눈물을 흘리는 사람들의 흐느낌만이 본당을 채우고 있었다.

시계가 11시 20분을 가리킬 즈음 다시 한 번 본당 안의 모든 조명이 완전히 꺼지고 온 사방은 칠흙과 같은 어둠으로 덮였다. 약 1분 정도가 흘렀을까? 갑자기 켜진 본당의 모든 조명에 사람들은 순간적으로 눈을 감아야만 했다. 갑자기 밝아진 조명에 사람들의 시력이 적응하기까지 또 1분 가까운 시간이 걸렸다. 마침내 사람들의 눈 앞에 두 팔이 축 아래로 쳐진채 서 있는 김건축 목사의 지친 모습이 드러났다.

"할렐루야.... 할렐루야...."

김건축 목사의 목소리에는 조금의 기운도 남아있지 않았다. 그러나 그의 목소리를 듣는 것만으로 사람들의 마음은 뭐라 표현할 수 없는 뜨거운 감동으로 가득찼다. 당장이라도 앞으로 달려가 김건축 목사의 옷자락이라도 만지면 그 어떤 어려움도 이겨낼 힘을 얻을 것만 같았다. 집회에 참석한 사람들 대부분이 눈물을 흘리고 있었다.

"사랑하는 성도 여러분, 제가 지금 더 이상 말을 할 수 없습니다. 지금 저의 몸은 아무런 감각이 없습니다. 팔은 말할 것도 없고 몸의 그 어떤 부분도 아예 감각이 없습니다. 하나님께서 저의 팔을 몇 분동안 들고 계셨나요?"

시계를 본 김건축 목사가 고개를 끄덕였다.

"3시간 20분이군요. 성령께서 저의 팔을 잡고 계시다가 탁 놓으셨습니다. 정말로 그 시간이 어떻게 갔는지 저는 모르겠습니다. 오로지 지금 이 자리에서 내 생명을 걸고 육신이 아픈 우리 형제 자매를 고쳐야 한다는 마음밖에 없었습니다. 저는 지난 3시간 20분 동안 무슨 일이 일어났는지 전혀 기억할 수 없습니다. 그냥 바울이 삼층천에 갔다왔듯이 저도 성령님께서 어디론가 데리고 갔다가 다시 이 곳에 데려다놓은 느낌입니다."

잠시 숨을 고르던 김건축 목사가 말했다.

"집회의 마무리를 우리 고자서 전무목사가 하겠습니다. 과연 제가 내일도 이 자리에 다시 올 수 있을지 모르겠습니다. 오로지 성령님만이 아실 뿐입니다. 지금 아무런 감각 자체가 없는 이 몸이 내일 아침에 눈을 뜨고 일어날 수 있을지도 모릅니다. 다 성령님께 맡길 뿐입니다. 거기, 주 목사님, 나 좀 부축해서 내려갑시다."

주충성 목사가 기다렸다는 듯이 강대상으로 올라가 김건축 목사를 부축해 내려갔다. 순간 본당 안의 모든 성도들은 자리에서 일어났다. 한 사람의 예외도 없이 참석한 사람들 모두는 본당이 떠나갈 듯이 김 목사를 향해 박수를 쳤다. 그러나 더 이상 팔을 올리지 못하는 김건축 목사는 본당을 떠나는 길에 잠시 걸음을 멈추고 성도들을 향해 고개를 숙여 인사할 수밖에 없었다. 성도들의 눈에 부축을 받아 본당을 떠나는 김건축 목사의 얼굴은 해처럼 광채를 뿜고 있는 듯 했다.

집회를 마치고 나가는 성도들에게 특별 전단지가 주어졌다. 그 전단지에는 정형외과 김형돈 박사의 의학적 소견과 함께 두 개의 온라인 헌금계좌가 적혀 있었다. 하나는 치유감사헌금을 위한 계좌이고 또 하나는 치유소망헌금을 위한 계좌였다.

46. 2017. 11. 27, 28. 모세 신유집회 둘째 날과 셋째 날.

모세신유집회는 둘째 날이 첫째 날보다 더 뜨겁고 성황리에 개최되었다. 둘째 날은 첫째 날의 예상치 못한 기적 때문인지 여러 기독교 언론사들도 참가했다. 그리고 그 날 김건축 목사의 두 팔을 든 기도는 무려 4시간에 걸쳐 이뤄졌다. 둘째 날 집회를 시작하며 고자서 전무목사는 여전히 쉰 목소리로 다음과 같이 말했다.

"어제 집회를 통해 하나님께서 걷게 하신 형제, 자매가 7명, 눈을 뜨게 한 형제, 자매가 3명 그리고 귀를 열어주신 자매가 2명입니다. 그러나 우리 눈에 보이지 않아서 그렇지 그보다 훨씬 더 많은 숫자의 암환자가 나왔다고 김 목사님께서 오늘 말씀하셨습니다. 집회에 참석 후 암이 나은 분들은 병원에서 완치 진단을 받으시고 교회에 알려주시면 감사하겠습니다. 그리고...."

고자서 전무목사가 말을 이었다.

"김건축 담임목사님의 특별 지시가 있으셨습니다. 성령님께서 이번 집회를 통해 특히 눈이 나쁜 성도들의 눈을 다 고쳐주시겠다는 음성을 들으셨습니다. 더 이상 안경이 필요없게 된 성도님들...저희가 로비에 안경 광주리를 준비했습니다. 집회가 끝나고 나가는 길에 더 이상 필요없어진 안경을 그 광주리에 넣어주십시오. 김건축 목사님은 확신하십니다. 이 집회가 끝나면 안경으로 가득찬 광주리가 열두 광주리 이상 나올 것이라고 말입니다. 그럼 우리는 그 광주리에 가득찬 안경을 불쌍한 아프리카의 형제 자매들에게 보낼 것입니다."

셋째 날이자 마지막 날의 집회는 너무 많은 사람이 몰려들었다. 어떻게든 눈으로 직접 김건축 목사를 보고 싶은 성도들은 저녁 7시에 시작하는 집회에 참석하기 위해 새벽 5시부터 줄을 서서 기다리는 진풍경을 연출하였다. 줄을 선채 사람들은 짜장면 또는 김밥을 시켜서 먹었다. 저녁 6시 본당 문을 열자마자 채 5분이 안되어 본당은 자리가 다 찼고 주차장과 교회 앞뜰을 비롯한 서초교회 내 수용가능한 모든 공간이 채 30분이 되기 전에 완전히 다 찼다. 그 날....김건축 목사는 양복을 입었던 앞선 두 번의 집회와는 달리 **한복**을 입고 등장했다. 창백한 핑크빛이 감도는 크림 컬러의 조금은 넓은 동정깃으로 스타일을 잡은 한복이었다. 소매 끝단은 금박 띠로 장식이 되어있었고 소매통은 여느 한복보다는 좀 좁았다. 보통 사람의 눈에는 별다를 것 없는 한복으로 보였을지 모르지만 옷을 조금이라도 아는 사람이라면 아마도 김건축 목사의 한복을 보고 많이 놀랐을 것이다. 왜냐하면 그 한복은 한국에서 손꼽히는 한복 디자이너 박수려가 만든 무려 몇 천만원에 달하는 고가 한복이었기 때문이었다. 집회 마지막 날 밤 하늘을 향한 김건축 목사의 두 팔은 더 특별해 보였다. 한복 소매를 두른 금박 띠는 김건축 목사의 불끈 쥔 두 주먹을 더 돋보이게 만들었다. 그 날 밤 김건축 목사의 두 팔은 무려 5시간 동안 내려올줄 몰랐다. 자정이 넘어 집으로 가는 모든 사람들의 얼굴에는 피곤 대신 오로지 하늘로부터 내려온 평화만이 줄수 있는 감동으로 가득차 있었다.

둘째 날과 셋째 날 집회 후 더 이상 안경이 필요없다고 느낀 사람들이 바친 안경으로 가득찬 안경 광주리는 충동적으로 내던져진 돗수없는 선글라스를 빼고도 김건축 목사의 예언대로 열두 광주리가 넘었다.

47. 2017. 11. 30. 네버컷 뉴스 인터뷰 예정 공지문

　네버컷뉴스와 윤야성 서초교회 비서실장과의 인터뷰가 오는 12월 1일, 금요일 인터넷 생방송으로 전 세계 네버컷뉴스 독자들에게 방송될 예정이다.

　앞서 네버컷뉴스는 서초교회 집회에서 일어난 기적들에 대한 몇 가지 합리적인 의심들을 정리해 서초교회 측의 답을 요청하는 공문을 발송했다. 서초교회 측은 "네버컷뉴스 기사로 인해 집회에 참석하지 않은 독자들이 오해할 수 있는 여지가 많다"는 우려를 표하면서 "하나님의 역사하심에 대하여 인간의 이성에 근거한 추측성 기사를 자제해 달라"고 공식 답변을 보내왔다.

　그러나 네버컷 뉴스는 무엇보다 독자들의 알 권리를 강조하며 서초교회 집회의 성과를 네버컷뉴스 지면을 통해 충분히 알릴 수 있도록 하겠다고 수 차례 서초교회 측을 설득했다. 결국 서초교회는 이번 집회 준비의 총괄준비를 책임진 윤야성 서초교회 비서실장과의 인터뷰를 허락했다.

한편 지난 26일부터 28일까지 3일에 걸쳐 서초교회에서 '내려오지 않는 팔, 모세 신유집회'가 열렸다. 집회 첫날부터 셋째 날까지 최대 5시간 동안 하늘을 향해 들어올린 김건축 목사의 팔이 내려오지 않는 기적이 일어났다.

또 시력이 회복돼 더는 안경이 필요없다고 확신한 성도들이 쓰고 있던 안경을 집단적으로 기증하는 상황이 벌어졌다. 이틀에 걸쳐 기증된 안경은 무려 열두 광주리가 넘었다는 후문이다. 서초교회 관계자에 따르면 그 안경들은 곧 아프리카로 보내진다고 했다.

서초교회 측은 공식적으로 "이번 집회를 통해 현대의학으로는 도저히 설명할 수 없는 선천적 장애의 기적적 완치를 경험한 성도가 43명에 이른다"며 "아직 정식으로 숫자가 집계되지 않은 치유된 암환자들도 상당수 있을 것으로 본다"고 밝혔다.

48. 2017. 12. 1. 네버컷뉴스의 윤야성 단독 인터뷰 전문

유인호: 안녕하십니까? 이렇게 귀한 시간 내어주셔서 감사합니다. 많은 독자들이 지금도 기억하듯이 몇 년 전 김건축 목사님의 영어 참고서 대필 의혹과 관련해 네버컷이 단독 보도했던 기사들로 인해 서초교회 측에서 네버컷에 항의를 한 적도 있었는데요. 그럼에도 불구하고 이렇게 네버컷의 인터뷰에 응해주셔서 정말 전세계 네버컷 뉴스의 독자들을 대표해 감사드립니다.

윤야성: 아닙니다. 우리 김건축 담임목사님은 평소에도 네버컷과 같은 뉴스가 많아야 한국교회가 살아날 수 있다는 말씀을 자주 하셨습니다. 저희 서초교회는 항상 네버컷 뉴스를 위해 중보기도 하고 있습니다.

유인호: 김 목사님께서 네버컷 뉴스를 그렇게 생각하시는지는 미처 몰랐습니다. 정말로 감사드립니다. 그런데.....김건축 목사님 팔은 괜찮으십니까?

윤야성: 성령님이 잡고 계셨던 팔입니다. 성령님께서 그 팔을 상하도록 그냥 놔두실 리가 없습니다. 무엇보다 전세계에 김건축 목사님의 팔을 위해 기도하는 성도들의 그 간구를 하나님께서 외면하실 리가 없습니다. 목사님의 팔은 오히려 집회 전보다 더 강건해졌다고 말씀드릴 수 있습니다.

유인호: 참으로 다행한 소식입니다. 지금 이 인터뷰를 전세계 네버컷 독자들이 보고 있는데요. 간단하게 윤야성 실장님 자기 소개를 좀 해주시죠.

윤야성: 저는 서초교회를 담임하고 계시는 김건축 목사님의 비서실장을 맡고 있는 윤야성 집사입니다. 뭐, 특별히 제 개인에 대해 드릴 말씀은 없습니다. 20년 가까이 서초교회를 출석했고요. 무엇보다 지금 말세를 사는 우리들에게 하나님께서 내리신 축복과도 같은 김건축 목사님을 곁에서 모신다는 사실에 매일 매일 엄청난 영적 부담을 느끼고 있습니다. 하지만 그 부담 때문에 하루도 빠지지 않고 새벽 은혜의 제단 앞에 나아가 눈물로 기도하는....그래서 나같이 부족한 종을 매일 기도하게 하시는 그 성령님의 은혜에 매일 감격해서 사는 평범한 집사입니다.

유인호: 독자들이 많이 궁금해하실 거 같습니다. 보통 집회와 관련해 인터뷰를 하면 그 대상이 목회자들이지 않습니까?

그런데 오늘 우리가 인터뷰하는 분은 목사나 전도사가 아닌 집사님입니다. 물론 윤야성 집사님은 그냥 집사가 아니라 김건축 목사님의 비서실장이기도 하지만 현재 서초교회의 핵심 브레인이라는 말도 있던데요. 일설에 의하면 이번 신유집회를 처음부터 기획하신 분이 윤야성 실장님이라고 하는데, 그게 사실입니까?

윤야성: (말도 안된다는 듯 놀란 표정으로 고개를 저으며) 도대체 어디서 그런 말씀을 들었는지 모르겠는데요. 전혀 아닙니다. 실례가 되지 않는다면....우리 유인호 기자님께서 정보망이 조금 약하신 것이 아닌가 하는 걱정이 됩니다. 정말로 잘못된 정보를 들으셨습니다. 먼저 이번 집회의 기획과 관련해 말씀을 드리면요. 김건축 담임목사님께서는 많은 분들이 아시다시피 한 달에 5일 이상을 꼭 금식하며 기도하십니다. 이번 집회는 목사님의 금식기도 중에 성령님께서 아주, 아주 구체적으로 목사님께 주신 음성으로 인해 애초에 기획되었습니다. 저나 다른 모든 준비하신 분들은 철저히 목사님이 알려주시는 사항들을 수첩에 받아 적어 그대로 실행했을 뿐입니다. 그리고...제가 무슨 서초교회의 브레인이라는 소문은 사실 더 황당하게 느껴지는데요. 전혀 아닙니다. 저희 서초교회는 철저히 성령님의 음

성으로 이끌림을 받는 교회입니다. 어떤 한 인간이 기획을 하고 계획을 세우는 그런 일은 아예 일어날 수 없는 시스템입니다. (유인호 기자를 향해 매우 부드러운 미소를 지으며) 우리 유 기자님께서 앞으로 서초교회에 대해서 좀 더 정확히 알고 싶으시면 기존의 정보망을 새롭게 바꾸실 필요가 있을 거 같은데요? 언론의 생명은 누가 뭐래도 사실에, 팩트에 근거한 정확성이 아닙니까?

유인호: 아...그러시군요. 네 잘 알겠습니다. 앞으로 제가 정보가 필요할 때 우리 윤 실장님의 도움을 받도록 하겠습니다. 그럼 지금부터 좀 본격적으로 이번에 있었던 신유집회와 관련한 질문들을 드리도록 하겠습니다. 첫 번째 질문은요...집회 첫째날 발생한 기적과 관련해서입니다. 태어나면서부터 귀먹었다가 그 날 기도회 때 귀가 열려서 듣게된 30대 초반의 여자가 있지 않습니까? 그 여자가 귀가 들리는 순간 거의 절규하면서 이렇게 소감을 말했는데요. 잠깐 여기 동영상 좀 보여주세요.

(곁에 있던 다른 기자가 노트북을 가져와서 동영상을 열었다.)

윤야성: 동영상이요? 집회에 오셔서 동영상을 찍으셨나요? 저희 허락이 없이 그러셨다면 그건 법적으로 문제가 될 수

있는데요.

유인호: 그냥 핸드폰으로 찍은 겁니다. 만약 법적으로 문제가 된다면 그건 나중에 따지도록 하지요. 저희가 책임질 부분이 있다면 기꺼이 책임질 생각입니다. 하지만 말이 동영상이지 하도 주변이 깜깜해 영상은 구분 자체가 힘들고요. 그냥 사운드만 녹음이 되었습니다. 다행히 주변이 기도소리로 아주 시끄러웠는데도 이 귀가 먹었던 분의 소리는 정확히 녹음이 되었습니다. 왜냐하며 그 분한테 누군가가 기가 막힌 타이밍에 마이크를 갖다댔기 때문에 본당 안 참석자 모두에게 정확히 들렸거든요. 그리고 그 때 또 그 여자분에게 조명까지 비춰져서 어느 정도 멀긴 하지만 그 부분의 영상도 이렇게 대충 잡힙니다. 자, 보이시죠? 그럼 일단 그 여자분 얘기를 좀 들어보시죠.

(유인호 기자는 동영상의 플레이를 눌렀다.)

"들려요~~~들려요~~~~들린단 말이에요~~~꺄
약 ~~~들려요~~~~~~~꺄악~~~"

자, 이 부분 확실히 들리시죠? 다음은 이 여자분 아버지의 말입니다.

"제 딸은 태어나면서부터 귀머거리였습니다. 30년 만에 소리를 듣습니다. 이게 어떻게 가능합니까? 이게 어떻게 가능합니까? 믿을 수 없습니다. 이 기적이 정말로 일어난겁니까? 이게 꿈이 아니고 현실이란 말입니까? 기적이, 기적이 정말로 존재한다는 말입니까?"

윤 실장님, 뭐가 좀 이상하지 않습니까?

윤야성: (의아하다는 듯) 뭐가 문제지요?

유인호: (자신도 모르게 피식 웃는다) 이게 문제가 아주 많아 보이거든요. 곧 다른 부분들도 제가 여쭙겠지만 이 부분에서 정말로 상식적으로 볼 때 합리적인 의심이 들 수밖에 없거든요. 그런 의심이 실장님께는 들지 않으십니까? 이 장면을 보면서도요?

(윤야성은 아주 태연하게 고개를 흔든다.)

유인호: 평생 귀가 들리지 않는 사람의 경우 아예 말을 할 수 있는 구강구조가 마비됩니다. 그렇기 때문에 귀가 들리지 않는 사람은 아예 말도 못하게 됩니다. 보통 사람이 볼 때는 저 사람은 귀만 안들릴 뿐인데 왜 말도 못할까? 라고 생각하지만 청각이 상실된 경우 아예 언어능력 자체가 상실된 것이기 때문에 입이 건강하다고 해서 말을 할 수 있는게 아니거든요. 다른 말로 하면 갑자기 귀가 들리게 된다고 해서 그 사람이 우리가 좀 전에 동영상에 본 이 여자처럼 '완전한' 언어를 구사하는 것은 불

가능하다는 말입니다. 이런 경우를 굳이 예로 들자면....막 엄마 뱃속에서 태어난 아이가 응애하고 우는 대신 갑자기 '어머니, 낳아주셔서 감사합니다.' 라고 인사하는 것과 똑같거든요.

윤야성: (너무도 자연스럽고 태연하게 웃으며) 유 기자님, 한 가지만 묻겠습니다. 평생 귀머거리의 귀가 열리고 들리는 것을 상식이라고 부를 수 있을까요? 그걸 놓고 합리적이니 뭐니 하는 말을 할 수 있을까요?

(유인호 기자는 순간적으로 말이 막힌다.)

윤야성: 귀머거리의 귀가 열리는 순간 이미 우리 앞에 상식이니 합리적 의심이니 하는 단어들은 더 이상 의미가 없습니다. 하나님께서 평생 닫혀있던 귀를 열어주시는데....평생 굳어있던 혀를 녹여주지 못한다고요? 귀를 열어주신 하나님은 알겠는데 굳어있던 구강을 풀어주신 하나님은 합리적으로, 이성적으로 의심해야 한다고요? 저는 유 기자님의 질문 자체가 이해가 안 됩니다. 애초에 제게 이렇게 물으셨어야죠. 어떻게 귀머거리의 귀가 열립니까? 믿을 수 없는데요? 이렇게 물으셨어야죠.

(유인호 기자의 얼굴이 순간적으로 굳어진다.)

유인호: 그럼 말입니다. 서초교회가 지금 본 이 자매와 같은 기적적 치유를 경험한 사람이 43명이 있다고 발표했는데요. 맞

습니까?

(윤야성은 미소를 머금은채 고개를 끄덕였다.)

유인호: 그 분들의 연락처를 알 수 없을까요? 꼭 전체가 아니라 몇 명이라도 괜찮습니다. 네버컷에서 이번 치유와 관련해 인터뷰를 좀 하고 싶습니다. 물론 조금 전 동영상에서 본 이 귀머거리였던 자매를 만날 수 있으면 더 좋겠습니다만.

윤야성: (너무도 안타깝고 가슴이 아픈 표정을 지으며) 저희도 정말 바라는 일입니다. 지금 김건축 담임목사님께 가장 힘든 일이 있다면 이런 기적을 눈 앞에서 목격하고도 여전히 하나님의 능력을 의심하는 사람들입니다. 정말로 사탄의 무서운 힘이라고 밖에 말할 수 없습니다. 그런 분들의 의심을 단숨에 날려 버리기 위해서라도 저희는 이번에 기적을 체험한 분들이 언론에 나서주기를 간절히 바랍니다. 그런데 그 분들은 한결같이 성령의 음성을 들으셨습니다. 그게 뭐냐하면 하나님께서 주신 이 기적을 밖으로 다니면서 자랑하지 말라, 오로지 새롭게 살게된 그 삶을 하나님만을 영광되게 하는 삶으로 살아라....유 기자님도 아시겠지만 성경을 보면 예수님께서도 병자들을 고쳐주신 후 그들에게 철저히 함구령을 내리시지 않았습니까? 아마도 그와 동일한 어떤 성령님의 음성을 그 분들이 받은 것이 분명합

니다. 하지만 다시 말씀드리지만 저는 정말로 그 분들이 언론에 등장해 하나님의 살아계심을 증명하시길 바랍니다. 그래서 계속 설득하고 있습니다. 하지만 그건 저의 인간적인 생각일 뿐이고요. 하나님의 뜻이 아니라면 저의 인간적인 생각은 한낱 어리석은 욕심일 뿐이겠죠. 하지만, 하지만 말입니다. 만약 그 분들 중 한 분이라도 언론에 나서겠다는 분이 나오면 제가 유 기자님께 제일 먼저 연락드려서 단독 보도 할 수 있게 하겠습니다. 약속드립니다.

(유인호 기자의 얼굴이 굳어짐을 지나 아예 일그러지기 시작했다. 그리고 혼잣말로 뭔가를 중얼거렸다.)

유인호: 그렇군요. 하지만 유감입니다. 이번에 제가 들은 소식은 실장님께서 말하신 잘못된 정보가 아닙니다. 아주 정확한 소식통에 의한 정보입니다. 혹시 실장님께서 이번 집회 후에 귀가하던 서초교회 성도들 중에서 크거나 작은 약 50건의 교통사고가 발생한 사실을 알고 계신가요?

(윤야성은 안타까운 표정으로 고개를 끄덕인다.)

유인호: 제가 조사한 바로는 그 교통사고의 대부분이 안경을 꼈던 사람들이 안경을 안 끼고 야간 운전을 하다가 발생했는데요. 왜 그 분들이 안경을 안 끼고 있었는지 알고 계신가요?

(윤야성은 다시 한 번 침통한 표정으로 고개를 끄덕인다. 유인호 기자의 표정이 급격하게 밝아진다.)

유인호: 이미 여러 기사에 나와서 지금 이 방송을 들으시는 독자들도 잘 아시겠지만 서초교회의 이번 집회에서 아예 안경 기증 운동이 있지 않았습니까? 제가 확인한 바로는 집회 이틀째부터 그랬는데요. 다시 말해 집회 기간 중 눈이 좋아져 더 이상 안경을 끼지 않아도 되는 사람들이 안경을 기증했고 안경을 기증한 사람들 중 조금 전에 말씀드린거처럼 교통사고가 났는데요. 그럼 제가 여기서 실장님께 궁금한 점은 혹시 집회를 통해 눈이 좋아졌던 사람들의 그 치유에 무슨 문제가 있는 것은 아닌가의 여부입니다.

윤야성: (깊이 한숨을 쉬며) 저도 서초교회 성도들의 교통사고 소식을 듣고 너무도 가슴이 아팠습니다. 그러나 저와 달리 김건축 담임목사님께서는 이 소식을 들으시고 다음과 같이 말씀하셨습니다.

'윤 실장, 이건 내가 예견했던 일이야. 이런 은혜의 폭포수가 쏟아질 때 사탄은 더 미쳐서 날뛰는 법이지. 그리고 우리의 가슴에 뿌려진 은혜의 씨앗을 쪼아먹으려고 사탄이 얼마나 발광을 하는지 아나? 그렇기에 우리는 더 기도하고 더 깨어있어야

해. 이럴수록 우리에게 필요한 한 단어가 있다면 그건 영적 긴장이야.' 라고 말입니다.

저는 목사님의 영적 예견에 정말로 감탄했습니다. 유 기자님의 질문에 답하면, 하나님의 치유하심은 완전합니다. 거기에는 그 어떤 결함도 있을 수 없습니다. 그러나 문제는....(한숨을 쉬며) 우리의 약한 믿음입니다. 우리 이 불완전한 인간의 문제입니다. 한 가지 예를 들죠. 베드로가 물 위를 걸어오시는 예수님을 보고 믿음으로 배 밖을 나가 물 위를 걸었습니다. 그러나....잠깐이었습니다. 왜 물 위를 걷는 그 시간이 '잠깐'으로 끝났습니까? 베드로가 예수님을 보던 시선을 거두고 물을 봤기 때문입니다. 예수님이 불완전하십니까? 아닙니다. 그런데 왜 베드로가 물에 빠졌습니까? 예수님은 완전하시지만 그 분에게서 시선을 옮기는 우리가 불완전하기 때문입니다. 그 날 안경을 벗은 모든 성도는 '완전하게' 치유받았습니다. 하나님의 치유는 완전합니다. 그러나 참으로 마음 아프게도 집으로 운전해 가는 분들 중 집회 내내 간직하던 믿음의 눈을 거두고 그만 세상을 본 분들이 있었습니다. 마치 베드로와 같이 말입니다. '정말로 내 눈이 나았을까?' 라는 불신앙의 씨앗이 마음에 뿌려져 의심하는 순간 그 분들은 물 위를 걷다가 물에 빠진 베드로가 되고 말

앉습니다. 참으로 너무도 가슴 아픈 일입니다. 김건축 목사님께서 말씀하신 '영적 긴장'이 그래서 지금 이 시대에 더 필요한 단어입니다.

(유인호 기자의 얼굴에 순간 자신도 모르게 경탄의 빛이 흘렀다. 청산유수로 쏟아지는 윤야성의 말에 넋을 놓고 있던 유인호 기자의 입술 위로 가느다란 침이 흘러내렸다. 유인호 기자는 잽싸게 앞에 놓인 크리넥스로 침을 닦았다.)

유인호: 아, 그렇게 해석이 될 수도 있군요. 이제 시간 관계상 가장 중요한 마지막 질문 하나가 남았는데요. 그 전에 잠깐 쉬는 의미로 가벼운 질문 하나 던지겠습니다. 이번 집회 이후로 감사헌금 등의 헌금이 많이 늘었다는 소식이 있던데 사실입니까?

윤야성: 유 기자님, 제가 헌금액수와 관련해서는 아무 것도 모릅니다. 하지만 이것 하나는 말씀드릴 수 있습니다. 김건축 담임목사님은 헌금액수에 아무런 관심 자체가 없으십니다. 그냥 손가락 하나면 헌금이 얼마가 들어왔는지 당장 아실 수 있지만 전혀 알려고도 안하십니다. 언젠가 제가 그래도 담임목사님인데 교회 재정에 좀 관심을 가져야 하지 않겠냐는 말씀을 드렸다가 아주 된통 혼이 났습니다. 목사님께서는 당신께서 지금 영

적싸움에서 기도할 시간도 부족한데 어떻게 헌금에까지 관심을 갖겠냐고….그건 이미 다 재정장로님들이 알아서 하시는데 당신께서 무슨 관여할 필요가 있냐고요. 그리고 제게 말씀하셨습니다. 지금 이 순간도 들의 백합을 아름답게 피우시고 하늘을 나는 저 공중의 새들도 먹여 살리시는 하나님만을 바라보자고 말입니다. 우리는 그냥 하나님의 전능하신 손에 잡혀 오로지 예수님의 재림만을 기다리는 경이롭고도 또한 동시에 미약한 피조물일 뿐이다라고요.

(윤야성은 순간 있지도 않았던 그 순간을 떠올리듯 두 눈을 지그시 감고 작은 한숨을 내쉬었다.)

하지만 제게 우리 목사님과 같은 그런 믿음이 없어서 참 가슴이 아플 뿐입니다.

유인호: (뭔가 작정한 듯 단호하게) 네, 마지막 질문 드리겠습니다. 이번 집회는 이름도 '내려오지 않는 팔'이었습니다. 그렇다보니까 기도시간 내내 올리고 있던 김건축 목사님의 팔이 화제가 되었습니다. 서초교회에서 발표한 내용을 보면 첫째 날 3시간 20분, 둘째 날 4시간 그리고 마지막 날 무려 5시간동안 김건축 목사님께서 팔을 올리고 기도를 하셨는데요. (준비한 몇 장의 사진들을 보여주며) 여기 사진들을 좀 보세요. 김건

축 목사님의 팔의 각도나 꽉 주먹쥐고 있는 손의 각도, 손가락의 위치 등등이 3일 내내 전혀 바뀌지 않고 너무 똑같지 않습니까? 그리고 사람이라면 몇 시간 동안 아예 손가락 하나도 꿈틀거리지 않고 마치 정지한 듯이 유지하는 것이 가능할까요? 많은 분들이 며칠 전 실장님과의 인터뷰 공지가 나간 후 저희들에게 메일을 보내서 꼭 우리가 해줬으면 하는 질문들을 보냈는데요. 그 중에서 김건축 목사님의 내려오지 않는 팔과 관련한 질문이 가장 많았습니다. 사실 저도 그 자리에 있었지만요. 그냥 불을 켠 상태에서 두 팔을 올리셨다면 아무도 이런 의문을 제기하지 않았을 것입니다. 그런데 왜 꼭 팔을 올리는 시점이 되면 전체 불을 다 껐습니까? 그리고 또 하나, 팔을 내릴 시점이 되어서도 꼭 전체 조명을 다 꺼버렸거든요. 그렇기에 이런 질문들이 나오지 않을 수가 없거든요. 그리고 기도시간 내내 사실 김건축 목사님을 향해 비춰진 조명도 너무 어둡지 않았습니까? 여기 제가 준비한 사진들두 너무 흐릿한 감이 없지 않아서 영상 분야 전문가를 통해서 저희가 따로 분석을 했어야 할 정도였거든요. 분석 결과 3일 내내 김건축 목사님의 팔과 손 그리고 손가락은 마치 마네킹으로 대체했다고 해도 과언이 아닐만큼 아무런 변화가 없었습니다. 저희가 자문한 의사들에 의하면 살아있는 생명체라면 이런 식의 무변화는 불가능하다고 하거든요. 윤 실장님께서 네버컷 독자들이 가장 궁금해하는 이 질문에 대해 이 인터뷰를 보는 모든 독자의 마음이 시원해질 수 있는 답을 좀 주시길 바랍니다. 게다가....몇 년 전 김건축 목사님은 영어 립싱크과 또 영어교재 대필 관련한 의혹도 있고 그래서 더 이 부분에 사람들의 관심이 많은 것 같습니다.

윤야성: (충분히 이해한다는 듯 고개를 끄덕이며) 저는 유기자님께서 이 질문을 하지 않으셨으면 하고 바랬습니다. 또 동시에 이 질문을 꼭 해주셨으면 하는 바램도 있었고요. 왜 이 질문을 하지 않으시길 바랬는가 하면 그것이 바로 김건축 목사님의 바램이셨기 때문입니다. 그러나 그와 반대로 저는 이 질문을 기다렸습니다. 왜냐하면 저는 우리 목사님처럼 오로지 하나님 아버지만을 높여드리는 경지의 신앙을 갖지 못했기 때문입니다.

유 기자님, 이번 신유집회에서 일어난 기적 중 가장 큰 기적이 무엇인지 아십니까? 정말로 43명의 선천적 장애인들이 이번 집회에서 치유함을 받았습니다. 숫자는 저희가 아직 정확하게까지 확인하진 못했지만 분명 수십명의 암환자가 치유함을 받았습니다. 그러나 그 기적보다 더 크고 위대한 기적은 성령님께서 붙잡고 계셨던 김건축 목사님의 팔입니다. 이 내려오지 않는 팔의 기적은 이번 집회를 통해 하나님께서 우리에게 허락하신 가장 은혜로운 기적입니다.

성경을 자세히 보면 하나님께 온전히 사로잡힌 자는 아무것도 할 수 없습니다. 요한계시록에 의하면 사도 요한이 예수님을 보자마자 바로 예수님의 발 앞에서 죽은 듯 쓰러졌다고 했습니다. 그 쓰러진 사도 요한이 과연 며칠을 쓰러져 있었는지 아니면 아예 몇 달을 쓰러져 있었는지 우리는 모릅니다. 하지만 중요한 것은 사도요한은 조금도 움직일 수 없었습니다. 하나님께 사로잡힐 때 인간은 움직이지 못합니다. 그것은 신학적인 사실입니다. 그렇게 볼 때 이번 김건축 목사님의 팔이 의학적으로 볼 때 거의 불가사이하게 움직이지 않았다는 것은 신학적으로 볼 때 너무도 쉽게 풀 수 있습니다. 김 목사님의 팔이 100%, 그렇습니다. 99%가 아닌 100% 성령님께 붙잡혔기 때문입니다. 이제 이해가 가십니까?

또 목사님의 팔을 들고 내릴 때 불이 꺼진 점에 대해 물으셨습니다.

(윤야성은 이 부분에서 가볍게 한숨을 쉬었다.)

김건축 목사님이 이 세상에서 하나님이 아닌 자신이 화제의 대상이 되는 것을 가장 싫어하십니다. 김건축 목사님은 당신의 팔이 성령님께 붙잡힐 때 결코 움직이지 않으리라는 사실을 너무 잘 알고 계셨습니다. 그리고 그 사실은 분명 의학적인 상식 등등에 의해 화제를 불러일으킬 것도 아셨습니다. 그렇게 될 때 목사님의 팔을 붙잡고 계신 성령님이 아니라 목사님 자신이 화제의 중심에 서게 될까봐 너무도 경계하시고 두려워하셨습니다. 그래서 집회 전 팔이 올라가고 내려가는 순간에는 불을 꺼서 사람들의 시선이 오로지 성령님만을 향하도록 하라고 제게 지시하셨습니다. 저는 처음에 반대했습니다. 목사님께서 팔을 올리시고 내리시는 것을 사람들이 보지 못하면 불필요한 오해가 생긴하고 항변했습니다. 그러나 목사님께서는 인간적인 염려보다 영적인 눈으로 보아야 한다고 하셨습니다. 자신이 팔을 올리고 내리는 모습을 사람들이 보는 순간 그 팔을 올리고 내리는 '주체'가 목사님 자신으로 사람들이 생각하고 하나님께 가야할 영광이 자신에게 올 수도 있다고 경계하셨습니다. 그렇기에 온전히 100% 모든 영광이 하나님께 돌려지기 위해서는 자신의 힘으로 팔을 올리고 내리는 그 순간을 감춰야 한다고 하셨습니다.

그래서 제가 이 질문의 처음에 그렇게 말씀드린 것입니다. 목사님께서는 행여 성령님께 100% 붙잡힌 당신의 팔에 대한 질문이 나와서 하나님이 아닌 당신의 팔이 더 화제가 되는 것을 경계하셨습니다. 그래서 김 목사님께서는 다른 건 몰라도 이 질문만은 나오지 않기를 바라셨습니다. 그러나 저는 아직 신앙이 부족해서 그런지 몰라도 김 목사님의 이런 진심을 알리고 싶은 마음이 더 앞섰습니다. 그래서 이 질문을 기다렸습니다. 아마도 저는 이 인터뷰가 끝나고 나면 목사님께 크게 혼이 날 것이 분명합니다.

49. 2017. 12. 윤야성의 인터뷰 반향

 김건축 목사는 크게 고무되었다. 김건축 목사가 고무된 데에는 두 가지 이유가 있었다. 첫 번째는 신유집회가 끝난 다음 주일요일 전년 대비 거의 30% 이상 늘어난 헌금 때문이었다. 계속적으로 하락하던 헌금액수 그래프가 단숨에 상한가를 쳤다. 두 번째는 윤야성의 인터뷰 이후 평소에 서초교회를 비난하는 댓글로 거의 도배가 되다시피하던 네버컷 뉴스에 도리어 서초교회를 옹호하는 댓글들이 등장하기 시작했기 때문이었다.
 "윤야성 실장님의 말을 들으니까 정말로 서초교회 김건축 목사님의 진심이 느껴졌습니다. 네버컷은 하나님의 전능하심을 너무 인간의 눈으로 제한하지 않았으면 합니다. 평소 네버컷을 사랑하지만 이번 서초교회 신유집회에 대한 네버컷의 문제제기는 말 그대로 비판을 위한 비판같아 보여 많이 실망스럽습니다. 윤야성 실장님의 인터뷰가 미처 보지 못한 저의 눈을 열어주셔서 감사합니다."

이런 논조의 댓글들을 등장하기 시작했고 서초교회 부임 이후 네버컷 뉴스라면 진절머리를 치던 김건축 목사가 자진해서 네버컷 뉴스에 들어가 댓글들을 읽는 상황으로까지 변했다. 김건축 목사가 나서서 교역자들에게 네버컷 들어가서 댓글들을 읽고 또 더 좋은 댓글을 달라는 주문을 할 정도였다. 김건축 목사의 눈에 윤야성은 실로 하나님께서 자신에게 보내신 선물이자 축복이었다. 윤야성의 능력을 믿었기에 네버컷과의 인터뷰를 허락했지만 아무리 윤야성이라도 '그 정도로' 탁월하게 인터뷰를 해낼지는 김건축 목사조차도 미처 예상하지 못했었다. 평소 서초교회를 잡아먹지 못해 안달이 난 유인호 기자를 마치 어른이 어린이를 가르치듯 다룬 윤야성의 인터뷰를 읽는 내내 김건축 목사는 절로 터져나오는 감탄을 금할 수가 없었다.

윤야성의 네버컷 인터뷰는 교회 신문 '너희랑'에 전문이 수록되어 전교인들에게 배포되었다. 이는 명실상부하게 '윤야성'이라는 이름이 교역자와 직원의 울타리를 넘어서서 서초교회 전 교인들에게까지 확실하게 각인되는 결정적인 계기가 되었다. 12월 3일 일요일에 배포된 교회신문 '너희랑'은 윤야성을 다음과 같이 소개했다.

- 윤야성 집사

　신실한 장로의 아들로 태어나 지난 20년 간 서초교회를 헌신적으로 섬겨온 주님의 참된 제자. 믿지 않는 가족의 구원을 위해 생명을 건 40일 금식 기도 중 38일째에 순교의 생명을 바친 아버지가 남긴 신앙의 유산을 이어가기 위해 김건축 담임목사님의 비서실장으로 24시간 쉬지않고 헌신 중이다. 아내 정진아 집사와의 사이에 아들 하나와 딸 하나를 둔 신실한 가장이기도 한 윤야성 집사는 지금 이 시대는 교회를 지키기 위한 성도들의 기도가 어느 때보다 절실한 때라고 인터뷰 내내 강조했다.

　언젠가부터 서초교회로 다시 돌아온 윤야성의 아내 정진아는 '너희랑'을 읽고 이상했지만 윤야성에게 먼저 아무것도 묻지 않았다. 정진아가 기억하는 한도 내에서 윤야성은 평생 술만 마시면 깽판을 부리던 아버지에 대한 분노로 가득차 있었다. 그랬던 윤야성의 아버지는 과도한 음주로 인한 급성간경화로 윤야성의 군대 시절 죽었다고 했다. 정진아는 자신과 아이들에게는 한없이 따뜻하지만 아버지의 죽음 앞에서 더 이상 잔인할 수 없을 정도로 차갑게 얘기하던 윤야성의 생소한 모습을 지금도 똑똑하게 기억하고 있었다.

"미친 새끼였지, 그냥 싸질러서 자식만 낳으면 다 애비야? 잘 죽었지. 그나마 하나 도와준게 병원비 많이 안 들이고 빨리 디진거야."

친정 아버지와 친한 정진아에게 자신의 아버지를 향해, 그것도 이미 돌아가신 분을 향해 저주에 가까운 욕을 하는 윤야성은 당시 엄청난 충격이었다. 그러나 윤야성은 정진아에게 너무도 자상한 남편이고 아이들에게는 말 그대로 최고의 아버지였다. 윤야성은 교회신문 '너희랑'이 발간된 날 정진아에게 말했다.

"당신 교회신문 읽고 나한테 궁금한거 있지? 아버지라는 그 인간이 살아있을 때 내게 아무런 도움이 안되었으니까 죽고 나서라도 좀 달라져야 하지 않겠어? 그나마 자식한테 도움이 되는 인간으로 말이야. 그래서 내가 그 인간을 좀 각색했어. 내가 그 인간을 사람답게 바꿔줬으니까 아마 지금 나한테 엄청 감사하고 있을거야. 사실 이런 효도조차도 아까운 인간이긴 하지만."

윤야성의 아버지에 대한 증오는 시간이 많이 흘렀지만 정진아의 눈에 조금도 달라지지 않은 듯 했다. 정진아는 더 이상 윤야성의 아버지 문제를 말하고 싶지 않았다. 아니 윤야성의 아버지가 다시는 두 사람 사이에 등장하지 않으면 좋겠다고 생각했다. 정진아는 윤야성의 품을 파고들며 말했다.

"당신 정말로 인터뷰 잘했어. 내가 동영상으로도 봤는데....애들한테도 보라고 했어. 아빠가 이제 인터넷 방송에도 나온다고 애들이 얼마나 좋아하던지. 정말 여보 그 네버컷이라는 곳 좀 이상하기는 해. 뭘 그렇게 교회라면 트집을 못잡아서 그래? 거기 정말로 기독교 언론이 맞아? 내가 보기는 불교 아니면 무슨 이단같은 곳에 운영하는거 같아. 정말로 당신이 그 날 정확하게 하나 하나 짚어주지 않았다면 그런데서 하는 말을 다 믿었을 순진한 성도들이 얼마나 많겠어? 그거 생각하면 정말 무서워."

50. 2017. 12. 7. 윤야성과 나다해 장로의 만남

나다해 장로가 윤야성을 부른 것은 교회신문 '너희랑'에 윤야성의 인터뷰 전문이 발표되고 난 며칠 후였다. 교회 근처 카페에서 먼저 자리를 잡은 나다해 장로가 윤야성을 불러냈다.

"윤 실장님, 이렇게 시간 내주셔서 고맙습니다. 이번 인터뷰 정말로 압권이었습니다. 정말로 정말로 감동받았습니다. 어쩜 신학도 안하셨는데 그렇게 신학적 지식이 해박하십니까? 내가 그래도 장로라고 '장로고시'까지 치면서 성경공부를 했는데도 이거야 원, 윤 실장님 앞에서 명함도 못내밀지요. 아니, 신학교 교수들도 이번 인터뷰 보면 많이 놀랄거에요. 병고침에 대해 그렇게 중요한 신학적 포인트를 짚어주시니까 이번 집회가 난 비로소 확실하게 더 은혜가 되더라고요."

나다해 장로는 거의 입에 게거품을 물고 윤야성을 칭찬했다. 칭찬 속에 숨은 나 장로의 진정한 감탄은 윤야성으로 하여금 만족한 웃음을 짓도록 하기에 충분했다.

"다 장로님 같으신 분들의 기도 때문이지요, 뭐. 감사합니다. 제가 뭘 아는게 있습니까? 하지만 어쨌든 저기 네버컷이나 그 유인호라는 기자랑 워낙 교회를 파괴하려고 혈안이 되어 있어서 인터뷰 전에 기도준비가 좀 많이 필요하기는 했습니다. 다행히 인터뷰 내내 성령님께서 정확히 대답해야할 것들을 제 마음에 주셔서 말입니다."

나 장로는 고개를 끄덕였다. 그리고 카페 안 주변을 한번 둘러본 후 말했다.

"오늘 내가 우리 윤 실장님을 만난 건 철저하게 비밀로 해주셔야 합니다. 왜냐하면 이게 워낙 민감한 문제가 되어서 말이에요. 사실 윤 실장님을 만나 먼저 의논하라고 담임목사님의 지시가 있으셨어요."

무슨 문제이길래 김건축 목사가 자신에게 직접 얘기하지 않고 나 장로를 통해 말을 전하는지 윤야성은 순간 조금 의아했다. 그런 윤야성의 생각을 읽었는지 나 장로가 덧붙였다.

"담임목사님이 물론 윤 실장님을 워낙 믿으시니까 직접 얘기하셔도 되는데....그래도 모양이 좀 그래서요. 나와 담임목사님 사이에서는 오래 전에 얘기가 끝난건데 이번에 담임목사님께서 윤 실장도 이제 이 문제에 인발브를 시켜서 적극적으로 개입하는 것이 좋지 않겠냐....그러니까 이 건은 나와 담임목사님 사이에는 이미 얘기가 끝난건데 거기에 이제 윤 실장을 끼워넣겠다는....그러니까 그만큼 담임목사님이 지금 윤 실장을 믿고 계시다는....그러니까 그렇게 봐주면 돼요. 하지만 워낙 예민해서 내가 얘기하는 게 모양도 좋고 해서 이렇게 윤 실장 바쁜데 내가 불러냈어요."

도대체 나 장로가 무슨 소리를 하려는지 윤야성은 전혀 종잡을 수가 없지만 아무튼 뭔가 중요한 문제 하나가 김건축 목사와 나다해 장로 사이에서는 이미 정리되었고 그 문제에 이제 윤야성이 개입되어야 한다....그런 의미였다.

"네, 장로님, 뭐 저야 목사님과 관련한 사실들은 다 알고 있는 게 좋겠지요. 그게 비서실장의 기본 책무이기도 하고 또 그래야 제가 필요한 경우 목사님을 보호해 드릴수 있으니까요."

"맞아요, 맞아. 목사님을 보호해 드리는 거. 그게 핵심이에요. 그래서 사실 목사님 대신 내가 이렇게 윤 실장을 만나는거고. 그러니까 앞으로도 이 문제와 관련해서는 그냥 그 방향으로 쭈욱 가면 될 거 같아요. 또 워낙 장기적인 플랜이기도 하니까."

다시 한 번 나 장로는 주변을 조심스럽게 살펴보았다. 늦은 오후 카페는 한적했다. 나다해 장로와 윤야성 외에는 카페 구석 테이블에 머리를 녹색으로 염색한 20대 남자와 머리의 반을 노란색으로 염색하고 나머지 반은 아예 밀어버린 20대 여자가 나란히 앉아 뭔가를 스마트폰으로 보며 마냥 킥킥거리고 있을 뿐이었다. 그들을 잠시 보던 나 장로의 얼굴이 순간 일그러졌다.

"요즘 애들은 정말 눈을 뜨고 볼수가 없네...저게 사람의 머리야? 말세야 말세. 예수님은 도대체 언제 오셔서 저런 것들 싹 쓸어버리시려나. 저런 애들 부모는 도대체 어디서 뭘 하는 사람들인지."

서초교회에서 사역하는 아들 나찬양 목사를 인생의 자랑으로 생각하는 나다해 장로가 혀를 차며 말했다. 앞에 놓인 녹차를 조금 마신 나 장로가 말을 이었다.

"윤 실장님, 우리 담임목사님한테 아들만 셋이 있는거 알지요?"

윤야성은 고개를 끄덕였다.

"둘째가 지금 아프리카에서 목사 겸 선교사로 있어요. 나이가 20대 후반이지 아마? 김사왕 목사라고....아버지를 닮아 아주 영적 능력이 탁월해요. 나도 두 번인가 만난 적이 있는데. 아버지처럼 영어는 뭐 말할 것도 없고 요르바어도 너무잘해. 그런데 지금 한국어가 너무 서툴러서....”

윤야성은 나 장로가 무슨 말을 하려는지 그제서야 감을 잡을 수 있었다.

"장로님, 목사님 은퇴가 몇 년 남았죠? 제가 알기로 아직 10년은 남지 않았나요?"

"이제 9년 남았지요. 만으로 9년. 길다면 길고 또 짧다면 금방 가지. 봐요...지난 6년이 얼마나 쏜살같이 지나갔어? 난 지금도 우리 목사님 오시고 6년이 지난게 실감이 안나. 그렇게 보면 9년도 금방이지."

윤야성은 고개를 끄덕이며 말했다.

"사역이 일관성 있게 계속 이어지려면 아들이 서초교회를 계속 맡아 원로목사가 되시는 아버지와 호흡을 맞춰주면 좋죠. 무엇보다 그게 교인들에게 은혜가 되지요. 사실 아직까지도 우리 서초교회 속에 보이지 않는 갈등의 원인이 뭡니까? 결국 돌아가신 정 목사님과 담임목사님 사이의 갈등 아니었겠어요? 사실, 두 분은 갈등이 없었죠. 마치 그런거처럼 거짓말을 만들어내고 막 성명서까지 조작하고 하는 그런 세력들 때문이지 않습니까? 하지만 더 깊이 그 이유를 파고들면 결국은 김건축 목사님이 정지만 목사님의 친아들이 아니어서 생긴거지요. 친아들이었으면 애초에, 애초에 상상도 할 수 없지요. 누가 감히 친부자 사이를 거짓 서류를 만들어서 이간질할 수 있겠어요? 그러니까....저는 김사왕 목사님? 그 분이 오시는게 사실은 김건축 목사님을 위해서도 아니고 결국은 서초교회를 위해서, 궁극적으로는 하나님을 위해서 맞다고 생각합니다."

나다해 장로는 놀랍다는 듯 윤야성을 보았다.

"역시 우리 윤 실장님 대단하시네. 담임목사님이 그렇게 칭찬하시는 이유가 다 맞아요. 나도 회의 때마다 놀라기는 하는데 또 이렇게 막상 둘이 얘기하니까 더 대단하시네."

예수가 재림하는 순간 이 세상에서 쓸려사라질 자신들의 비극적 운명은 상상조차 못한채 카페 구석에 앉아 여전히 킥킥거리고 있는 '염색 커플'을 한 번 더 흘깃 본 후 나 장로가 말을 이었다.

"그런데 문제가....세상이 그렇게 우리 윤 실장님처럼 상식이 있지가 않아요. 세습이니 뭐니 하면서 헛소리를 워낙 하니까 이게 보안이 더 중요하지. 현재 생각해둔 로드맵은 이래요....담임목사님 은퇴 5년 전에 김사왕 목사가 서초교회 부교역자로 들어오고 은퇴 3년 전에 서초교회 3대 담임목사 청빙위원회 구성....물론 그 전에 교단 관련한 법들을 좀 자세히 검토하고 벤치

마크할 곳이 있는지도 좀 보고….은퇴 1년 전에 김사왕 목사 후임으로 확정 및 그 남은 1년간은 담임목사님과의 공동목회….이렇게 보고 있어요. 그런데 몇 가지 문제가 있는게. 김사왕 목사의 한국어 문제야. 지금 그래서 내가 지난 달에 아프리카 갔다 왔어요. 일단 언어 관련해서 김사왕 목사님이 준비할 수 있도록 만들어 놓기는 했는데. 그 문제 때문에 내가 6개월에 한 번씩은 꼭 아프리카로 가야해요. 다행히 내가 지금 이웃사랑 구제부 책임이니까 밖으로 돌아다녀도 모양이 괜찮지. 무엇보다 아프리카가 구제 대상 1호 아니겠어? 또 하나 문제가 결국은 이 모든 결정을 당회가 해야 하는데요. 당회 안에 뭐 90% 이상이 다 담임목사님이 뽑으셨고 또 목사님으로부터 이런 저런 사랑을 많이 받아 문제가 없는데 꼭 유진선 장로같은 가라지가 한 두명이 있어요. 그래서….이건 뭐…발표 전까지는 100% 보안이 중요하고 일단 발표되면 한 치의 오차도 없이 확실하게 만들어가야 하니까….그래서….”

'날 보고 뭘 하라는거지?' 라는 표정으로 윤야성은 나 장로의 다음 말을 기다렸다.

"지금 담임목사님 생각은 윤 실장님이 비서실장 외에 한 가지를 더 해줘야한다…이렇게 보고 계세요. 뭐냐하면….2년 후에 장로선출이 있는데 그 때 윤 실장을 장로로 만들려고 생각하세요."

'윤야성 장로라.....'

윤야성은 속으로 장로가 뒤에 붙은 자신의 이름을 가만히 되뇌어보았다.

"뭐, 우리 윤 실장님 아버지가 금식기도 하시다가 순교까지 하신 장로님이니까 당연한거지. 물론 나이로는 좀 빠른 감이 있지만 그렇게 가는게 맞다는게 담임목사님 생각이세요. 그래서 당회를 좀 더 믿을 수 있는 사람으로 채워놓아야...그리고 당회에는 반드시 윤 실장님 같이 신학적 지식과 영성으로 가득 차서 미련한 사람들을 효과적으로 설득할 수 있는 사람이 있어야 한다. 그래야 이 당회가 김사왕 목사를 서초교회 3대 목사로 아무런 문제없이 모실수 있다....뭐 이렇게 보시는거지. 그리고 내가 뭔지는 잘 모르겠는데 목사님께서는 일단 윤 실장이 장로가 되고 나면 북한선교쪽을 전폭적으로 맡기시려는 거 같더라고요. 우리가 아직 북한 관련해서는 별 활동이 없는데...아무튼 자세한 말은 안하시지만 윤 실장과 관련해 뭔가 큰 비젼을 가지고 기도하시는 거 같더라고요."

51. 2017. 12. 하순 대만, 타이페이

"내려오지 않는 팔, 모세 신유집회" 이후 서초교회의 교인은 지속적으로 증가했다. 김건축 목사를 무엇보다 고무시킨 것은 그라미 은행 때와는 달리 증가하는 교인수와 비례해 가파른 상승세를 보인 헌금액이었다. 작년 대비 무려 30% 이상이 증가한 헌금액이 줄지않고 지속되었다. 증가분의 대부분이 '감사헌금' 이라는 사실이 "내려오지 않는 팔, 모세 신유집회"가 얼마나 성공적이었는지를 대변하고 있었다. 하지만 그게 전부가 아니었다. 윤야성의 아이디어로 제작된 "내려오지 않는 팔, 모세 신유집회"의 마지막 셋째 날 밤 집회 DVD는 개당 7만 원이라는 비싼 가격에도 불구하고 엄청나게 팔려나갔다. 무려 5시간 동안 내려오지 않는 김건축 목사의 한복입은 팔을 생생하게 (물론...조명으로 인해 어둡기는 했지만) 목격할 수 있는 라이브 집회 DVD는 사람들에게 큰 호응을 받았다. 그 DVD를 보면서 기도하면 병이 낫는다는 소문들이 자연스럽게 퍼졌고 "내려오지 않는 팔, 모세 신유집회" 라이브 DVD는 병원에 병문안을 갈 때 반드시 들고가야 하는 필수품이 되었다. 김건축 목사와 윤야성의 눈에 그들의 궁극적인 목표인, '김건축 목사의 영적 대통령 취임'은 그다지 멀지 않아 보였다.

그러나 이렇게 외적으로 드러나는 호황에도 불구하고 윤야성은 왠지 점점 더 초조해져만갔다. 그 초조감의 직접적인 이유는 점점 바닥을 드러내는 마이너스 통장이었다. 윤야성의 마이너스 통장이 바닥을 드러내는 이유는 자명했다. 윤야성의 기대와 달리 연초에 김건축 목사가 윤야성에게 한 약속이 제대로 지켜지지 않았기 때문이었다. 첫 번째 연봉 인상이 있던 날 조만간 윤야성의 연봉을 천 단위에서 억 단위로 바꿔주겠다던 김건축 목사의 약속이 지켜지지 않는 상황이 윤야성을 몹시도 초조하고 갑갑하게 만들었다.

아내가 알고 있는 액수의 월급을 맞추기 위해 윤야성은 어쩔 수 없이 매 달 최소한 몇 백만 원을 땜질해야만 했다. 그나마 다행히 윤야성은 교회에서 지급한 교회카드로 자신의 개인적 지출 대부분을 충당할 수 있었다. 서초교회 내에서 그 누구도 윤야성이 교회카드로 사용하는 활동비 내역에 대해 딴지를 걸 사람은 없었다. 그러나 교회카드로 세탁기나 냉장고를 살 수는 없었다. 교회카드로 마트에 가서 장을 볼 수는 없었다. 무엇보다 교회카드로 현금을 마음대로 인출할 수는 없었다.

분명히 서초교회의 재정이 눈에 띄게 좋아지고 있었다. 증가한 헌금액 뿐 아니라 DVD판매 수익은 애초 윤야성의 기대를 훨씬 더 뛰어넘었다. 가히 상상을 초월하는 금액이라고 해도 과언이 아닐 정도였다. DVD 판매로 인한 모든 수입이 다 김건축 목사의 비자금으로 쌓이는 것을 윤야성은 잘 알고 있었다. 그렇기에 윤야성은 믿고 더 견디는 수 밖에 없었다. 이런 호황이 계속된다면 윤야성의 연봉이 조만간 가파르게 오를 것이라고 믿고 가는 수 밖에 없었다. 무슨 일이 있어도 자신이 돈에 예민하다는 그 어떤 사소한 낌새를 김건축 목사는 말할 것도 없고 그 누구에게도 내비쳐서는 안되었다. 윤야성은 직감적으로 그 점을 인지하고 있었다. 윤야성은 말 그대로 초조감 속에 매일매일 김건축 목사를 비라볼 뿐이었다. 조만간 김건축 목사가 격려금 형태의 봉투를 통해서 자신의 어마어마한 비자금 중 일부를 윤야성에게 떼어줄 것이라고 믿고 싶었다. 지금 김건축 목사의 주머니를 채우는 대부분의 수입은 사실상 모두 다 윤야성의 머리에서 나온 아이디어 때문이 아닌가? 윤야성은 김건축 목사도 그렇게 생각하고 있으리라 확신했고 또 믿었다. 김건축 목사의 돈이 언젠가는 자신의 주머니 속으로 흘러올 것이다. 그 때까지 참고 기다려야 한다고 윤야성은 스스로를 다그치고 또 다그쳤다. 궁극적으로 김건축 목사를 영적 대통령으로 만듦으로 윤야성 자신도 '킹 메이커'로서의 부와 명예를 한 손에 쥐게될 것이라고 윤야성은 스스로를 세뇌하고 또 세뇌했다.

나다해 장로를 만나고 몇 주가 흐른 후 김건축 목사가 윤야성을 은밀하게 불렀다. 김 목사는 윤야성의 손에 봉투를 하나 쥐어주었다. 그토록 기다리던 격려금이라는 생각에 윤야성은 크게 소리를 지를 뻔했다. 그러나 그 봉투는 통상 현금을 넣는 흰봉투가 아니라 선명하게 아시아나 항공의 로고가 찍힌 항공사 티켓 봉투였다.

"윤 실장, 대만에 좀 급히 다녀와야겠어. 나다해 장로가 가야 하는데 그 양반한테 급한 일이 생겨서 말이야. 나 장로와 이미 얘기가 다 된 것으로 알고 있는데, 그렇지?"

윤야성은 몇주 전 김건축 목사의 아들 김사왕 목사에 대해 나다해 장로와 나눈 얘기를 생각했다. 그런데 대만이라니? 김사왕 목사는 아프리카에 있다고 하지 않았던가?

"네, 목사님, 알고 있습니다. 김사왕 목사 말씀이시지요?"

김건축 목사는 고개를 끄덕였다.

"그 녀석이 관계하는 신학교에서 무슨 세미나를 대만의 한 기독교 출판사와 같이 개최한다나봐. 내가 시간이 되면 한번 가고 싶은데 지금 상황이 전혀 안되서. 윤 실장이 가서 그 녀석 한국어가 어느 정도로 늘었는지를 꼭 좀 체크해봐. 그리고 어차피 두 사람은 앞으로 평생 같이 갈 사이인데 이 기회에 서로간에 얼굴을 트면 좋지 않겠어? 이미 내가 사왕이한테 연락했어. 내 사역에 가장 중요한 사람이 간다고 말해놨어. 만약을 대비해 알렉스 리 목사가 통역으로 같이 갈거야. 물론 통역 필요 없으면 제일 좋고. 윤 실장, 한국어가 그렇게 어렵나? 왜 이 쉬운걸 그렇게 못하는지…사왕이 그녀석 우리말을 알아듣기는 하는거 같은 영 발음이 이상해서. 그래가지고 어디 설교를 하면 교인들이 알아듣겠어? 일단 윤 실장이 그 놈 한국어를 한번 잘 관찰해봐. 상황에 따라 필요하면 아예 모든 거 다 중지시키고 한국으로 당장 불러들여야지. 여기서 아침부터 밤까지 한국어만 하게 하면 지 놈 한국어가 안늘고 배겨?"

12월의 타이페이는 한국보다 많이 따뜻했다. 년말이라 그런지 도시 전체가 더 활기차고 들떠있었다. 사람들의 눈이 많은 저녁 시간을 피해 아침 시간에 김사왕 목사를 만나기로 했다.

윤야성과 알렉스 리가 타이페이에 도착한 다음 날 아침 7시 타이페이의 W호텔 2층 카페로 약속시간과 장소가 정해졌다. 윤야성과 알렉스 리 목사가 6시 55분 카페에 도착했을 때 김사왕 목사는 이미 와 있었다. 이른 시간이라 다행히 카페에 사람들이 많지 않았다. 카페로 들어오는 윤야성과 알렉스 리 목사를 향해 김사왕 목사는 자리에서 일어나지도 않은 채 손을 한 번 무심하게 들어보인 후 다시 고개를 돌려 어딘가를 보고 있었다. 분명 전날 밤을 이 호텔에서 함께 보낸 것이 분명한 서양인 남자와 동양인 여자가 김사왕 목사가 앉은 자리에서 멀지 않은 곳에서 아직도 사랑의 여운이 가시지 않은 듯 나란히 서로의 몸을 밀착시킨 채 앉아있었다. 서양인 남자가 뭔가 중국어로 말하자 여자는 그의 중국어 액센트가 웃기다는 듯 깔깔거리고 웃으며 다시 한 번 중국어를 하려는 남자의 입을 자신의 입술로 막았다.

윤야성과 알렉스 리 목사가 테이블 앞까지 오자 김사왕 목사는 그제야 국제 커플을 바라보던 눈길을 거두었다. 김사왕 목사는 여전히 자리에서 일어나지도 않았고 악수를 하자고 손을 내밀지도 않았다. 알렉스 리 목사는 말할 것도 없고 윤야성은 김사왕 목사보다 최소한 15살은 더 많았다. 김사왕 목사는 '처음 뵙습니다, 목사님. 김 목사님 비서실장되는 윤야성이라고 합니다' 라고 선채로 정중하게 인사하는 윤야성과는 아예 눈도 마주치지 않은채 알렉스 리 목사를 옆으로 부르더니 그의 귀에다 대고 영어로 뭐라고 말했다. 순간 알렉스 리 목사도 멀지 않은 곳에 앉아 여전히 입맞추고 있는 국제 커플을 보며 순간 히죽거리고 웃었다. 잠시 어색하게 서있던 윤야성은 조심스럽게 자리에 앉았다. 한참을 더 귓속말로 김사왕 목사와 뭔가를 떠들던 알렉스 리 목사가 마침내 윤야성의 옆으로 와서 앉았다. 웨이트리스가 다가왔다. 이미 커피를 마시고 있던 김사왕 목사는 알렉스 리 목사에게 음료 외에 필요하면 다른 것을 시키라는 손짓을 했다. 알렉스 리 목사는 웨이트리스에게 커피와 샌드위치를 시키고 윤야성을 보았다. 윤야성은 그냥 커피만 마시겠다고 말했다. 김사왕 목사는 윤야성은 아예 안중에도 없다는 듯 알렉스 리 목사와 영어로 한참을 더 떠들었다. 영어를 결코 못하지 않는 윤야성이지만 한국에서만 자란 그가 알아듣기에는 너무도 버거운 빠른 영어였다. 분명히 두 사람은 윤야성을 앞에 놓고 필요 이상으로 각종 슬랭들을 남발하며 평소보다 더 빠르게 말하는 것이 틀림없었다. 거의 10분이 넘는 시간동안 윤야성은 이 세상에 아예 존재하지 않는 사람이었다. 알렉스 리 목사와 무슨 말인지 대화를 주고 받으면서도 김사왕 목사는 은근슬쩍 국제커플을 훔쳐보는 일만은 게을리하지 않았다. 윤야성의 눈에도 동양인 여자의 미모는 윤야성이 텔레비젼에서 보던 한국의 그 어떤 연예인에게도 뒤지지 않을만큼 탁월했다.

윤야성에게 있어서 커피를 마시는지 사약을 마시는지 알 수 없을 정도로 불편한 시간이 흐르고 있었다. 너무도 명확했다. 김사왕 목사는 지금 서초교회 내에서 윤야성을 시기하는 누군가와 은밀하게 교류하고 있다는 사실이. 언어적 장벽과 지금 두 사람의 북치고 장구치는 모습을 고려할 때 그 사람은 알렉스 리 목사밖에 없었다.

김사왕 목사는 김건축 목사가 가진 외모적 카리스마를 전혀 가지고 있지 않았다. 누군가가 아버지와 아들의 관계라고 미리 얘기해주지 않는 한 김사왕 목사의 외모에서 김건축 목사의 흔적을 찾을 수 있는 사람이 이 세상에 별로 있어 보이지 않았다. 게다가 김사왕 목사는 외탁을 했는지 머리숱이 풍성한 김건축 목사와는 달리 고작해야 20대 후반인데도 불구하고 그의 머리는 이미 심각한 M자형으로 벗겨지고 있었다. 한 마디로 외모적으로 볼 때 아버지에 비해 대단히 퇴화한 아들이었다.

윤야성에게는 다행스럽게도 그 날 아침의 미팅은 그다지 길지 않았다. 윤야성이 무슨 목적으로 대만까지 왔는지 분명히 아는데도 불구하고 김사왕 목사는 윤야성과 아예 한국어로 말을 섞을 의도조차 없었다. 윤야성에게 굳이 할 얘기가 있는 경우에도 김사왕 목사는 의식적으로 윤야성을 보지 않은채 철저하게 알렉스 리 목사의 통역을 통해 윤야성에게 자신의 의사를 전달했다. 윤야성은 도저히 이해할 수 없었다. 도대체 자신의 그 무엇이 김사왕 목사로 하여금 자신에 대해 저토록 노골적인 경계심 내지 적의를 드러내게 했는지를. 자신의 그 무엇이 김사왕 목사로 하여금 자신보다 띠동갑을 훌쩍 뒤어넘는 연장자를 처음 만난 자리에서 이런 식의 고의적인 모멸감을 안기도록 만들었는지 윤야성은 알 수 없었다. 윤야성이 알렉스 리 목사와 특별히 친하지도 않았지만 그렇다고 둘 사이에 원수질 일은 전혀 없었다. 카페에서 일어나기 직전, 김사왕 목사가 알렉스 리 목사의 통역을 통해 윤야성에게 말했다.

"윤 실장님, 실장님은 어떻게 생각하실지 몰라도 제가 볼 때 제 아버지는 귀가 너무 얇아요. 그냥 누가 좀 그럴듯한 얘기만 하면 거기에 빠져서 헤어나오질 못해요. 하지만 윤 실장님..."

이 부분에서 김사왕은 알렉스 리가 통역을 못하도록 손으로 막았다. 마치 '이 정도의 쉬운 영어는 알아듣겠지?'라는 표정으로 김사왕 목사는 처음으로 윤야성을 똑바로 보며 한 단어 한 단어를 또박 또박 말했다.

"Hey, I am different from my old man. 이 봐요. 나는 아버지와는 달라요."

김사왕은 순간 윤야성을 향해 빙긋 웃었다. 천하의 윤야성도 그 순간만큼은 김사왕을 보며 얼굴에 미소를 띄울 수 없었다. 김사왕의 미소를 보는 순간 윤야성은 한참을 잊었던 한 사람이 생각났다.

정주현이었다.

윤야성에게 디테일의 중요성을 가르치던 예전의 정주현, 행간의 정보를 읽으라며 다그치던 정주현이었다. 그러나 그 정주현은 오래 전에 사라졌고 지금의 정주현은 윤야성 입 안의 혀라고 해도 과언이 아닌 새로운 정주현이었다.

그런데 지금 윤야성의 눈 앞에 남자 정주현이 앉아있었다. 한국어보다 영어가 더 편한 머리가 벗겨진 남자 정주현이 윤야성에게 지금 영어로 훈시를 하고 있었다. 윤야성 자신이 아무리 똑똑하더라도 결코 뛰어넘을 수 없는 막강한 핏줄의 힘을 등에 업은 남자 정주현이 지금 윤야성 앞에 떡하니 버티고 앉아 있었다. 그 남자 정주현이 버티고 앉은 곳은 다름 아니라 윤야성이 꿈꾸는 미래로 가는 바로 그 길목이었다. 그 남자 정주현은 지금 그 길목을 막고 서서 영어로 윤야성에게 훈시를 하고 있었다.

52. 2018. 1. 19. 서초교회 회의실

글쎄....인생은 새옹지마라고 누가 말했던가? 서초교회에 전혀 예상치 못한 두 가지의 악재가 생긴 것은 서초교회가 "내려오지 않는 팔, 모세 신유집회"를 끝내고 채 두 달이 지나지 않았을 즈음이었다. 달리 말해 서초교회가 "내려오지 않는 팔, 모세 신유집회"가 가져다준 예상을 뛰어넘는 부흥을 여전히 누리고 있던 시점이었다.

첫 번째 문제는 서초교회의 오랜 안수집사였던 노건수 집사가 교회 게시판에 올린 글로 시작되었다.

안녕하십니까?

저는 서초교회 노건수 안수집사입니다. 제 큰 아들, 노세종은 지금 대학교 3학년입니다. 태어나면서부터 서초교회를 다녔고 유치부, 주일학교 그리고 중고등부를 거쳐 지금 대학부에서 성경공부 리더를 맡고 있습니다. 우리 세종이가 지난 신유집회 마지막날 기도회를 마치고 믿음으로 시력이 회복되었다고 믿고 5살 때부터 쓰던 안경을 벗어 던졌습니다. 그리고 그 날 자정이 지나 집으로 오던 중 교통사고가 나서 입원했습니다. 당시 대퇴골이 반으로 절단된 대퇴골절 부상이 워낙 심해서 거의 두 달이나 입원한 후에야 퇴원할 수 있었습니다. 그런데 어제 밤 갑자기 세종이가 의식을 잃고 응급실로 실려갔습니다. 대퇴부 골절로 인한 장기손상 때문이라는 것이 병원의 진단이었습니다. 애초에 대퇴부 골절로 인해 장기에도 일부 손상이 있었는데 그 손상이 방치되는 바람에 악화되었다고 했습니다. 저는 애초에 세종이를 치료한 병원을 상대로 고소를 진행할 예정입니다. 하지만 그와 동시에 세종이의 교통사고에 직접적인 책임이 있는 교회를 향해서도 이제 침묵만이 답이 아니다라는 결론을 얻었습니다. 저는 지난 두 달간 세종이가 그 힘든 치료를 견디는 과정에서도 묵묵하게 기도만 했을 뿐 교회를 원망하지 않았습니다. 하지만 지금은 생각이 바뀌었습니다. 세종이 외에도 그 날 교통사고를 당한 사람들이 많다고 들었습니다. 그런데 저는 지금까지 단 한 번도 교회로부터 이 부분과 관련해 어떤 책임있는 반성의 말을 들은 적이 없습니다.

저는 서초교회를 사랑합니다. 정지만 목사님이 계시던 서초교회를 사랑합니다. 지금 김건축 목사님이 계신 서초교회도 저는 똑같이 사랑합니다. 하지만 아무리 신유집회라고 해도 안경을 버리라고 교회가 '선동'하는 것을 저는 이해할 수 없습니다. 20대의 아직 어린 청년들이 얼마나 쉽게 흥분하고 감정적으로 잘 동요하는지 교회가 모를리 없지 않습니까? 설혹 안경을 벗고 눈이 좋아졌다라고 하는 사람이 있더라도 교회가 며칠 더 지켜보라고 자제를 해야하지 않습니까? 그런데 오히려 교회가 나서서 그런 선동을 하다니요? 물론 그 날 안경을 던진 당사자는 제 아들 세종이입니다. 하지만 평생 안경 없이는 한 순간도 제대로 움직일 수 없었던 제 아들로 하여금 자신의 눈이나 다름없는 안경을 던져버리라고 적극적으로 선동한 주체는 교회입니다. 저는 다른 것은 몰라도 그 점에 대해서만은 교회가 엄중한 책임을 져야한다고 생각합니다.

저는 서초교회의 김건축 담임목사님께서 공식적으로 홈페이지를 통해 우리 세종이를 포함해 그 날 사고가 난 사람들에게 공개적으로 사과하실 것을 요구합니다. 그리고 이건 요구가 아니라 간청입니다. 김건축 목사님께서 직접 우리 세종이가 입원한 병원에 찾아와 우리 아들의 손이라도 한번 잡아주시길 바랍니다.

노건수 안수집사

노건수 집사의 글이 게시판에 게시된 후 1시간이 지나지 않아 주충성 목사의 지시로 교회 게시판은 폐쇄되었고 노건수 집사의 ID는 삭제되었다. 그리고 그에 대한 대책 회의가 열렸다.

유동식 부장목사는 강력하게 김건축 목사가 공개적으로 사과하고 집회 기간 중 사고난 환자들을 한 명 한 명 찾아가 위로하는 것이 맞다고 주장했다. 그러나 유 목사의 주장은 곧이어 집단적인 성토의 대상이 되었다.

고자서 전무목사가 말했다.

"이봐, 유 목사님, 공개사과가 뭘 의미하는지 모릅니까? 신유집회의 기적 자체를 부정하는 거라는거 몰라요? 윤 실장님이 인터뷰했다시피 자기네들 믿음이 부족해서 좋아졌던 눈이 다시 나빠졌는데 왜 그걸 가지고 우리 담임목사님이 사과를 합니까? 지금 그걸 말이라고 지껄이세요? 목사라는 사람이, 그것도 부장목사라는 사람이 그렇게 영적으로 분별이 안됩니까? 영안이 그렇게까지 어두워요?"

주충성 목사가 거들었다.

"맞습니다. 잘 걸어오다가 베드로가 물에 빠지면 예수님이 베드로에게 사과해야 합니까? 아이고, 베드로야, 너가 물에 빠져서 내가 너무 미안하다....라고 베드로에게 싹싹 빌어야 하나요? 그리고 베드로가 물에 빠진거에 대해 제자들 전체에게 공개사과를 해야되냐고요? 유 목사님 지금 도대체 무슨 소리를 하는거에요?"

참석한 대부분이 고개를 끄덕였다. 유동식 부장목사는 어두워진 얼굴로 고개를 푹 숙이고 아무런 대꾸도 못한채 자신의 발끝만을 바라보고 있을 뿐이었다. 김건축 목사가 알겠다는 듯 고개를 끄덕이며 상황을 정리했다.

"지금 감사헌금이 무엇보다 많이 좋아졌고 또 성도들이 DVD를 사서 보면서 치유의 기적을 체험하고 있는 상황에서 내가 사과를 하는건 옳고 그르고의 신학적 논쟁을 떠나서도 교회에 전혀 덕이 안돼. 그걸 가지고 얼마나 네버컷이니 이런 곳이 트집을 잡고 난리를 치겠어? 설혹 내가 사과를 한다고 해도 그건 정말로 내가 영혼을 사랑해서 그런거지 뭘 잘못한 게 있어서 그런건 아니잖아? 그런데도 다들 한번 상상들을 해봐. 만약 그럼 무슨 일이 생길지. 이곳 저곳에서 벌떼처럼 일어나서 신유집회 전체를 매도하는 말도 못할 악행들을 할게 뻔하잖아? 내가 그런 빌미를 결코 사탄에게 줄 수는 없지. 무엇보다 지금 감사헌금과 DVD를 통해 역사하시는 성령님께서 원하지 않아. 이럴수록 우리는 성령님의 음성에 좀 더 예민하게 반응해야 해. 그게 핵심이야. 이봐, 주 목사, 그래서 지금 그 글 올린 집사는 어떻게 되고 있나?"

"게시판을 폐쇄했고 그 노건수 집사의 아이디도 없앴는데요. 이곳 저곳에서 카톡으로 사람들이 그 글을 돌리면서 좀 얘기가 있는거 같기는 합니다만 걱정하실 수준은 전혀 아닙니다."

"혹시 그 노 집사 그 사람 전에 유진선 장로 쪽이랑 다 선이 있는 그런거 아니야? 애초에 교회 개혁이니 하는 사람들 그 쪽 아니냐고? 이거 영적으로 아주 더럽고 사악한 냄새가 나는데 말이야."

"저도 알아봤는데 그건 아니고요. 그냥 평범한 집사입니다."

'그래?' 라는 의외라는 표정을 짓는 김 목사에게 주충성 목사는 '확실합니다' 라고 재차 강조했다. 뭔가를 잠시 생각하던 김 목사가 고개를 끄덕이며 말했다.

"뭐, 그럼 조금 있다가 조용해지겠네. 조직이 있는 것도 아니고 지 혼자면 한 며칠 떠들다가 말겠지. 그 노 집사가 사는 지역 담당 목사보고 그 아들한테 병문안 가라고 해. 갈 때 뭘 좀 많이 들고가고, 또 금방 오지 말고 기도도 좀 오래 해주라고 하고...."

53. 2018. 1. 23. 네버컷 뉴스 노건수 집사 인터뷰

유인호: 노건수 집사님, 이렇게 힘드신 와중에 시간을 내주셔서 감사합니다.

노건수: 아닙니다. 평생 다닌 교회가 제 말을 들어주지 않는데 이렇게 제 말을 들어주겠다는 곳이 있어서 제가 감사하지요.

유인호: 지금까지 있었던 일들을 좀 간략하게 설명해주시죠.

노건수: 네, 다 아시겠지만 제가 다니는 서초교회에서 신유집회가 있었습니다. 저는 밤에 일하는 사람이라 참석을 못했는데 우리 아들이 3일 내내 참석했어요. 그런 데 둘째 날 밤 집회하고 마지막 날 밤에 안경 벗어도 된다고 하면서 아예 안경 버리고 가라는 교회의 거의 강요에 가까운 그런게 있었어요. 우리 애가 아직 어리고 또 그 때 분위기가 워낙 열광적이고 하다보니까 진짜 순간적으로 눈이 잘 보인다고 착각한 거 같아요. 우리 아들 세종이는 아주 어릴 때부터 안경 없이는 살 수 없던 애였

는데 말이에요.

유인호: 아, 잠깐만요. 집사님, 저희가 그 때 참석해서 둘째 날 밤 안경 관련해서 사회를 보던 고자서 전무목사가 한 말을 녹음한게 있습니다. 이거 듣고 다시 얘기하시죠. (유인호 기자가 스마트폰의 한 영상을 튼다.)

김건축 담임목사님의 특별 지시가 있으셨습니다. 성령님께서 이번 집회를 통해 특히 눈이 나쁜 성도들의 눈을 다 고쳐주시겠다는 음성을 들으셨습니다. 더 이상 안경이 필요없게 된 성도님들...저희가 로비에 안경 광주리를 준비했습니다. 집회가 끝나고 나가는 길에 더 이상 필요없어진 안경을 그 광주리에 넣어주십시오. 김건축 목사님은 확신하십니다. 이 집회가 끝나면 안경으로 가득찬 광주리가 열두 광주리 이상 나올 것이라고 말입니다. 그럼 우리는 그 광주리에 가득찬 안경을 불쌍한 아프리카의 형제 자매들에게 보낼 것입니다.

집사님, 자 이걸 보면 여기 고자서 목사라는 사람이 분명히 김건축 담임목사의 지시라고 얘기하거든요. 그 사람의 생각이 아니라 분명히 김건축 목사의 지시, 그것도 특별지시라고 하거든요.

노건수: 그러니까 제가 담임목사님의 공식 사과를 요청했고요. 아무튼 우리 아들이 그 날 집으로 오다가 빨간불을 제대로 못보고 사거리에서 교통사고를 냈거에요. 사실 우리 애가 가해자지요. 그런데 상대쪽은 다행히 많이 안다쳤는데 우리 세종이가 오히려 많이 다쳤어요. 대퇴부골절상을 입었거든요. 이게 정말로 보통 심각한 부상이 아니더라고요. 아무튼 정말로 짧지 않은 시간을 병원에서 보내고 다 나은줄 알고 퇴원했는데 갑자기 애가 호흡이 곤란해지면서 쓰러져서 며칠 전에 응급실로 갔어요. 대퇴부골절상을 입었을 때에 폐쪽에도 무슨 손상이 있었는데 그 때 병원에서 그걸 간과했나 보더라고요. 지금 정밀 검사를 진행하고 있는데 앞으로 솔직히 잘 모르겠습니다. 병원도 뭐라고 정확히 말을 안해주네요. 아무튼 그래서 내가 이건 정말로 아니다 싶어서 교회홈피 게시판에 글을 올렸어요. 이게 제가 게시판에 올린 내용입니다. (노건수 집사는 프린트 종이를 한 장 꺼낸다.) 그런데 좀 있다가 무슨 답이 있나 보러 다시 교회 홈피에 갔더니 아예 게시판 자체가 사라졌더라고요. 제가 얼마나 어이가 없고 화가 났는지 아십니까? 제가, 제 가족이 평생 다닌 교회거든요. 내가 결혼할 때 우리 정지만 목사님이 주례 서셨어요. 그리고 우리 세종이 유아세례도 정 목사님이 해주셨는

데....(감정이 북받치는지 눈물을 쏟는다.)

유인호: 그 이후 교회로부터 어떤 형태든지 연락이 없었나요?

노건수: 우리 구역 담당교역자가 병원에 왔었어요. 꽃이랑 과일이랑 잔뜩 들고요. 그런데....그 목사가 나가면서 김건축 담임목사님이 주시는 거라고 하면서 돈봉투를 주잖아요. (순간적으로 분노에 못이겨 몸을 떨며) 내가 그 봉투를 그 목사 얼굴에다 그냥 던졌어요. 그리고 그 때 결심했습니다. 그냥 절대로 그냥 넘어가지 않겠다고요. 내가 돈도 빽도 없고 정말로 아무것도 없는 보통 사람이지만 지금 병원에 저렇게 누워있는 우리 세종이의 생명을 돈봉투로 모욕하는 인간들을 그냥 놔두지 않겠다고요.

유인호: (깊이 한숨을 쉬며) 그래서 지금 어떻하시려고요?

노건수: 김건축 목사를 사기죄로 고소하고 손해배상을 받으려고요. 사실 지금 우리 세종이를 처음에 진료한 병원도 진료과실로 고소하려고 준비하고 있습니다. 제가 졸지에 소송을 두 개나 준비해야 하는 상황이 되었어요. 그런데....(깊이 한숨을 쉰다) 내가 집을 팔아서라도 제대로 고소를 하려고 하는데 문제는 교회나 병원 문제를 변호사들이 아예 맡으려고 하지를 않아

요. 아무도 안하려고 해요. 이 세상에 병원이나 교회를 상대로 싸우는 멍청한 변호사가 어디있냐면서요. 어쩌면 제가 변호사 없이 고소장까지 써야할지 모릅니다.

유인호: (정말로 더 이상 괴로울 수 없는 깊은 한숨을 다시 내쉬며) 집사님, 그렇지요. 아시는지 몰라도 보통 사람이 병원 상대로 하는 고소에서 병원을 이기는 경우가 거의 없어요....교회도 똑같지요. 병원이나 교회를 상대로 개인이 싸우는거 정말로 계란으로 바위치기에요. 제가 하나 장담하지요. 병원은 몰라도 서초교회는 보나마나 '명예훼손'으로 노 집사님을 맞고소 할 겁니다. 이건 100%입니다. 정말 앞으로 많이 힘드실텐데요. 저희 네버컷이 워낙 소송을 많이 해서 아는데 그거 정말 개인이 혼자 싸울 수 있는게 아니거든요. 사실 저희 네버컷도 경미한 변호사님이라고 아무리 경미해 보이는 사건도 정말로 최선을 다하시는 '진짜 변호사'가 계셔서 많은 도움을 받고 있습니다. 노 집사님도 꼭 그런 변호사님을 만나시길 바랍니다. 저희도 일단 경미한 변호사님께 노 집사님 상황을 한번 말씀을 드려보겠 습니다. 경 변호사님께서 지금 변호를 맡으신 억울하고 힘없는 분들이 너무 많아서 어떨지는 모르겠어요. 경 변호사님과 같은 분이 몇 명만 더 있어도 세상이 달라질텐데요. 맞습니다. 누가

병원과 큰 교회를 상대로 싸우려고 하겠어요? 지금 이 인터뷰를 보시는 독자님들 중에서 우리 노 집사님 가족을 도와주시는 분들이 많이 나왔으면 좋겠습니다. 마지막으로 하시고 싶은 말씀이 있으면 하시죠.

노건수: (갑자기 감정이 복받치는지 소리내어 울면서) 제가 평생 사랑하던 교회와 관계가 이렇게 되니까. 내가 얼마나 서초교회를 사랑하고 자랑스러워했는데 그런 교회와 내가 이렇게 싸워야 한다니까....하지만 지금도 숨쉴 때마다 힘들어하는 내 아들을 보니까 저는 죽을 때까지 싸우려고요. 정말로 지금까지 무턱대로 목사를 믿고 교회를 다닌 내 자신이 너무도 밉고....저도 네버컷같은 뉴스는 사탄의 도구라고 생각했던 사람이거든요. 그런데...막상 나한테 이런 일이 생기니까....(노건수 집사는 더 이상 말을 잇지 못한다.)

노건수 집사는 네버컷 뉴스 인터뷰 며칠 후부터 김건축 목사가 사는 아파트 정문 앞에서 1인 피켓 시위를 시작했다. 피켓에는 다음과 같이 써 있었다.

"김건축 목사 회개해 예수 믿고 나랑 같이 천국가자!"

김건축 목사는 노건수 집사가 아파트 정문에 나타난 날 이후 아파트 후문을 이용하기 시작했다. 가끔은 기습적으로 아파트 후문에도 나타나는 노건수 집사의 동선을 사전에 파악해 김건축 목사의 눈에 절대로 노건수 집사가 보이지 않도록 하는 것이 김철골 집사의 가장 중요한 업무가 되었다.

54. 2018. 2. 2. 윤야성의 집 2.

앞으로 탄탄대로만 있을 거 같던 서초교회에 생긴 두 번째 악재는 노건수 집사의 문제와는 차원이 달랐다. 새벽 5시 윤야성의 핸드폰이 울렸다. 이 시간에 자신에게 전화할 사람은 김건축 목사 밖에 없다는 생각에 윤야성은 전화벨이 채 두 번도 울리기 전에 한참 전부터 일어나 있었던 것처럼 목소리를 가다듬고 전화를 받았다. 목소리의 주인공은 김건축 목사가 아닌 주충성 목사였다. 전화기 너머 전해지는 주충성 목사의 느낌이 평소와 전혀 달랐다. 분노와 두려움이 섞인 듯한 그의 목소리는 심하게 흔들리고 있었다.

"윤 실장님, 좀 전에 네버컷 뉴스에 기사가 하나 떴어요. 아주 이상한 소리를 해요. 무슨 말인지 내가 아예 이해가 안되는데 한 번 들어가서 보세요. 나도 인터넷에 댓글 다는 아르바이트가 지금 댓글 달다가 전화를 해서 봤는데....이건 정말로 말도 안되는 거짓말인데요. 네버컷이 난 이 정도로까지 막가파로 갈 지는 차마 상상도 못했어요. 이것들 정말로 미친 사탄이에요. 빨리 사람들 현혹되기 전에 대책을 세워야 할 거 같아요. 이거 담임목사님이 보시면 안되는데....네버컷 이것들을 정말로 싸그리....가서 사무실에 기름을 붓고 불이라도 질러야 하는거 아닌지 모르겠어. 미친 놈들...."

주충성 목사를 진정시키고 전화를 끊은 후 윤야성은 피곤한 몸을 일으켜 침대 옆 탁자에서 주섬주섬 노트북을 들고 다시 침대로 돌아왔다. 한참 깊은 잠에 빠진 정진아는 윤야성이 전화를 받는 것조차 모른채 가늘게 코를 골고 있었다. 윤야성은 노트북을 열었다. 네버컷 뉴스 주소를 쳤다. 네버컷 홈 페이지 첫 화면을 보는 순간 윤야성은 모골이 서늘할 정도의 충격에 그 자리에서 바로 일어나 옷을 입기 시작했다. 정진아는 여전히 잠에 빠져있었다. 윤야성은 정진아가 깨지 않게 조심스럽게 안방문을 닫고 응접실로 나왔다. 윤야성은 김철골 집사에게 전화를 걸었다.

55. 2018. 2. 2. 네버컷 뉴스 단독보도

'내려오지 않는 팔' 김건축 목사, '갖다붙인 팔' 논란…진실은?

'내려오지 않는 기적의 팔'로 화제가 됐던 서초교회 김건축 목사가 자신의 팔이라 가장하기 위해 사용한 것으로 추정되는 '인조팔'이 김건축 목사의 승용차 안에서 발견됐다. 김 목사가 신도들을 기만한 '사기극'이 사실로 밝혀질 경우 교계에 엄청난 파장이 일 것으로 관측된다.

서초교회 옆의 카센터 직원 조 모 씨(27)로부터 두 장의 사진이 지난 달 27일 오후 네버컷 뉴스에 도착했다. 조 씨는 평소 자신이 김 목사가 타는 에쿠우스 승용차를 전담 세차한다고 소개했다. 조 씨에 따르면 김 목사는 평소 이틀에 한 번 외장 세차를 하고 10일에 한 번 승용차의 안과 밖까지 완전세차를 한다.

그러던 중 지난 26일 오전 11시께 김건축 목사의 기사가 완전세차를 위해 차를 맡겼다. 이날 김 목사의 차를 세차하던 조 씨는 트렁크 청소를 위해 트렁크를 여는 순간 그 속에 들어있는 한복을 걸친 인간의 팔과 흡사한 팔 두 개를 발견하고 놀란 마음에 곧장 경찰에 신고했다.

현장에 출동한 경찰은 팔이 진짜 사람의 팔이 아니어서 바로 철수했고 조 씨는 출동한 경찰로부터 허위신고에 대한 경고를 받았다고 한다. 조 씨는 놀라울 정도로 사람의 팔과 흡사한 김 목사의 에쿠우스 트렁크 속의 한복을 걸친 팔 두 개를 사진 찍고 자신의 여자친구에게 보여줬다고 설명했다. 그런데 서초교회에 다니던 조 씨의 여자친구는 조 씨가 찍은 사진 속 팔을 보는 순간 얼마 전 서초교회에서 있었던 신유집회에 대해 조 씨에게 말했다. 그 집회의 핵심은 몇 시간동안 내려오지 않던 김 목사의 두 팔이었고 특히 마지막날 밤 한복을 입은 김건축 목사의 팔은 무려 5시간이나 내려오지 않았었다. 여자친구의 설명을 들은 후 한복을 걸친 인조팔에 대한 의구심을 가진 조 씨는 그 사진을 네버컷뉴스에 지난 27일 제보했다.

(세 장의 사진)

　- 트렁크 속에 아무렇게나 내팽게쳐진 크림컬러의

고급스런 한복 속 성인 남자의 양쪽 팔

　- 트렁크 속의 두 팔을 꺼내 에쿠우스 승용차의 트렁크 위에 올린 후 차의 번호판과 두 팔을 같이 찍은 사진

　- 신유집회 중 두 팔을 번쩍 올리고 있는 김건축 목사의 사진

네버컷뉴스는 이 사안의 중대성을 감안하고 지난 며칠 간 한 대학 영상연구원에 의뢰해 조 씨가 보낸 사진 속의 인조팔과 서초교회 마지막날 밤 집회 내내 들려 있던 김건축 목사의 한복 입은 두 팔과의 비교 감정을 요청했다.

(두 장의 사진)

　- 신유집회 마지막날 밤 들려진 김건축 목사의 한복 입은 팔의 손과 손목을 확대한 사진

　- 한복을 걸친 인조팔의 손과 손목을 확대 비교한 사진

서초교회 집회에 참석한 이들의 증언에 따르면 집회 중 팔을 올린 김건축 목사는 마치 우주소년 아톰이 하늘을 날 듯 주먹을 꽉 쥔채 집회 기간 내내 그 팔을 내리지 않았다. 그런데 공교롭게도 김 목사의 차에서 발견한 인조팔의 주먹 또한 꽉쥐어져 있

다.

　지난 27일 분석을 의뢰받은 영상연구원은 이 두 사진 속 꽉 쥐어진 주먹 각각의 손가락 모양, 크기, 각도를 면밀히 분석했다면서 분석 결과 문서를 보내왔다. 영상연구원은 또한 두 사진 속 한복의 색깔, 소재, 구김의 각도까지도 면밀히 분석한 결과 김건축 목사가 집회 마지막 날 밤 한복을 입고 하늘로 뻗은 두 팔과 사진 속 한복을 걸친 인조팔은 99.9% 동일하다는 결론을 내렸다고 밝혔다.

　영상연구원의 분석결과 소식을 접한 한 익명의 교계 관계자는 "서초교회가 신유집회를 하면서 인조팔을 김건축 목사의 어깨에 붙여 교인들은 말할 것도 없고 한국교회 전체를 속였다는 사실에 놀라움을 넘어 참담함을 느낀다"면서 "아픈 몸을 이끌고 하나님의 치료하심을 갈망하며 기도하는 성도들의 연약함을 악용해 이와 같은 범죄를 일으킨 서초교회와 김건축 목사는 지금이라도 한국교회 앞에 그 잘못을 인정하고 진정으로 사죄할 것을 요구한다"고 말했다.

앞서 네버컷 뉴스는 문제의 서초교회의 집회 후 김건축 목사의 내려오지 않는 팔과 관련해 합리적 의심을 바탕으로 윤야성 서초교회 비서실장과 인터뷰를 한 바 있다. 윤야성 비서실장은 그 인터뷰에서 김건축 목사의 내려오지 않는 팔은 다름아닌 하나님의 기적이라고 말했었다.

56. 2018. 2. 2. 김건축 목사의 집

"야, 이 개새끼야!! 말해봐, 너 도대체 뭐야? 너 정체가 뭐야? 너 뭐하는 놈이야? 왜 그걸 차에다 싣고 다녀? 빨리 처리하라고 준게 언제인데, 이 미친 새끼야, 너가 나를 완전히 골로 보내려고 작정하고 벌인거야?"

새벽 5시가 조금 넘어서 김건축 목사는 윤야성의 인터뷰 이후 생긴 새로운 버릇인 네버컷 뉴스의 댓글을 읽으려 네버컷뉴스 사이트에 들어갔다. 네버컷 뉴스의 메인 페이지의 '인조팔' 단독보도를 접한 김건축 목사는 숨이 막힐 것과 같은 충격을 받았다. 기사를 읽은 즉시 김 목사는 김철골 집사에게 전화를 걸었다. 윤야성과의 통화 직후 거의 이성을 잃은 듯한 김건축 목사의 전화를 받은 김철골 집사는 잠옷을 갈아입지도 않고 미친 듯이 차를 몰아 김건축 목사의 집에 도착했다.

잠옷을 입은 채 현관문을 열고 들어오는 김철골 집사를 가장 먼저 맞은 것은 김건축 목사가 던진 컵이었다. 불시에 날아온 컵에 얼굴을 맞은 김철골 집사의 이마에서 한 줄기의 피가 주르륵 흘러내렸다. 뭔가 깨어지는 소리에 잠을 자던 김건축 목사의 부인이 놀라서 안방에서 뛰어나왔다가 다시 방으로 들어가 방문을 닫았다.

"야, 이 개새끼야, 기사 읽었지? 도대체 너 뭐하는 놈이야? 뭐하는 놈이냐고? 팔 그거 지금도 차에 있는거야? 아직도 트렁크에 있는거야?"

현관에서 신발도 벗지 못한채 김철골 집사는 흘리는 피는 닦을 생각도 못하고 묵묵부답으로 장승처럼 서있을 뿐이었다.

"이거, 완전히 미친 새끼네. 그걸 지금도 트렁크에 넣고 다니는거야? 그 기사를 보고도 아직 차 트렁크에 넣고 다녀? 너 그 팔이랑 연애하냐? 이 변태 새끼야. 이 새끼가 완전히 나를 골로 보내려고 작정한 새끼 아니야? 어릴 때부터 또라이 짓만 하던 놈을 사람 하나 만들어 보려고 데려왔더니 이게 이렇게 날 물을 먹이네."

김건축 목사는 냉장고로 가 물을 꺼낸 후 벌컥 벌컥 마셨다. 다시 김철골 집사를 향해 김건축 목사가 말했다.

"얘기해 봐, 도대체 뭐가 어떻게 된건지 얘기해보라고..."

김철골 집사의 이마에서 흐르는 피는 점점 더 많아졌다. 분명 어딘가가 제대로 찢어진 것이 틀림없었다. 입술 위로 흘러 내리는 피를 머금은채 김철골 집사가 말했다.

"형님, 용서해주십시오. 정말로 정말로 깜박했습니다. 집회 끝나고 그 날 바로 소각한다고 넣어두었는데....그만 그만 깜박했습니다."

"야, 이 미친 놈아, 깜박할게 따로 있지, 그걸 어떻게 깜박하냐!! 그걸 어떻게...."

김건축 목사의 목소리에는 이제 분노보다는 허탈함이 더 진하게 묻어났다.

"형님 설교 내용 준비하는 거 점검하고...또 요즘 들어서 노건수 그 미친 새끼가 형님 아파트에서 피켓인지 그가 들고 미친 짓 하는거 동선 파악한다고 더 정신이 없어서...형님이 그 미친 놈 피켓들고 서 있는거 그것만은 절대 보시는 일은 없도록 신경 쓴다고, 그게 너무 신경쓰여서...그만 정말로.. 말이 안되는데 그만 깜박했어요. 형님..."

갑자기 눈물을 쏟으며 김철골 집사가 무릎을 꿇었다.

"용서해주세요. 용서해주세요. 정말로, 정말로....죽을 죄를 지었습니다. 죽을 죄를...."

57. 2018. 2. 2. 김건축 목사 집무실 7.

아침 7시 김건축 목사의 집무실에 김건축 목사, 이마를 꿰매고 붕대를 감은 김철골 집사 그리고 윤야성이 모였다. 얼마 전까지만 해도 가짜팔에 대하여 알고 있는 지구에 존재하는 네 사람 중의 세 사람이었다.

"윤 실장, 그 팔 제작한 사람은 안심해도 되는거지?"

"목사님, 0.0001%의 걱정도 안하셔도 됩니다. 저를 믿어주십시오."

김건축 목사는 한숨을 쉬었다.

"도대체 이걸 어떻게 해야 하나? 어떻게 이렇게 말도 안되는 일이 생길 수가 있나? 어떻게...."

김건축 목사는 손에 들고 있는 찻잔으로 김철골 집사의 머리를 한 번 더 짓뭉개고 싶은 충동을 삭히며 김 집사를 보았다. 윤야성이 말했다.

"김 집사님, 팔은 처리하셨죠?"

"네, 실장님. 확실하게 처리했습니다."

"어디 감춘게 아니라 확실히 소각하셨죠?"

김 집사는 고개를 끄덕였다. 주머니에서 주섬주섬 핸드폰을 꺼내 소각하고 있는 한복 걸친 인조팔을 찍은 사진을 내밀었다. 윤야성은 그제야 알겠다는 듯 고개를 끄덕였다.

"미친 새끼...."

김건축 목사가 김 집사를 향해 짧게 내뱉었다.

세 사람 사이에 긴 침묵이 흘렀다. 김건축 목사의 입에서 마침내 한숨과 같은 외마디가 흘러나왔다.

"이걸 어떻게 하지...."

항상 자신감과 호연지기에 차 있던 김건축 목사의 입에서 윤야성이 지금껏 단 한 번도 들어본 적이 없는 두려움이 느껴지는 목소리였다. 그 어떤 상황을 맞아도 전혀 미동도 하지 않을 것 같던 김건축 목사였다. 오래 전 정지만 원로목사의 성명서가 발표되었을 때에도 당황하지 않았던 그였다.

"형님, 아니, 목사님...제가 그 카센터 직원을 만나서 설득을 할까요?"

"뭘?? 뭘 설득을 해?"

"다 지가 꾸민 일이라고. 지가 팔도 만들어서 트렁크에 넣어서 다 꾸민 일이라고요. 그렇게 말하도록 만들면...."

김건축 목사가 어이없다는 듯 물었다.

"왜...그 인간이 왜 그런짓을 하는데?"

"반기독교 세력의 사주를 받아서 그랬다고...서초교회를 음해하기 위해서 돈을 받고 그랬다고 기자회견 같은 거 하면...."

김건축 목사는 들고 있던 찻잔을 다시 한 번 김철골 집사의 붕대감은 얼굴에 던지고 싶은 강한 충동을 참아야만 했다. 찻잔을 테이블에 놓으며 허탈한 한숨과 함께 김건축 목사가 중얼거렸다.

"이 미친 놈아, 그 한복이 얼마짜리인줄 아냐? 카센타에서 일하는 애가 무슨 수로 그런 한복을 만드냐, 이 모자란 놈아...."

"그 애 돈으로 했다는 게 아니라 반 기독교가 뒤에서 돈을 대서...."

"시끄러~ 이 미친 놈아!"

육중한 집무실 문 밖으로 목소리가 새어나갈 정도로 과격하게 김건축 목사가 소리를 질렀다. 김건축 목사의 손에 다시 들린 찻잔을 본 김철골 집사의 얼굴에 순간적으로 공포가 스쳐 지나갔다. 윤야성이 말했다.

"집사님, 집사님의 마음은 제가 알지만 그랬다가는 문제만 더 커집니다. 그 친구가 그렇게 할지도 의문이지만 설혹 그런다고 해도 누가 그걸 믿습니까? 우리가 그 친구를 그렇게 하도록 시켰다는 후속타까지 터지게 되면 그 때는 말 그대로 수습불가 상태가 됩니다."

다시 세 사람 사이에 무거운 침묵이 흘렀다. 막 출근한 정주현이 집무실 문을 열고 들어와 물었다.

"목사님, 뭐 마실 거 가져다 드릴까요?"

김건축 목사는 아무런 대답이 없었다. 윤야성이 대신 정주현을 향해 고개를 흔들었다. 정주현은 김건축 목사 옆에서 마치 영혼이 떠난듯한 눈빛에 이마에 붕대를 칭칭 감고 앉아있는 김철골 집사를 흘깃 본 후 집무실을 나갔다. 김건축 목사가 다시 혼잣말을 했다.

"이걸 어떻게 하지...."

윤야성이 말했다.

"목사님, 방법은 하나 밖에 없어 보입니다."

김건축 목사와 김철골 집사는 정말로 구세주라도 보는 간절함으로 윤야성을 보았다.

"네버컷 뉴스를 명예훼손 및 정보통신법상 허위사실 유포 등등....제가 법적 용어를 정확히 잘 모르겠습니다만...무조건 고소해야 합니다. 그 길 밖에 없습니다. 그리고 교회는 홈페이지에 네버컷 기사에 대한 공식입장을 밝히는 글을 올리고 그 해명서를 이번 주 주보에도 끼워서 전 교인에게 배포해야 합니다. 현재는 그 길 밖에 없습니다."

윤야성의 말에 김건축 목사의 얼굴이 밝아지기 보다 오히려 더 어두워졌다.

"윤 실장, 사람들이 그걸 믿겠어? 저렇게 증거가 확실한데....그게 되겠어?"

윤야성은 단호하게 고개를 끄덕이며 말했다.

"목사님, 됩니다. 확실히 됩니다. 제가 몇 가지만 말씀드리지요. 첫째는 저 소식을 터뜨린 매체가 네버컷이라는 점입니다. 이게 사실 우리한테 유리할 수 있습니다. 서초교회와 목사님께 계속적으로 적대감을 가졌던 네버컷의 과거 전력을 우리가 제대로 이용해야 합니다. 즉....네버컷 뉴스는 오랫동안 어딘가의 사주를 받아 기독교를 허물고 교회를 분열시키는 세력으로 활동해 왔다고....우리가 도리어 강하게 역공을 해야합니다. 두 번째로...이게 우리에게 아주 유리한 부분입니다. 하나님의 은혜입니다. 만약 이런 일이 2,30년 전에 일어났으면 아예 방어할 방법이 없었을 것입니다. 하지만 목사님 지금이 어떤 세상입니까? 지금은 디지털 시대입니다. 디지털로 조작하지 못할 영상이 어디 있습니까? 영화에 요즘 진짜가 어디 있습니까? 다 컴퓨터 그래픽 아닙니까? 컴퓨터 그래픽으로 못 만드는게 뭐가 있습니까? 우리는 그 점을 집요하게 파고 들어야 합니다. 그리고 마지막으로 일단 소송으로 들어가면 그 소송이 끝나는데 얼마나 걸릴지 아무도 모릅니다. 항고하고 상고까지 하면 정말로 몇 년이 걸릴지 모릅니다. 거기서 한 걸음 더 나아가 형사결과와 관련없이 민사소송도 걸고 하면....목사님, 사람들 그 사이에 다 잊습니다. 아무도 관심 안 가집니다. 동시에 일단 소송전으로 들어가면 맞다 틀리다가 아니라.... '법원의 판단을 기다리자' 는 식으로 어떤 경우에도 당당하게 대답할 수 있는 명분이 생깁니다. 그렇기 때문에 옳으냐 그르냐를 가지고 네버컷 뉴스하고 논쟁할 것이 아니라 돈이 아무리 들더라도 무조건 소송을 걸어야 합니다. 우리로서는 잃을 것이 없습니다. '법원이 정의로운 판결을 해주길 바란다....' 이 말만 앵무새처럼 계속 하면 됩니다."

  윤야성의 조목조목한 설명이 이어지자 내내 김건축 목사의 얼굴이 점점 더 밝아졌다. 한동안 그를 떠났던 특유의 자신감마저 다시 얼굴에 붙는 느낌이 들 정도였다. 고개를 크게 끄덕이며 김 목사 말했다.

"그래, 그 방향으로 가자고. 그래, 그렇게 하면 딱이야....역시, 역시 윤 실장이야. 내가 믿을 건 윤 실장 뿐이야."

김건축 목사의 말을 듣는 김철골 집사의 얼굴에 비로소 약간의 화색이 돌았다. 김철골 집사는 진심으로 우러나는 감사의 눈빛으로 윤야성을 바라보았다.

58. 2018. 2. 3. 서초교회 홈페이지에 뜬 팝업 전문

서초교회 성도님께!

사랑하는 서초교회 성도님,

금번 네버컷 뉴스의 악의적 보도로 인해 얼마나 가슴 아프고 힘드셨습니까? 김건축 담임목사님과 당회는 이번 사태를 결코 좌시해서는 안된다는 결론을 내리고 성도님께 다음과 같이 당회가 내린 결론을 보고드립니다.

1. 서초교회 당회는 이번 악의적 거짓보도가 또 다시 네버컷 뉴스로부터 발생했다는 점에 특히 주목했습니다. 지난 몇 년간 네버컷 뉴스는 어떻게든 서초교회와 김건축 목사님을 음해하려고 각종 거짓 소식을 마치 진실인양 호도하는 기사들을 끊임없이 양산했습니다. 그동안 서초교회 당회는 네버컷 뉴스에 진실이 아닌 보도에 대한 자제를 요청함과 동시에 그리스도의 사

랑으로 네버컷 뉴스가 회개하고 돌이키도록 끊임없이 기도했습니다. 그러나 금번 차마 상상도 할 수 없는 '인조팔'과 관련한 보도에 이제는 사랑의 하나님의 방법이 아닌 공의의 하나님의 방법으로 대응할 수 밖에 없다는 결론에 도달했습니다. 기독교를 탄압하는 사탄의 손에 잡힌 네버컷 뉴스가 더 이상 주님의 교회와 주님의 종을 거짓으로 해하지 못하도록 특단의 조치를 취해야 한다는 결론에 다다랐습니다. 이에 서초교회 당회는 이번 네버컷 뉴스의 '인조팔' 거짓 보도와 관련해 명예훼손 및 허위사실 유포 등 법적으로 책임을 물을 수 있는 모든 방법을 동원해 법적 조치를 취하기로 결론내렸습니다. 이미 하나님의 공의와 정의를 실현하기 위한 많은 법조인들이 '무료로' 이 정의로운 싸움에 동참하고 있습니다.

2. 네버컷 뉴스가 이번에 공개한 모든 사진들은 디지털 전문가들의 감정 결과 이미 100% 조작으로 드러났습니다. 인류에게 너무도 소중한 디지털 기술을 이토록 사탄의 도구로 사용하는 반기독교 세력의 선두주자인 네버컷 뉴스는 지금 당장이라도 진실을 고백하고 서초교회와 성도들에게 진심어린 사죄를 하길 바랍니다. 그렇지 않은 경우 네버컷 뉴스가 사용한 모든 사악한 디지털 조작 기법들은 앞으로의 재판 과정에서 하나도

남김없이 낱낱이 세상에 밝혀질 것입니다. 네버컷 뉴스는 더 이상 인터넷 세상에 발을 붙이고 살 수 없게 될 것입니다.

3. 앞으로 서초교회는 교회와 복음을 파괴하려는 사탄의 세력에 맞서 지금보다 더 진실되고 더 정의롭게 또 묵묵히 싸워나가겠습니다. 하나님은 살아계십니다. 하나님의 공의가 강물같이 흐르는 세상을 위해 더 기도하며 이 영적 전투를 기꺼이 감당하겠습니다. 성도 여러분의 뜨거운 기도를 부탁드립니다.

서초교회 당회장 김건축 목사 외 당회원 일동

59. 2018. 2. 여론의 흐름

　서초교회의 고소장 접수 이후 네버컷 뉴스도 조금도 지체하지 않고 서초교회 김건축 목사를 허위사실 유포 및 명예훼손으로 맞고소했다. 며칠 후 네버컷 뉴스는 애초에 이 인조팔을 사진찍어 제보한 카센타의 조유상씨와 짧막한 인터뷰를 게재했다. 조유상씨는 서초교회와 네버컷 뉴스 사이의 고소전을 본 소감을 다음과 같이 말했다.
　"정말로 어이가 없습니다. 사진이 조작이라고요? 그 때 경찰도 조사하고 갔어요. 그 경찰한테 지금이라도 연락할 수 있습니다. 정말 어이가 없어서...그게 조작이면 내가 그 팔을 만들었다는 말인가요? 한복을 입혀가지고요? 내가 왜요?? 내가 왜 그래야 하는데요? 게다가 제 여자친구 말로는 그 한복이 텔레비전에 나오는 연예인들이나 입는 진짜로 비싼 거라고 하던데. 그걸 내가 어떻게 만들어서 사진을 조작했다고 하는지. 제 여자친구가 원래 서초교회 정말 열심히 다니고 또 김건축 목사님 디게 좋아했는데요. 이번에 완전히 충격 먹었어요. 서초교회는 말할 것도 없고 아예 교회를 다니지 못하겠다고 하네요."

노건수 안수집사와 '인조팔' 보도 사건....이 두 가지 사건이 가져온 파장은 적지 않았다. 아무리 서초교회가 윤야성의 지도 아래 발빠르게 움직여도 결코 쉽지 않은 상황이었다. 무엇보다 유진선 장로를 중심으로 모인 '서초교회 개혁을 바라는 모임'(서개모)이 빠르게 부활하고 있었다. 윤야성이 기획한 박정연의 '특별 간증' 이후 회원이 70% 이상 빠져나갔던 서개모 사이트는 며칠 사이에 회원이 3배 이상 늘었다. 하루 방문자만도 만 명을 훌쩍 뛰어넘었다. 노건수 안수집사는 네버컷 뉴스 보도 이후 일인 시위 피켓의 내용을 다음과 같이 바꿨다.

"김건축 목사, 내가 피켓 들고 있는 팔은 진짜 팔이다! 당신 팔의 정체는 무엇인가?"

김건축 목사의 인조팔을 소재로 한 각종 카툰들이 만들어져서 SNS를 통해 마구 유통되었다. 김건축 목사를 팔이 발사되는 로봇 마징가 제트로 묘사한 그림들은 그 수를 셀 수가 없을 정도였다. 한걸음 더 나아가 두 주먹을 불끈 쥐고 하늘을 향해 날아가는 아톰과 김건축 목사를 합성한 사진 등등 그 종류가 너무도 다양했다. 서초교회와 김건축 목사에 대해 급속도로 악화되는 여론은 윤야성이 아니라 제갈공명이 다시 살아난다고 해도 뒤집기가 쉽지 않아보였다. 무엇보다 치명적인 것은 일요일 서초교회를 참석하는 성도들의 숫자가 지속적으로 줄고 있었고 그보다 더 빠른 속도로 헌금액이 감소하기 시작했다는 사실이었다. 지난 몇 달간 서초교회 헌금액 기록을 매 주 갈아치우던 그 기세는 아예 흔적도 없이 사라지고 전년 대비 무려 40% 이상이 감소했다. 그 하락세의 끝이 과연 어디일지 아무도 예상할 수 없는 상황이 되고 있었다.

60. 2018. 3. 13. 김건축 목사 집무실 8.

김건축 목사가 무슨 일인지 흥분해서 윤야성을 불렀다. 김건축 목사 집무실에 들어간 윤야성에게 김건축은 들고 있던 신문을 건네며 말했다.

"윤 실장...이 기사 읽었어?"

얼마 전 서해에서 조업하던 우리 어선 몇 척이 북한에 피납된 후 남북관계가 급속도로 악화되고 있다는 기사였다.

"네, 목사님....이 얘기는 압니다."

"어떻게 생각해?"

윤야성은 잠시 생각했다. 김건축 목사가 무슨 얘기를 하려는지 어느 정도는 예견할 수 있었다. 윤야성의 대답을 듣지도 않고 김건축 목사는 말을 이었다.

"윤 실장, 내게 있어서 하나님이 주신 재능이 하나 있다면 바로 영적 타이밍을 느끼는 그 감각이야. 아프리카에서 부족들하고 춤이나 추고 있던 내가 어떻게 정지만 목사님같은 분의 눈에 들었는지 알아? 바로 그 영적 타이밍 때문이야. 정 목사님이 아프리카에 오셨을 때 내가 단번에 그걸 느꼈지. 정 목사님을 여기서 제대로 잡으면 내가 정말로 하나님께 제대로 쓰임받을 수 있다는 걸 단박에 알았었다고. 그리고 자네를 만났던 그 때도 그랬어. 윤 실장은 내 사역에 있어서 운명의 파트너다. 내가 그걸 바로 알았었어. 윤 실장, 그 감각 하나로 지금까지 이 정말 물고 뜯는 살벌한 목사세계를, 이 교계에서 나는 살아남을 수 있었어. 그런데 지금이 또 하나의 영적 타이밍을 느껴야 할 그 시점이야. 자네나 나나 우리 둘의 목표는 같잖아, 그지?"

윤야성은 뭐라 말할 수 없는 감동에 찬 얼굴로 고개를 끄덕였다.

"윤 실장, 지금이 바로 그 때야. 알다시피 지금 우리 교회 상황이 많이 안좋아. 뭔가 진짜로 큰 거 하나가 터져줘야 국면이 전환될 수 있어. 지금의 위기 상황에 하나님이 허락하신 기가 막힌 영적 타이밍이 바로 지금 이 순간이라고 이 신문기사가, 이 기사가 말하고 있는거야. 지금이야말로 움직일 때라고 하나님이 말하고 계신다고. 하나님 나라를 위해 큰 일을 할 때가 바로 지금이라고 말이야. 윤 실장, 내가 지금 뭘 어떻게 하고 싶은

지 알겠어?"

"정확하게는 모르겠습니다. 목사님."

당연히 그럴거라는 듯 김건축 목사는 고개를 끄덕였다.

"내가 올해만 중국을 4번 갔었잖아. 가서 계속 나름대로 정보를 얻었어. 북한을 자기집 앞마당처럼 오가는 강안수 선교사라고 중국에 있어. 대단한 분이지. 북한 노동당 확실한 실세하고도 선이 닿는 사람이야. 북한에다가 학교까지 지었으니까. 내가 그 분과 계속 만나서 정보를 얻고 또 계속 선교헌금도 갈 때마다 했었고. 그 분이 북한 노동당의 실세와 우리 사이의 다리를 놓아줄 수 있어. 강안수 선교사가 내게 넌지시 말한 그 노동당 실세에 관해서는 내가 외교통상부 다니는 우리교회 고위 공무원 통해서 이미 확인했어. 강 선교사의 정보가 정말로 정확하더라고...."

김건축 목사는 잠시 말을 끊고 가만히 윤야성을 보았다. 언젠가....비서실장 면접 때 윤야성을 쏘아보던 사자의 눈과 같았던 바로 그 눈이었다. 그 날과 마찬가지로 김건축 목사의 뒤 커다란 액자 속 포효하는 사자의 눈이 위압적으로 윤야성을 내려다보고 있었다. 순간 김건축 목사는 정말로 포효하는 사자와도 같이 외쳤다.

"야! 너, 윤야성! "

윤야성은 순간적으로 만약 아프리카의 초원을 달리던 사자가 갑자기 멈춰서서 자신을 쏘아보며 인간의 말을 한다면 바로 저런 목소리로 하지 않을까하고 생각했다. 지금까지 단 한 번도 김건축 목사는 윤야성에게 반말을 해도 실장이라는 호칭을 빼고 부른 적이 없었다.

"네, 목사님."

윤야성은 온 몸에 바짝 군기를 넣으며 허리까지 뺏뺏하게 세웠다. 언젠가처럼 뒤에 걸린 큰 액자 속 포효하는 사자의 얼굴과 김건축 목사의 얼굴이 묘하게 오버랩되었다. 그러나 그 때와는 전혀 차원이 다른 팽팽하고도 묘한 긴장감이 윤야성의 몸 전체를 채우고 있었다.

"너가 분명히 그랬지? 바로 이 자리에서 1년 반 전에 분명히 그랬지? 약속했었지? 나를, 이 김건축이를 영적 대통령으로 만들어주겠다고 윤야성 너가 분명히 맹세했었지? "

윤야성은 당장에라도 눈물을 흘릴 것과 같은 표정으로 고개를 끄덕였다.

"목사님, 그 목표 하나 때문에 이 윤야성이라는 인간이 이 세상에 존재합니다. 그 목표 때문에 이 윤야성이가 지금도 밥을 먹고 숨을 쉽니다. 목사님이 잘 아시지 않습니까?"

"그렇지, 그렇지...내가 그걸 알지. 처음 윤 실장을 만난 그 순간부터 나는 직감했지. 너무 잘알지."

김건축 목사의 얼굴에 진한 감동의 물결이 흘렀다. 눈에 눈물이 고이려는 것을 감추려는 듯 김 목사가 자리에서 일어났다. 그리고 언젠가처럼 몸을 돌려 자신의 뒤에 걸려있는 포효하는 사자의 사진을 한참이나 바라보았다. 김건축 목사는 손을 뻗어 액자 속 사자의 얼굴을 만졌다. 사자의 귀를, 사자의 눈을, 사자의 코를, 그리고 사자의 포효하는 입 위에 자신의 손을 대고 한참을 그렇게 있었다. 여전히 허리를 꼿꼿하게 세우고 앉은 윤야성의 귀에 김건축 목사의 목소리인지 아니면 사자의 입에서 나오는 포효인지 구분할 수 없을 정도로 묘한 울림을 가진 음성이 들려왔다.

"윤야성, 자네가 북한에 좀 갔다와야겠어."

김건축 목사와 윤야성 사이에는 한참동안 침묵이 이어졌다. 김건축 목사가 몸을 돌렸다. 그의 눈에는 자신이 가진 모든 것을 단 한 번의 승부에 올인한 사람만이 가질 수 있는 비장한 빛이 서려 있었다. 아직 아무런 대답을 못하는 윤야성을 향해 김 목사가 말을 이었다.

"쉽지 않겠지만 자네가 움직여줘야겠어. 윤 실장, 자네밖에 없어. 북으로 들어가서 노동당 주요 인사들을 좀 만나. 너 아니면 누가 이 일을 하겠나? 겁쟁이 고자서? 아니면 멍청한 주충성? 애초에 날 대통령 만들겠다고 맹세한 윤야성, 너가 해야지, 너 밖에 없어. 안그래?"

윤야성이 자리에서 일어났다. 비장한 승부사의 눈빛으로 빛나는 김건축 목사를 보자 윤야성의 마음에 왠지 울컥하는 감정과 함께 참았던 눈물이 쏟아졌다. 아무 말 없이 일어나서 눈물만 주르르 쏟는 윤야성의 마음을 읽은 김건축 목사의 두 눈에서도 마침내 굵은 눈물이 흘러내리기 시작했다. 김건축 목사와 윤야성, 두 사람은 서로의 흐르는 눈물을 바라보며 그렇게 또 한참을 서 있었다. 그 누구도 볼을 타고 흘러내려 바닥에까지 뚝뚝 떨어지는 눈물을 닦으려 하지 않았다. 그 누구도 서로를 바라보는 시선을 거두려고도 하지 않았다. 마침내 윤야성이 그 뜨거운 눈길을 먼저 거두었다. 감정을 추스리는 듯 윤야성은 소용없는 헛기침을 몇 번 한 후 크게 심호흡을 했다. 그리고 테이블 위에서 크리넥스를 뽑아 자신의 눈물을 닦았다. 다시 크게 몇 번의 심호흡을 더 한 후 윤야성이 떨리는 목소리로 더듬더듬 대답했다.

"목사님, 감사합니다....저를, 저를 믿어주셔서....목사님, 저의 생명을....제 존재의 모두를 걸겠습니다."

김건축 목사는 고개를 끄덕였다. 김건축 목사는 여전히 흐르는 눈물을 닦을 생각을 하지 않고 장승처럼 서있었다. 윤야성이 크리넥스를 뽑아 김건축 목사의 얼굴에 흐르는 눈물을 닦아주었다.

61. 2018. 3. 13. 윤야성의 이메일 4.

사랑하는 김건축 목사님,

목사님을 만나고 온 후 기도하는 제게 성령님께서 확신을 주셨습니다. 목사님, 목사님의 영안은 정말로 날이 제대로 선 칼과 같이 정확하고 날카롭습니다. 목사님이 말씀하신 영적 타이밍이 실로 너무도 절묘해 보통 사람의 눈에는 결코 이해될 수 없겠지만 성령의 인도함을 받는 이들의 눈에는 오로지 하나님의 때를 찬양하도록 하기에 부족함이 없습니다. 목사님, 사실 이번에 맞은 영적 위기도 서초교회가 가장 잘되고 있다고 방심할 때 오지 않았습니까? 그렇기에 얼마든지 그 역전도 가능합니다. 가장 힘들게 느끼는 지금 그 누구도 감히 상상하지 못하는 영적 기적이 일어날 수 있습니다. 목사님과 함께 이 거룩한 결단의 시간을 함께 할 수 있다는 사실 만으로 저는 지금 당장 죽어도 여한이 없습니다. 목사님....며칠만 제게 시간을 주십시오. 기도원에 들어가 조금 더 기도로 준비하겠습니다. 기도 없이 제가 이런 일을 해낼 자신이 없습니다.

사랑합니다, 나의 영적 아버지,

당신의 영적 큰아들,

윤야성

62. 2018. 3. 20. 성북동 일식집 '도쿠리' 1.

윤야성이 일주일간 기도원을 다녀온 직후 김건축 목사와 윤야성은 서초교회에서도 한참 떨어진 성북동의 일식집, '도쿠리'에서 만났다. 오래 전 박정희가 이후락을 북한에 밀사로 보내기 직전 두 사람이 함께 저녁을 했다는 '전설'이 전해 내려오는 전통있는 식당이었다. 들어가는 입구에서 일식당 건물까지의 거리가 무려 150미터에 달할 정도로 웅대하고 고급스런 식당이었다. 두 사람은 '도쿠리'에서도 가장 안쪽에 위치한 방으로 안내되었다. 두 사람은 아무 말없이 묵묵히 음식이 나오는대로 식사를 진행했다. 마치 전장에 나갈 장수의 마지막 식사와도 같은 비장감마저 어린 자리였다. 식사를 다 마치고 김건축 목사는 아무도 이 방에 들이지 말라고 웨이트리스에게 말했다. 문이 굳게 닫혀진 방 안에서 뜨거운 김이 모락모락 피어오르는 차를 마시며 두 사람은 여전히 입을 열지 않았다. 김건축 목사가 구석에 두었던 푸른색의 샘소나이트 여행용 가방을 윤야성에게 내밀었다.

"절대 추적이 안되는 안전한 100불짜리 현금으로 만든 300만 불이야."

윤야성은 아무 말도 하지 않았다. 샘소나이트 가방에는 아예 눈도 돌리지 않은채 윤야성은 자신의 앞에 놓인 김이 모락 모락 나는 찻잔만을 바라볼 뿐이었다.

"이걸로 어떻게든 저들의 머리 속에 대한민국에서 대화할 수 있는 사람은 오로지 김건축 목사, 단 한 명이라는 사실을 각인시킬 수 있겠어? 어때, 가능하겠어?"

윤야성은 마침내 고개를 들어 김건축 목사의 눈을 뚫어지게 바라보았다. 일주일간 기도원에서 금식하며 기도로 준비한 윤야성의 눈은 오로지 기도 속에 자신의 모든 것을 던진 사람만이 뿜어낼 수 있는 푸르른 안광으로 번득이는 듯 했다. 윤야성이 다시 눈길을 찻잔으로 거두며 조용히 말했다.

"목사님, 이 일은 300만 불이라는 돈이 아니라 하나님께서 하십니다. 제가 그 일을 완수하지 못하면 저는 북한땅에 제 피를 뿌리겠습니다. 저는 돌아오지 않겠습니다. 목사님, 저는 지난 며칠간 기도원에 있으면서 이미 유언장을 썼습니다. 사랑하는 가족 한 명 한 명에게 유언장을 썼습니다. 제가 북한에 순교의 피를 뿌리는 그 순간 가족이 그 유언장을 읽을 수 있도록 조치했습니다. 그리고…"

윤야성은 잠시 말을 끊었다. 어떻게든 흐느끼지 않고 침착하게 말을 잇기 위해 윤야성은 자신의 모든 힘을 쥐어짜야만 했다. 윤야성이 힘들게 말을 이었다.

"목사님께 쓴 저의 마지막 편지가 될지도 모를 글도 준비했습니다. 제가 북한에서 피를 뿌리는 그 순간 저는 제가 쓴 마지막 편지를 읽으실 목사님을 기억할 것입니다. 목사님을 기억하며 저는 기꺼이 웃으며 저의 생명을 제 생명보다 귀한 목사님과 교회를 위해 바칠 것입니다."

마침내 더 이상 참지 못하고 울먹이며 말을 맺는 윤야성을 바라보는 김건축 목사는 아무런 말도 할 수 없었다. 유언장과 죽음, 아니 순교를 말하는 윤야성 앞에서 김건축 목사는 자신도 모르게 신음과도 같은 탄식을 뱉을 뿐이었다.

"주여…."

다시 한 번 가슴 속 깊숙한 곳으로부터 솟아오르는 뜨거운 그 어떤 울컥함을 누르기 위해 김건축 목사는 자신의 앞에 놓인 식은 엽차를 단숨에 들이켜야만 했다. 한참을 아무 말도 하지 않고 감정을 추스르던 김건축 목사가 마침내 착 가라앉은 목소리로 말했다.

"그래, 윤 실장, 자네라면 가능해. 할 수 있어. 지금까지 내가 수많은 사람들을 만나고 나름 사람을 보는 눈이 있다고 생각했지만 자네처럼 순수한 영성과 지혜로 불가능한 일을 마치 당연하다는 듯이 이뤄내는 사람을 여태 난 보지 못했어. 그래, 자네라면 가능해. 하나님이 자네를 그 곳에서 순교를 피를 흘리도록 하지 않으실 것은 내가 알아. 이미 자네에게는 순교하신 아버지가 계신데 하나님께서 또 한 번의 순교의 피를 자네에게 요구하지는 않으실거야."

여전히 소리없이 눈물을 흘리는 윤야성을 보며 김건축 목사는 말을 끊었다. 몇 분이 더 지났을까? 마침내 감정을 추스린 윤야성이 김건축을 똑바로 보며 말했다.

"목사님, 죄송합니다."

김건축 목사는 고개를 흔들었다.

"윤 실장, 내가 이미 강안수 선교사와 얘기를 끝냈어. 지금쯤이면 이미 많은 부분이 준비되어 있을거야. 일단 강안수 선교사가 연결해준 노동당 선을 시작으로 해서 최대한 올라갈 수 있는 선까지 올라가야해. 가능하면 지금 김정은의 가장 큰 총애를 받고 있는 북한 노동당의 서열 2위인 황병서 총정치국장쪽에 선이 확실히 닿는 사람을 만나면 제일 좋겠어. 그리고...."

김건축 목사의 눈이 다시금 예리하게 빛나기 시작했다. 김건축 목사는 이미 굳게 닫혀있는 방을 둘러보았다. 마치 어딘가 있을지도 모를 도청장치를 추적이라도 하듯이. 설혹 그 방 어딘가에 도청장치가 있더라도 잡지 못할 정도로 나직하게 김건축 목사가 말을 이었다.

"당장 이번에 납북된 어선 문제와 관련해서....저쪽에서 협상 상대로 나를 지목하면 정말로 금상첨화겠지. 그렇게만 된다면 제일 좋겠지. 지금 우리에게 그다지 많은 시간이 있지 않으니까 말이야. 윤 실장, 나는 그게 가능하다고 생각해. 하나님이 주시는 이 타이밍이 정확하다고 나는 믿고 있어. 그리고 말이야."

김건축 목사는 몸을 윤야성 쪽으로 잔뜩 기울이며 다시 한 번 방을 둘러보았다.

"윤 실장, 모든 일은 확실히 해야하니까 돈을 건네는 사람한테는 꼭 확인서를 받도록 해. 그리고 고위직과는 만날 때 꼭 같이 사진을 찍도록 하고. 그리고....이게 가능할지 모르겠는데...."

김건축 목사는 잠시 망설였다. 엽차를 몇 모금 들이킨 김건축 목사의 몸이 테이블을 너머 한층 더 윤야성을 향해 다가왔다.

윤야성도 순간 무릎을 꿇으며 자신의 몸을 김건축 목사에게로 기울였다. 김건축 목사가 윤야성의 귀에 손을 대고 속삭이며 말했다.

"김정은이 나한테 보내는 친필편지 같은 거 하나 받으며 정말로 더할 나위가 없겠는데 말이야...굳이 편지까지는 아니라도 좋아. 그냥 메모 하나라도 받을 수 없는지 한 번 시도해봐. 어차피 밑져야 본전 아니야? 그 메모에 김건축이라는 내 이름만 들어있으면 말이야. 아니, 그냥 김건축 말고 김건축 목사라고 쓰여있으면 더 좋겠지. 그거, 그거 하나만 있으면 정말 좋겠는데 말이야.. 윤야성, 너라면 가능해. 넌 할 수 있어."

63. 2018. 4. 22. 성북동 일식집 '도쿠리' 2.

윤야성이 중국으로 떠난 시점은 김건축 목사가 건넨 푸른 샘소나이트 여행용 가방을 끌고 성북동의 전설적 일식집 '도쿠리'를 나오고 약 10일이 지나서였다. 김건축 목사는 윤야성이 중국으로 떠나자마자 지방의 한 금식 기도원에 들어가 '진짜로' 특별기도를 시작했다. 서초교회 홈페이지에는 이번 네버컷 뉴스의 악의적 보도와 관련해 김건축 목사가 한국교회를 살리기 위한 특별금식기도에 들어갔다는 광고가 발표되었다. 윤야성이 다시 한국으로 돌아온 것은 중국으로 떠난 후 23일이 지나서였다. 얼마나 힘들었는지 인천 공항에 도착한 윤야성의 얼굴은 거의 반쪽이 되어있었다. 약 10일 간 기도원에서 금식 기도한 후 다시 업무에 복귀해 초조하게 윤야성만을 기다리던 김건축 목사 역시 몸이 말라있기는 마찬가지였다. 공항에 도착하자마자 윤야성은 김건축 목사에게 전화를 걸었다. 집으로 가는 대신 윤야성은 김건축 목사에게서 샘소나이트 여행가방을 건네받은 성북동 일식집, '도쿠리'로 향했다.

성공하지 않으면 돌아오지 않겠다고 약속했던 윤야성이었다. 성공하지 못하면 북한땅에 자신의 뜨거운 붉은 피를 뿌리겠다고 맹세했던 윤야성이었다. 피끓는 유언장까지 쓰고 떠났던 윤야성이었다.

그랬던 윤야성이 얼굴이 반쪽이 되어서 김건축 목사 앞에 서 있었다. 윤야성을 보는 순간 김건축 목사는 와락 터지는 눈물을 쏟으며 윤야성을 끌어안았다. 윤야성 역시 감격을 이기지 못해 김건축 목사를 부여안고 울기 시작했다. 그렇게 두 사람은 서로를 부둥켜 안고 한참을 소리내어 울었다. '도쿠리' 직원이 놀라서 뛰어왔을 정도로 두 사람의 흐느낌은 격렬했다. 피차 말이 필요없는 어떤 영적 동질감을 바탕으로 서로를 부둥켜안은 채 김건축 목사와 윤야성은 서로의 영혼에서 들리는 목소리에 귀를 기울였다. 김건축 목사와 윤야성, 오로지 이 두 사람만이 들을 수 있는 음악과도 같은 감미로운 영혼의 목소리에 귀를 기울이며 그 두 사람은 한참을 그렇게 있었다. 마침내 두 사람은 자리에 앉았다. 책상 다리 대신 무릎을 꿇고 앉은 윤야성은 가방에서 서류봉투 하나를 꺼내 테이블 위에 올려놓았다. 그 서류봉투 위에 손을 올리고 잠시 소리없는 기도를 한 윤야성은 마침내 그 속의 내용물들을 하나씩 꺼내기 시작했다.

먼저 7장의 현금 수수 확인서가 나왔다.

7장의 확인서에는 윤야성이 중국과 북한에서 만난 노동당 공무원들의 이름과 그들이 받은 액수가 적혀 있었다. 그 중 한 장에는 놀랍게도 황병서 총정치국장의 이름이 적혀 있었다. 황병서 총정치국장의 압도적인 친필 사인과 함께 그가 써준 확인서의 금액은 200만 불이었다. 벼락과도 같은 엄청난 감동에 김건축 목사는 무슨 말을 해야할지 눈 앞이 깜깜해질 정도였다.

"윤 실장...어떻게...어떻게...내가 자네 능력은 믿었지만....어떻게....황병서같은 사람을..."

윤야성이 떨리는 목소리로 대답했다.

"목사님, 하나님이 하신다고 제가 말씀드리지 않았습니까? 황병서 총정치국장과의 만남은 결코 200만 불의 돈이 한 것이 아닙니다. 하나님이 다 하셨습니다. 목사님의 그 피끓는 기도가 이룬 믿음의 결과입니다."

여전히 할 말을 잃은채 황병서 총정치국장의 쓴 확인서를 들고 있는 김건축 목사에게 윤야성은 한 장의 사진을 내밀었다. 윤야성과 황병서 총정치국장이 나란히 서서 찍은 사진이었다.

윤야성의 손에는 검정 성경책이 선명하게 들려 있었다. 조금은 뻣뻣하고 딱딱해 보이는 표정의 황병서 총정치국장 옆에서 윤야성은 신앙을 가진 사람만이 보여줄 수 있는 온화한 미소를 짓고 있었다. 그 사진을 손에 든 김건축 목사의 눈에서 다시 눈물이 흐르기 시작했다.

황병서 총정치국장의 현금 수수 확인서는 서막에 불과했다. 진짜 놀라운 것은 따로 있었다. 윤야성은 잠시 크게 숨을 한 번 쉬더니 서류봉투 가장 안쪽에 있는 짙은 갈색 편지 봉투 하나를 꺼냈다. 그리고 그 봉투에서 하얀 종이 한 장을 꺼냈다. 그 종이를 김건축에게 건네면서 윤야성은 말했다.

"목사님, 하나님께서 목사님의 기도를 들으셨습니다. 목사님의 기도에 응답하셨습니다. 하나님이 다 하셨습니다."

그 하얀 종이는 누가 보아도 선명한 조선민주주의인민공화국 조선로동당의 로고가 테두리에 새겨진 레터헤드지 letterhead였다. 그리고 그 레터헤드지의 중앙에는 힘있게 휘갈겨쓴 손글씨와 함께 조선시대 국왕의 국새와 같은 느낌의 큰 도장이 찍혀 있었다. 명조체로 휘갈겨져 쓰여진 손글씨는 다음과 같았다.

존경하는 김건축 목사 동지,

조국통일을 위한 동지의 애국적 헌신에 깊은 존경을 표합니다.

조선로동단 총비서 김정은

김정은의 친필이 담긴 레터헤드지를 들고 있는 김건축 목사의 손이 부들부들 떨리기 시작했다. 흐르던 눈물조차 감동과 충격으로 바짝 말라버린 김건축 목사는 아무 말도 하지 못하고 김정은의 친필과 윤야성을 번갈아 보고만 있었다. 무슨 말을 하고 싶지만 침까지 말라버려 목소리가 아예 나오지 않는 김건축 목사는 앞에 놓인 엽차를 몇 번이고 마시고 또 마셔야만 했다. 마침내 거칠게 갈라진 목소리로 차마 믿을 수 없다는 듯 김건축 목사가 더듬더듬 말을 이었다.

"윤 실장, 그러니까, 그러니까....이게...이게... 김정은...김정은... 그러니까 진짜 김정은, 김정은의....친필이란 말이지?"

윤야성이 고개를 끄덕이며 감격에 겨운 목소리로 그러나 침착하게 말했다.

"목사님, 맞습니다. 김정은 노동당 주석의 친필입니다. 목사님, 조만간 북한에서 발표가 있을 것입니다. 이번 납북선원 문제를 해결하고 싶으면 남측은 김건축 목사님을 중심으로 한 협상단을 파견하라고요. 김건축 목사님이 포함되지 않은 협상단과는 일체 협상하지 않겠다는 발표가 수일 내에 북한 중앙방송을 통해 있을 예정입니다. 이 정보는 황병서 총정치국장이 제가 북한을 떠나기 전날 직접 전화로 제게 알려줬습니다."

윤야성은 앉은 자리에서 천천히 일어났다. 윤야성은 양복의 옷매무시를 정리하며 양복 단추를 하나씩 잠근 후 옷의 주름까지 공을 들여 손바닥으로 폈다. 몇 초간 움직이지 않고 서있는 윤야성의 얼굴에 또 다시 감격에 찬 눈물이 흐르기 시작했다. 윤야성은 김건축 목사를 향해 큰 절을 올렸다.

"영적 대통령 김건축 목사님, 당신의 미천한 종 윤야성의 절을 받아주십시오."

큰 절을 한 채 아예 일어설줄 모르는 윤야성을 바라보는 김건축 목사의 눈에서도 멈췄던 눈물이 다시금 뜨겁게 흘러내렸다. 여전히 큰 절을 한 자세로 움직일 줄 모르던 윤야성 역시 어느 순간부터 어깨를 들썩이며 감격에 겨워 흐느끼기 시작했다. 무슨 말을 하고 싶지만 김건축 목사의 입에서는 아무런 소리가 나오지 않았다. 김정은의 친필이 담긴 조선노동단 레터헤드지를 손에 움켜쥔 김건축 목사의 팔만이 부들부들 떨리며 그의 터질듯한 심장을 표현하고 있었다.

64. 2018. 5. 1. 성북동 일식집 '도쿠리' 3.

중국에서 돌아온 윤야성을 '도쿠리'에서 만난 후 김건축 목사는 윤야성에게 10일 간의 특별 휴가를 주었다. 성공하고 돌아오면 윤야성에게 주려고 준비한 특별 격려금 5천만 원이 든 봉투를 건네며 김건축 목사는 말했다.

"일주일이라도 가족이랑 어디 가까운 외국이라도 가서 푹 쉬다가와. 가족들과 한 달 가까이 떨어져 있었는데 얼마나 그리웠겠어? 지금 자네 얼굴이 완전히 반쪽이 되었어. 영양보충을 해야해. 아직까지 긴장이 완전히 안풀려서 그렇지 윤 실장이 북한에서 해낸 일은 보통 사람은 수백 년을 살아도 못하는 일이야. 몸을 좀 챙기지 않으면 몸에 잠재된 스트레스가 언제 어떻게 병으로 나올지 몰라. 윤 실장은 나랑 평생을 같이 갈 사람인데 아프면 누가 제일 손해야? 내가, 이 김건축 목사가 제일 손해가 아니겠어? 물론....가장 큰 손해는 우리 하나님이지만 말이야.

허허허~"

　그러나 윤야성은 외국으로 떠나지 않았다. 윤야성은 자신이 외국으로 나간 사이 행여 김건축 목사가 자신을 필요로 하는 일이 생길 수도 있다며 그냥 집에서 쉬겠다는 메시지를 김건축에게 보냈었다. 김건축 목사는 '역시 윤야성은 못말리는 친구야...'라고 혼자 흐뭇한 미소를 지었다.

　윤야성이 휴가를 끝내고 출근하기 전날 저녁 김건축 목사는 윤야성을 비롯한 서초교회의 핵심멤버들을 모두 다 성북동 일식집 '도쿠리'로 호출했다. 김건축 목사는 윤야성이 북한에서 이룬 성과를 핵심멤버들에게 전하지 않고는 도저히 견딜 수가 없었다. 물론 비자금과 관련해서만은 철저하게 비밀을 지켜야 하겠지만 핵심멤버들에게 다른건 몰라도 김정은이 자신에게 보낸 친필 메시지만은 어떻게든 자랑하고 싶어 김건축 목사는 미칠 지경이었다. 웅장한 노동당의 로고가 박힌 레터헤드지 letterhead 위에 김정은이 직접 자필로 쓴 '김건축 목사'라는 글씨를 핵심멤버들에게 보여주지 않고는 조금 과장되게 얘기해 아예 잠을 자지 못할 정도였다. 김건축 목사가 호출한 7시가 되자 윤야성을 뺀 모든 핵심멤버들이 도쿠리의 특실을 채웠다. 그날 도쿠리에 모인 서초교회의 기라성과 같은 핵심멤버들의 이름은 다음과 같다.

    고자서 전무목사

    유동식 부장목사

    주충성 과장목사

    이정석 과장목사

    하정호 강도사

    강연옥 전도사

    알렉스 리 목사

    김철골 집사(기사)

    윤호기 집사(교회 신문 '너희랑' 의 편집장)

    박내장 사무처장

    나다해 장로

그 자리에 앉은 한 명 한 명을 평소와 달리 흐뭇한 미소와 함께 둘러보며 김건축 목사가 입을 열었다.

"윤 실장 빼고 다 모였네. 조금 있다가 내가 얘기하겠지만 지난 한 달간 윤 실장이 우리 한국교회와 나아가서 이 나라를 위해 엄청난 일을 해냈어. 아마 들으면 다들 많이 놀랄거야. 다 이유가 있어서 그동안 극비로 진행한 사역이니까 그렇게들 알고 있어. 사실 내가 지난 달 금식기도원에서 기도한 것도 다 그 일을 위해서였었고. 하나님께서 정말로 크게 우리 서초교회를 축복하고 계신 것이 너무도 강력하게 느껴져. 조만간 우리 글로벌 미션의 하이라이트가 될 놀라운 사역의 장이 펼쳐질거야. 다들 각오 단단히들 하라고. 조만간 이 세상이 완전히 뒤집힐테니까. 우리가 새롭게 시작할 사역에 비교하면 지금까지의 사역은 정말 너무도 사소하게 느껴질 정도야. 아무튼 윤 실장이 몸과 영혼이 말도 못하게 피곤할텐데 그래도 꿋꿋하게 버티는 것을 보면 참으로 감사한 마음 뿐이야. 다들 이 '도쿠리'는 처음이지? 여기가 어떤 곳인가 하면 정말로 귀한 역사적 유산을 담고 있는 드문 일식집이야. 한 40년 전인가? 아니면 50년 전인가? 아무튼 박정희 대통령이 당시 중앙정보부장인 이후락씨를 북한에 밀사로 보냈어. 다들 알고 있나? 그거 우리나라 현대사의 중요한 부분인데 말이야. 그걸 모르면 다들 우리나라 현대사 공부 좀 다시 해야해. 아무튼 그 때 이후락 정보부장이 북한에 가시 김일성 주석을 만나고 왔잖아? 그 결과가 우리가 익히 아는 6.29 선언이야. 그 정도는 다 알지? 상식이니까. 그런데 말이야....박정희 대통령이 이후락 정보부장을 북한으로 보내기 전날 저녁을 바로 이 일식당 '도쿠리'에서 했어. 그 날 얼마나 비장한 마음으로 그 두 사람이 식사를 했겠나? 그 분들의 마음을 생각하면 왜 나도 울컥한 마음이 드는지 몰라. 아무튼 내가 이 집을 왜 역사적 장소라고 생각하는지 알겠지? 내가 오늘 여러분을 특별히 북한과 관련해 깊은 역사적 배경을 갖고 있는 이 '도쿠리'로 부른 데에는 중요한 이유가 있어. 조금만 기다리면 다 알게 될거야."

졸지에 새롭게 정의된 6.29 선언에 어안이 벙벙해진 몇 명의 사람들이 있었지만 그건 조금도 중요하지 않았다. 지난 40년 간 한국과 북한 사이의 전혀 확인되지 않은 이런 저런 얘기들을 두서없이 늘어놓던 김건축 목사가 문득 생각났다는 듯 물었다.

"참, 그건 그렇고....윤 실장 아직 안왔어? 지금 몇 시지?"

"7시 40분입니다."

김철골 집사가 대답했다. 윤야성이 올 때까지 저녁 특별 정식 코스도 잠시 홀딩한 상태였다. 몇 명의 배에서 선명한 꼬르륵 소리가 들려왔다. 무엇보다 김건축 목사 자신도 심하게 배가 고팠다. 그러나 김건축 목사는 어떤 의미로 볼 때 이 모임의 주인공인 윤야성을 빼고 식사를 시작하고 싶지 않았다.

"뭐야, 40분이나 지났어? 이거 좀 이상한데? 박 처장, 윤 실장한테 전화 한 번 해봐. 지금 어디까지 왔는지 물어봐."

박내장 사무처장이 전화를 걸었다. 잠시 후 의아한 표정으로 박 처장이 대답했다.

"목사님, 윤 실장 전화기가 아예 꺼져 있는데요?"

"뭐야? 무슨 소리야? 윤 실장이 핸드폰 배터리를 꺼뜨리고 다닐 사람이 아닌데. 분명히 오늘 모임 윤 실장에게 전달했지? 누가 전달했어?"

박내장 사무처장이 여전히 의아하다는 표정으로 대답했다.

"목사님, 제가 오늘 오후에 윤 실장과 분명히 통화했습니다. 시간이랑 장소도 정확히 알려줬습니다. 윤 실장이 모를 리가 없습니다. 윤 실장은 제게 전에 도쿠리에 몇 번이나 간 적이 있다면서 위치를 잘 알고 있다고까지 말했습니다."

순간 김건축 목사의 표정이 바뀌었다.

"혹시 무슨 사고난 거 아니야? 교통사고라도 난 거 아니야? 사고가 크게 나면 연락도 할 수 없고 지금 병원 응급실에 누워 있을지도 모르는거 아니야? 아니, 그렇지 않다면 말이 안되잖아. 누가 혹시 윤 실장 부인 전화번호 아는 사람 있어?"

박내장 사무처장이 다시 전화를 들었다. 자신의 아내로부터 윤야성 부인, 정진아의 핸드폰 전화번호를 받은 박내장 사무처장은 그 번호로 다시 전화를 걸었다. 일식집 '도쿠리'의 특실 방에 모인 서초교회 핵심멤버들의 모든 눈이 박내장 사무처장의 입을 향했다. 몇 번이나 전화를 걸던 박내장 처장이 마침내 말했다.

"목사님, 좀 이상한데요? 아예 없는 번호라고 하네요. 몇 번을 걸었는데 계속 없는 번호라고 합니다. 이 번호가 분명히 맞는데...."

김건축 목사가 모두가 깜짝 놀랄 정도로 버럭 소리를 쳤다.

"당신 지금 무슨 소리를 하는거야? 그게 말이 되는 소리야? 사무처장이라는 작자가 무슨 놈의 전화번호 하나를 제대로 파악 못해?"

'도쿠리' 특실 방은 순간 죽음과도 같은 불안한 침묵으로 쌓였다. 핵심멤버들은 과연 몇 분이나 더 이 불안한 침묵을 견디며 이 자리에 앉아있을 수 있을지 밀려오는 조바심에 김건축 목사의 표정만을 살필 뿐이었다. 순간 갑자기 무슨 생각이 들었는지 김건축 목사가 놀란 표정으로 자리에서 벌떡 일어났다. 핵심멤버들도 엉거주춤 김건축 목사를 따라 몸을 일으켰다.

"맞아, 무슨 일이 생긴게 틀림없어. 그래, 그게 아니면 윤 실장이 연락이 안되는건 말이 안돼. 말이 안돼. 정말, 정말, 그런 일이 있으면 안되는데. 앞으로 내가 윤야성이랑 이뤄야 할 일이 얼마나 많은데....목표가, 우리의 목표가 바로 눈 앞에 있는데, 바로 저기에 있는데….이건 말도 안돼. 절대로 아니야. 윤야성이랑 내가 같이….”

일식집 '도쿠리'를 나가며 김건축 목사는 자신에게 하는 말인지 아니면 다른 누군가에게 하는 말인지 모를 말을 끊임없이 중얼거렸다.

65. 2018. 5. 2. ~ 5. 5.

윤야성이 국정원에 긴급 체포되었다는 소식은 윤야성이 일식집 '도쿠리'에 나타나지 않은 바로 그 다음 날 주요 조간 신문 사회면에 조그맣게 실렸다. 한국을 대표하는 서초교회 김건축 목사의 비서실장 윤야성이 비밀리 북한을 방문해 북한의 고위 관계자들에게 뇌물을 주었다는 익명의 제보가 있었고 그 제보에 의하면 그 돈은 서초교회 김건축 목사로부터 나왔다고 했다. 무려 수백만불에 달하는 금액은 김건축 목사의 비자금 중 일부라는 그 제보 내용에 따라 국정원은 윤야성을 일단 긴급 체포했고 상황에 따라 김건축 목사를 조사할 예정이라고 했다. 무엇보다 그 제보가 워낙 구체적인 정황을 담고 있어서 윤야성을 조사하지 않을 수 없었다고 국정원은 덧붙였다. 윤야성의 경우 혐의가 입증되는 경우 외환법, 간첩죄 등 여러 혐의가 적용될 수 있다고 한 국정원 관계자의 말을 여러 신문들이 인용했다.

서초교회는 당장 공식 보도자료를 만들어 모든 언론사에 배포했다.

서초교회 보도자료 전문

윤야성 집사가 북한에 뇌물을 주었다는 혐의와 김건축 목사는 아무런 상관이 없습니다. 윤야성 집사는 이번에 개인적인 휴가를 썼을 뿐이고 김건축 목사는 윤야성 집사가 중국을 간 사실조차도 이번 보도를 통해서야 알았습니다. 김건축 목사는 윤야성 집사에게 어떤 금품도 건넨적이 없으며 무엇보다 김건축 목사는 단 십 원의 비자금도 가지고 있지 않습니다. 윤야성 집사의 일은 철저히 윤야성 집사 개인의 문제이며 서초교회와는 그 어떤 관계도 없음을 하나님과 서초교회 성도들 앞에서 엄중하게 선언합니다.

윤야성은 국정원의 조사받은 지 며칠 후 증거 불충분으로 풀려났디. 한 매체는 다음과 같이 짧게 보도했다.

국정원에서 조사받은 윤야성 서초교회 비서실장 오늘 귀가

국정원에 긴급 체포돼 간첩죄, 외환법 위반등의 혐의로 조사받은 윤야성 서초교회 비서실장이 지난 4일 귀가했다. 윤 씨를 조사한 국정원 관계자는 브리핑에서 "윤 씨의 중국 내 이동경로가 모두 확인되었다"며 "윤 씨는 북한은 커녕 국경 근처도 간 적이 없었던 것으로 드러났다"고 밝혔다.

 이러한 국정원의 조사 결과가 나오자 일각에서는 애초에 김건축 서초교회 담임목사로부터 비자금을 받아 북한의 고위관료에게 전해주었다는 익명의 제보 하나로 착수된 국정원의 이번 수사는 너무 성급했다고 지적했다. 현재 냉각상태인 남북관계와 관련해 이번 조사에 어떤 정치적인 의도가 있었던 것은 아닌가 하는 분석마저 나오고 있다.

 중국에 머문 23일간 내내 국정원을 농락할 정도로 완벽한 알리바이를 제공한 윤 씨는 자녀들의 유학 준비로 상해 시내에 머문 첫 10일을 제외하면 가족과 함께 청도 및 북경을 관광한 것으로 파악됐다. 윤 씨는 "시시비비를 떠나 서초교회를 파괴하려는 보이지 않는 반기독교 세력에 의해 자신이 친 아버지보다 사랑하고 존경하는 김건축 목사님과 서초교회 성도들이 받았을 상처를 생각하니 너무도 마음이 아프다" 라고 말했다.

 윤야성은 그 날 이후 더 이상 서초교회에 모습을 드러내지 않았다.

66. 2018. 5. 7.

　OBS 방송을 대표하는 시사고발 프로인 '그것만은 꼭 알고싶다'가 조만간 서초교회에 대한 심층고발을 준비하는 것으로 알려졌다. 북한에 전달되었다는 의혹을 받는 김건축 목사의 비자금 뿐 아니라 얼마 전 '인조팔' 집회로 알려진 신유집회도 '그것만은 꼭 알고싶다'는 집중적으로 다룰 예정이라고 했다. '그것만은 꼭 알고싶다' 담당PD는 한 신문과의 인터뷰에서 만약 여력이 된다면 비록 몇 년 전의 사건이지만 김건축 목사의 영어 립싱크 기도 의혹과 영어회화책 대필 의혹도 제대로 파보고 싶다는 야심찬 의욕을 밝혔다. 그는 서초교회 내의 모든 의혹의 중심에는 다름아닌 김건축 목사라는 한 명의 개인이 있으며 자신은 개인적으로 김건축 목사가 과연 어떤 사람인가에 대해 대단히 큰 호기심을 갖고 있다고 말했다. 한국을 대표하는 시사프로가 한국을 대표하는 대형교회의 의혹을 본격적으로 다룰 예정이라는 소식은 각종 포털 사이트의 검색어를 한동안 장악할 정도로 파급력이 대단했다.

서초교회 박내장 사무처장 사무실의 팩스에 마침내 OBS 방송이 보낸 '방송예정통지 및 협조요청'이라는 팩스 한 장이 도착했다. 그 팩스가 도착하자 마자 주충성 목사는 카카오톡에 다음과 같은 글을 올렸다.

"사랑하는 성도 여러분, 사탄이 방송국을 통해 주님의 귀한 피흘려 세우신 교회를 허물겠다고 조금 전 공식적으로 알려왔습니다. 지금은 깨어 기도할 뿐 아니라 내 몸을 던져서라도 교회를 지켜야 할 때입니다. 미디안 대군을 격파한 기드온의 300 용사가 지금 우리에게 절실하게 필요합니다. 지금 당장 OBS 방송국으로 달려가 예수 그리스도의 보혈을 욕보일뿐 아니라 종교의 자유라는 숭고한 국민의 권리마저 짓밟으려고 하는 '그것만은 꼭 알고싶다' 방송의 취소를 요구할 300명의 영적 군사를 모집합니다. 김건축 담임목사님은 어제부터 물도 마시지 않고 잠도 자지 않는 24시간 단식 기도에 돌입하셨습니다. 목사님께서는 말 그대로 생명을 걸고 교회를 지키기 위한 초인적인 영적 전투를 지금 치르고 계십니다. OBS 방송국과의 거룩한 영적 전쟁을 통해 예수님이 피로 사신 거룩한 교회를 살리길 원하는 성도님은 지금 당장 담당 교역자에게 연락주시기 바랍니다."

67. 2018. 5. 9.

　　중국 상하이행 아시아나 항공 일등석에 앉아 무심하게 창 밖을 바라보는 윤야성에게 스튜어디스가 다가왔다.
　　"고객님, 뭐 필요하신거 없으세요? 와인 한 잔 가져다 드릴까요?"
　　윤야성은 스튜어디스를 향해 사람좋은 미소와 함께 손에 쥐고있던 영어성경을 살짝 들어 보였다.
　　"아뇨, 됐어요. 저 크리스천이에요. 술 안 마셔요."
　　'아, 그러세요?' 라는 표정으로 미소짓는 스튜어디스에게 윤야성이 말했다.
　　"혹시 예수님 믿으시나요? 어쩌면 오늘 저를 여기서 이렇게 만난 것은 하나님께서 자매님을 구원하시기 위해 태초 전에 이미 예정하신 순간이라는 느낌이 강하게 드는데요."
　　순간 당황하는 스튜어디스에게 윤야성은 다시 사람좋은 미소를 지으며 말했다.

"혹시라도 오늘 비행 중에 기독교에 대해서 궁금하신게 있으면 부담없이 제게 알려주세요. 다행히 오늘 승객들도 그렇게 많지도 않고요. 그리고..."

윤야성은 작은 버버리 서류가방에서 주섬주섬 책을 한 권 꺼내 스튜어디스에게 건넸다.

"일 하시면서 영어 많이 하지요? 제가 세상에서 가장 존경하는 분이 분이 쓰신 최고의 영어교재입니다. 아마 많은 도움이 되실 거에요."

윤야성이 건네준 김건축 목사의 '글로벌 마인드로 정복하는 영어회화'를 받은 스튜어디스는 감사하다고 말하며 고개를 숙였다.

68. 2018. 5. 9.

윤야성이 상하이행 비행기를 타고 있는 바로 그 시간, 서초교회 집사이자 저명한 신경정신과 의사인 강처방 박사가 김철골 집사가 운전하는 김건축 목사의 에쿠우스 승용차를 타고 김건축 목사가 단식기도하는 장소로 알려진 강원도 홍천의 한 기도원에 도착했다. 김철골 집사와 정주현은 강처방 박사를 기도원 가장 안쪽에 위치한 VIP 숙소로 안내했다. 왼쪽 이마에 최근에 생긴 듯한 깊은 흉터를 가진 김철골 집사가 두려움이 담긴 목소리로 말했다.

"박사님, 지금 목사님께서는 3일 째 잠도 전혀 못 주무시고 뭔가 혼자 계속 중얼거리고만 계십니다. 저는 목사님의 저런 모습을 한번도 본 적이 없습니다. 정말로 걱정되서 미칠 것 같습니다."

김철골 집사는 거의 울먹이듯이 말했다. VIP 숙소라고 하기에는 초라해 보이는 건물속 방문 하나를 열자 덩그러니 방 중앙에 놓여있는 하얀 침대 위에 누워 초점없는 눈으로 허공을 바라보고 있는 김건축 목사의 모습이 강처방 박사의 눈에 들어왔다. 김건축 목사는 뭔가 알아들을 수 없는 소리를 계속 중얼거리고 있었다. 영락없는 강박증 환자의 전형적인 증상이었다. 김건축 목사 옆에 앉아 강처방 박사는 가만히 귀를 기울였다.

"바로 저긴데, 바로 눈 앞인데…바로 저긴데, 바로 눈 앞인데…바로 저긴데, 바로 눈 앞인데…바로 저긴데, 바로 눈 앞인데…바로 저긴데, 바로 눈 앞인데…"

강처방 박사는 가져간 가방에서 강박증 치료제인 클로미프라민 성분의 그로민Gromin을 투약하기 위해 정맥주사를 꺼냈다. 특히 강하게 처방된 그로민을 맞은 김건축 목사는 중얼거림을 서서히 멈추더니 마침내 잠이 들었다. 그러나 잠을 자는 그 시간에도 무엇이 불만인지 김건축 목사의 미간은 잔뜩 찡그려져 있었다. 김철골 집사가 들어와 구겨진 김건축 목사의 미간을 손으로 펴려고 했지만 아무 소용이 없었다.

그로민 주사를 맞은 김건축 목사가 실로 며칠 만에 잠이 든 바로 그 시간 언젠가 윤야성이 장세기를 만났던 카페에선 고자서 전무목사와 그의 큰 아들 '글로벌 고'가 마주앉아 있었다. 학교에서 정학당한 후 한국에 잠시 나온 '글로벌 고'라는 새 이름을 가진 고자서의 큰 아들은 흥분해 영어로 뭔가를 연신 떠들고 있었고 그 앞에서 영어를 전혀 알아듣지 못하는 고자서는 꿀먹은 벙어리처럼 앉아 있을 뿐이었다. 머리를 노란색과 녹색으로 반반 염색한 '글로벌 고'는 마치 랩을 하듯 고자서를 향해 몸까지 흔들어대며 지껄여댔다.

"쉿퍽shitfuck, 쉿퍽, 대디, 글로벌 고, 네임 이즈 토틀리 메씨~~ 왓츠 롱 위드 유? 마이 프렌즈 씽크 아이엠 토틀리 스투피드. 글로버 고 네임 소 스투피드. 왓츠 롱 위드 유? 왓츠 인투 유? 허? 아이 돈트 겟잇! ! 마이 뉴 네임 글로벌 고 토틀리 쉿퍽, 쉿퍽! 대디, 왓츠 롱 위드 유? 쉿퍽, 쉿퍽! "

바로 그 때, 카페에서 비지스Bee Gees의 명곡, 'I started a joke 나는 농담을 시작했어요'가 언젠가처럼 조용히 흘러나왔다.

> I started a joke, which started
> 나는 장난을 시작했어요 그러자
> the whole world crying
> 온 세상이 울기 시작했어요
> but I didn't see

하지만 그 장난이 내게 돌아오는 것을

that the joke was on me, oh no

나는 알지 못했어요 아, 안돼

I started to cry, which started

나는 울기 시작했어요 그러자

the whole world laughing

온 세상이 웃기 시작했어요

oh, if I'd only seen

아, 만일 그 장난이 내게 돌아오는 것을

that the joke was on me

알았더라면

I looked at the skies

나는 하늘을 바라보았어요,

running my hands over my eyes

손으로 눈을 비비며

and I fell out of bed, hurting my head

그리고 내가 한 말들로 인해 내 머리를

from things that I'd said

다치며 침대에서 떨어졌어요

Till I finally died, which started

결국 나는 죽게 되었어요, 그러자

the whole world living

온 세상이 살아나기 시작했어요

oh, if I'd only seen

아, 만일 그 장난이 내게 돌아오는 것을

that the joke was on me

알았더라면

I looked at the skies

나는 하늘을 바라보았어요

running my hands over my eyes

손으로 눈을 비비며

and I fell out of bed, hurting my head

그리고 내가 한 말들로 인해 내 머리를

from things that I'd said

다치며 침대에서 떨어졌어요

Till I finally died, which started

결국 나는 죽게 되었어요, 그러자

the whole world living

온 세상이 살아나기 시작했어요

oh, if I'd only seen

아, 만일 그 장난이 내게 돌아오는 것을

that the joke was on me

알았더라면

oh, no, that the joke was on me

아, 정말로 그 장난이 내게 돌아오는 것을

Oh oh oh oh

아, 아, 아, 아

- 끝 -

에필로그

이 책은 내게 몇 가지 중요한 의미가 있다.

첫 번째로 부끄러운 말이지만 지금까지 나는 글을 완성한 후 내 글을 주의깊게 다시 읽은 경우가 거의 없다. 이 책의 전작이라고 말할 수 있는 '서초교회 잔혹사'의 경우도 원고를 완성하고 바로 출판사로 보냈었다. '서초교회 잔혹사'의 경우 책이 나오고 나서도 그 책을 다시 읽지 않았다. 그에 비해 '영적 대통령'은 초고를 완성한 이후에도 내용을 다듬고 다듬으면서 최소 열 번 이상 다시 읽었다. 그런 면에서 내가 이 책에 가지는 애정은 각별할 수 밖에 없다.

두 번째로 이 책은 표지를 제외하고 내지를 포함한 모든 디자인을 다 내가 작업했다. 디자인을 위해 AI와 인디자인Id 소프트웨어를 컴퓨터에 깔고 독학으로 습득했다. 다행히 소설이 다른 종류의 책보다는 내지 작업이 단순해서 생각보다 힘들지 않았다. 표지의 경우 최대한 심플하면서 '운동권의 불온서적'과 같은 느낌을 강조해 달라고 표지 디자이너에게 요구했다. 왜 굳이 그렇게 했냐고 누가 묻는다면 내 대답은 단순하다. 보통 음반을 내는 가수가 작사/작곡에서 악기 연주 그리고 프로듀싱까지 다하면 멋있어 보이지 않는가? 왜 책이라고 그러면 안될까라는 것이 나의 생각이었다. 책 제목, 표지 디자인과 내지 디자인 그리고 나아가서 종이의 종류까지 결국은 저자가 글을 통해 말하고자 하는 메시지를 전달하는 중요한 수단이 된다. 따라서 정말로 저자가 자신의 메시지를 독자에게 제대로 전달하고 싶다면 책이 만들어지는 모든 과정에 관여할 뿐 아니라 나아가 그 모든 일을 직접 할 수 있다면 매우 근사하겠다고 생각했다.

'영적 대통령'에는 다양한 인물들이 나온다. 이름은 다르고 상황은 다르지만 이 책에 나오는 등장 인물들 중 한 두 명 정도는 우리 주변에 있다고 생각한다. 누구나 자신의 주변을 자세히 둘러보면 그 안에서 김건축, 강연옥, 장세기, 박정연, 주충성, 마홍위 그리고 윤야성을 찾을 수 있을 것이다. 그 뿐 아니라 나 자신이 등장인물들 중 누구와 가장 가까운지를 생각해보는 것도 재미있을 것이다. 나는 내가 만들어낸 가상의 인물이지만 김건축이라는 인물에 대해서 매우 큰 호기심과 관심을 갖고있다. 앞으로 김건축이라는 인물이 주인공으로 나오는 '김건축 목사 평전'(가제)가 한 권 더 출판될 예정이다.

얼마 전 나는 '와이, 그 이후'라는 책을 썼다. 그 책을 읽은 사람들 중 압도적인 숫자가 그 책 속의 한 문장, '아무도 믿지마라'를 가장 인상 깊었던 대목으로 꼽았다. 이 책을 완성하고 다시 읽다보니 '아무도 믿지마라'가 마치 이 책의 메인 테마인 듯 한 느낌도 들어 여러가지 생각이 든다. 아무리 누군가를 믿지 않으려고 발버둥을 치더라도 인간은 다른 인간을 믿지 않고는 단 한 순간도 살 수 없는 존재이다. 또 한편으로 누군가가 믿을 수 있는 사람인가 아닌가의 여부는 엄밀히 따져 상대방의 문제이기 전에 '나의 문제'인 경우가 더 많다. 물론 누군가가 처음부터 작정하고 속이려고 달려드는 경우야 어쩔 수 없다고 치더라도 말이다.

이 글을 쓰는 지금 서울은 미세먼지로 시끄럽다. 사람은 그렇다고 치더라도 숨쉬고 사는 공기까지 믿을 수 없게 된 오늘이 많이 서글프다. 얼마 전에는 지구 곳곳에서 화산이 터져 많은 사람들이 생명을 잃었나. 우리의 소중한 지구에게 우리 인류가 과연 믿을 수 있는 존재인지 다시 한 번 생각해야 할 시점이다. 지구가 인류를 더 이상 참을 수 없는 그 시점이 오지 않기를 바란다.

2016. 4. 옥성호

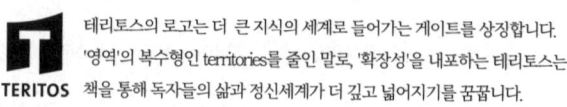

테리토스의 로고는 더 큰 지식의 세계로 들어가는 게이트를 상징합니다. '영역'의 복수형인 territories를 줄인 말로, '확장성'을 내포하는 테리토스는 책을 통해 독자들의 삶과 정신세계가 더 깊고 넓어지기를 꿈꿉니다.

영적 대통령

초판 발행	2016년 5월 13일
지은이	옥성호
펴낸곳	도서출판 은보
편집	테리토스 편집부
디자인	옥성호, 물영아리
영업	예인북
등록	제 124-87-43024호(2013년 9월 2일)
주소	(442-010) 경기도 수원시 팔달구 수원천로 255번길 6, 19호
주문전화	(031) 975-2739
팩스	(0303) 0947-2739
이메일	jpb2739@hanmail.net

copyright © 도서출판 은보 2016
IISBN 979-11-957997-0-1